赵子曰 牛天赐传

老 舍◎著

天津出版传媒集团

天津人民出版社

图书在版编目（CIP）数据

赵子曰　牛天赐传 / 老舍著 . -- 天津：天津人民
出版社，2019.8（2021.11重印）
ISBN 978-7-201-13292-1

Ⅰ . ①赵… Ⅱ . ①老… Ⅲ . ①长篇小说—小说集—中
国—现代 Ⅳ . ① I246.5

中国版本图书馆 CIP 数据核字 (2019) 第 166735 号

赵子曰　牛天赐传
ZHAOZIYUE　NIUTIANCI ZHUAN

出　　版	天津人民出版社
出 版 人	刘　庆
地　　址	天津市和平区西康路35号康岳大厦
邮政编码	300051
邮购电话	（022）23332469
电子邮箱	reader@tjrmcbs.com

责任编辑	李　荣
装帧设计	同人阁·文化传媒

制版印刷	香河县宏润印刷有限公司
经　　销	新华书店
开　　本	787毫米×1092毫米　1/16
印　　张	17.5
字　　数	304千字
版次印次	2019年8月第1版　2021年11月第2次印刷
定　　价	36.00元

目　录

赵子曰

牛天赐传

赵子曰

第一

1

钟鼓楼后面有好几家公寓。其中的一家，字号是天台。天台公寓门外的两扇三尺见长，九寸五见宽，贼亮贼亮的黄铜招牌，刻着："专租学员，包办伙食。"

从事实上看，天台公寓的生意并不被这两面招牌限制住：专租学员吗？遇有空房子的时候，不论哪界人士也和学生们同样被欢迎。包办伙食？客人们除非嫌自己身体太胖而想减食去肉的，谁也不甘心吃公寓的包饭；虽然饭费与房租是同时交柜的。

天台公寓的生意也并不因为履行招牌上所说的而减少：唯其不纯粹招待学生，学生才来得更踊跃，唯其饭食不良，住客们才能享受在别个公寓所享不到的利益。例如，拿两件小事说：客人要叉麻雀，公寓的老板就能请出一两位似玉如花的大姑娘作陪。客人们要喝酒，老板就能供给从京北用猪尿脬运来的，真正原封、漏税的"烧刀子"。

天台公寓住着有三十上下位客人，虽然只有二十间客房。因为有两位客人住一间的，而没有一位住两间的。这二十间客房既不在一个院子里，也不是分作三个院子，折衷的说，是截作两个院子；往新颖一点说，是分为内外两部。两部之中隔着一段粉板墙，上面彩画一些人物鬼狐。有人说画的是《聊斋志异》上的故事。不幸，还没遇见一位敢断定到底画的是《聊斋》上哪一段。

内外两部的结构大大的不相同：外部是整整齐齐的三合房，北、南、西房各五间；内部是两间北房，三间西房，（以上共二十客房。）和三间半南

编辑说明：为了尊重作家及作品，在本书的编校过程中，尽可能地保持了作品原貌。

房是：堆房、柜房、厨房和厕所。

公寓老板常对有考古癖的客人们说："在公寓开张以前，这本来是两家的房子，中间隔着一堵碎砖砌的界墙。现在那段粉板墙便是界墙的旧址。"此外，他还常含着泪说："拆那堵界墙时候，从墙基发现了一尊小铜菩萨。他把那尊菩萨卖了三块洋钱。后来经别人一转手卖给一个美国人，竟自卖了六百块大洋。"到如今那群有考古癖的人们，想起来就替公寓老板伤心，可是很少有追问那尊小菩萨到底是哪一朝代的。

因为有这样的结构，所以客人们管外部叫"紫禁城"，内部叫"租界"。一因其整齐严肃，一因其散落幽静。证之事实，"紫禁城"和"租界"两个名词用得也颇俏皮恰当，外部的房屋齐整，（十五间中甚至于有两间下雨不漏水的！）租价略高，住客们自然的带一些贵族气象。内部呢，地势幽僻，最好作为打牌喝酒的地方，称为租界，信为得体。就是那半间厕所，当客人们不愿见朋友或债主子的时候，也可以权充外国医院，为，好像，政客们的托疾隐退之所。

2

关于天台公寓的人物的描写实在是件难事。一来，住客们时来时去，除了几位没有以常搬家为一种运动的习惯的，很少有一住就是一年半载的。二来，一位客人有一位的特别形体的构造，和天赋的特性；要是不偏不向的细说起来，应当给他们一一的写起传记来才对。而且那一本传记也不会没有趣味，因为哪一个人的生命都有一种特别滋味的。里院王大个儿的爱唱《斩黄袍》，外院孙明远的小爆竹似的咳嗽，王大个儿半夜三更的唱《斩黄袍》，以抵抗孙明远的连珠炮响的咳嗽，……就是这些小事也值得写一本小说；再往小里说，崔老板的长杆大烟袋，打杂的李顺的那件短袖长襟宽领缺钮的蓝布大衫，也值得描写一回。然而，取重去轻，我们还不能不简单着写：虽然我们明知道天台公寓的真相决不像我们所写的这样粗简。当我们述说一个人或一件事的时候，我们耳边应当挂着王大个儿的《斩黄袍》和孙明远的咳嗽；眼前应当闪映着崔老板的大烟袋，和李顺的那件在历史上有相当价值的蓝布大衫。这样，我们或者可以领略一些天台公寓的复杂情况了。

老太太买柿子是捡大个儿的挑，历史家写历史是选着红胡子蓝靛脸的人物写，就是小说家也常犯这路"势力眼"的毛病；虽然小说家，比老太太和历史家聪明一些，明知道大个儿的柿子未必不涩，红胡子蓝靛脸的人们未必准是英雄。无论怎么说吧，我们不能不由天台公寓全体的人物中挑出几个来写。

3

天台公寓的外部以第三号，五间北房当中的那一间，为最大，公认为天台公寓的"金銮殿"。第三号的主人也俨然以内外部的盟主自居。

第三号的主人是天台公寓最老的住客，一部《天台公寓史》清清楚楚印在他的脑子里，他的一举一动都有所影响于公寓的大局。不但此也，第三号的主人是位最和蔼谦恭的君子。不用说对朋友们虚恭有礼，就是对仆役也轻易不说一个脏字；除了有时候泡的茶太淡，酒热的过火，才金声玉振的赞美仆役们几声："混蛋！"不但此也，第三号的主人是《麻牌入门》《二簧批评原理》的著作者。公寓的客人们不单是亲爱他，也很自傲的能和这样一位学者同居。不但此也，第三号的主人在大学，名正大学，学过哲学、文学、化学、社会学、植物学，每科三个月。他不要文凭，不要学位，只是为学问而求学。不但此也，第三号的主人对他父母是个孝子，虽然他有比一脑子还多的"非孝"新思想。每月他至少给他父母写两封信，除催促汇款之外，也照例写上"敬叩钧安！"不但此也，……

第三号的主人的姓？居《百家姓》的首位，赵！他的名？立在《论语》第一章的头上，子曰！

赵子曰先生的一切都和他姓名一致居于首位：他的鼻子，天字第一号，尖、高、并不难看的鹰鼻子。他的眼，祖传独门的母狗眼。他的嘴，真正西天取经又宽又长的八戒嘴。鹰鼻、狗眼、猪嘴，加上一颗鲜红多血、七窍玲珑的人心，才完成了一个万物之灵的人，而人中之灵的赵子曰！

他不但得于天者如是之厚，凡加以人事者亦无所不尽其极：他的皮袍，从"霜降"穿过"五七国耻纪念日"，半尺来长的雪白麦穗，地道西口老羊皮。他的皮鞋，绝对新式，英国皮，日本做的，冬冷夏热，臭闻远近的牛皮鞋。……

道德，学问，言语，和其他的一切，不跟别人比较，（也没有比较的必要。）他永远是第一。他不要文凭，学位；有时候可也说：

"咱若是要学位的时候，不要哲学博士，不要文学博士；咱要世界第一，无所不有的总博士。"

有两件事他稍微有一点不满意：住的房是第三号，和上学期考试结果的揭示把别人的姓名都念完，才找到"赵子曰"三个墨饱神足的大字，有点儿不高兴！然而，（然而，一大转也。）客人们都管第三号叫"金銮殿"，自然第一号之意寓其中矣。至于名列榜末呢，他照着镜子自己勉励："倒着念不是第一吗！"于是那一点不高兴，一片雪花儿似的那一点，没其立足之地了。

还有一件不痛快的事，这一件可不似前二者之容易消灭：他的妻子，在十年前，（赵子曰十五岁结婚。）真是九天仙府首席的小脚美人。他在结婚后三个月中，受爱情的激动，就写了一百首七言绝句赞扬她的一对小金莲。现在赶巧了在隆福寺的旧书摊上，还可以花三个铜子买一本赵著的《小脚集》。可是，现在的人们不但不复以窄窄金莲为美，反异口同韵的诋为丑恶。于是"圣之时者"的赵子曰当然不能不跟着人们改换了"美"的观念。他越看东安市场照像馆外悬着的西洋裸体美人画片，他越伤心家中贮藏着的那个丑女。

他本是个海阔天空，心怀高朗的学者，所以他只诚实的赏识真的美，只勤恳的搜求人生的真意，而不信任何鬼气嗼漫的宗教。不幸，自从发觉了他那"头"，或者说那"匹"，妻子的短处以后，他懊悔的至于信了宗教以求一些精神上的安慰。他的信仰物，非佛，非孔，非马克思，更非九尾仙狐，而是铁面无私的五殿阎君。牌余酒后，他觉得非有些灵魂上的修养不可，他真的秉着虔诚，匍匐在地的祷告起来：

"敬求速遣追魂小鬼将贱内召回，以便小子得与新式美人享受恋爱的甜美！阎君万岁！阿门！"

祈祷之后，他心中轻快了许多，眼前光明了许多，好似他的灵魂在七宝莲池中洗了一回澡。他那个小脚冤家，在他半闭着的眼中，像一条黑线似的飞向地狱去了；然后金光万道，瑞彩千条，无数的维新仙子从天上飘然而降。他的心回复了原位，周身的血脉流的顺了故辙，觉得眼前还有一盏一百二十烛力的西门子电灯，光明！希望！他从无聊之中还要安慰自己，"来吧！再爽快爽快！"于是"金銮殿"中两瓶烧酒由赵子曰的两片厚嘴唇热辣辣直刺到他灵魂的深处！

可怜的赵子曰！

第二

1

第三号差不多是天台公寓的公众会议厅：一来是赵子曰的势力所在，号召得住。二来是第三号是全公寓中最宽绰的房子。

第三号的聚谈和野树林一样：远看是绿丛丛的一片，近看却松、槐、榆、柳各有特色；同样，他们的谈话远听是一群醉鬼奏乐，乱吵；近听却各有独立不倚的主张与论调：

"你说昨天那张'白板钓单'钓的多么脆！地上见了一张——"

第一位没有说完，第二位：

"店主东，黄骠马的马字，不该耍花腔儿呀！谭叫天活着的时候——"

第二位没说完，第三位：

"敢情小翠和张圣人裂了锅啦！本来吗——"

第三位没说完，第四位：

"你们想，我入文学系好，还是哲学系好？我的天性近——"

第四位没说完，大家一齐喊：

"莫谈学事！"

第三号的聚谈如此进行，直到大家的注意集中于一点，第三号的主人开始收拾茶碗、墨盒，和旁的一切可以用做武器的东西。因为问题集中的时候，茶碗墨盒便要飞腾了。第三号的主人倒不准是胆子小怕流血，却是因为茶碗摔碎没有人负责赔偿。

第三号的聚谈，凭良心说，也不是永远如此，遇到国家、社会、学校发生重大事故的时候，大家也真能和衷共济的讨论救济的方法。不幸，就是有时候打起来，第三号的主人也甘心为国家、社会而牺牲几个茶碗。

2

夜深了，若不是钟鼓楼的钟声咚咚的代表着寒酸贪睡的北京说梦话，北京城真要像一只大死牛那么静寂了。鬼似的小风卷着几片还不很成熟的雪花，像几个淘气的小白蛾，在电灯下飞舞。虽然只是初冬的天气，却已经把站街的巡警冻得缩着脖子往避风阁里跑了。

这种静寂在天台公寓里是觉不到的，因白天讲堂上睡足了觉的结果，住客们不但夜间不困，而且显着分外精神。王大个儿的《斩黄袍》已从头至尾唱了三遍。孙明远为讨王大个儿的欢心，声明用他的咳嗽代替喝彩。里院里两场麻雀打得正欢，输急了的狠命的摔牌，赢家儿微笑着用手在桌沿上替王大个儿拍板。外院南屋里一位小鼻子小眼睛的哲学家，和一位大鼻子大眼睛的地理家正辩论地球到底是圆的还是方的。两位的辩论毫无结果，于是由这个问题改到讨论：到底人们应当长大鼻子大眼睛，还是小鼻子小眼睛。……

只有北屋里的方老头儿安稳的睡熟了，只有他能在这种环境下睡的着，因为他是个聋子。

第三号里八圈麻雀叉完，开始会议关于罢课的事情。赵子曰坐在床上，臀下垫着两个枕头，床沿上坐着周少濂、武端。椅子上坐着两位：莫大年和欧阳天风。

天台公寓住着有三十上下位客人，现在第三号的会议却只有此五位：一来因为客人们并不全属于一个大学；二来纵然同是一个大学的学友，因省界、党系之不同，要是能开超过十个人以上的会议，也显着于理不合。

周少濂是位很古老的青年，弯弯的腰像个小银钩虾。瘦瘦的一张黄脸像个小干橘子。两只小眼永远像含笑，鼻尖红着又永远像刚哭完。这样似笑不笑，似哭非哭的，叫人看着不能起一定的情感。细嫩的嗓音好似个七八岁的小姑娘，可是嗓音的难听又决不是小孩子所能办到的。眉上的皱纹确似有四五十岁了，嘴唇上可又一点胡子茬没有。总之，断定他至小有七岁，至大有五十，或者没有什么大错儿。他学的是哲学，可是他的工夫全用在作新诗上。他自己说：他是以新诗来发表他的哲学。不幸，人们念完他的新诗，也不知为什么就更糊涂了。他张口便是新诗，闭口便是哲学。没有俏皮的诗句，该他说话的时候也不说。有漂亮的诗句，不该他说话的时候也非说不可。现在他穿着一件灰布棉袍，罩着一件旧蓝哗叽的西服上身。这样不但带出几分"新"的味道，而且西服口袋多，可以多装一些随时写下来的诗句的纸条儿，以免散落遗失了。

至于武、莫二位呢，他们全是学经济学的。他们听说西洋银行老板、公司经理全是经济专家。他们也听说：银行老板与公司经理十个有九个是秃脑瓢，双下巴颏儿，大肚子；肚子上横着半丈来长的金表链。所以，他们二位也都是挺腰板，鼓肚皮，缩脖子，以显项上多肉。至于二位不同之点虽然很多，可是最容易看出来的是：莫大年的脸，红的像一盘缩小的朝阳，武端的脸是黄的似一轮秋月。莫大年的红脸肉嘟嘟的像个小胖子，人们也叫他小胖子；武端的黄脸上肉也不少，可是没有人想起叫他小胖子。有些人实在想叫他"小肿子"，又觉得不好出口，虽然肿和胖是差不多的。莫大年是心广体胖，心里有什么，嘴里就说什么。武端是心细体胖，心里揣着好的，嘴里却说着坏的，因为坏的说着受听。莫大年是肥棉袍，宽袖马褂，好像绸缎庄的少掌柜的。武端是青呢洋服，黄色法国式皮鞋，一举一动都带着洋味儿。

欧阳天风呢，他在大学预科还不满七年呢，大概差两个学期。他抱定学而不厌，温故知新的态度，唯恐其冒昧升级而根基打的不坚固。他和赵子曰的每科学三个月的方法根本不同，可是为学问而求学的态度是有同样的可佩服的。他的面貌、服装，比赵子曰的好看的不止十倍，可是他们两个是影形不离的好朋友。赵子曰只有和欧阳这么个俊俏的人相处，才坦然不觉自己的丑陋；欧阳天风只有和赵子曰这样难看的人相处，才安然不疑自己的娇美。他们两个好像庙门前立着的那对哼、哈二将，唯其不同，适以相成。他们两个还有一点不同的地方：赵的入学是由家里整堆往外拿洋钱，在公寓中打麻雀西唧花唧一五一十的输洋钱。欧阳不但不用从口袋里往外掏钱，却是因叉麻雀赚钱而去交学费。设若工读互助会要赠给半工半读的人们奖牌，那可以无疑的断定，那块金质奖牌是要给欧阳天风的。他们两个的经济政策根本不同，可是在麻雀场上使他们关系越发密切；赵子曰要是把钱输给欧阳天风，除了他以为叉麻雀是最高尚的游戏以外，他觉得无形中做了一桩慈善事业。

3

第三号的会议开幕：

"李顺！"主席，赵子曰，坐在床上像一座小过山炮似的喊："李顺！""李顺！"

没有应声！

"李——顺！——"主席的脸往下一沉，动了虎威。

没有应声！

"叫李顺干什么？"莫大年问。

"买瓜子、烟卷！没有这两样，这个主席我不能做！"赵子曰挑着眉，很郑重的说。

"不早了，大概他睡了。"莫大年说着看了看胖手腕上的小金表："可不是，两点十分了！"

"咱们醒着，打杂的就不能睡！"主席气昂昂的说。

"也别怪李顺，"莫大年傻傻忽忽的替李顺解说："八小时的工作，不是，不是通行的劳工限制吗？"

"先别讲理论！他该睡，我们不该吃瓜子！"主席理直气壮的一语把莫胖子顶回去了！

屋中静默了一刻。

"不管理论，"莫大年低着头像对自己说："人道要讲吧！"

"好！"主席说："老莫，听你的，讲人道，瓜子不吃啦！烟呢，难道也——"

"我有！来！吃一支！"武端轻快的打开银烟盒递给赵子曰。主席的虎项微俯，拿了一支烟。烟卷燃着，怒气渐次随着口中喷出的香雾腾空而散。

"我还是差涵养！"主席摇着头很后悔的样子说："止不住发怒！你的话，老莫，永远和孔圣人一样的高明！好，现在该商议咱们的事了。我说，老李怎么不来？！"

"好！人家老李哪能和咱们一块会议！"武端慢慢的说："你猜怎么着？哼！老李决不赞成罢课，不来正好！"

"主席！"周少濂诗兴已动，张着小鲇鱼似的嘴，扯着不得人心的小尖嗓，首先发言："此次的罢课是必要的。看！看那灰色的教授们何等的冷酷！看！看那校长刀山似的命令，何等的严重！我们若不抵抗，直是失了我们心上自由之花，耳边夜莺之曲！反对！反对科举式的考试！帝国主义的命令！"他深深的喘了一口气接着说："从文学上看来，这是我的意见！"他又喘了一口气："至于办法、步骤，还不是我脑中的潮痕所能浸到的！虽然，啊，——反对！"

"老周的话透澈极了！"主席说。跟着看了看手中的烟卷："妹妹的！越吃越不是味儿！"他一撇嘴，猛的把烟卷往地上一扔。

"老赵，你忘了那是老武的金色的烟丝，雪白的烟纸，上印洋字，中含'尼古丁'的烟卷儿吧？"周少濂乘着机会展一展诗才，决没有意思挑拨是非。

"我该死！"主席想起来那是武端的烟，含着泪起誓道歉："老武！你不怪我，一定！我要有心骂你的烟，妹妹的，我不是人！"

"哼！要不是老周，这顿骂我算挨妥了呢！"武端脸上微微红了一红，把手插在裤袋里，挺了挺腰板说："你猜怎么着？英雄造笑骂，笑骂造英雄，不骂怎会出英雄！骂你的，主席！"

"得了！瞧我啦！"莫大年笑着给他们分解："商量咱们的事要紧，欧阳！该你说话了，别尽听他们的！"

欧阳天风刚要发言，被主席给拦回去了。

"老武！你看着，从此我不再吃烟，烟中有'尼古丁'，毒素！"主席不但后悔错骂了人，也真想起吸烟的害处来："诸位！以后再看见我吃烟，踢着我走！"他看着武端不言语了，才向欧阳天风说："得！该听你的了！"

"我不从文学上看，"欧阳天风满脸堆笑，两条眉向一处一皱一皱的像半恼的，英俊的，恼着还笑的古代希腊的神像："我从事实上想。校长、教员、职员全怕打。他们要考，我们就打！"说罢他把皮袍的袖口卷起来，露出一对小白肉馒头似的拳头。粉脸上的葱心绿的筋脉柔媚的涨起来，像几条水彩画上的嫩绿荷梗。激烈的言词从俏美的口中说出来，真像一朵正在怒放的鲜花，使看的人们倾倒，而不敢有一丝玩狎的意思。

"欧阳说的对极了！对极了！"主席疯了似的拍着手，扯着脖子喊，比在戏园中捧坤伶还激烈一些。

"我们有许多理由、事实，反对校长。"武端发言："凭他的出身，你们猜怎么着，就不够做校长的资格！他的父亲，注意，他的父亲是推小车卖布的，你们知道不知道？"说到这里，他往四围一看：心中得意极了，好似探险家在荒海之中发现了一座金岛那样欢喜。"你们猜怎么着，本着平等、共和的精神，我们也不能叫卖布的儿子做校长！"

"老武的话对极了！"主席说，说完打了两个深长而款式的哈欠。

大家被主席引动的也啊——哈的打起哈欠来。

"诸位！赞成不？开开一扇窗子进些新鲜空气？"莫大年问。

众人没有回答，莫大年立起来把要往窗子上伸的那只手在大襟上掸了掸烟灰，又坐下了。

"没人理你，红色的老莫！"周少濂用诗人的观察力看出莫大年的脸红得像抹着胭脂似的。

"主席！"莫大年嘟嘟囔囔的说："我困了！你们的意见便是我的意见，你们商议着，我睡觉去啦！"

"神圣的主席！原谅我！我黑色与白色的眼珠已一齐没有抵抗上层与下层的眼皮包围之力了！"周少濂随着莫大年也往外走。

"老莫！老周！明天见！"主席说。

"主席！"欧阳天风精神百倍的喊："我们不能无结果而散！问问大家赞成'打'不！"

"诸位！我们决定了：打！"主席说："将来开全体大会的时候，我就代表天台公寓的学友说：打！是不是？"

"没第二个办法！"欧阳天风说："没——"

莫大年和周少濂已经走到院中，潒潒的小雪居然把地上盖白了。周少濂跳着脚提着小尖嗓喊：

"老赵！还不出来看这初冬之雪哟！雪哟！白的哟！"

"是吗，老周？"赵子曰从床上跳下来往外跑。武端、欧阳天风也都跟出来。欧阳天风怕冷，抱着肩像个可爱的小猫似的跑进自己屋里去。赵子曰和武端都伸着两臂深深的吸着雪气。一个雪花居然被赵子曰吸进鼻子里去，化成一个小水珠落在他的宽而厚的唇上："哈哈！有趣！"

周少濂立在台阶用着劲想诗句，想了半天好容易想起两句古诗，加上了一两个虚字算作新诗，一边摇头一边哼唧：

"北雪呀——犯了～～长沙！"

"胡雪哟＞冷啦＜万家！"赵子曰接了下句，然后说："对不对，老周？杜诗！杜诗！"

"老赵！'灰'色的胡云才对！"周少濂说完颇不高兴的走进屋里去。

"老武！"赵子曰放下周少濂，向武端说："还有烟卷没有？"

"踢着他走！"欧阳天风在屋里笑着嚷。

"踢我？你？留神伤了你的小白脚指头啊！"只要人们会笑，会扯下长脸蛋一笑，什么事也可以说过不算。赵子曰，于是，哈哈的笑起来。

第三

1

桌上的小洋钟叮叮的敲了六下。赵子曰很勇敢的睁开眼。"起！"他自己盘算着："到公园看雪去！老柏树们挂着白胡子，大红墙上戴着白硬领，美呀！……也有益于身体！"

南屋的门开了。赵子曰在被窝里瓮声瓮气的喊："老李吧？干什么去？"

"踏雪去！"李景纯回答。

"等一等，一同去！"

"公园前门等你，雪下得不厚，我怕一出太阳就全化了！"李景纯说着已走到院中。

"好！水榭西边的小草亭子上见！"赵子曰回答。

街门开了，赵子曰听得真真的。他的兴味更增高了："说起就起！一！二！三！"

"一……二……雪……踏……"他脑中一圈两圈的画了几个白圈。白圈越转越小，眼睛随着白圈的缩小渐渐往一处闭。眼睛闭好，红松、绿雪、灰色的贾波林，……演开了"大闹公园"。

太阳慢腾腾的从未散净的灰云里探出头来，檐前渐渐的滴，滴，一声声的往下落水珠。

李顺进来升火，又把赵子曰的好梦打断："李顺！什么时候了？"

"八点多了？先生。"

"天晴了没有？"赵子曰的头依然在蓄满独门自制香甜而又酸溜溜的炭气的被窝里埋着。

"太阳出来好高啦，先生。"

"得！等踏泞泥吧！"赵子曰哀而不伤的叨唠着："可是，多睡一会儿也不错！今天是？礼拜四！早晨没功课，睡！"

"好热呀——白薯！"门外春二，"昔为东陵侯"，"今卖煮白薯"的汉军镶蓝旗人，小铜钟似的吆喝着。

"妹妹的！你不吆喝不成吗！"赵子曰海底捞月的把头深深往被里一缩："大冷的天不在家中坐着，出来挨骂！"

"栗子味咧——真热！"这一声差不多像堵着第三号的屋门喊的。

"不睡了！"赵子曰怒气不打一处来："不出去打你个死东西，不姓赵！"他一鼓作气的坐起来，三下五除二的穿上衣裤，下地，披上皮袍，跑出去！

"赵先生！真正赛栗子！"春二笑着说："照顾照顾！我的先生，财神爷！"

"春——二！"

"嘛！来呀，先生！看看咱的白薯漂亮不漂亮！"

"啊？"

"来，先生！我给您哪挑块干瓤儿的！"

赵子曰点了点头，慢慢的走过去。看了看白薯锅，真的娇黄的一锅白薯，煮得咕嘟咕嘟的冒着金圈银眼的小气泡。

"那块锅心几个子？"赵子曰舐了舐上下嘴唇，咽了一口隔夜原封的浓睡沫。

"跟先生敢讲价？好！随意赏！"春二的话说的比他的白薯还甜美，假如在"白薯界"有"卖白薯"与"说白薯"两派，春二当然是属于后一派。

赵子曰忍不住，又觉得不值的，笑了一笑。

春二用刀尖轻轻的把那块"钦定"的白薯挑在碟子里，跟着横着两刀，竖着一刀，切成六小块，然后，不必忙而要显着忙的用小木杓盛了一杓半粘汁，匀匀的往碟上一洒。手续丝毫不苟，做的活泼而有生气。最后，恭恭敬敬双手递给赵子曰。

"雪下完倒不冷啦？"赵子曰蹲在锅旁，一边吃一边说。对面坐着一个垂涎三尺的小黑白花狗，挤鼻弄眼的希望吃些白薯须子和皮——或总称曰"薯余"。

"是！先生！可不是！"春二回答："我告诉您说，十月见雪，明年必是好年头儿！盼着啵，穷小子们好多吃两顿白面！”

“可是雪下得不厚！”

“不厚！先生！不厚！大概其说吧，也就是五分来的。不到一寸，不！”

赵子曰斜着眼瞪了春二一眼，然后把精神集中到白薯碟子上。他把那块白薯已吃了四分之三，忽然觉悟了：

“呕！呕！还没漱口，不合卫生！咳！啵！”

“先生！白薯清心败火，吃完了一天不漱口也不要紧！”春二笑着说，心中唯恐因为不合卫生的罪案而少赚几个铜子。

“谁信你的话，瞎扯！”赵子曰把碟子扔在地上，春二和那条小黑白花狗一齐冲锋去抢。小狗没吃成“薯余”，反挨了春二一脚。赵子曰立起来往院里走，口中不住的喊李顺。

“嗻！嗻！”李顺在院里答应。

“给春二拿一毛钱！”

“嗻！”

“好热呀——白薯！……”

2

李景纯是在名正大学学哲学的。秀瘦的一张，脑门微向前杓着一点。两只眼睛分外的精神，由秀弱之中带出一股坚毅的气象来。身量不高，背儿略微向前探着一些。身上一件蓝布棉袍，罩着青呢马褂，把沉毅的态度更作足了几分。天台公寓的人们，有的钦佩他，有的由嫉妒而恨他，可是他自己永远是很温和有礼的。

“老赵！早晨没有功课？”李景纯踏雪回来，在第三号窗外问。

“进来，老李！我该死，一合眼把一块雪景丢了！”赵子曰不一定准后悔而带着后悔的样子说。

“等再下吧！”李景纯进去，把一只小椅搬到炉旁，坐下。

“老李，咋天晚上为什么不过来会议？”赵子曰笑着问。

“我说话便得罪人，不如不来！”李景纯回答：“再说，会议的结果出不去‘打’，我根本不赞成！”

“是吗？好！老李你坐着，我温习温习英文。”赵子曰对李景纯不知为什么总有几分畏惧的样子。更奇怪的是他不见着李景纯也想不起念书，一见李景纯立刻就把书瘾引起来。他从桌上拿起一本小书，嗽了两声，又耸了耸肩，面对着墙郑重的念起来："A boy, A peach"，他又嗽了两声，跟着低声的沉吟："一个'博爱'，一个'屁吃'！"

"把书放下！"李景纯忍不住的笑了，"我和你谈一谈！"

"这可是你叫我放下书？"赵子曰板着面孔问。

李景纯没回答。

"得！"赵子曰噗哧一笑："放下就放下吧！"他把那本小书往桌一扔，就手拿起一支烟卷；自然"踢着我走！"的誓谁也没有他自己记的清楚，可是——不在乎！

李景纯低着头静默了半天，把要说的话自己先在心中读了一遍，然后低声的问："老赵！你到年底二十六岁了？"

"不错呀！"赵子曰说着用手摸了摸唇上的胡子茬，不错，是！是个年壮力足虎头虎脑的英雄。

"比我大两岁！"

"是你的老大哥！哈哈！"赵子曰老气横秋的用食指弹了弹烟灰，真带出一些老大哥的派头。好像老大哥应当吃烟卷，和老爷子该吸鸦片，都应该定在"宪法"上似的。

"老大哥将来做什么呢？"李景纯立起来，低着头来回走。

"谁知道呢！"

"不该知道？"李景纯看了赵子曰一眼。

"这——该！该知道！"赵子曰开始觉得周身有些不自在，用他那短而粗好像五根香蕉似的手指，小肉扒子一般的抓了抓头。又特别从五个手指之中选了一个，食指，翻过来掉过去的挖着鼻孔。

"现在何不想想呢？"

"一时哪想得起来！"赵子曰确是想了一想，真的没想起来什么好主意。

"我要替你想想呢？"李景纯冷静而诚恳的问。

"我听你的！"赵子曰无意中把半支烟卷扔在火炉内，两只眼绕着弯儿看李景纯，不敢和他对眼光。

"老赵！你我同学差不多快二年了，"李景纯又坐在炉旁。"假如你不以我为不值得一交的朋友，我愿——"

"老李！"赵子曰显出诚恳的样子来了："照直说！我要不听好话，我是个dog，Mister dog！"说完这两个英国字，好在，又把恳切的样子赶走了七八分。

"——把我对你的态度说出来。老赵！我不是个喜欢多交朋友的人，可是我看准了一个人，不必他有钱，不必他的学问比我强，我愿真心帮助他。你的钱，其实是你父亲的，我没看在眼里。你的行为，拿你花钱说，我实在看不下去。可是我以为你是个可交的朋友，因为你的心好！——"

赵子曰的心，他自己听得见，直噗咚噗咚的跳。

"——你的学业，不客气的说，可谓一无所成，可是你并不是不聪明；不然你怎么能写《麻雀入门》，怎能把'二簧'唱的那么好呢！你有一片好心，又有一些天才，设若你照现在的生活往下干，我真替你发愁！"

"老李！你说到我的心坎上啦！"赵子曰的十万八千毛孔，个个像火车放汽似的，飕飕的往外射凉气。从脚后跟到天灵盖一致的颤动，才发出这样空前的，革命的，口是心非的（也许不然）一句话。

"到底是谁的过错？"李景纯看着赵子曰，赵子曰的脸紫中又透着一点绿了，好像电光绸，时兴的洋服材料，那么红一缕，绿一缕的——并不难看！

"我自己不好！"

"自然你自己不能辞其咎，可是外界的引诱，势力也不小。以交朋友说，你有几个真朋友？以你的那个惟一的好友说，大概你明白他是谁，他是你的朋友，还是仇人？"

"我知道！欧——"

"不管他是谁吧，现在只看你有无除恶向善的心，决心！"

"老李！看着！我能用我将来的行为报答你的善意！"赵子曰一着急，居然把在他心中，或者无论在哪儿吧，藏着的那个"真赵子曰"显露出来。这个真赵子曰一定不是鹰鼻、狗眼、猪嘴的那个赵子曰，因为你闭上眼，单用你的"心耳"听这句话，决不是猪嘴所能喷出来的。

"如果你能逃出这个恶势力，第二步当想一个正当的营业！"李景纯越发的镇静了一些。

"你说我做什么好？"

"有三条道，"李景纯慢慢的舒出三个手指来，定睛看了手指半天才接着说："第一，选一门功课死干四五年。这最难！你的心一时安不下去！第二，你家里有地？"

"有个十几顷！"赵子曰说着，脸上和心里，好像，一齐红了一红。惭愧，前几天还要指着那些田地和农商总长的儿子在麻雀场上见个上下高低！

"买些农学的书籍和新式农器，回家一半读书，一半实验。这稳当易做，而且如有所得，有益于农民不浅！第三，"李景纯停顿了半天才接着说："这是最危险的！最危险！在社会上找一些事做。没有充分的知识而做事，危险！有学问而找不到事做，甚至于饿死，死也光明；没学问而只求一碗饭吃，我说的是你和我，不管旁人，那和偷东西吃的老鼠一样，不但犯了偷盗的罪过，或者还播散一些传染病！不过，你能自己收敛，做事实在能得一些经验；自然好坏经验全可以算作经验！总之，无论如何，我们该当往前走，往好处走！哪怕针尖那样小的好事，到底是好事！"

李景纯一手托着腮，静静的看着炉中的火苗一跳一跳的好像几个小淘气儿吐着小红舌头嬉皮笑脸的笑。赵子曰半张着嘴，直着眼睛也看着火苗，好像那些火苗是笑他。伸手钻了钻耳朵，掏出一块灰黄的耳垢。挖了挖鼻孔，掏出小蛤螺似的一个鼻牛，奇怪！身上还出这些零七杂八的小东西！活了二十多年好像没做过一回自觉的掏耳垢和挖鼻牛，正和没有觉过脑子是会思想的，嘴是会说好话的器具一样！

"老赵，"李景纯立起来说："原谅我的粗鲁不客气！大概你明白我的心！"

"明白！明白！"

"关于反对考试你还是打呀？"李景纯想往外走又停住了。

"我不管了！我，我也配闹风潮！"

"那全在你自己的慎重，我现在倒不好多说！"李景纯推开屋门往外走。

"谢谢你，老李！"赵子曰不知不觉的随着李景纯往外走，走到门外心中一难受，低声的说："老李！你回来！"

"有话说吗？"

"你回来！进来！"

李景纯又走进来。赵子曰的两眼湿了，泪珠在眼眶内转，用力耸鼻皱眉不叫它们落下来。

"老李！我也有一句话告诉你！你的身体太弱，应当注意！"

他的泪随着他的话落下来了！

只是为感激李景纯的话，不至于落泪。后悔自己的行为，也不至于落泪。他劝告李景纯了，他平生没做过！他的泪是由心里颤动出来的，是由感激、后悔、希望、觉悟、羞耻，一片杂乱的感情中分泌出来的几滴心房上的露珠！他的话永远是为别人发笑而说的，为引起别人的奉承而说的，为应酬而说的！他的唇、齿、舌、喉只会做发音的动作，而没有一回卷起舌头问一问他的心！这是他第一次觉得能由言语明白彼此的心，这是他第一次明白朋友的往来不仅是嘴皮上的标榜，而是有两颗心互相吸引，像两股异性的电气默默的相感！他能由心中说话了，他灵魂的颤动打破一切肢体筋肉的拘束，他的眼皮拦不住他的泪了！可是泪落下来，他心里痛快了！因为他把埋在身里二十多年的心，好像埋得都长了锈啦，第一次在光天化日之下血淋淋的掏出来给别人看！

可是，到底他不敢在院中告诉李景纯，好像莫大的耻辱是在大庭广众之下说从心中发出来的话！他没有那个勇气！

"老赵！你督催着我运动吧！"李景纯低着头又走出去了。

3

欧阳天风和武端从学校回来，进了公寓的大门就喊："老赵！老赵！"

没有应声！

欧阳天风三步两步跑到第三号去开门，开不开！他伏在窗台上从玻璃往里看：赵子曰在炉旁坐着，面朝里，两手捧着头，一动也不动。

"老赵！你又发什么疯！开门！"

"你猜怎么着？开门！"武端也跑过来喊。

赵子曰垂头丧气的立起来，懒懒的向前开了门。欧阳天风与武端前后脚的跳进去。武端跳动的声音格外沉重好听，因为他穿着洋皮鞋。

"你又发什么疯！"欧阳天风双手扶着赵子曰的肩头问。

赵子曰没有言语，这时候他的心还在嘴里，舌头还在心里，一时没有力气，也不好意思，叫他的心与口分开，而说几句叫别人，至少叫欧阳天风的粉脸蛋绣上笑纹的话。欧阳天风半恼半笑的摇晃着赵子曰的肩膀，像一只金黄色的蜜蜂非要把赵子曰心窝中的那一点香蜜采走不可。赵子曰心中一刺一刺的螫着，还不忍使那只可爱的黄蜂的小毛腿上不带走他一点花粉。那好似是他的责任。虽然他自觉的是那么丑的一朵小野菊！他至少也得开口，不管说什么说！

"别闹！身上有些不合适！"他的眼睛被欧阳天风的粉脸映得有些要笑的倾向了，可是脸上的筋肉还不肯帮助眼睛完成这个笑的动作。他的心好像东西两半球不能同时见着日光似的，立在笑与不笑之间一阵阵的发酸！

"我告诉你！明天和商业大学赛球，你的'游击'，今天下午非去练习不可！好你个老滑头，装病！"欧阳天风骂人也是好听的，撅着小嘴说。

"赛球得不了足球博士！"赵子曰狠了心把这样生硬的话向欧阳天风绵软的耳鼓上刺！这一点决心，不亚于辛亥革命放第一声炮。

"拉着他走，去吃饭！你猜怎么着？这里有秘密！"武端说。

武端的外号是武秘密，除了宇宙之谜和科学的奥妙他不屑于猜测以外，什么事他都看出一个黑影来，他都想用 X 光线去照个两面透光。他坐洋车的时候，要是遇上一个瘸拉车的，他登时下车去踢拉车的瘸腿两脚，试一试他是否真瘸。他踢拉车的，决没有欺侮苦人的心；踢完了，设若拉车的是真瘸，他多给他几角钱，又决没有可怜苦人的心；总而言之，他踢人和多给人家钱全是为"彻底了解"，他认为多花几角钱是一种"秘密试验费"。他从桌上拿起那顶假貂皮帽，扣在赵子曰的肉帽架上，又从抽屉里拿出一个钱包，塞在赵子曰的衣袋里。他不但知道别人的钱包在那里放着，他也知道钱包里有多少钱；不然，怎配叫作武秘密呢！

"真的！我不大舒服，不愿出去！"赵子曰说着，心中也想到："为什么不吃公寓的饭，而去吃饭馆？""拉着他走！"武端拉着赵子曰的左臂，欧阳笑了一笑拉着他的右臂，二龙捧珠似的把赵子曰脚不擦地的捧出去。

出了街门，洋车夫飞也似的把车拉过来："赵先生坐我的！赵先生！""赵先生，他的腿瘸！……"

两条小龙把这颗夜明珠捧到车上，欧阳天风下了命令："东安市场！"武端四围看了一看，看到底有没有瘸腿拉车的。没有！他心中有点不高兴！

路上的雪都化了，经行人车马的磨碾，雪水与黑土调成一片又粘，又浓，又光润的黑泥膏。车夫们却施展着点、碾、挑、跳的脚艺（对手艺而言）一路泥花乱溅，声色并佳的到了东安市场。

"先生，我们等着吧？"车夫们问。

"不等，叫我们泥母猪似的滚回去？糊涂！"武端不满意这样问法，分明这样一问，在大庭广众之下把武秘密没有"包车"的秘密揭破，岂有此理！

"杏花天还是金瓶梅？"欧阳天风问赵子曰。

（两个，杏花天和金瓶梅，全是新开的苏式饭馆。）

"随便！"赵子曰好像就是这两个字也不愿意说，随着欧阳天风，武端丧胆失魂的在人群里挤。全市场的东西人物在他眼中都似没有灵魂的一团碎纸烂布，玻璃窗子内的香水瓶，来自巴黎；橡皮做的花红柳绿的小玩意，在纽约城做的，——有什么目的？满脸含笑的美女们，比衣裳架子多一口气的美而怪可怕的太太们，都把两只比金钢钻还亮的眼睛，射在玻璃窗上；有的挺了挺脖子进到铺子里去，下了满足占据性的决心；有的摸了摸钱袋，把眼泪偷偷咽下去，而口中自言自语的说："这不是顶好的货。"——这是生命？赵子曰在这几分钟里，凡眼中所看到的，脑中登时画上了一个"？"，杏花天？金瓶梅？我自己？……

"杏花天！喝点'绍兴黄'！"武端说。然后对欧阳天风耳语："杏花天的内掌柜的，由苏州来的，嘿，好漂亮啦！"

到了杏花天的楼上，欧阳天风给赵子曰要了一盒"三炮台烟"。赵子曰把烟燃着，眉头渐渐展开有三四厘，而且忘了在烟卷上画那个含有哲学性的"？"。

"老赵！"武端说："说你的秘密！"

"喝什么酒？"欧阳天风看了武端一眼，跟着把全副笑脸递给赵子曰。——"？"

"不喝！"赵子曰仰着脸看喷出的烟。心中人生问题与自己的志趣的萦绕，确是稀薄多了，可是一时不便改变态度，被人家看出自己喜怒无常的弱点。

欧阳天风微微从耳朵里（其实真说不出是打哪一个机关发出来的。）一笑。然后和武端商量着点了酒、菜。赵子曰嘟当一声把酒盅，跑堂儿的刚摆好的，扣在桌上。酒、菜上来，他只懒懒的吃了几口菜，扭着脖子看墙上挂着的"五星葡萄酒"的广告。

"老武！来！划拳！"

"三星！""七巧！""一品高升！"……赵子曰眼看着墙，心中可是盼着他们问："老赵！来！"他好回答他们："不！不划！"以表示他意志坚定。不幸，他们没问。

"欧阳！三拳两胜一光当！"武端提起酒壶给欧阳天风斟上一盅。然后向赵子曰说："给我们看着！你猜怎么着？欧阳最会赖酒！"

赵子曰没言语。

"老武！"欧阳天风郑重其事的说："不用问他，他一定是不舒服！他要说不喝，就是不喝，甚至连酒也不看！这是他的好处！"

赵子曰心里痛快多了！欧阳天风的小金钥匙，不大不小正好开开赵子曰心窝上那把愁锁。会说话的人，不是永远讨人家喜欢，而是遇必要的时候增加人家的愁苦，激动人家的怒气。设若人们的怒气、愁闷，有一定的程度，你要是能把他激到最高点，怒气与愁闷的自身便能畅快，满足，转悲为喜，破涕为笑。正像小孩子闹脾气到不可开交的时候，爽得叫他痛哭一场；老太婆所谓"哭出来就好了！"者，是也。对于不惯害病的，你说："你看着好多了！"当他不幸而害病的时候，他因你这个暗示，那荷梗，灯心的功效就能增高十倍。可是对于以害病吃药为一种消遣的人，你最好说"你还得保养呀！'红色补丸'之外，还得加些'艾罗补脑汁'呀！"于是他满意了，你的同情心与赏识"病之美"的能力，安慰了他。

欧阳天风明白这个！

武端划拳又输了，拿起酒盅一仰脖，哗的一声喝净，把酒盅向赵子曰一亮："干！"

赵子曰已经回过头来，又是皱眉，又是挤眼，似乎病的十分沉重。香喷喷的酒味一丝一絮的往鼻孔里刺，刺的喉部微微发痒。用手抓了抓脖子，看着好像要害"白喉"似的。

"老赵！"武端说："替我划，我干不过欧阳这个家伙！"

赵子曰依旧没回答，手指头在桌底下一屈一伸的直动。然后把手放在桌上，左手抓着右手的指缝，好似要出"鬼风疙瘩"。

"老赵！"欧阳天风诚于中，形于外的说："你是头疼，还是肚子不好？"

"疼！全疼！"赵子曰说着，立刻直觉得肚子里有些不合适。

"身上也发痒？"

"痒的难过！"

"风寒！"欧阳天风不加思索定了脉案。

"都是他妈的春二那小子，"赵子曰灵机一动想起病源，"叫我吃白薯，压住了风！"

"喝口酒试试？"欧阳天风说着把扣着的那只酒盅拿起来，他拿酒盅的姿式，显出十分恳切，至于没有法子形容。

"不喝！不喝！"赵子曰的脑府连发十万火急的电报警告全国。无奈这个中央政府除了发电报以外别无作为，于是赵子曰那只右手像饿鹰捉兔似的把酒盅拿起来。酒盅到了唇边，他的脑府也醒悟了："为肚子不好而喝一点黄酒，怕什么呢！"于是脖儿一仰灌下去了。酒到了食管，四肢百体一切机关一齐喊了一声"万岁!"眉开了,眼笑了,周身的骨节咯吱咯吱的响。脑府也逢迎着民意下了命令:"着令老嘴再喝一盅!"

一盅,两盅,三盅,舌头渐渐麻的像一片酥糖软津津的要融化在嘴里,血脉流动的把小脚指头上的那个鸡眼刺的又痒痒又痛快!四盅,五盅,……

"肚子怎么样?"欧阳天风关心赵子曰差不多和姐姐待小兄弟一样亲切。

"死不了啦!——还有一点疼!一点!"

一,二,三,又是三盅!再要一斤!

"你今天早晨的不痛快,不纯是为肚子疼吧?"

"老李——好人!他教训了我一顿!叫我回家去种地!好人!"

"好主意!"武端说:"你猜怎么着?你回家,他好娶王女士!哈哈!"

"李瘦猴有些诡计多端呢!"欧阳笑着说。

……

灯点上了,不知怎么就点上了!麻雀牌唏哩花拉的响起来,不知怎么就往手指上碰了!

"四圈一散!"赵子曰的酒气比志气还壮,血红的眼睛盯着那张雪白的"白板"。四圈完了。

"再续四圈,不多续!明天赛球,我得早睡!"

……

"四点钟了!睡去!养足精神好替学校争些光荣!体育不可不讲,我告诉你们,小兄弟们!"

喔——喔——喔!鸡鸣了!

"风雨如晦,鸡鸣不已,"赵子曰念罢,倒在床上睡起来。

他在梦中又见着李景纯了,可是他祭起"红中""白板"把李景纯打的望影而逃!

4

商业大学的球场铺满了细黄沙土,深蓝色的球门后面罩上了雪白的线网。球场四围画好白灰线,顺着白线短木桩上系好粗麻绳,男女学生渐渐在木桩外站满,彼此交谈,口中冒出的热气慢慢的凝成一片薄雾。招待员们,欧阳天风与武端在内，执着小白旗，胸前飘着浅绿的绸条，穿梭似的前后左右跳动，并没有一定要做的事。几个风筝陪着斜阳在天上挂着，代表出风静云清初冬的晴美。斜阳迟迟顿顿的不忍离开这群男女，好似在他几十万年的经验中，这是头一次在中国看见这么活泼可爱的一群学生。

场外挽着发辫的卖糖的，一手遮着冻红的耳朵吆喝着："梨糕哑——酥糖呕！"警区半日学校的小学生，穿着灰色肥肿的棉短袄，吆喝着："烟来——烟卷儿！"男女学生头上的那层薄雾渐次浓厚，因为几百支烟卷的燃烧凑在一块儿，也不亚于工厂的一个小烟筒。地上的白灰线渐次逐节消灭，一半是被学生的鞋底碾去，一半是被瓜子、落花生的皮子盖住。

赛球员渐渐的露了面：商业大学的是灰色运动衣，棕色长毛袜，蓝色一把抓的小帽。名正大学的是红色运动衣，黑毛袜，白小帽。要是细看他们身上穿着的，头上戴着的，可以不用迟疑的下个结论："一些国货没有！"虽然他们有时候到杂货店去摔毁洋货。球员们到场全是弯着腿，缩着背，用手搓着露在外面的膝部，冻的直起鸡皮疙瘩，表示一些"软中硬"运动家的派头。入场之先，在场外找熟识的人们一一握手："老张！卖些力气！""不用多赢，半打就够！""老孙！小帽子漂亮呀！""往他们腿上使劲踢，李逵！"……球员们似乎听见，似乎没听见，只露着刚才刷过的白牙绕着圈儿向大家笑。到了场内，先攻门，溜腿，活动全身，球从高处飞来，轻轻的用脚尖一扣，扣在地上。然后假装一滑，脊背朝地，双脚竖起倒在地上。别个球员脚尖触地的跑过来，拾起皮球向倒在地上的那位膝上一摔，然后向周围一看，果然，四围的观众全笑了！守门的手足并用，横遮竖挡的不叫球攻入门内。有时候球已打在门后的白线网上，他却高高一跳，摸一摸球门的上框，作为没看见球进了门……

赵子曰到了！哈啦！哈啦！"赵铁牛到了！""可不是铁牛！"黑红的脸色，短粗的手脚，两腿故意往横着拐，大叉着步，真像世界无敌的运动家。运动袜上系了两根豆瓣绿的绸条，绿条上露着黑丛丛的毛腿。一腿踢死牛，无疑的！

他在场外拉不断，扯不断的和朋友们谈笑。又不住的向场内的同学们点手喊："老孟！今天多出点汗呀！""进来溜溜腿？""不用！有根！"说着向场内走，还回着头点头摆手。走到木桩切近，脚绊在麻绳上，整个大元宝似的跌进场内。四围雷也似的笑成一阵："看！铁牛又耍花样呢！"他蹬了蹬腿，打算一个鲤鱼打挺跳起来。可是他头上发沉，心中酸恶，怎么也立不起来。招待员们慌了："拿火酒！火酒！"一把一把的火酒咕唧咕唧的往他踢死牛的腿上拍。……"成了！成了！"他勉强笑着说："腿上没病，脑袋发晕！"

"老赵的腿许不跟劲，今天，你猜怎么着？"武端对欧阳天风说。

"别说丧气话！"

嘀——嘀——

评判员，一个滚斗筋似的小英国人，双腮鼓起多高把银笛吹的含着杀气。

场外千百个人头登时一根线拉着似的转向场内。吸烟的把一口烟含在口中暂时忘了往外喷，吃瓜子的把瓜子放在唇边且不去嗑……

场内，球员站好，赵子曰是左翼的先锋。

嘀——嘀！

赵子曰一阵怪风似的把球带过中线，"快！铁牛！Iong sh—oot！"把他自己的性命忘了，左旋右转的往前飞跑。也不知道是球踢着人，还是人踢着球，狮子滚球似的张牙舞爪的滚。

敌军的中卫把左足向前虚为一试，赵子曰把球向外一拐，正好，落在敌军中卫的右脚上，一踢把球送回。

"哈啦！哈啦！"轰的一声，商业大学的学生把帽子、手巾，甚至于烟卷盒全扔在空中，跳着脚喊。

"糟——糕！老赵！"赵子曰的同学一齐叹气。

这一分钟内，商业大学的学生都把眼珠努出一分多，名正大学的全把鼻子缩回五六厘！

赵子曰偷偷往四围一看，千百个嘴都像一致的说："老赵糟糕！"他装出十分镇静的样子，把手放在头上，隔着小帽子抓了一抓；好像一抓脑袋就把踢球的失败可以遮饰过去。（不知有什么理由！）正在抓他的脑袋，恰好球从后面飞来，正打在他的手上，也就是打在头上。他脑中嗡的响了一声，身子向前倒去，眼中一亮一亮的发现着："白板，""东风，""发财！"耳中恍惚的听见："Time out！"跟着四围的人声嘈杂："把他抬下来！""死东西！""死牛！""评判员不公！""打！打！"

欧阳天风跑进去把赵子曰搀起来。他扶着欧阳慢慢走到球门后，披上皮袍坐在地上。他的同学们还是一个劲儿的喊"打！"东北角上跟着有几个往场内跑，跑到评判员的跟前，不知为什么又跑回去了。后来才知道那几位全是近视眼，在场外没有看清评判员是洋人，哼！设若评判员不是洋人？

　　"哈啦！哈啦！"商业大学的学生又喊起来。赵子曰看得真真的，那个皮球和他自己只隔着那层白线网。

　　诗人周少濂缩着脖子，慢慢的扭过来，递给赵子曰一个小纸条：

　　"这赤色军，输啦！

　　反干不过那灰色的小丑鸭？

　　可是，输了就输了吧，

　　有什么要紧，哈哈！"

第四

1

红黄蓝绿各色的纸，黑白金紫各色的字，真草隶篆各体的书法，长篇短橛古文白话各样的文章，冷嘲热骂轻敲乱咒无所不有的骂话，——攻击与袒护校长的宣言，从名正大学的大门贴到后门，从墙脚粘到楼尖；还有一张贴在电线杆子上的。

大门碎了，牌匾摘了，玻璃破了，窗子飞了。校长室捣成土平，仪器室砸个粉碎。公文飞了一街，一张整的也没有。图书化为纸灰，只剩下命不该绝的半本《史记》。天花板上团团的泥迹，地板上一块块的碎砖头。什么也破碎了，除了一只痰盂还忍气吞声的立在礼堂的东南角。

校长室外一条扯断的麻绳，校长是捆起来打的。大门道五六只缎鞋，教员们是光着袜底逃跑的。公事房的门框上，三寸多长的一个洋钉子，盯着血已凝定的一只耳朵，那是服务二十多年老成持重的（罪案！）庶务员头上切下来的。校园温室的地上一片变成黑紫色的血，那是从一月挣十块钱的老园丁鼻子里倒出来的。

温室中鱼缸的金鱼，亮着白肚皮浮在水面上，整盒的粉笔在缸底上冒着气泡，煎熬着那些小金鱼的未散之魂。试验室中养的小青蛙的眼珠在砖块上粘着，丧了他们应在试验台上做鬼的小命。太阳愁的躲在黑云内一天没有出来，小老鼠在黑暗中得意扬扬的在屋里嚼着死去的小青蛙的腿……

报纸上三寸大的黑字报告着这学校风潮。电报挂着万万火急飞散到全国。教育部大门紧闭，二门不开，看着像一座久缺香火的大神龛。教育团体纷纷召集会议讨论救济办法，不期而同的决定了："看一看风头再说。"雄纠纠的大兵，枪上插着惯喝人血的刺刀，野兽似的把这座惨淡破碎的大学堂团团围住，好像只有他们这群东西敢立在那里！地上一滴滴的血痕，凝成一个一个小圆眼睛似的，静静的看大兵们的鞋底儿！……

2

"老赵！你怎么样？"李景纯到东方医院去看赵子曰。

"你来了，老李？"赵子曰头上裹着白布，面色惨黄像风息日落的天色。左臂兜着纱布，右腮上粘着一个粉红橡皮膏的十字；左右相衬，另有一番侠烈之风。"伤不重，有个七八天也就好了！欧阳呢？"

"在公寓睡觉呢！"李景纯越说的慢，越多带出几分情感。脸上的笑纹画出心中多少不平。

"他没受伤？"赵子曰问。他只恐怕欧阳天风受伤，可是不能自止的想欧阳一定受伤；他听了李景纯的话，从安慰中引起几分惊异。

"主张打人的怎会能受伤！"

"难道他没到学校去？"赵子曰似乎有些不信李景纯的话，这时候他倒深盼欧阳受一点伤。他好像不愿他的好友为肉体上的安全而损失一点人格。

"我没去，因为我不主张'打'；他也没去，因为他主张'打'！"

"呕！"赵子曰闭上眼，眉头皱在一处，设若他不是自己身上疼，或者是为别人痛心。

李景纯呆呆的看着他，半天没有说话。别的病房中的呻吟哀叹，乘着屋中的静寂渐次侵进来。李景纯看看赵子曰，听听病人的呻吟，觉得整个的世界陷在一张愁网之中。他平日奋斗的精神被这张悲痛的黑影遮掩得正像院中那株老树那样颓落。赵子曰似乎昏昏的睡去，他蹑足屏息的想往外走。

"老李，别走！"赵子曰忽然睁开眼，向李景纯苦笑了一笑，表示身上没有痛苦。

"你身上到底怎样？"

"不怎样，真的！"赵子曰慢慢抬起右手摸了摸头上的纱布，然后迟迟顿顿的说："我问你！——我问你！"

"什么事？"

"我问你！——王女士怎样？"赵子曰偷偷看了李景纯一眼，跟着把左右眼交互的开闭，看着自己的鼻翅，上面有一些细汗珠。

"她？听说也到医院来了，我正要看她去。"

"是吗？"赵子曰说完，又把眼闭上。

"说真的，你身上不难过？"

"不！不！"

李景纯心中有若干言语、问题，要说，都被赵子曰难过的样子给拦回去。不说，觉得对他不起；说，又怕增加他的苦痛与烦闷。走，怕赵子曰寂寞；不走，心中要说而不好意思说的话滚上滚下像一群要出巢的蜜蜂。正在为难，门儿开了，莫大年满面红光的走进来。他面上的红光把赵子曰的心照暖了几分。

"老赵，明天见！"李景纯好容易得着脱身的机会，又对莫大年说："你陪着老赵说话吧！"说完，他轻轻的往外走，走到门口回头看了看赵子曰，赵子曰脸上的笑容已不是前几分钟那样勉强了。

"老赵！"莫大年问："听说你被军阀把天灵盖掀了？"

"谁说的？掀了天灵盖还想活着？"赵子曰心中痛快多了，说话的气调锋利有趣了。

"人家都那么说吗！"莫大年的脸更红了，红的正和"傻老"的红脸蛋没分别。

"欧阳呢？"

"不知道！大概正在奔走运动呢，不一定！我来的时候遇见老武，他说待一会儿来看你。你问他，他的消息不是比咱灵通吗！"

"王女士呢？"赵子曰自然的说出来。

"我也不知道！管她们呢！"

"老莫，你没事吧？"

"没事，专来看你！"莫大年可说着一句痛快话，自己笑了一笑以示庆贺之意。

"好！咱们谈一谈！"赵子曰说着把两只眼睛睁的像两朵向日葵，随着莫大年脸上的红光乱转，身上的痛苦似乎都随着李景纯走了。"老莫！你知道王女士和张教授的秘密不知道？"

"什么秘密？"莫大年问。

"我问你哪！"

"我，我不知道！"

"你什么也不知道，老莫！除了吃你的红烧鱼头！"赵子曰笑起来，脸上的气色像雷雨过去的浮云，被阳光映的灰中带着一点红。

"老赵！明天见！明天我给你买橘子来！"莫大年满脸惭愧要往外走。

"老莫！我跟你说笑话哪，你就急啦？别走！"

"我还有事，明天来。"莫大年说着出了屋门。刚出屋门，立刻把嘴撅起来。自医院直到天台公寓一刻不停的嘟噜着："什么也不知道！不知道！人人叫咱傻老！傻老！"

3

莫大年第二天给赵子曰送了十几个橘子去，交给医院的号房，并没进去见赵子曰。他决不是恼了赵子曰，也不是心眼小料不开事。他所不痛快的是：生在这个新社会里，要是没有一种眼观六路，耳听八方，到处显出精明强干的能力，任凭有天好的本事，满肚子的学问，至好落个"老好"，或毫不客气叫你"傻蛋"！做土匪的有胆子拆铁路，绑洋人，就有做旅长的资格，还用说别的！以他的家计说，就是他终身不做事，也可以衣食无愁的过他一个人的太平天下。可是他憎嫌"傻蛋"这一类的徽号。他要在新社会里做个新式的红胡子、蓝靛脸的英雄。哪怕是做英雄只是热闹热闹耳目而没有真益处呢，到底英雄比傻蛋强！他明知道赵子曰是和他开玩笑，打哈哈，他也知道"不知秘密"与"爱吃红烧鱼头"算不了甚么大逆不道。可是，人人要用赵子曰式的笑脸对待他，还许就是"窝囊废""死鱼头"一类的恶名造成之因呢！这类的徽号不是欢蹦乱跳的青年所能忍受的！新青年有三畏：畏不强硬，畏不合逻辑，畏没头脑！莫大年呢，是天生的温厚，横眉立目要刺儿玩花腔是不会的。对于"逻辑"呢，他和别的青年一样不明白，可是别个青年一样的要避免这个"不合逻辑"的罪名。怎样避免？自然第一步要"有头脑"。所以三畏之中，莫大年第一要逃出"没头脑"的黑影，"知秘密"自然是头脑清晰，多知多懂的一种表示，那么，"知秘密"可以算作做新人物的惟一要素。"知秘密"便是实行"不傻蛋主义"的秘宝。

莫大年一面想，一面走，越想心中越难过！有时候他停住脚呆呆的看着古老的建筑物，他恨不得登时把北京城拆个土平，然后另造一座比纽约还新的城。自己的铜像立在二千五百五十层的楼尖上，用红绿的电灯忽明忽灭的射出："改造北京之莫大年！"

"老莫！上哪儿去？"

莫大年收敛收敛走出八万多里的玄想，回头看了看：

"老武！我没事闲逛。"

武端穿着新做的灰色洋服，蓝色双襟大氅。雪白的单硬领，系着一根印度织的绿地金花的领带。头上灰色宽沿呢帽，足下一尘不染的黄色、橡皮底皮鞋。胸脯鼓着，腰板挺着，大氅与裤子的折缝，根根见骨的立着。不粗不细的马蜂腰，被大氅圆圆的箍住，看不出是衣裳做的合适，还是身子天生来的架得起衣裳来。他向莫大年端着肩膀笑了一笑，然后由洋服的胸袋中掏出一块古铜色的绸子手巾，先顺风一抖，然后按在鼻子上，手指轻按，专凭鼻孔的"哼力"噌噌响了两声。这个浑厚多力的响声，闭上眼听，正和高鼻子的洋人的鼻音分毫不差。

莫大年像"看变戏法儿"似的看着武端，心中由羡慕而生出几分惭愧。武端是，在莫大年想，已经欧化成熟的新青年，他自己只不过比中国蠢而不灵的傻乡民少着一条发辫而已。

"老莫，玩一玩去，乘着罢课的机会！"

"上哪儿？"莫大年说着往后退了两步，低着头看武端的皮鞋一闪一闪的射金光，又看了看自己脚上的那双青缎厚底棉鞋！

"先上西食堂去吃饭？"武端说。

"我没洋服，坐在西食堂里未免发僵！"这两句话确是莫大年的真经验。因为西餐馆的摆台的是：对于穿洋服说洋话的客人，不给小账也伺候的周到；对于穿华服，说华语的照顾主，就是多给小账也不屑于应酬。更特别的：他们对穿洋服的说中国话，对穿华服的说外国话。所以认不清洋字菜单的人们为避免被奚落起见，顶好上山东老哥儿们的"大碗居"去吃打卤面比什么也不惹气。然而：

"那么，上民英西餐馆？你猜怎么着？那里全是中国人吃饭，摆台的也是中国话，而且喝酒可以划拳，好不好？走！"武端把左手插在大氅"廓其有容"的口袋里，右手带着小羊皮的淡黄色手套，过去插在莫大年右肘之下。两个人并肩而行，莫大年为武端的洋服展览，不便十分拒绝，虽然他真怕吃洋饭。

远远的看见民英餐馆的两面大幌子：左边一面白旗画着鲜血淋漓的一块二尺见方的牛肉，下面横写着三个大字"炸牛排"。右边一面红旗画着几位东倒西歪的法国醉鬼，手中拿着五星啤酒瓶往嘴里灌。武端看见这两面幌子，眉开眼笑的口中直往下咽唾液，正是望幌子而大嚼也解一些"洋馋！"莫大年的精神也振作起一些，觉着这两面大旗的背后，埋伏着一些"西洋文化！"

两个人进了民英餐馆，果然"三星，五魁"之声清亮而含着洋味，大概因为客人们喝的是洋酒。柜台前立着的老掌柜的把小帽脱下，拱着手说："来了，Sir！来了，Sir！"摆台的系着抹满牛油的黑油裙，（"白"的时代已经岁久年深不易查考了！）过来擦抹桌案，摆上刀叉和洋式酱油瓶。简单着说：这座饭馆样样是西式，样样也是华式，只是很难分析怎么调和来着。若是有人要做一部"东西文化与其'吃饭'"，这座饭馆当然可以供给无数的好材料。

"吃什么，大爷，Sir？"摆台的打着山东话问。乘着武端看菜单之际，他把抹布放在肩头，掏出鼻烟壶，脆脆的吸了两鼻子。

两个人要了西红柿炒山药蛋、烧鳜鱼、小瓶白兰地、冷牛舌头，和洋焦三仙（咖啡）。

武端把刀叉耍的漂亮而地道，真要压倒留学生，不让蓝眼鬼。莫大年闭着气把一口西红柿吞下，忙着灌了半杯凉水。

"老武，"莫大年没有再吃第二口西红柿的勇气，呷了一点白兰地，笑着问："告诉我，怎么就能知道秘密？"

"目的？哪一种？"武端说完，又把摆台的叫过来，要了一个干炸丸子加果酱。

"还有多少种？"

"什么事经科学方法分析没有种类呢，真是！"

"告诉我两样要紧的，多了我记不住。"

"好！你猜怎么着？好，告诉你两种：利用秘密和报告秘密，这是目的。你猜——好！先说目的，后说方法。"武端觉得自己非常宽宏大量，肯把他的经验传授给莫大年。

莫大年傻老似的聚精会神的听着。

武端呷了一口酒，嚼着牛舌头，又点上一支香烟。酒、牛舌头、烟，在嘴中匀和成一股令人起革命思想的味道。酒顺着食道下行，牛舌头一上一下的运动于齿舌之间，烟从鼻子眼慢慢的往外冒，谁要是这么做，谁也不能不感谢上帝造人的奇妙，他把牛舌头咽净，才正式向莫大年陈说：

"供给秘密是为讨朋友的欢心，博得社会上的信仰。这是在社会上活动惟一的要素，造成英雄伟人的第一步。举个例说：你猜怎么着？张天肆，你知道张天肆？财政部司长，司长！你要问他的出身，不必细说，凭他的名字可以猜得出：他本来叫张四，做了官才改成张天肆，张四，张司长！前三年他还是张四，因为报告给绥远都统一件秘密，你猜怎么着？当时他来了个绥远都统驻京办事处的科员，张科员！前三个月，他又报告给财政总长一件秘密，哈哈，抖起来了，司长！由张四而张天肆而科员而司长，将来，谁能说得定呢，也许张大帅，张总长，张总统，张牛头，因为他住家在三河县牛头镇！由张四而张总统，一根线拴着：知秘密！"武端喘了一口气又吃了一块牛舌头，心里想：设若张四"人以地名"有张牛头的希望，怎见得自己没有"人以物名"而被呼为武牛舌的可能呢！他笑了一笑，接着说，"至于利用秘密，你猜怎么着？那可就更有用，更深沉，更——抖了！利用一件秘密，往小里说，你可以毁一个人，一个学校，一个机关；往大里说，推倒一个内阁，逼走一个总统！谁有这份能力，谁就有立铜像的资格，又非张四之流仅仅荣耀一时的可比了；因为小而毁一个人，大而赶走一个总统，不管成功的大小，这样的举动与运用秘密的能力，非天生的雄才大略不办，非真英雄不办，非——你猜——"

"说了半天，是这么两种，是不是？"莫大年问："告诉我，我该采用哪一种？你现在用的是哪一种，和怎样用法？"

"我？惭愧！我用的是供给秘密！这个比利用秘密好办的多！你猜怎么着？欧阳天风近于利用秘密了，可是他的聪明咱们如何敢比呢！"

"那么，你看，我该先练习报告秘密，是不是？告诉我，怎么得秘密？"莫大年诚恳的问。

"其实，你猜——也没有一定的方法，只在自己留心。你看，瓦特看见开水壶就发明蒸汽机，他得着了开水壶的秘密，事事留心，处处留心，时时留心！喝！秘密多了！比如说，你在公园喝茶看见一对男女同行，跟着他们！那必有秘密！假如你发现了他们的暧昧的事，得！写在你的小笔记本上，一旦用着，那个结果绝不辜负你跟着他们的劳力！我告诉你，你知道学生会主席孙权怎么倒了，新任主席吴神敏怎么成的功？就是因为吴神敏在公园捉了孙权的奸！再说，就是不图甚么，得一些秘密说着玩儿不是也有趣吗！你猜——"

"那么我得下死工夫，先练习耳眼，是不是？"

"一定！手眼身法和练武术一样，得下苦工夫！"

"好！老武！谢谢你！饭账我候啦！告诉我，你还吃什么？！"

4

几天医院的生活，赵子曰在他自己身上发现了许多奇迹：右手按着左腕的脉门，从手指上会能觉到自己的心一秒钟也不休息，那么有节有拍的跳动。

脑子，更奇怪了，有时候在一阵黑潮狂浪过去之后，居然现出山高月小的一张水墨画。心中现出这种境界，叫他怀疑医院给他的洋药水里有什么不正当作用；至少那种药水的作用与烧酒不同；而作用异于烧酒的东西根本应当怀疑！医院的饭食，不错！设备，周到！然而他寂寞，无聊，烦苦！心中空空的像短了一块要紧的东西，像一位五十岁的寡妇把一颗明珠似的儿子丢了一样的愁闷！生命只是一片泛溢不定的潮水，没有一些着落，设若脑子不经烧酒激刺着！他开始明白人生与烧酒的关系！不但人生，世界文化的发展不过是酒瓶儿里的一点副产品！心房的跳动，脑中的思想，都是因为烧酒缺席，他们才敢这样做怪，才这样扰乱和平！他恨这个胡思乱想的脑子，他命令着他的脑子不准再思想，失败！原来没烧酒泡着的脑子是个天然要思想的玩艺儿，他急的直跺脚，没办法，他于无聊中觉悟了：为什么医院中把死人脑子装在酒精瓶子里？因为不用酒泡着，死后也不会得平安，还是要思想！他宁愿登时死了，把脑子装在酒精瓶子里，也比这样活受罪强！他长叹了一声，有心要触柱而死；可是他摸了摸脑瓢，舍不得！"忍耐！忍耐！出了医院再说！忍耐！希望！"

"李景纯的话不错，我应当找些事做。"他忽然想起来了，至于怎么想起来的，和怎么单想起做事而忘了李景纯告诉他的读书与种地，不但别人不知道，赵子曰自己也纳闷，好像一颗流星在天空飞过，不知从哪里落下来的，也不知道落到哪里去；好在这在空中一闪是不可磨灭的事实。"找什么事？当教员？开买卖？做官？——对！做官！"他噗哧的一笑，嘴中溅出几点唾星，好像一朵鲜花吐蕊把露水珠儿弹落下来似的。"也别说，会思想也有趣！居然想起做官了！哈哈！"他这一笑叫他想起：他七岁的时候在门外用自己的点心钱买过一只小黄鸟："七岁就会自动的买一只小黄鸟，快二十六岁了，又自动的想起应该做官。赵子曰呀，要不是圣人——难道是狗？"

"欧阳天风为什么不来？"他脑中那只小黄鸟又飞入他记忆力的最深远的那一处去，欧阳天风的暖烘烘的粉脸蛋与他自己的笑脸，像隔一层玻璃的两朵鲜花互相掩映。"他？正在激烈的奔走运动，一定！别累坏了哇！"他探头往窗外看了看：窗外那株老树慈眉善目的静静的立在那里："没刮风！谢谢老天爷！他的脸可受不住狂风的吹刺啊！哈哈！"

他笑着笑着眼前像电影换片子似的把那天打校长的光景复现出来："校长像屠户门前的肥羊似的绑在柱子上，你一拳，我一腿的打，祖宗三代的指着脸子骂。对，聂国鼎还啐了校长一脸唾沫呢。老庶务的耳朵血淋淋的割下来，当当当钉在门框上……"他身上觉得一阵不大合适，心中像大案贼临刑的那一刻追想平生的事迹，说不出是酸是甜，是哭是笑："老校长也怪可怜的！反正我没打他，我只用绳子捆他来着，谁知道捆上一定就打呢！他恨我不恨？我在他背后捆他来着，当然没看见我！——可是呀，就是他看见我，他又敢把咱赵子曰怎样？他敢开除我？也敢！凭咱在学界的势力，凭咱这两膀子力气，他也敢，除非他想揭他未完好的伤口！"这么一想，他心中的不自在又平静了。他觉得自己的势力所在，称孤道寡而有余，小小的校长，一个卖布小贩的儿子，有什么能为！"纵然是错打了他，错就错了吧；谁叫他不去当军阀而做校长呢！军阀做错了事也是对，我反正不惹他们拿枪的；校长做对了也是错，也该打，反正打完他没事！"他越想越痛快，越想越有理，觉得他打校长与不敢惹军阀都合于逻辑。这种合于逻辑的理论，叫他联想到他自己的势力与责任："咱老赵在医院，现在同学的开会谁做主席呢？难道除了咱还有第二个会做主席的？说着玩的呢，动不动也会做主席！就是有会的，他也得让咱老手一步不是！势力、声望、才干所在，不瞎吹！咱还根本不闹风潮呢，要不为做主席！"

他这样一想，开始觉得自己的身体有注意静养的必要，并不是为自己，是为学校，为社会，为国家，或者说为世界！他身上热腾腾的直往外冒热气，身子随着热气不由的往上飞，一直飞到喜马拉亚山的最高峰。立在那里只有他自己可以看清世界，只有他自己有收拾这个残落的世界的能力。身上的伤痕，（好在是被军阀打的）觉得有一些疼痛了，跟看护妇要点白兰地喝吧！

他正在这么由一只小黄鸟而到喜马拉亚山活动着他的脑子，莫大年忽然满脸含笑的走进来。赵子曰把刚才所发现的奇迹奇想慌忙收在那块琉璃球似的脑子里，对莫大年说：

"老莫，你昨天给我送橘子来，怎不进来看看你的老大哥，啊？"

"没秘密可报告，进来干吗！"莫大年傻而要露着精细的样子说。

"那么今天当然是有秘密了？"

"那还用说！"

"你看，老莫学的鼻子是鼻子，嘴是嘴了。来！听听你的秘密！"

"你被革除了，老赵！我管保我是头一个来告诉你的，是不是？"莫大年得意扬扬的说。

"你是说笑话呢，还是真事？"赵子曰笑的微有一点不自然了。

"真的！一共十七个，你是头一个！不说瞎话！你的乡亲周少濂也在内！"

赵子曰脸上颜色变了，半天没有言语。

"真的！"莫大年重了一句，希望赵子曰夸他得到消息这么快。

"老莫，你是傻子！"赵子曰笑得怪难看的，只有笑的形式而没有笑的滋味。"你难道不明白不应当报告病人恶消息吗？再说，"他的笑容已完全收起去，声音提高了一些："凭那个打不死的校长，什么东西，敢开除赵子曰，赵铁牛，笑话！"

莫大年的一团高兴像撞在石头上的鸡蛋，拍叉的一声，完了！他呆呆的看着赵子曰，脸上的热度一秒钟一秒钟的增高，烧的白眼珠都红了。忽然一语未发扭身便往外走。

"老莫，别走！"赵子曰随着莫大年往外看了一眼，由莫大年开开的门缝，看见远远往外走着一个人：弯弯的腰，细碎的脚步，好像是李景纯。"他又做什么来了？"

"啊？"莫大年回头看着赵子曰。

"没什么，老莫！"

"再见，老赵！"

第五

1

"子曰兄：

何等的光荣啊！你捆校长，我写了五十多张骂校长的新诗。我们都被革除了，虽败犹荣呀！同乡中能有几个做这样'赤色'的事，恐怕只有你我吧！

惭愧不能到医院去看你，乡亲！因为今晚上天津入神易大学。学哲学而不明白《周易》，如同打校长而不捆起来一样不彻底呀！这是我入神易大学的原因。

盼望你的伤痕早些好了，能到天津去找我！

不必气馁，名正大学不要咱们，别的大学去念！别的大学也不收咱们，拉倒！哈哈！勇敢的乡亲，天津三不管见！

你的诗友，

周少濂。"

念完这封信，赵子曰心中痛快多了！到底是诗人的量宽呀！本来吗，念书和不念书有什么要紧，太爷不玩啦！对！找老周去！天津玩玩去！

把老莫也得罪了，这是怎会说的！少濂的信早到一会儿，也不至于叫老莫撅着嘴走哇！真他妈的，我的心眼怎么那么窄呢！……

2

赵子曰身上的伤痕慢慢的好了。除了有时候精神不振作还由理想上觉得有些疼痛以外，在实际上伤疤被新的嫩肉顶得一阵阵痒的钻心，比疼痛的难过多了几分讨厌。医生准他到院中活动活动，他喜欢的像久旱逢甘雨的小蜗牛，伸着小犄角满院里溜达。喜欢之外，他心中还藏着一点甜蜜的希望；这点希望叫他的眼珠盯在女部病房那边，比张天师从照妖镜中看九尾仙狐还恳切细心。那边的门响，那边的笑声，那边的咳嗽，对于他都像很大的用意。楼廊上东来西去一个一个头蒙白纱，身穿白衣的看护妇们，小白蝴蝶儿似的飞来飞去：

"都是看护妇，没用！——也别说，看护妇也有漂亮的呀！可是——"

一天过去了，只看见些看护妇。

第二天，北风从没出太阳就疯牛似的吼起来。看护妇警告他不要到院中去。他气极了："婚姻到底是天定呀！万一她明天出院，今天又不准我到院子里去，你看，这不是坐失其机吗！风啊！设若这里有个风神，风神根本不是个好东西！设若风是大气的激荡，为什么单在今天激荡！"

他咒骂了一阵，风嬉皮笑脸的刮得更有筋骨了。他无法，只好躺在床上把朋友们送来的小说拿起看。越看越生气：一群群的黑字在眼前乱跳，一群过去，又是一群，全是一样的黑，连一个白净好看的也没有。他把小说用力往地上一摔，过去踏了两脚，把心中的怒气略解了万万分之一。然后背着手，鼓着胸，撅着嘴，在屋中乱走。有时候立在窗前往外看：院中那株老树摇着秃脑袋一个劲儿的乱动："妹妹的！把你连根刨出来！叫你气我！"

他于无可奈何之中，只好再躺在床上想哲学问题。他的哲学与乱想是一而二，二而一的。"酒要是补脑养身的，妇女便是满足性欲的东西。酒与妇女便是维持生活的两大要素！对！娶媳妇喝酒，喝酒娶媳妇；有工夫再出些风头，闹些风潮，挣些名誉。对！内而酒与妇人，外而风潮与名誉，一部人生哲学！……"

把哲学问题想的无可再想，他又想到实际上来："欧阳天风能帮助我，可是相隔咫尺还要什么传书递简的红娘吗？老李的人不错，可是他与她？哼！……有主意了！"

他从床上跳起来，用他小棒槌似的食指按了三下电铃。这一按电铃叫他觉出物质享受的荣耀，虽然他的哲学思想有时候是反对物质文明的。

"赵先生！"看护妇好像小鬼似的被电铃拘到，敬候赵子曰的神言法旨。

"你忙不忙？"赵子曰笑着问。

"有什么事？"

"我要知道一件事，你能给我打听打听不能？"

"什么事，赵先生？"看护妇脸上挂着冬夏常青的笑容，和善恳切的问。

"你要能给我办的好，我给你两块钱的小账，酒钱，——报酬！"赵子曰一时想不起恰当的名词来。

"医院没有这个规矩，先生。"

"不管有没有，你落两块钱不好！"

"到底什么事，先生？"

"他是——你——你给打听打听女部病房有位王灵石女士，她住在第几号，得的是什么病，和病势如何。行不行？"

"这不难，我去看一看诊查簿就知道了。"看护妇笑着走出去。

赵子曰倒疑惑了："怎么看护妇这么开通！一个男人问一个女人的病势，难道是正大光明的事？或者也许看护妇们做惯了红娘的勾引事业？奇怪！男女间的关系永远是秘密的，男女到一处，除了我和她，不是永远做臭而不可闻的事吗？医院自然是西洋办法，可是洋人男女之间是否可以随便呢？"他后悔了，他那个"孔教打底，西法恋爱镶边"的小心房一上一下的跳动起来："傻老！我为什么叫看护妇知道了我的秘密呢！傻！可是她一点奇惊的样子没有，或者她用另一种眼光看这种事？——哼，也许她为那两块钱！"

"赵先生！"不大的工夫看护妇便回来了："王女士住第七号房，她害的是妇女们常犯的血脉上的病。现在已经快好了。"她一说就往外走，毫没注意赵子曰的脸色举动。

"你回来！给你，这是你的两块钱！"

"不算什么，先生！"她笑着摆了摆手："医院中没有这个规矩。"

赵子曰坐在床上想了半天，想不出道理来。不要小账，不以男女的事为新奇。不用说，这个看护妇的干爸爸是洋人！

他想不透这个看护妇的心理，于是只好不想。他以为天下的事全有两方面：想得透的与想不透的。这想不透的一方面是根本不用想，有人要是非钻牛犄角死想不可，他一定是傻蛋！赵子曰决不愿做傻蛋。于是他把理想丢开，又看到事实上来：

"我以她是受了伤，怎么又是血脉病呢？李景纯这小子不告诉我，他与她，一定，没有好事！好，你李景纯等赵先生的！不叫你们的脑袋一齐掉下来，才怪！……"

第六

1

赵子曰的伤痕养好，出了医院。他一步一回头的往女部病房那边看，可怜，咫尺天涯，只是看不见王女士的倩影。他走到渐渐看不清医院的红楼了，叹了一口气，开始把心神的注意由王女士移到欧阳天风身上去。跟着，把脑中印着那个"她"撕得粉碎，一心的快回公寓去见——"他"！

他进了公寓，李顺笑脸相迎的问他身上大好了没有，医院中伺候的周到不周到。赵子曰心中有一星半点的感激李顺的诚恳，可是身份所在，还不便于和仆人谈心，于是哼儿哈儿的虚伪支应了几句。李顺开了第三号的屋门，撑擦尘土，又忙着去拿开水泡茶。子曰进屋里四围一看，屋中冷飕飕的惨淡了许多，好像城隍爷出巡后的城隍庙那么冷落无神。他不觉的叹了一口气。

"欧阳先生呢？"赵子曰问。

"和武先生出去了。"李顺回答："大概回来的快！嘛！"

赵子曰抓耳挠腮的在屋等着。忽然院中像武端咳嗽。推开屋门一看，果然欧阳天风和武端正肩靠着肩往南屋走。

"我说——"赵子曰喜欢的跳起多高，嚷着："我说——"

"哈哈！老赵！你可回来了！倒没得破伤风死了！"欧阳天风一片被风吹落的花瓣似的扑过赵子曰来，两个人亲热的拉住手。赵子曰不知道哭好还是笑好，只觉得欧阳天风的俏皮话比李顺的庸俗而诚恳的问好，好听得不只十万倍。

他又向武端握手，武端从洋服的裤袋中把手伸出，轻轻的向赵子曰的手指上一挨，然后在他的黄肿脸上似是而非的画了一条笑纹。

"进来！老赵！告诉我们你在医院都吃什么好东西来着！"欧阳天风把

赵子曰拉进屋里去。

"吃好东西？你不打听打听你老大哥受的苦处！"赵子曰和欧阳天风像两只小猫，你用小尾巴抽我一下，我把小耳朵触着你的小鼻子，那样天真烂熳的斗弄着。

"先别拌嘴，"武端说："老赵，你猜怎么着？我有秘密告诉你！"

"走！上饭馆去说！上金来凤喝点老'窨陈'，怎么样？"赵子曰问。

"你才出医院，我给你压惊接风，欧阳作陪！"武端说："你猜怎么着？听我的秘密，就算赏脸赐光，酒饭倒是小事！"

"不论谁花钱吧，咱欧阳破着老肚吃你们个落花流水，自己朋友！"欧阳天风这样一说，赵子曰和武端脸上都挂上一层金光，非在欧阳面前显些阔气亲热不可。

武端披上大氅，赵子曰换了一件马褂，三个人乌烟瘴气的到了金来凤羊肉馆。

"赵先生，武先生，欧阳先生！"金来凤掌柜的含笑招待他们："赵先生，怎么十几天没来？又打着白旗上总统府了吧？这一回打了总统几个脖儿拐？"

赵子曰笑而不答，心中暗暗欣赏掌柜的说话有分寸。

掌柜的领着他们三位往雅座走，三位仰着脸谈笑，连散座上的人们看也不看。好像是吃一碗羊杂碎，喝二两白干的人们是没有吃饭馆的资格似的。

进了雅座，赵子曰老大哥似的命令着他们："欧阳！你点菜！老武！告诉我你的秘密！"

"老赵！这可是关于你的事，你听了不生气？"武端问。

"不生气！有涵养！"

"你猜怎么着？"武端低声的说："王女士已经把相片给了张教授！那个相片在哪里照的我都知道，廊房头条光容像馆！六寸半身是四块半钱一打，她洗了半打！这个消息有价值没有？老赵！"

赵子曰没言语。

"老武！"欧阳天风点好了菜，把全副精神移到这个秘密圈里来："你的消息是千真万确！所不好办的，是我们不敢惹张教授！"

"你把单多数说清楚了！"赵子曰说："是'我'还是'我们'不敢惹姓张的？我老赵凭这两个拳头，哪怕姓张的是三头六臂九条尾巴，我一概不论！为一个女人本值不得拿刀动杖，我要赌这口气！况且姓张的是王女士的老师，我要替社会杀了这种败伦伤俗的狗。"

"老赵原谅我！我说的是'我'不敢惹张教授！可是你真有心斗气，我愿意暗地帮助你！"

"哼！"

"其实，你猜怎么着？张教授也不过是卖酸枣儿出身，又有什么不好斗！"武端说。

"我并不是说张教授的势力一定比咱们大，我说的是他的精明鬼道不好斗！"欧阳天风向武端说，然后又对赵子曰说："据我看，我们还是斗智不斗力。"

"什么意思？"赵子曰问。

"你先告诉我，你还愿意回学校不呢？"

"书念腻了，回学校不回没什么关系！"

"自然本着良心不念书了，谁也拦不住你；可是别人怎样批评你呢？"欧阳天风笑着说；"难道人们不说：'喝！赵子曰堂堂学生会的主席，被学校革除之后避猫鼠似的忍了气啦！'老赵，凭这样两句话，你几年造成的名誉，岂不一旦扫地！"

"那么我得运动回校？"赵子曰的精神振作起好多，"放下书本到社会上去服务"的决定，又根本发生了摇动。

"自然！回校以后，不想念书，再光明正大的告退。告退的时候，叫校长在你屁股后头行三鞠躬礼，全体职教员送出大门呼三声'赵子曰万岁'！"

"你猜怎么着？"武端的心史又翻开了一页："商业大学的周校长在礼堂上给学生们行三跪九叩首礼，这是前三个月的事，我亲眼看见的！三跪九叩！"

酒菜上来了，三个人暂时把精神迁到炸春卷、烧羊尾上面去。杯碟匙箸相触与唇齿舌喉互动之声，渐次声势浩大。没话的不想说，有话的不能说，因发音的机官大部分都被食物塞得"此路不通！"

"你听着，"吃了老大半天，欧阳天风决意牺牲，把一口炸春卷贴在腮的内部，舌头有了一点翻腾的空隙："我告诉你，现在同学们的情形，你就明白你与学校风潮的关系了：现在五百多同学，大约着说分成三百二十七党。有主张拥护校长的，有主张拥戴张教授的，有主张组织校务委员会的，有主张把校产变卖大家分钱一散的……一时说不尽。"他缓了一口气，把贴在腮部的炸春卷揭下来咽下去。"主要原因是缺乏有势力的领袖，缺乏像你，老赵，这样有势力、能干、名望的领袖！所以现在你要是打起精神干，我管保同学们像共和国体下的国民又见着真龙天子一样的欢迎你，服从你！——"

"老赵，你猜怎么着？"武端先把末一块炸春卷夹在自己碟子里，然后这样说："听说德国还是要复辟，真的！"

"那么，"欧阳天风接着说："你要是有心回校，当然成功。因为凭你的力量使校长复职，校长能不把开除你的牌示撤销吗！回校以后，再告退不念了，校长能不在你屁股后头鞠三躬吗！——"

"可是，我打了校长，现在又欢迎他复职，不是叫人看着自相矛盾吗？"赵子曰在医院中养成哲学化的脑子，到如今，酒已喝了不少，还会这样起玄妙的作用；到底住医院有好处，他自己也这么承认！

"那不是此一时，彼一时吗！不是你要利用机会打倒张教授夺回王女士吗！这不过是一种手段，谁又真心去捧老校长呢！"

"怎么？"

"你看，捧校长便是打倒张教授，打倒张教授便是夺回王女士！现在咱们设法去偷王女士给张教授的相片，"欧阳天风说着，看了武端一眼。"偷出来之后，在开全体学生会议的时候当众宣布他们的秘密。这样，拥张的同学是不是当时便得倒戈？是！一定！同时，拥护校长的自然增加了势力。然后我们在报纸上再登他几段关于张教授的艳史，叫他名誉扫地，再也不能在教育界吃饭。他没有事做，当然挣不到钱；没有钱还能做风流的事？自然谁也知道，不用我说，金钱是恋爱场中的柱顶石；没钱而想讲爱情，和没眼睛想看花儿一样无望！那么，你乘这个机会，破两顷地，老赵，你呀，哈哈，大喜啦！王女士便成了赵太太啦！"

"可是，"赵子曰心里已乐得痒痒的难过，可是依旧板着面孔的问："这么一办，王女士的名誉岂不也跟着受影响？"

"没关系！"

"怎么？"

"我们一共有多少同学？"

"五百多。"

"五百五十七个。比上学期多二十三个。"武端说。

"其中有多少女的？"欧阳天风问。

"十个，有一个是瘸子。"武端替赵子曰回答。"完啦！女的还不过百分之二，换句话说，一个女子的价值等于五十个男人。所以男女的风流事被揭破之后，永远是男的背着罪名，女的没事；而且越这样吵嚷，女的名誉越大，越吃香！你明白这个？我的小铁牛！"

"干！"赵子曰乐的不知说什么好，一连气说了十二个（武端记的清楚）"干！"

2

赵子曰遍访天台公寓的朋友，握手，点头，交换烟卷，人人觉得天台公寓的灵魂失而复得！在他住医院那几天，他们又麻雀甚至于不出"清三翻"；烧酒喝多了，只管呕吐，会想不起乱打一阵发酒疯。赵子曰回来了！可回来了！头一次坐下打牌就出了十五个贯和，头一次喝酒就有四个打破了鼻子的！痛快！高兴！赵子曰回来又把生命的真意带回来了！吃酒，打牌，听秘密，计划风潮的进行，唱二簧，拉胡琴，打架，骂李顺——全有生气！赵子曰忙的头昏眼晕，夜间连把棉裤脱下来再睡的工夫也没有，早晨起来连漱口的工夫也没有，可是他觉得嘴里更清爽！姓王的告诉他的新闻，他告诉姓张的，姓张的告诉他的消息，他又告诉给姓蔡的；所没有的说，坐在一块讲烟卷的好歹；讲完烟卷，再没的说，造个谣言！

他早晨起来遇上心气清明，也从小玻璃窗中向李景纯屋里望一望，然而："老李这小子和王女士有一腿，该杀！"

况且自从他由医院出来，朋友们总伸着大拇指称他为"志士"、"英雄"。只有李景纯淡而不厌的未曾夸奖过他一句。在新社会里有两大势力：军阀与学生。军阀是除了不打外国人，见着谁也值三皮带。学生是除了不打军阀，见着谁也值一手杖。于是这两大势力并进齐驱，叫老百姓们见识一些"新武化主义"。不打外国人的军阀要是不欺侮平民，他根本不够当军阀的资格。不打军阀的学生要不打校长教员，也算不了有志气的青年。只有李景纯不夸奖赵子曰的武功，哼！只有李景纯是个不懂新潮流的废物！

至于赵子曰打了校长，而军阀又打了赵子曰？这个问题赵子曰没有思想过，也值不得一想！

3

光阴随着冬日的风沙飞过去了，匆匆已是阴历新年。赵子曰终日奔忙，

屋里的月份牌从入医院以后就没往下撕。可是街上的爆竹一声声的响，叫他无法不承认是到了新年，公寓中的朋友一个个满脸喜气的回家去过年，只剩下了赵子曰、欧阳天风和李景纯。赵子曰是起下誓，不再吃他那个小脚媳妇捏的饺子，并不是他与饺子有仇，是恨那个饺子制造者；他对于这个举动有个很好的名词来表示："抵制家货！"欧阳天风呢，一来是无家可归，二来是新年在京正好打牌多挣一些钱。李景纯是得了他母亲的信不愿他冬寒时冷的往家跑，他自己也愿意乘着年假多念一些书；他们母子彼此明白，亲爱，所以他们母子决定不在新年见面。

除夕！赵子曰寂寞的要死了！躺在床上？外面声声的爆竹惊碎他的睡意！到街上去逛？皮袍子被欧阳天风拿走，大概是暂时放在典当铺；穿着棉袍上大街去，纵然自己有此勇气，其奈有辱于人类何！桌上摆着三瓶烧酒，十几样干果点心，没心去动；为国家，社会起见，也是不去动好；不然，酒入愁肠再兴了自杀之念，如苍生何！

到了一点多钟，南屋里李景纯还哼哼唧唧的念书。"不合人道！"赵子曰几次开开门要叫："老李！"话到唇边又收回去了。

当当！两点钟了！他鼓着勇气，拿起一瓶酒和几样干果，向南屋跑去：

"老李！老李！"

"进来，老赵！"

"我要闷死了！咱们两个喝一喝！"

"好，我陪你喝一点吧！只是一点，我的酒量不成！""老李！好朋友！"赵子曰灌下两杯酒，对李景纯又亲热了好多："告诉我，你与王女士的关系！我们的交情要紧，不便为一个女人犯了心，是不是？"

"我与王女士，王灵石女士？没关系！"

"好！老李你这个人霸道，不拿真朋友待我！"

"老赵！我们自幼没受过男女自由交际的教育，我们不懂什么叫男女的关系！我们谈别的吧——"

4

"先生！大年底下的，不多给，还少给吗？"公寓外一个洋车夫嚷嚷着。

"你混蛋！太爷才少给钱呢！"欧阳天风的声音。

"先生，你要骂人，妈的我可打你！"

"你敢，你姥姥——"欧阳天风的舌头似乎是卷着说话。

赵子曰放下酒杯，猛虎扑食似的扑出去。跑到街门外，看见洋车夫拉着欧阳天风的胳臂要动武，欧阳天风东倒西歪的往外夺他的胳臂。

公寓门外的电灯因祝贺新年的原因，特别罩上了一个红纱灯罩。红的灯光把欧阳天风的粉面照得更艳美了几分。那个车夫满头是汗，口中沸吓沸吓的冒着白气，都在唇上的乱胡子上凝成水珠。这个车夫立在红灯光之下，不但不显着新年有什么可庆贺的地方，反倒把生命的惨淡增厚了几分。

"你敢，拉车的！"赵子曰指着车夫说。

"先生，你听明白了！讲好三十个铜子拉到这里，现在他给我十八个！讲理不讲理，你们做先生的？"车夫一边喘一边说。

"欠多少？"李景纯也跑出来，问。

"十二个！先生！"

李景纯掏出一张二十铜子的钱票给了拉车的。

"谢谢先生！这是升官发财的先生！别像他——"拉车的把车拉起来，嘴中叨哩叨唠的向巷外走去。

欧阳天风脸喝得红扑扑的，像两片红玫瑰花瓣。他把脸伏在赵子曰的肩头上，香喷喷的酒味一丝丝的向外发散，把赵子曰的心像一团黄蜡被热气吹化了似的。

"老赵！老赵！我活不了！死！死！"欧阳天风闭着眼睛半哭半笑的说。

"老赵！我们搀着他，叫他去睡吧！"李景纯低声的说。

……

满天的星斗，时时空中射起一星星的烟火，和散碎的星光联成一片。烟火散落，空中的黑暗看着有无限的惨淡！街上的人喧马叫闹闹吵吵的混成一片。邻近的人家，呱哒呱哒的切煮饽饽馅子。雍和宫的号筒时时随着北风吹来。门外不时的几个要饭的小孩子喊："送财神爷来啦！"惹得四邻的小狗不住的汪汪的叫。……这些个声音，叫旅居的人们不由的想家。北京的夜里，差不多只有大年三十的晚上有这么热闹。这种异常的喧嚣叫人们不能不起一种特别的感想……

赵子曰在院中站了好大半天，点了点头，叹了一口气！

第七

1

莫大年在一个住在北京的亲戚家过年，除了酒肉的享受，一心一意的要探听些秘密，以便回公寓去的时候得些荣誉。

那是正月初三的晚间，一弯新月在天的西南角只笑了一笑就不见了。莫大年吃完晚饭对他的亲戚说：去逛城南游艺园。自己到厨房灌了一小酒闷子烧酒，带在腰间。

街上的铺户全关着门。猪肉铺的徒弟们敲着锣鼓，奏着屠户之乐，听着有一些杀气。小酒铺半掩着门，几个无家可归的酒徒，小驴儿似的喊着新春之声的"哥俩好！""四季发财！"马路上除了排着队走的巡警，差不多没有什么行人。偶尔一两辆摩托车飞过，整队的巡警忙着把路让开，显出街上还有一些动作，并不是全城的人们，因新春酒肉过度的结果，都在家里闹肚子拉稀。再说，不时的还听见凄凉而含有希望的"车呀！车！"呢。莫大年踱来踱去，约摸着有十点多钟了，开始扯开大步往东直门走。走到北新桥，往东看黑洞洞的城楼一声不发的好像一个活腻了的老看护妇，半打着盹儿看着这群吃多了闹肚子的病人，嗡——嗡——雍和宫的号声，阴惨惨好似在地狱里吹给鬼们听。莫大年抖了抖精神，从北新桥往北走。走到张家胡同的东口，他四围望了一望，才进了胡同口。胡同里的路灯很羞涩而虚心的，不敢多照，只照出一尺来大一个绿圆圈。隔着十八九丈就有一支灯，除了近视眼的人，谁也不敢抱怨警区不做公益事，只要你能有运气不往矢橛上走。莫大年在黑影里走了五六分钟，约摸着到了目的地。他掏出火柴假装点烟，就势向路南的一家门上照了照"六十二号"。他摸着南墙又往前走，走到六十号，他立住了，四外没有人声，他慢慢上了台阶。把耳朵贴在街门上听，里边没有动静。他试着推了推门，门是虚掩着，开开了一点。他忙着走下台阶来，心里噗咚噗咚直打鼓，脑门上出了一片粘汗。

哗啷哗啷的刀链响，从西面来了一个巡警。莫大年想拔腿往东跑，心中偶然一动，镇静了几秒钟，反向前迎过那个巡警来。

"借光！这是六十号吗？黑影里看不真！"

"不错！先生！"那个巡警并没停住脚向东走去。

莫大年等巡警走远，又上了台阶。大着胆子轻轻推开门，门洞漆黑的好像一群鬼影做成的一张黑幔。他一步一步试着往里走，除了自己的牙哒哒的响，一点别的声音听不到。出了门洞，西边有一株小树，离小树三四尺，便是界墙。树的西边是北房，门洞与北房的山墙形成一条小胡同似的夹着那株小树。他倚在北房的墙垛探着头看，北屋中一点光亮没有，可是影影抄抄的看见西房，大概是两间，微微有些光亮；不是灯烛，而是一跳一跳的炉中的火光。他定了定神，退回到那株小树，背倚着树干，掏出小酒闷子咽了一口酒。酒咽下去，打了一个冷战，精神为之一振。他计划着：

"她没在家？还是睡了？不能睡，街门还没关好！等她回来！可是怎么问她呢？她认识我，对！……可是她要是疑心，而喊巡警拿我呢？"他又喝了一口酒。"我呀？乘早跑！……"

他把小酒闷子带好，正要往外跑，街门响了一声！他的心要是没有喉部的机关挡着，早从嘴中跳出来了。他紧靠着树干，闭着气，腿在裤子里离筋离骨的哆嗦。街门开了之后，像是两个人的脚步声音走进来。可是还没有出门洞就停止住了。一个女的声音低微而着急的说：

"你走！走！不然，我喊巡警！"

"我不能走，你得应许我那件事！"一个男子的声音这样说。

莫大年竖着耳朵听，眼前漆抹乌黑，外面两个人嘀咕，他不知这到底是在梦里，还是真事。

"我喊巡警！"那个女的又重了一句。

"我不怕丢脸！你怕！你喊！你喊！"那个男子低声的威吓着。

那个男子的声音，莫大年听着怪耳熟的，他心中镇静了许多。轻轻的扭过头来往外看，什么也看不见。那两个人似乎在门洞的台阶上立着，正好被墙垛给遮住。

那两个人半天没有言语，忽然那个女的向院里跑来。那个男的向前赶了几步，到正房的墙垛便站住了。那个女子跑到西屋的窗外，低声的叫："钱大妈！钱大妈！"

"啊？"西屋中一个老婆婆似由梦中惊醒。

"钱大妈，起来！"

"王姑娘，怎么啦？"

"我走！我走！"那个男子像对他自己说。可是莫大年听的真真的，说完他慢慢的走出去。

"给我两根火柴，钱大妈！"那个女的对屋中的老妇人说。

莫大年心中一动，从树根下爬到北墙，把耳朵贴在地上听：墙外咚咚的脚步是往西去了。他又听了听院中，两个妇人还一答一和的说话。他爬到门洞，一团毛似的滚出去。出了街门，他的心房咚的一声落下去，他喜欢的疯了似的往东跑去。一气跑到了北新桥。只有一辆洋车在路旁放着。

"洋车！交道口！"

"四毛钱！先生！"

"拉过来！"

……

他藏在一家铺户的檐下，两眼不错眼珠的看着十字道口的那盏煤气灯。

从北来了一个人，借着煤气灯的光儿，连衣裳都看得清清楚楚的。

"不错，是他！"

2

初四早晨，李顺刚起来打扫门外，莫大年步下走着满头是汗进了巷口。

"新喜！莫先生！怎么这么早就起来啦？"李顺问。

"赵先生在不在？新喜！李顺！"

"还睡着呢！"

"来，李顺！把这块钱拿去，给你媳妇买枝红石榴花戴！"莫大年从夜里发现秘密之后，看见谁都似乎值得赏一块钱，见着李顺才现诸实行。

"哪有这么办的，先生！"李顺说着把钱接过来，在手心中颠了颠，藏在衣袋中的深处。"谢谢先生！给先生拜年了，这是怎会说的，真是！"

"莫先生！新喜！这里给先生拜拜年！"卖白薯的春二，挑着一担子大山里红糖葫芦，和一些小风筝之类（新年暂时改行），往城外去赶庙会。

"新喜！春二！糖葫芦做的好哇！"

"来！孝敬先生一串！真正十三陵大山里红，不屈心！"春二选了一串糖葫芦，作了一个揖，又请了一个安，递给莫大年。可是李顺慌忙的接过去了。

"春二，给你这四毛钱！"

"嘿！我的先生！财神爷！就盼你娶个顺心的，漂漂亮亮的财神奶奶！"

……

"哇啦——噗，哇啦，哇啦，波，噗！"金銮殿中翻江倒海似的漱起口来。

"老赵！新喜！新喜！"莫大年走过第三号来。

"哇老，噗莫！新——噗！"

"新年过的怎样？"莫大年进了第三号。赵子曰的嘴唇四围画着一个白圈——牙粉——，好像刚和磨房的磨官儿亲了个嘴似的。

"别题！要闷死！你们有家有庙的全去享福，谁管我这无主的孤魂！"赵子曰的漱口已告一段落，开始张牙舞爪的洗脸。

"欧阳呢？"莫大年低声的问。

"大概还睡呢！"

"今天咱们逛逛去，好不好？行不行？"莫大年唯恐赵子曰说道"不行"，站在他背后重了三四遍："行不行？"为是叫赵子曰明白这个请求是只准赞成而不得驳回的。

"上哪儿？"

"随你！除了游逛之外，还有秘密要告诉你！"

"上白云观？"

"好！快着！说走就走，别等起风！"莫大年催着赵子曰快走，只恐欧阳天风起来，打破他的计划。

赵子曰是被新年的寂苦折磨的，一心盼有个朋友来，不敢冷淡莫大年。忙着七手八脚的擦脸，穿衣裳，戴帽子。打扮停妥，对着镜子照了照，左耳上还挂着一团白胰子沫。

3

人们由心里觉得暖和了，其实天气还是很冷。尤其是逛庙会的人们，步行的，坐车的，全带着一团轻快的精神。平则门外的黄沙土路上，骑着小驴的村女们，裹着绸缎的城里头的小姐太太们，都笑吟吟到白云古寺去挤那么一回。

"吃喝玩逛"是新春的生命享受。所谓"逛"者就是"挤"，挤得出了一身汗，"逛"之目的达矣。

浅蓝的山色，翠屏似的在西边摆着。古墓上的老松奇曲古怪的探出苍绿的枝儿，有的枝头上挂着个撕破的小红风筝，好似老太太戴着小红绢花那么朴美。路上沙沙的蹄声和叮叮的铃响，小驴儿们像随走随作诗似的那么有音有韵的。……然而这些个美景都不在"逛"的范围以内。

茶棚里的娇美的太太们，豆汁摊上的红袄绿裤的村女们，庙门外的赌糖的，押洋烟的，庙内桥翅下坐着的只顾铜子不怕挨打的老道士……这些个才是值得一看的。

白云观有白云观的历史与特色，大钟寺有大钟寺的古迹和奇趣。可是逛的人们永远是喝豆汁，赌糖，押洋烟。大钟寺和白云观的热闹与拥挤是逛的目的，什么古迹不古迹的倒不成问题。白云观的茶棚里和海王村的一样喊着："这边您哪！高飓眼亮，得瞧得看！"瞧什么？看什么？这个问题要这样证明：设若有一家茶棚的茶役这样喊："这边得看西山！这边清静！"我准保这个茶棚里一位照顾主儿也没有。

所以形容北京的庙会，不必一一的描写。只要说："人很多，把妇女的鞋挤掉了不少。"就够了。虽然这样形容有些千篇一律的毛病，可是事实如此，非这样写不可。

赵子曰和莫大年到了"很热闹"的白云观。

莫大年主张先在茶棚里吃些东西，喝点茶；倒不是肚子里饿，是心里窝藏着的那些秘密，长着一对小犄角似的一个劲儿往外顶。赵子曰是真饿，闻着茶棚内的叉烧肉味，肚里不住的咕罗咕罗直奏乐。

"老赵！我该说了吧？"两个人刚坐好，没等要点心茶水，莫大年就这样问。

"别忙！先要点吃食！反正你的秘密不外乎糖豆大酸枣！"赵子曰笑着说，跟着要了些硬面火烧，叉烧肉，和两壶白干。

"老赵，你别小看人！我问你，昨天你和欧阳在一块儿来着没有？"

"没有！"

"完啦，我看见他了！不但他，还有她！"莫大年高兴非常，脸上的红光，真不弱于逛庙的村女的红棉袄。

“谁？”赵子曰自要听见有“女”字旁的字，永远和白干酒一样，叫他心中起异样的奋兴。他张着大嘴又要问一声：“谁？”

“王女士！”

“可是他们两个是好朋友！”

“我没看见过那样的好朋友！他对她的态度，不是朋友们所应有的，更不是男的对女的所应有的！……”莫大年把夜里的探险，详详细细的说一遍，然后很诚恳的说：“老赵！我老莫是个傻子，我告诉你一句傻话：赶快找事做或是回家，不必再蹚浑水！欧阳那小子不可靠！”

“可是我自己也得访察访察不是？万一这件事的内容不像你所想的呢？再说，学校的事我也放下不管？回家？”赵子曰带出一些傲慢的态度，说着咂了一口酒。

“学校将来是要解散！”莫大年坚决的说。

“你怎么知道？”

“李景纯这样说吗！”

“听他的！”

“老赵，得！我的话说完了，你爱逛庙你自己逛吧，我回公寓去睡觉！——听我的话，赶快往干净地方走。别再蹚浑水！回头见！”

第八

1

赵子曰坐在二等车上，身旁放着一只半大的洋式皮箱，箱中很费周折的放着一双青缎鞋。车从东车站开动的十分钟内，他不顾想别的事，只暗自赞赏这不用驴拉也走的很快的火车："增光耀祖！祖宗连火车没有见过，还用说坐火车！自然火车的发明是科学家的光荣，可是赞美火车是我的义务！"他看了看车中的旅客：有的张着大嘴打着旅行式的哈欠，好像没上车之前就预备好几个哈欠在车上来表现似的；有的拿着张欣生一类[1]的车站上的文学书，而眼睛呆呆的射在对面女客人的腿上；有的口衔着大吕宋烟，每隔三分钟掏出金表看一看；……俗气！讨厌！他把眼光从远处往回收，看到自己身旁的洋式皮箱，他觉得只是他自己有坐二等车的资格与身份！

"莫大年的话确是有几分可靠，可是，"闷！闷！火车拉了两声汽笛。"这样偷跑，不把欧阳的小心急碎？可是，"咕咙咕咙火车走过一道小铁桥。"王女士？想也无益！"他看了看窗外：屋宇、树木、电线杆都一顺边的往外倒退着："哼！"……

车到了廊坊，他觉得有些新生趣与希望，渐渐把在廊坊以北所想的，埋在脑中的深部，而计划将来的一切：

"周少濂接到我的信没有？快信？这只箱子至少叫几个脚夫抬着？两个也许够了？好在只有一双缎鞋！下了火车雇洋车是摩托车？自然是摩托车！坐二等车而雇洋车，不像一句话！……"

车到了老龙头，旅客们搬行李，掏车票，喊脚夫，看表，打个末次的哈欠，闹成一团。赵子曰安然不动的坐在车上，专等脚夫来领旨搬皮箱；他看着

---

[1] 张欣生一类，指当时流行的黄色小说。张氏是写这种小说的代表人物。

别人的忙乱，不由的笑了笑："没有涵养！"

"子曰！子曰！"站台上像用钢锉磨锯齿那么尖而难听的喊了两声。

赵子曰随着声音往四下看：周少濂正在人群中往前挤。他穿着一身蓝色制服，头上顶着一个八角的学士帽，帽顶上绣着金线的一个八卦。赵子曰看周少濂的新装束，忍不住的要笑。心里说："真正改良八卦教匪呀！"

"老周！喊脚夫，搬箱子！"

周少濂跳着两根秫秸秆似的小细腿，心肥腿瘦的，勇敢而危险的，跳上车去。他和赵子曰握了握手，把两只笑眼的笑纹展宽了一些，同时鼻子一耸，哭的样式也随着扩充，跟着把他那只皮箱提起来了。

"等脚夫搬！"赵子曰倒不是怕周少濂受累，却是怕有失身份。

"不重！这金黄色的箱子和空的一样！"周少濂提着箱子就往外走，赵子曰也只好跟着走。"这程子好？赤色的乡亲？"

"悲观得很！"赵子曰说。（其实不叫脚夫搬箱子也是可悲的一件事。）

两个人说着话走出了站台，赵子曰向前抢了几步，把一辆摩托车点手叫了过来。他先叫周少濂上车，然后他手扶着车门往四下一望，笑了笑，弯着腰上了车："法界，神易大学！"

2

天津，法界，神易大学是驰名全世界的以《易经》为主体而研究，而发明，一切科学与哲学的。

神易大学共设八科：哲学、文学、心理、地质、机械、电气、教育和政治。学生入学先读二年《易经》，《易经》念的朗朗上口，然后准其分科入系。入哪一科是由校长占卜决定之。各科的讲义是按照六十四卦的程序编定的。因版权所有的关系，我不敢抄袭那神圣不敢侵犯的讲义，再说道理太深也不是常人所能了解的；我只好把最粗浅的一些道理说明一番：

以乾坤二卦说，在神易大学的地质学科是这么讲：

☰和☷便是地层的横断图，而坤卦当中特别看得出地层分裂的痕迹。设若画成这样：▥，▤便是地层的竖断图。经上所说的："初九潜龙勿用"，"初二见龙在田"，那是毫无疑义的说明地层里埋着的古代生物化石。所谓"潜龙"，所谓"在田"，不是说古代生物埋在地里了吗。所谓"初九"，"初二"，不是说地层的层次吗。况且，龙又是古代生物；不然，为什么不说"见猫在田？"

再把这两卦移到机械学里讲，那便是阴阳螺丝的说明。假若把这两卦画成这样：☳，☶这不是两个螺丝吗。把他们放在一处，䷚难道不是一个螺丝钻透一块木板的图吗。

那么把六十四卦应用到电气学上讲，那更足使人惊叹中国古代文明的不可及：伏羲画卦是已然发明了阴阳电的作用，后圣演卦已经发明了电报！那六十四卦便是不同的收电和发电机。那乾坤否泰的六十四个卦名，便是电报的号码，正如现在报纸上所谓"宥电"，"艳电"一样。

经中短峭的辞句，正和今日的电报文字的简单有同样用意：如"利见大人"，"利有攸往"，"利涉大川"，不过是说：姓利的见着大人了，姓利的已经起程，姓利的过了大江。至于姓利的这个人，是古代的银行大王，还是煤铁大王，虽然不敢断定；可是无疑的他是个大人物：因为经上说了几次"利艰贞"，那不是说姓利的是个能吃苦，讲信用的汉子吗。……

神易大学的校舍按着《易经》上的蒙卦☶建筑的。立意是："非我求童蒙，童蒙求我。"往粗浅里说：来这里念书的要遵守一切规则，有这样决心的，来！不愿受这样拘束的，走！我们就这么办，你来，算你有心向善；你不来，拉倒！有这样的宗旨，加以校址占的风水好，所以在举国闹学潮的期间，只有神易大学的师生依旧弦歌不绝的修业乐道。☶的第一层是办公室、校长室和教员室。第二第三第四第六层是八科的教室。第五层是学生宿舍和图书馆。四围的界墙满画着八卦，大门的门楼上悬着一方镇物，先天太极图。这些东西原来不过是一些装饰，那知道暗中起了作用：自从界墙上的八卦画好，门上的镇物悬起，对面的中法银行的生意便一天低落一天，不到二年竟自把一座资本雄厚的银行会挤倒歇业，虽然法国人死不承认这些镇物有灵，可是事实所在，社会上一班的舆论全以为神易大学是将来中国不用刀兵而战胜世界列强的希望所在！

车到了神易大学的门外，赵子曰打发了车钱，周少濂把皮箱提起来，两个人往学生宿舍走。赵子曰东看一眼西看一眼，处处阴风惨惨，虽然没有鬼哭神号，这种幽惨静寂，已足使他出一身冷汗。

"老周！现在有多少学生？"

"十五个！"

"十五个？住这么大的院子，不害怕吗？"

"有太极图镇着大门，还怕什么？"周少濂很郑重的说。

赵子曰半信半疑的多少壮起一些胆子来，一声没言语随着周少濂到了宿舍。屋中除了一架木床之外，还有一把古式的椅子，靠着墙立着；离了墙是没法子立住的，因为是三条腿。靠着窗子有一张小桌，上面摆着一个古铜香炉，炉中放着一些瓜子皮儿。桌子底下放着一个小炭盆和一把深绿色的夜壶。墙上黄绿的干苔，一片一片的什么形式都有，都被周少濂用粉笔按着苔痕画成小王八，小兔子，撅着嘴的小鬼儿。纸棚上不怕人的老鼠嗑着棚纸，咯吱咯吱的响；有时还嗞嗞的打架。屋外"拍！""拍！""拍！"很停匀的这样响，好像有两个鬼魂在那里下棋！

"老周！这是什么响？"赵子曰坐在床上，头发根直往起竖。

"老刘在屋里摆先天《周易》呢！老赵，我给你沏茶去！"周少濂说着向床低下找了半天，在该放夜壶的地方把茶壶找出来。"你是喝浅绿色的龙井，深红色的香片，还是透明无色的白水？"

"不拘，老周！"

周少濂出去沏茶，赵子曰心里直噗咚。"拍！""拍！""拍！"隔壁还是那么停匀而惨凄的响，赵子曰渐渐有些坐不住了。他刚想往外走到院子里等周少濂去，隔壁忽然蛤蟆叫似的笑了一阵，他又坐下了！

周少濂去了有一刻来钟才回来，一手提着茶壶，一手拿着两个茶碗。

"老赵你怎么脸白了？"周少濂问。

"我大概是乏了，喝碗茶，喝完出去找旅馆！"赵子曰心里说："这里住一夜，准叫鬼捏死！"

"你告诉我，住在这里，怎么又去找旅馆？"周少濂越要笑越像哭，越像哭其实是越要笑的这样问。

"我给你写信的时候，本打算住在这里；可是现在我怕搅你用功，不如去住旅馆！"赵子曰说。

"我现在放年假没事，不用功，不用功！"周少濂一面倒茶一面说。

"回来再说，先喝茶。"赵子曰把茶端起来：茶碗里半点热气也看不见。只有一根细茶叶梗浮在比白水稍微黄一点的茶上。赵子曰一看这碗茶，住旅馆的心更坚决了一些。他试着含了一口，假装漱口开开门吐在地上。

"你这次来的目的？子曰！"周少濂说着一仰脖把一碗凉茶喝下去，跟着挺了挺腰板，好像叫那股凉茶一直走下去似的。

"我想找事做！把书念腻烦了！"

"找什么事？"

"不一定！"

"若是找不到呢？"

赵子曰没回答。周少濂是一句跟着一句，赵子曰是一句懒似一句，一心想往外走。

两个人静默了半天，还是周少濂先说话：

"你吃什么？子曰！"

"少濂，我出去吃些东西，就手找旅馆，你别费心！"

"我同你一块儿去找旅馆？"

"我有熟旅馆！在日租界！"赵子曰说着把皮箱提起来了。

"好！把地址告诉我，我好找你去！"

……

灰黄的是一团颜色，酸臭的是一团味道，呛哒哗啷的是一团声音。灰黄酸臭而呛哒哗啷的是一团日本租界。颜色无可分析，味道无可分析，声音无可分析。颜色味道声音加在一块儿，无可分析的那么一团中有个日本租界。那里是繁华、灿烂、鸦片、妓女、烧酒、洋钱、锅贴儿、文化。那里有杨梅、春画、电灯、影戏、麻雀、宴会，还有什么？——有个日本租界！

一串串的电灯照着东洋的货物：一块钱便卖个钻石戒指，五角小洋就可以戴一顶貂皮帽，叫大富豪戴上也并看不出真假来。短袄无裙的妓女，在灯光下个个像天仙般的娇美，笑着，唱着，眼儿飞着，她们的价格也并不贵于假钻石戒指和貂皮帽。锅贴铺的酸辣的臭味，裹着一股子贱而富于刺激的花露水味，叫人们在污浊的空气中也一阵阵的闻到钻鼻子的香气。工人也在那里，官人也在那里，杀人放火的凶犯也在那里，个个人还都享受着他的生命的自由与快活。贩卖鸦片的大首领，被政府通缉的阔老爷，白了胡子的老诗人，也都在那里消遣着。中国的文化，日本的帝国势力，西洋的物质享受，在这里携着手儿组成一个"乐土天国"。

杨柳青烧了，天津城抢了，日本租界还是个平安的乐窝。大兵到了，机关枪放了，日本租界还是唱的唱，笑的笑，半点危险也没有。爱国的志士激烈的往回争主权，收回租界，而日本租界的中国人更多了，房价更高了。在那里寄放一件东西便是五千元的花费，寄存一条小哈吧狗就是三万块钱。爱国的志士运动的声嘶力尽了，日本人们还是安然做他们的买卖。反正爱国的志士永远不想法子杀军阀，反正军阀永远是烧抢劫夺，反正是军阀一到，人们就往租界跑，反正是阔人们宁花三万元到日租界寄放一条小哈吧狗，也不听爱国志士的那一套演说词，日本人才撇着小胡子嘴笑呢！

赵子曰把皮箱放在日华旅馆，然后到南市大街喝了两壶酒，吃了几样天津菜。酒足饭饱在那灰黄的一团中，找着了他的"乌托邦"。

第九

1

"赵先生！"旅馆的伙计在门外叫："有位周先生拜访。"

"请他在客厅等一等，先打洗脸水！"赵子曰懒睁虎目，眼角上镶着两小团干黄"痴抹糊"；看了看桌上的小钟，还不到十一点半呢。他有些不满意周少濂这么早就来，闭上眼又忍了两三分钟，才慢慢往起爬，用手巾擦了两把脸，点上一支香烟向客厅走去。

"子曰，才起？"周少濂问。

"昨天太累了，起不来！"赵子曰舒着胳臂伸了个懒腰。"你吃了饭没有，一同出去？"

"不！和你谈几句话，回来还有别的事！"

赵子曰不大高兴的坐在一张卧椅上。

"你说你要找事，是不是？"周少濂挑着小尖嗓子问。

"还没有一定的计划！"赵子曰觉得用话把周少濂冰走，比找事还重要，很冷淡的这样回答。

"有一件事我可以替你帮忙，不知道你愿意干不愿意？"周少濂问。

"我说老周，你先同我出去玩一玩！然后再说找事行不行？"赵子曰很不耐烦的说。

"老赵，你知道我是个诗人，"周少濂很得意的说："到哪里逛去我总要作诗。前两天同朋友到天仙园看了一天戏，到现在我的'观剧杂感诗'还没作完。这首诗没作好之前，我的赤色的乡亲，我简直的不能陪你出去玩！话往回说：我有个盟叔，阎乃伯，在东马路住，他要请我去教他少爷的英文。我想荐举你去，你干不干？"

"你为什么不去？"赵子曰问。

"当然有原因呀，"周少濂把嗓音更提高了一些，也更难听了一些："我是他的盟侄，你看，他耍一耍滑头不给我钱，我岂不是白瞪眼！你去呢，他决不会不送束脩。你说——"

"你这位盟叔是干什么的？"

"第一届国会的参议员，做过一任大名道道尹，听说还有直隶省长的希望呢！"周少濂一气说完，显着很得意似的。

"啊！"赵子曰把精神振起一些，也觉得周少濂不十分讨厌了："他既是阔人，那能不给你钱，还是你去好！不过你决定不去，我也无妨一试！"

"好啦！我给你们介绍！"周少濂半哭半笑的笑了一笑，眉上的皱纹聚在一处，好像饿了好几天的小猴儿。"我决定不去：越是有钱的人越爱钱，前者我和他通融些学费，他给了我个小钉子碰。可是我还不能得罪他，咱这穷诗人是不能又穷又硬的！你一去呢，既显着我能交朋友，又表示出我不指着他的束脩，乡亲，你看是不是？作诗是作诗，办事是办事！我很自傲的是个能办事的诗人！况且还有哲学！——"

"可有一层啊，"赵子曰说："我——我的英文，说真的，可是二把刀哇！"

"没关系！小阎儿从二十六个字母学起。不深！""好！就这么办啦！"赵子曰立起来说："你不和我去玩一玩？"

"不！我赶紧回学校去做成我的'观剧杂感'呢！再见，赤色的老赵！"周少濂把八卦帽戴上神眉鬼眼的往外走。

2

因为吃穿嫖赌是交际场中宇宙起源论的四大要素，赵子曰又给他父亲打了两个电报催促汇款以备应用。他的父亲接电报，放下以捡粪为逍遣的粪箕，忙着从白菜窖里往外刨三十年前埋好的薄边大肚大元宝，然后进城到邮局汇兑，以尽他为赵氏祖宗教养后裔的责任。

赵子曰在接到汇条的前三点钟，还咬牙切齿咒骂他的父亲是"不懂新文化的老财奴！"骂着骂着把汇条骂来了，他稍微回心转意的说："到底还是有个爸爸，比别人容易利用！"跟着他飞也似的跑到邮局兑了现款，然后到估衣街去制办衣裳。到了估衣街，他两眼惊鸡似的往四下望，望了半天只有华纶衣店挂着"专备华贵衣服"的金匾合了他的意。他应节当令的选了一件葡萄灰色华丝葛面，薄骆驼绒里子的大袄，和一件"时兴的老花样"的红青团龙宁绸马褂。穿上之后在衣店的四面互照的大镜子里一照，他觉得在天津这几天，只有今天有把自己的相片登在天津《太晤士报》上的价值。付了衣价，把旧衣服放在衣店叫小徒弟送到旅馆去。他穿着新衣裳到国货店买了一根"国货店中卖的洋货"的金顶橡木手杖。出了国货店，一路上随走随在铺户的玻璃窗上照：左手金顶手杖，右手大吕宋烟，中间素净而有宝色的马褂，抖哇！

他不但只是满意这几件东西买的好，他根本在精神上觉出东西文化的高低只在此一点。西洋文化是"阔气""奢华""势力"，中国文化是"食无求饱""在陋巷人不堪其忧"。设若吃不饱，穿不暖，而且在小破胡同一住，那不被住洋楼，坐摩托车的洋人打着落花流水，还等什么！为保持民族的尊严起见，为东方文化不致消灭净尽起见，这样把门面支撑起来是必要的，是本于爱国的真诚！而且这样做是最经济的一条到光明之路：洋人们发明了汽车，好，我们拿来坐；洋人们发明了煤气灯，好，我们拿来点。这样，洋人有汽车、煤气灯，我们也有，洋人还吹什么牛！这样，洋人发明什么，我们享受什么，洋人日夜的苦干，我们坐在麻雀桌上等着，洋人在精神上岂不是我们的奴隶！

改造中国是件容易的事，只需大总统下一道命令：叫全国人民全吃洋饭，穿洋服，男女抱着跳舞！这满够与洋人争光的了！至于讲什么进取的精神、研究、发明等等，谁有工夫去干呢！

这是赵子曰的"简捷改造论"！

他左顾右盼的不觉的又进了三不管。他本想去吃一些锅贴，喝两壶白干酒；及至看了看胸前的团龙马褂，他后悔不该有这样没出息，辱蔑民族光荣的思想。于是他把步度调匀，挺着腰板，到日界一家西餐馆里去吃西米粥，牛舌汤，喝灰色剂（Whiskey）。

3

他正在轧着醉步，气态不凡的赏识着日租界的夜色。忽然，离着他有三步多远，两个金钢石的眼珠，两股埃克司光线把赵子曰的心房射的两面透亮儿。他把醉眼微睁：那两粒金钢石似的眼珠，是镶在一个增一厘则肥，减一厘则瘦，不折不扣完全成熟的美脸上。不但那两只水凌凌的眼睛射着他，那朵小红蜜窝桃儿似的嘴也向他笑。赵子曰敛了敛神，彻底的还了她一笑。她慢慢的走过来，把一条小白纺绸手巾扔在他脚上。他的魂已出壳，专凭本能的作用把那条手巾拾起来。

"女士！你的手巾？"

"谢谢先生！"她的声音就像放在磁缸儿里的一个小绿蝈蝈，振动着小绿翅膀那么娇嫩轻脆。"我们到茶楼去坐坐好不好？"

"求之不得！奉陪！"他说完这两句，觉得在这种境界之下有些不文雅，灵机一动找补了两句："遮莫姻缘天定，故把嫦娥付少年！"

那位女士把一团棉花似的又软又白的手腕揽住他的虎臂，一对英雄美人，挟着一片恋爱的杀气，闯入了杏雨茶楼。

两个选了一间清净的茶座，要了茶点，定了定神，才彼此互相端详。那位女士穿着一件巴黎最新式的绿哗叽袍，下面一件齐膝的天蓝鹅绒裙。肩窝与项下露在外面，轻轻拢着一块有头有尾有眼睛的狐皮。柔嫩的狐毛刺着雪白的皮肤，一阵阵好似由毛孔中射出甜蜜的乳香。腕上半个铜元大的一支小金表，系着一条蜈蚣锁的小细金链。足下肉色丝袜，衬着一双南美洲响尾蛇皮做的尖而秀的小皮鞋。头上摘下卷沿的玫瑰紫跳舞帽，露出光明四射的黑发，剪的齐齐的不细看只是个美男子，可是比美男子还多美着一点。笑一笑肩膀随着一颤；咽一口香唾，脸上的笑窝随着动一动；出一口气，胸脯毫无拘束的一大起一大落，起落的那么说不出来的好看。说一声"什么？"脖儿略微歪一歪，歪的那么俏皮；道一声"是吗？"一排皓齿露一露，个个都像珍珠做成的……

她眼中的赵子曰呢？大概和我们眼中的赵子曰先生差不多，不过他的脸在电灯下被红青马褂的反映，映得更紫了一些。

赵子曰在几分钟内无论如何看不尽她的美，脑中一时无论如何也想不出一个恰当的字眼来形容她。他只觉得历年脑中积储的那些美人影儿，一笔勾销，全没有她美。

"女士贵姓？"赵子曰好容易想起说话来。

"谭玉娥。我知道你，你姓赵！"她笑了一笑。

"你怎么知道我，谭女士？"

"谁不知道你呢，报纸上登着你受伤的相片！"

"是吗？"赵子曰四肢百体一齐往外涨，差一些没把大袄，幸亏是新买的，撑开了绽。他心中说："她要是看了那张报纸，难道别个女的看不见？那么，得有多少女的看完咱的相片而憔悴死呀？！"

"我看见你的相片，我就——"谭玉娥低着头轻轻的捻着手表的弦把，脸上微微红了一红。

"我不爱你，我是水牛！不！骆驼！呸；灰色的马！"

"我早就明白你！"

"爱情似烈火的燃烧，把一切社会的束缚烧断！你要有心，什么也好办！"赵子曰一时想不起说什么好，只好念了两句周少濂的新诗。

"我明白你！"谭女士又重了一句。

……

两个谈了有一点多钟，拉着手出了杏雨茶楼。赵子曰抬头看了看天，满天的星斗没有一个不抿着嘴向他笑的。在背灯影里，他吻了吻她的手。

4

赵子曰翻来覆去一夜不曾合眼，嘴唇上老是麻酥酥的像有个小虫儿爬，把上嘴唇卷起来闻一闻还微微的有些谭女士手背上的余香。直到小鸡叫了，他才勉强把眼合上：他那个小脚媳妇披散头发拿着一把铁锄赶着谭女士跑，一转眼，王女士从对面光着袜底浑身鲜血把谭女士截住。那个不通人情的小脚娘举起铁锄向谭女士的项部锄去。他一挺脖子，出了一身冷汗，把脑袋撞在铁床的栏杆上。他摸了摸脑袋，楞眼慌张的坐起来，窗外已露出晨光。

"好事多磨，快快办！"他自己叨唠着，忙着把衣裳穿好，用凉水擦了一把脸，走出旅馆直奔电报局去。

街上静悄悄的，电影园，落子馆，全一声也不响，他以为日租界是已经死了。继而一阵阵的晓风卷着鸦片烟味，挂着小玻璃灯的小绿门儿内还不时的发散着"洗牌"的声音，他心中稍为安适了一些，到底日租界的真精神还没全死。

他到了电报局刚六点半钟，大门关的连一线灯光都透不出来。门上的大钟稳稳当当的一分一分往前挪，他看了看自己的表，也是那么慢，无法！太阳像和人们要捉迷藏似的，一会儿从云中探出头来，一会儿又藏进去，更叫赵子曰怀疑到："这婚事的进行可别像这个太阳一会出来，一会进去呀！"

八点了！赵子曰念了一声"阿弥陀佛！"眼看着电报局的大门尊严而残忍的开开了。他抱着到财神庙烧头一股高香的勇气与虔诚，跑进去给他父亲打了个电报：说他为谋事需钱，十万万火急！

打完电报，心中痛快多了，想找谭女士去商议一切结婚的大典筹备事宜。"可是，她在那儿住？"哈哈！不知道！昨天只顾讲爱情忘了问她的住址了！这一打击，叫他回想夜间的恶梦，他拄着那条橡木手杖一个劲儿颤："老天爷！城隍奶奶！你们要看着赵铁牛不顺眼，可不如脆脆的杀了他！别这么开玩笑哇！"

除了哭似乎没有第二个办法，看了看新马褂，又不忍得叫眼泪把胸前的团龙污了；于是用全身的火力把眼眶烧干，这一点自治力虽无济于婚事的进行，可是到底对得起新买的马褂！

"对！"他忽然从脑子的最深处挤出一个主意来："还是找周少濂，叫他给咱算卦！诚则灵！老天爷！我不虔诚，我是死狗！哪怕大约摸着算出她住在哪一方呢，不就容易找了吗？对！"

"对，对，对，对……"他把"对"编成一套军乐，两脚轧着拍节，一路黑烟滚滚，满头是汗到了神易大学。

神易大学已经开学，赵子曰连号房也没通知一声，挺着腰板往里闯。

"老周！少濂！"赵子曰在周少濂宿室外叫。

屋中没有人答应，赵子曰从玻璃窗往里看，周少濂正五心朝天在床上围着棉被子练习静坐，周身一动也不动，活像一尊泥塑小瘦菩萨。

"妹妹的！"赵子曰低声的嘟囔："我是该死，事事跟咱扭大腿！"

"进——来！子曰！"周少濂挑着小尖嗓子嚷。

"我搅了你吧？"

"没什么，进来！"周少濂下了床把大衣服穿上。

"老周！我求你占一卦，行不行？"赵子曰用手掩着鼻子急切的说。

周少濂忙着开开一扇窗子，要不是看见赵子曰掩着鼻子，他能在那里静坐一天也想不起换一换空气。

"什么事？说！心中已知道的事不必占卜！要计划！"周少濂一面整理被窝，一面说。所谓整理被窝者就是把被窝又铺好，以便夜间往里钻，不必再费一番事。

"咳！少濂！你我同乡同学，你得帮助——"

"有什么了不得的事？"

"说实话吧！我昨天遇见一个姑娘，姓谭，我们要结婚。我问你，你知道她不知道？"

"姓谭？——"

"你知道她？"

"我不知道！我先告诉你一件事，"周少濂说："阎乃伯已经告诉我，请你去教英文。你想几时到馆？"

"现在我没工夫想那个！"赵子曰急着说。

周少濂张罗着漱口洗脸，半天没言语。赵子曰把眉头皱起多高也想不起说话。

"哈哈！"周少濂一边擦脸一边笑着说："我有主意啦！——"

"快说！"

"——咱们先到阎乃伯哪里去。你慢慢的和他交往，交往熟了，他就能给你办那件事。她要是暗娼呢，他必知道——"

"她不是暗娼！女学生！"

"女学生也罢，妓女也罢，反正阎乃伯能办！做官的最——"

"我上他家做教师，怎能和馆东说这个事？"赵子曰急扯白脸的说。

"你别忙呀，听我的！"周少濂得意扬扬的说："做官的最尊敬娶妾立小的人们。你一跟阎乃伯说，他准保佩服你。他一佩服你，不但他给帮忙，还许越交越近，给你谋个差事。你要是做了官，咱们直隶满城县就又出了个伟人。你看一县里出一个伟人、一个诗人，是何等的光荣！我的傻乡亲！"

"老周你算有根！走！找阎乃伯去！"

第十

1

星期一至星期六：

上午　　八时至十时　《春秋》（读，讲。）《尚书》（背诵。）

十时至十二时《晨报》（读世界新闻。）国文。

下午　　一时至二时　古文（背诵。）

二时至三时　习字（星期一，三，五。）

二时至三时　英文（星期二，四。）

三时至四时　珠算，笔算。

四时至五时　游戏，体操。（星期一，三，五。）

四时至五时　昆曲，音乐。（星期二，四。）

星期日：

上午　　温读古文经书。

下午　　旅行大罗天，三不管。或参观落子馆。

这是阎少伯，阎乃伯议员的少爷的课程表。

阎乃伯的精明强干，不必细说，由这张课程表可以看得出来。

阎乃伯议员的少爷很秀美，可是很削瘦。虽然他一星期在院子里的砖墁地上练三次独人的游戏和体操。虽然他每星期到大罗天游艺场旅行一次。阎乃伯议员有些不满意他的少爷那么瘦弱！

2

赵子曰除在阎家教书之外，昼夜奔走交际。政客、军官、律师、议员、流氓、土棍，天天在日租界的烟窟金屋会面。人人夸奖他是个有用之材，人人允许给他介绍阔事，人人喜欢他的金嘴埃及烟，人人爱喝他的美人牌红葡萄酒，人人说话带着"妈的！"人人家里都有姨太太。这种局面叫他想起在北京的时候，左手翻着讲义，右手摸白板，未免太可笑而可耻了。这种朋友的亲热与挥霍又不是京中那几个学友所能梦见的了。

更可喜的，在阎家教书不过一个礼拜，而阎乃伯竟会把"老夫子"改成"老赵"，而且有一天晚上酒饭之后，阎乃伯居然拍着他肩头叫了一声"赵小子！"他暗自惊异自己的交际手腕，于这么短的期间内，会使阎乃伯，议员，叫他老赵，甚至于更亲热的叫他赵小子！

从报纸上得到名正大学解散的消息，他微微一笑把报纸放下，这个消息和那张报纸有同样的不值得注意。现在他把"阎乃老""张厚翁""孙天老"叫的顺口流；什么"欧阳"咧，"老莫"咧，甚至于"王女士"咧，已经和他小的时候念的《大学》、《中庸》有同样的生涩了。现在他口中把"政治""运动""地位"等名词运用的飞熟，有时候还说个"过激党"，什么"争主席""示威"等等无意义的词句已经成了死的言语。虽然王女士的影儿有时候还在他脑中模糊的转那么一转，可是他眼前的野草闲花，较之王女士的"可远观而不可近玩"又有救急的功效多多了。

阎少伯把英文的二十六个字母还没有学会，赵子曰已把谭女士的事告诉阎乃伯了。阎乃伯听了满口答应给他帮忙，并且称赞他是个有来历的青年，因为阎乃伯的意见是：

"自由恋爱是猪狗的行为。嫖妓纳妾是大丈夫堂堂正正的举动。所以为维持风化起见，不能不反对自由恋爱，同时不能不赞助有志嫖妓纳妾的。"

3

糊里糊涂的已把冬天混过去了。天津河里的水已有些春涨了。赵子曰日夜盼谭女士的消息，可是阎乃伯总不吐确实的口话。有时候去找周少濂谈一谈，周少濂是一点主意没有，只作新诗。赵子曰急得把眼睛都凹进去一些，吃饭不香，睡觉不宁，只有喝半斤白干酒，心里还觉痛快一些。

他一个人在同福楼京饭馆吃完了饭，闷闷不乐的往旅馆走。日租界的繁华喧闹已看惯了，不但不觉得有趣，而且有些讨厌的慌了。他一进旅馆，号房的老头儿赶过来低声对他说：

"赵先生，有位姑娘在你的房里等你。"

赵子曰点了点头，没说话，疯了似的三步两步跑到自己屋里去。

小椅子上坐着个妇人，脸色焦黄，两眼哭得红红的，身上穿着一件青袄，委委屈屈的像个小可怜儿。

赵子曰倒吸了一口旅馆中含有鸦片烟味的凉气："你是谁？"

"谭玉娥！"她低声的回答。

"你干什么来了？"赵子曰一屁股坐在床上，气哼哼的掏出一支烟卷插在嘴里。

"难道你变了心？"谭女士用袖子抹了抹眼泪。

"谁叫你变了模样！"赵子曰"层"的一声划着一根火柴，把洋烟点着，狠狠的吸了几口。

"你肚子里有半斤酒，我脸上加上三分白粉，你立刻就回心转意，容易！容易！"她哭丧着脸说。

"你是怎回事，到底？"

"咳！"

"说话！我的子孙娘娘！说话！"

"赵先生！"谭玉娥很郑重的说，"我求你来了！你是满城人？"

"不错！"

"我也是满城人，咱们是乡亲，所以我来求你！"

"啊！"赵子曰听见乡亲两个字，心里的怒气消去了许多。"到底是怎回事？姑娘！"

"六年前我由家里出来，到女子师范学校念书，咳！"谭女士好像咽了一口眼泪，接着说："和一个青年跑到天津，我们快活的在一块儿住了一年零三天，他，他姓赵，也姓赵，——他死了！我既没在师范学校毕业，自然没有资格做事；又不能回家，父母不要我；除了再嫁没有求生的方法！再嫁是我惟一的事业！于是我泪在眼窝，笑在眉头，去到处钓鱼似的钓个男人！那时候，我二十五岁，我的面貌还不似这么丑，穿上两件衣裳还可以引动你们男人的注意！结果，我钓着一个盐商，在我的那个赵——死后三个月中！我为衣食饱暖不能不和那个盐商同榻，虽然我真不爱他！在他睡熟之后，我才能落几个泪珠！可是，咳！我的命太苦了，至于图个身上饱暖的福气也没有：他，那个盐商，又被军阀打死，财产抢个一空。我，只剩下一条命，我还得活着——"

赵子曰不知不觉的把半支烟卷扔在痰盂里。

"我的心死了，只为这块肉体活着，死是万难的事！"谭玉娥叹了一口气，接着说："后来我遇见了一个奉军军官，我们又住在一处。住了不到一年，他的钱挥霍完了，直奉战争之后，他把差事也搁下了。他是有钱会花，没钱便什么事也做，不顾廉耻，不讲人情的，于是他逼着我——用手枪逼着我去拆白！"谭玉娥呆呆看着墙上的画儿，半天也想不起往下说。

"谭——，往下说。"赵子曰的声音柔和多了。"他天天出去给我采访无知的青年，叫我去引诱他们。我不必细说。一来二去轮到你的身上了，我一听说你也是满城人，我不忍下手了。我准知道你在这里住，可是我始终不肯来。今天他到北京去了，我乘着这个机会来见你。我来求你，不是骗你。你能不能把我带回家乡去？你要我呢，我情愿为婢为奴；你不要我呀，我愿意回到故土去死。我一个人走不了，因为他不给我一个铜子，他怕我逃走。我那身漂亮衣服，他带到北京去，惟恐怕我变卖了好做逃跑的路费。赵先生，你得救我！他今天夜里就回来，你要是发善心救我，还要快办！赵先生！"

谭玉娥说着，给赵子曰跪下了。

赵子曰一声没言语，把她搀起来。又点着一根烟卷皱着眉想主意。

赵子曰真为难了：带她回家，军官不是好惹的呀！虽然我不怕打架，可是有手枪的人们不比老校长们那么老实呀！……我应当带她回家，她是我的乡亲！……到家怎么办？收她作妾，她又不真好看！真叫她回故乡去死，于心何忍！……再说万一带她回家，那个军官拿手枪找我去呢？不妥！

"谭姑娘！"赵子曰又坐在床上，手捧着脑门说："我只能帮助你一些钱，不能带你回家！一来我家中有妻子，二来家事我不能自己作主。我给你一些钱，你设法脱逃吧！我应当把你送回家去，咱们是乡亲，可是我有我的难处！谭姑娘，"他说着把皮夹掏出来："这里是三十块钱，你拿去吧！"

"咳！"谭玉娥立起来，含着眼泪把钱接过去，很小心的放在衣袋里："赵先生，这是我的机会，我得赶紧走！以后怎么样，我不知道。我活着一天，不会忘了你的恩惠！咳！赵先生，半斤烧酒就能叫你把老掉了牙的妇女当作美人，一双白脸蛋就能叫你丧掉生命！我是个没脸的妇人，这两句话是由无耻中得来的经验！我无法报答你的善心，只送给你这两句话吧！赵先生——"谭玉娥抹着泪往外走。

第十一

1

中国人是最喜爱和平的，可是中国人并不是不打架。爱和平的人们打架是找着比自己软弱的打，这是中国人的特色。军阀们天天打老乡民，学生们动不动便打教员，因为平民与教员好欺侮。学生们不打军阀正和军阀不惹外国人一样。他们以为世界上本来没有公理，有枪炮的便有理，有打架的能力的便是替天行道。军阀与学生都明白这个道理，所可怪的是他们一方面施行这个优胜劣败的原理，一方面他们对外国人永远说："我们爱和平，不打架！"学生们一方面讲爱国，一方面他们反对学校的军事训练。一方面讲救民，一方面看着军阀横反，并不去组织敢死队去杀军阀。这种"不合逻辑"的事，大概只有中国的青年能办。

外国的中学学生会骑马、打枪、放炮。外国卖青菜的小贩，也会在战场上有条有理的打一气。所以外国能欺侮中国。中国的学生把军事训练叫作"奴隶的养成"，可是中国学生天天喊"打倒帝国主义"！设若这么一喊就真把帝国主义打倒，帝国主义早瓦解冰消了！不幸，帝国主义的大炮与个个人都会打枪的国民，还不是一喊就能吓退的！

赵子曰是个新青年，打过同学，捆过校长，然而他不敢惹迫着谭玉娥做娼妓的那个军官。

那个军官是非打不可的东西！

不打，也好，为什么不把他交法庭惩办？呕！赵子曰不好多事！不好多事为什么无缘无故的打校长一顿？

赵子曰是怕事！是软弱！是头脑不清！他一听兵队两个字，立刻就发颤，虽然他嘴里说："打倒军阀！"一个野兽不如的退职军官还不敢碰一碰，还说"打倒军阀"！

军阀不会倒，除非学生们能领着人民真刀真枪的干！军阀倒了，洋人也就把大炮往后拉了！不磨快了刀而想去杀野兽，与"武大郎捉奸"大概差不了多少。

没有"多管闲事"的心便不配做共和国民！没有充分的军事训练便没有生存在这种以强权为公理的世界的资格！

赵子曰辞了阎家的馆，给周少濂写了个明信片辞行，鲇出溜[1]的往北京跑。怕那位军官找他打架！

2

这两个来月的天津探险，除了没有打枪放火，其余的住旅馆，吃饭店，接吻，吸烟，赵子曰真和在电影儿里走了一遭似的。

他坐在火车上想：

到底是京中的朋友可靠呀！阎乃伯们这群滑头，吃我喝我，完事大吉，一点真心没有！

也别说，到底认识了几个官僚，就算没白花钱！

谭玉娥怪可怜的！给她三十块钱，善事！做善事有好报应！

……

当赵子曰在天津的时候，天台公寓的人们最挂念他的是崔掌柜的和李顺。两个来月崔掌柜的至少也少卖十几斤烧酒，李顺至少也少赚一两块钱。赵子曰虽然不断称呼李顺为混蛋，可是李顺天生来的好脾性，只记着赵子曰的好处，而忘了"混蛋"的不大受用。况且赵子曰骂完混蛋，时常后悔自己的卤莽而多赏李顺几个钱呢。

崔掌柜的是个无学而有术的老"京油子"。四方块儿的身子，顶着个葫芦式的脑袋。两只小眼睛，不看别的，只看洋钱，长杆大烟袋永远在嘴里插着：嘴里冒烟，心里冒坏；可是心里的坏主意不像嘴里的烟那样显然有痕迹可寻。

李顺呢是长瘦的身子，公寓的客人们都管他叫"大智若愚"。因为他一吃打卤面总是五六大红花碗，可是永远看不见脸上长肉。两只锈眼，无论昼夜

---

[1] 鲇是一种无鳞鱼，滑腻而难抓。鲇出溜，北京方言，指像鲇鱼一样滑溜。

永像睡着了似的，可是看洋钱与铜子票的真假是百无一失。所以由身体看，由精神上看，"大智若愚"的这个徽号是名实相符的。

李顺正在公寓门外擦那两扇铜招牌，一眼看见赵子曰坐着洋车由鼓楼后面转过来。他扯开嗓子就喊：

"赵先生回来啦！"

这一声喊出去，掌柜的、厨子、账房的先生和没有出门的客人，哄的一声像老鸦炸了窝似的往外跑。抢皮箱的，接帽子的，握手的，问这两天打牌的手气好不好的……，问题与动作一阵暴雨似的往赵子曰身上乱溅。李顺不得上前，在人群外把镇守天台公寓一带的小黑白花狗抱起了亲了一个嘴。

赵子曰在纷纷握手答话之中，把眼睛单留着一个角儿四下里找欧阳天风，没有他的影儿；甚至于也没有看见武端与莫大年。他心中一动，不知是吉是凶，忙着到了屋中叫李顺沏茶打洗脸水。

"李顺！"赵子曰擦着脸问："欧阳先生呢？"

"病啦！"

"什么？"

"病啦！"

"怎么不早告诉我？啊！"

"先生！你才进门不到五分钟，再说又没有我说话的份儿——"

"别碎嘴子！他在哪儿呢？"赵子曰扔下洗脸毛巾要往南屋跑。

"他和武先生出去了，大概一会儿就回来。"李顺说着给赵子曰倒上一碗茶。

"李顺，告诉我，我走以后公寓的情形！"赵子曰命令着李顺。

"喝！先生！可了不得啦！了不得啦！"李顺见神见鬼的说："从先生走后，公寓里闹得天塌地陷：你不是走了吗，欧阳先生，其实我是听武先生说的，和莫先生，也是听武先生说的，入了银行；不是，我是说莫先生入了银行；在欧阳跟莫先生打架以后！——"

"李顺，你会说明白话不会？说完一个再说一个！"赵子曰半恼半笑的说。

"是！先生！从头再说好不好？"李顺自己也笑了："你不是走了吗，欧阳先生想你的出京是李景纯先生的主意。所以他天天出来进去的卖嚷嚷，什么瘦猴想吃天鹅肉咧，什么瘦猴的屁股朝天自己挂红咧；喝，多啦！他从小毛猴一直骂到马猴的舅舅，那些猴儿的名字我简直的记不清。干脆说吧，他把李先生骂跑了。先生知道李先生是个老实头，他一声也没言语鲇出溜的就搬了。李先生不是走了吗，莫先生可不答应了。喝！他红脸蛋像烧茄子似的，先和欧阳先生拌嘴；后来越说越拧葱，你猜怎么着，莫先生打了欧阳先生一茶碗，一茶碗——可是，没打着，万幸！武先生，还有我们掌柜的全进去劝架，莫先生不依不饶的非臭打欧阳先生一顿不可！喝！咱们平常日子看着莫先生老实八交的，敢情他要真生气的时候更不好惹！我正买东西回来，我也忙着给劝，可了不得啦，莫先生一脚踩在我的脚指头上，正在我的小脚头上的鸡眼上莫先生碾了那么两碾，喝！我痛的直叫唤，直叫唤！到今天我的脚指头还肿着；可是，莫先生把怒气消了以后，给了我一块钱，那么，我把脚疼也就忘了！干脆说，莫先生也搬走了！"李顺缓了一口气，接着说："听武先生告诉我，莫先生现在入了一个什么银行，做了银行官，一天竟数洋钱票就数三万多张，我的先生，莫先生是有点造化，看着就肥头大耳朵的可爱吗！莫先生不是走了吗，欧阳先生可就病了，听武先生说，——武先生是什么事也知道——欧阳先生是急气闷郁；可是前天我偷偷的看了看他的药水瓶，好像什么'大将五淋汤'——"

"胡说！"赵子曰又是生气又要笑的说："得！够了！去买点心，买够三个人吃的！"

"先生！今天的话说的明白不明白？清楚不清楚？"李顺满脸堆笑的问。

"明白！清楚！好！"

"明白话值多少钱一句，先生？"

"到月底算账有你五毛钱酒钱，怎样？"赵子曰说，他知道非如此没有法子把李顺赶走。

"谢谢先生！嘿！"李顺拔腿向外跑，刚出了屋门又回来了："还有一件事没说：先生又买了一双新皮鞋，嘿！"

李顺被五毛钱的希望领着，高高兴兴不大的工夫把点心买回来。

"赵先生，武先生们大概是回来了，我在街上远远的看见了他们。"

"把点心放在这里，去再沏一壶茶！"

3

赵子曰说完，往门外跑去。出门没走了几步，果然欧阳天风病病歪歪的倚着武端的胳臂一块儿走。赵子曰一见欧阳的病样，心中引起无限感慨，过去和他握了握手。欧阳的脸上要笑，可是还没把笑的形式摆好又变成要哭的样子了。两个人谁也没说话，赵子曰楞了半天，才和武端握手。武端用力跺了跺脚，因为新鞋上落了一些尘土；然后看了赵子曰一眼。赵子曰的精神全贯注在欧阳的身上，没心去问武端的皮鞋的历史。于是三个人全低着头慢慢进了第三号。

"老赵你好！"欧阳天风委委屈屈的说："你走了连告诉我一声都不告诉！我要是昨天死了，你管保还在天津高乐呢！"

"我没上天津！"赵子曰急切的分辩："我回家了，家里有要紧的事！"

"你猜怎么着？"武端看着赵子曰的皮箱说："要没上天津怎么箱子上贴着'天津日华旅馆'的纸条？"

"回家也罢，上天津也罢，过去的事不必说！我问你，"赵子曰对欧阳天风说："你怎么病了？"

"李瘦猴气我，莫胖子欺侮我！他们都是你的好朋友，我这个穷小子还算什么，死了也没人管！"

"老李入了京师大学，莫大年入了天成银行，都有秘密！"武端说："连你，你猜怎么着？你上天津也有秘密！"

"我不管别人，"赵子曰拍着胸口说："反正我又回来找你们来了！你们拿我当好朋友与否，我不管，反正我决不亏心！"

"老武！"欧阳天风有气无力的对武端说："不用问他，他不告诉咱们实话；可是，他也真许回家了，从天津过，住了一夜。"

"就是！我在日华旅馆住了一夜——其实还算不了一夜，只是五六点钟的工夫！欧阳，你到底怎样？"

"我一见你，心中痛快多了！肚子里也知道饿了！"

"才买来的点心，好个李顺，叫他沏茶，他上哪儿玩去啦！李——顺！"

"嘚！——茶就好，先生！"

第十二

1

已是阴历三月初的天气，赵子曰本着奋斗的精神还穿着在天津买的那两件未出"新"的范围的衣裳，在街上缓步轻尘的呼吸着鼓荡着花香的春风。驼绒大袄是觉着有些笨重发燥了，可是为引起别人的美感起见，自己还能不牺牲一身热汗吗！

他进了地安门，随意的走到南长街。嫩绿的柳条把长宽的马路夹成一条绿胡同，东面中央公园的红墙，墙头上露出苍绿的松枝，好像老松们看腻了公园而要看看墙外的景物似的。墙根下散落的开着几朵浅藕荷色的三月蓝，虽然只是那么几朵小花，却把春光的可爱从最小而简单的地方表现出来。路旁卖水萝菠的把鲜红的萝菠插上娇绿的菠菜叶，高高兴兴的在太阳地里吆唤着春声。这种景色叫赵子曰甚至于感觉到："在天津日租界玩腻了的时候，倒是要有这么个地方换一口气！"

他一面溜达，一面想：

我总得给老莫和欧阳们说和呀！我走这么几天，这群小兄弟们就打架，我做老大哥的不能看着他们这样犯心呀！还就是我，压得住他们；好！什么话呢，赵子曰不敢说别的，天台公寓的总可以叫得响，跺一跺脚就把全公寓震个乱颤！……对！找老莫去，得给他调解！这群小孩子们，嗐！

想到这里，不由的精神振作起来，掏出手巾擦了擦脸上的汗，然后大模大样的喊过一辆洋车到西交民巷天成银行去。

2

到了银行，把名片递进去，不大的工夫莫大年出来把赵子曰让到客厅去。莫大年的样子还是傻傻糊糊的，可是衣裳稍微讲究了一些；幸而他的衣服华美了一点，不然赵子曰真要疑心到莫大年是在银行当听差，而不是李顺所谓的银行官了。这次不是赵子曰长着两只"华丝葛眼睛"而以衣服好坏断定身份的高低，而是"人是衣服马是鞍"的哲学叫他不愿意看见莫大年矫揉造作的成个"囚首丧面"[1]的"大奸慝"！

"老莫！抖哇！"赵子曰和莫大年亲热的握着手不忍分开："不出三年你就是财政总长呀！好老莫！行！有劲！"

"别俏皮我，老赵！你几时回来的？"莫大年问。

"回来有些天了，想不到公寓的朋友会闹得七零八落！"赵子曰说着引起无限感慨："今天特意来找你，给你们说和说和，傻好的朋友，干什么犯意见呢！"

"你给谁说和，老赵？"

"你和欧阳天风们！小兄弟们，老大哥不在家几天，你看，你们就打架！"赵子曰笑着说。

"别人都好说，唯独欧阳天风，我恨他到底！"莫大年自来红的脸又紫了。

"老莫，小胖子！别这么说，"赵子曰掏出烟卷给了莫大年一支，自己点上一支。"这不像银行老板的口吻！"

"老赵，别挖苦我！"莫大年恳切的说："关于王女士的事是我告诉你的不是？可是从你走后，欧阳一天到晚骂老李！老李委委屈屈的搬走，我能看得下去不能？再说，欧阳要是没安着坏心，为什么你一走，他就疑心到有人告诉了你和王女士的事？老赵，你我是一百一的好朋友，你爱欧阳，不必强迫我！我老莫是傻老，我说不出什么来，反正一句话说到底，我不再见欧阳！"

"你看，小胖子！刚入了银行几天就长行市！别！你得赏我个脸！"赵子曰一半嘲弄一半劝导说："我们，连欧阳在内，全不是坏人，可是都有些小脾气；谁又不是泥捏的，可哪能没些脾气！是不是，小胖子？你不愿和他深

---

[1] "囚首丧面"的"大奸慝"，"囚首丧面"形容久不梳洗肮脏的人，"大奸慝"指很邪恶的人。

交呢，拉倒；可是你得看在我——你的老大哥——的脸上，到一处喝盅酒，以后见面好点头说话！相亲相爱才是'德谟克拉西'的精神，不然，我可要叫你'布耳扎维克'了！'布耳扎维克'就是'二毛子'的另一名词！哈哈！"

"我问你，"莫大年有些活动的意思了："你给我们调解，有老李没有？"

"啊？老李？"赵子曰仰着脸看天花板上的花纹，想了半天："说真的，老莫，我真怕他！不但我，人人怕他，他要是在这里，我登时说不出话来！"

"那么，你不请他？"莫大年盯了赵子曰一眼。

"不请他比请他好——"

"干脆说吧，老赵！"莫大年抢着说："有老李我就去，谁叫你有这番好心呢；没老李我也不去！老李是可怕，傻好人是比机灵鬼可怕——"

"我也没说老李是不好人哪！"

"——我告诉你老赵，咱们这群人里，老李算第一！学问、品行、见解，全第一！要不是他劝告我，我还想不起入银行来学习一种真本事！我佩服他！他告诉我的话多了，我记不清，我只记得几句，这几句我一辈子忘不了！他说：打算做革命事业是由各方面做起。学银行的学好之后，便能从经济方面改良社会。学商业的有了专门知识便能在商界运用革命的理想。同样，教书的，开工厂的，和做其他的一切职业的，人人有充分的知识，破出命死干，然后才有真革命出现。各人走的路不同，而目的是一样，是改善社会，是教导国民；国民觉悟了，便是革命成功的那一天。设若指着吹气冒烟，脑子里空空如也，而一个劲说革命，那和小脚娘想到运动会赛跑一样，无望，梦想！这是他说的，我自然学说不清，大概就是这个意思。我越想这个话越对，所以我把一切无理取闹的事搁下，什么探听秘密咧，什么乱嚷这个主义那个问题咧，全叫瞎闹！老李是好人，是明白人！老赵！还是那句话，你不请老李我也不去！老赵，对不起！我得办事去，"莫大年立起来了："怎样给我们说和我听你的，可是得有老李！"

"那么，你今天能不能同我出去吃饭？"赵子曰也立起来了。

"对不起！银行的规则很严，因为经理是洋人，一分一厘不通融，随意出去叫作不行！等着我放假的日子，咱们一块儿玩一玩去。再见，老赵！"

莫大年说完，和赵子曰握了握手走进去，并没把赵子曰送出来。

赵子曰心中有些不高兴，歇里歇松的往外走，一旁走一边叹息："小胖子疯了！叫洋人管得笔管条直！哼！"

3

赵子曰软软的碰了莫大年一个小钉子，心中颇有恼了他的倾向；继而一想，莫胖子到底有一股子牛劲，不然，他怎能进了洋人开的银行呢；这么一想，要恼莫大年的心与佩服他的心平衡了；于是自己嘟囔着："为什么不显着宽宏大量，不恼他呢！"

至于给他们调解的进行，他觉得欧阳天风和李景纯是各走极端，没有"言归于好"的可能。如果把他们约到一处吃吃喝喝，李景纯，设若他真来了，冷言冷语，就许当场又开了交手仗。这倒要费一番工夫研究研究，谁叫热心为朋友呢，总得牺牲！

他回到公寓偷偷的把武端叫出来："老武，来！上饭馆去吃饭，我和你商议一件事！"

"什么事？"武端问。

"秘密！"

听了秘密两个字，武端像受了一吗啡针似的，抓起帽子跟着赵子曰走，甚至于没顾得换衣裳。到了饭馆，赵子曰随便要了些酒菜，武端急于听秘密，一个劲儿催着赵子曰快说。

"别忙！其实也不能算什么秘密，倒是有件事和你商议。"

"那么，你冤了我？"武端很不高兴的问。

"要不告诉你有秘密，你不是来的不能这么快吗！"赵子曰笑了："是这么一回事：我刚才找老莫去啦，我想给你们说和说和。喝！老莫可不大像先前那样傻瓜似的了，入了银行没几天，居然染上洋派头了——"

"穿着洋服？"武端插嘴问。

"——倒没穿着洋服，心里有洋劲！你看，不等客人告辞，他站起来大模大样的说：'对不起！我还有事，改天见！'好在我不介意，我知道那个小胖子有些牛脖子。至于给你们说和的事，小胖子说非有老李不可。老武你知道：欧阳和老李是冰炭不能同炉的，这不是叫我为难吗！我不图三个桃儿两个豆儿，只是为你们这群小兄弟们和和气气的在一块，看着也有趣不是？我还得问你，老莫好像是很恨欧阳，我猜不透其中的秘密，大概你知道的清楚？"

"闹了半天你是问我呀？好！听我的！"武端把黄脸一板。心中秘密越多，脸上越故意作出镇静的样子来。好像戏台上的诸葛亮，脸上越镇静，越叫人们看出他揣着一肚子坏："先说我自己：我和谁都是朋友，你猜怎么着？老莫和欧阳打架，并不是和我，而且我还给他们劝解来着，欧阳呢，我天天陪着他上医院；老莫呢，我们也不短见面；老李呢，我虽然不特意找他去，可是见面的时候点头哈腰的也不错。打听秘密是我的事业，自然朋友多不是才能多得消息吗！所以，你要给他们调停，我必去，本来我就没和他们决裂。至于欧阳和老莫的关系，我想：欧阳是恨老李与王女士的关系，而老莫是一时的气粗，决不是老莫成心和欧阳捣乱。这个话对不对，还待证明，我慢慢的访察，自有水落石出的一日。老李呢，我说实话，他和王女士真有一腿；自然这也与我无关，不过我尽报告秘密的责任！你猜——"

"那么，你除了说秘密，一点办法没有？"赵子曰笑着问。

"有办法我早就办了，还等你？！"

"我已经和老莫说的满堂满馅儿的，怎么放在脖子后头不办？"赵子曰问。

"没办法就不办，不也是一个办法吗？"武端非常高兴的说："日后见着老莫，你就说：老李太忙没工夫出来，欧阳病还没好，这不完了？！"

"对！"赵子曰如梦方醒，哈哈的笑起来："管他们的闲事！来，喝酒！"

谈话的美满结果把两个人喝酒划拳的高兴引起来；喝酒划拳的快乐又把两个人相爱的热诚引起来。于是，喝着，划着，说着，笑着，把人世的快乐都放在他们的两颗心里。

"老赵！"武端亲热的叫着："你是还入学呀，是找事做？"

"不再念书！"赵子曰肯定的说。

"你猜怎么着？我也这么想，念书没用！"

"同志！来，喝个碰杯！"

两个人吃了个碰杯。

"找什么事，老赵？"

"不论，有事就做！"

"排场总得要，不能说是个事就做？"

"自然，我所谓的事是官事！做买卖，当教员，当然不能算作正当营业！"

"你猜怎么着？我也这么想，就是做官！做官！"

"同志！再要半斤白干？"

"奉陪！你猜——"武端噗哧的一声自己笑出来：既然说了"奉陪"，干什么还用说"你猜怎么着"呢。

两个人又要了半斤白干酒。

"老赵！我想起来了，有一件事你能做，不知你干不干？"武端问。

"说！自要不失体统我就干！"赵子曰很慎重的说。

"这件事只是你能做！"武端诚恳而透着精明的样子说："现在有些人发起女权发展会，欧阳也在发起人之中，他们打算唱戏筹款，你的二簧唱得满好，何不加入露露头角！我去给你办，先入会，后唱戏，你的事就算成功了！"

"怎么？"赵子曰端着酒杯问。

"你看，伟人、政客、军官，他们的太太、姨太太、小姐，哪个不喜欢听戏。"武端接着说："你一登台，立下了名誉，他们是赶着巴结你。自然你和他们打成一气，做官还不容易吗！我是没这份本事，我只能帮助你筹备一切。你看，你要是挂着长胡子在台上唱，我穿着洋服在台下招持，就满打一时找不到事，这么玩一玩也有趣不是？再说，一唱红了，做官是易如反掌呢！你看杨春亭不是因为在内务总长家里唱了一出《辕门斩子》就得了内务部的主事吗！你猜——"武端每到喘气的时候总用个"你猜怎么着"，老叫人想底下还有秘密不敢插嘴。

"可是唱戏也不容易呀！"赵子曰是每逢到武端说"你猜怎么着"就插嘴，这有点出乎武端意料之外。

"我管保说，"武端极诚恳的说："你的那几嗓子比杨春亭强的多；他要能红起来，你怎么就不能？你猜——"

"制行头，买髯口，都要一笔好钱呢！"

"不下本钱还行啊？可是这么下一点资本比花钱运动官强：因为即使失败，不是还落个'大爷高兴'吗！"

"谁介绍我入会？"赵子曰心中已赞成武端的建议。

"欧阳自然能给你办！"

"好！快吃！吃完饭找他去！"

第十三

1

　　欧阳天风一清早就出去了，留下话叫赵子曰和武端千万早些赴女权发展会的成立大会去。赵子曰起来之后和武端商议赴会的一切筹备事项。筹备事项之中当然以穿什么衣服为最重要，因为他们是要赴"女"权发展会。武端是取"洋服主义"，大氅虽然穿着有点热，可是折好放在胳臂上，岂不是"有大氅不穿而放在胳臂上，其为有大氅也无疑"吗！可是赵子曰的驼绒大袄不能照这么办，（这是华服不及洋服的一点！）要穿夹袍吧，又没有驼绒大袄那么新鲜漂亮。他搓拳跺脚的一个劲儿叨唠："这怎么好？！这怎么好？！"

　　"穿上夹袍，"武端建议："胸前带上个小红缎条，写上：'有好大袄，没穿。'岂不是全包括住了吗！"

　　"可是'没穿'的范围太宽呀，"赵子曰皱着眉，摇着头说："人家知道我把大袄是放在箱子里，还是寄放在当铺里，不妥！"

　　"冒下子险！"武端又想了半天才说："来个'华丝葛大衫主义！'虽然脱了棉袍就穿大衫有点冷，可是你的身体强壮，还怕冷吗！再说，你猜怎么着？心中有一团增加体面的热力，冷气也不容易侵进来！是不是？"

　　"干！"赵子曰叹了一口气："死了认命！都是那个该死的爸爸不给我寄钱！反正我要是冻死，在阎王爷面前也饶不了他个老东西！有生发油没有？老武！"

　　"有！要香水不要？"武端很宽宏大量而亲热的问。

　　"要！香香的！不然，一身臭汗气在女权会里挤来挤去，不叫她们给打出来才怪！"

　　武端忙着把生发油，花颜水拿来。赵子曰先把头发梳的晶光瓦亮（琉璃瓦），然后大把的往脸上捧花颜水。把脸上的糟面疙瘩杀的生疼，他裂着嘴坚持到底的用力往脸上搓。直搓得血筋乱冒，才下了"适可则止"的决心。然后启锁开箱往出必恭必敬的请华丝葛大衫。

武端把大氅折好，绸子里儿朝外，放在左臂上。右臂插在赵子曰肘下，两朵香花似的从天台公寓出发。

翠蓝的天上挂着几片灰心白边的浮云，东来西去的在天上浮荡着。两个人坐在车上，全仰着头细观天象。那几块浮云一会儿挤到一块把太阳遮住，武端擦着汗乐了；一会儿你推着我，我拥着你的散开，赵子曰挺挺胸膛噗哧的一笑。这样，一个盼着天阴，一个希望天晴，心意不同而目的一样的到了湖广会馆。

会馆门外扎着彩牌，用纸花结成的四个大字："女界万岁"。

时候还早，除了主事的几位男女忙着预备一切，会场上还没有几个人。赵子曰往四下里看，找不到欧阳天风。他只好和武端坐在一条凳子上闲谈。会场宽大，坐定之后，赵子曰觉得有些冷飕飕的。他问武端：

"你热不热，老武？"

"有些发燥呢！"

"把大氅给我，我——给你拿着！"

两个人正在交涉大氅的寄放问题，欧阳天风满头是汗的跑进来。

"欧阳！"赵子曰立起来叫："你怎么倒来晚了？"

"老赵，你过来！"欧阳天风点手往外叫赵子曰。武端也随着立起来，跟着赵子曰往外走。走到会场外的大门夹道，欧阳对赵子曰低声的说："你坐在讲台下第一排凳子上，把帽子放在旁边占下一个空位。回头王女士来，我把她领到你哪里去！老武！"欧阳天风回头叫武端，武端急于要听秘密，把笑脸递过来。欧阳说："今天你得帮忙，别坐在那里不动！"

"叫我做什么？"武端笑着问。

"招待员！来，跟我拿标帜去！"

武端的洋服主义就是胸前差着一朵红花，听欧阳天风这样说，他乐得心里都像疯了似的；若不是极力的压制收敛，当时就得吐一口鲜血。

赵子曰不管他们，忙着跑回会场，坐在第一排凳子上，把帽子放在旁边。他一心秉正的祷告着：她可快来呀！把什么做主席、当招待的光荣全忘去，恭恭敬敬的坐在那里等着她。

欧阳天风和武端都胸前挂上红花，出来进去的走。武端把全身的重力放

到脚踵与脚尖上去，把皮鞋底儿轧得吱吱的响。

快十一点钟了，赵子曰已经规规矩矩的在那里坐了四十分钟，会场中人渐渐多起来。赵子曰一手按着他的帽子，一面扭着脖子往外看：凡是一对男女一块儿进来的，总叫他心里一跳；继而一看不是欧阳与王女士，又叫他心里一酸。无意中把脖子扭的角度过大，看见背后隔着几条凳子坐着李景纯。赵子曰忙着把头回过来，呆呆的看着讲台上的黑板。这样有几分钟，他觉得这个"不扭脖子主义"有些不可能。于是又试着慢慢向后扭，还没扭到能看见后面的程度，早就把笑容在脸上画好，轻轻的叫了一声：

"老李！"

"老赵！"李景纯点了点头。"你好吗？老没见！"

"可不是老没见！你胖了，老李！"

"是吗？"

"胖多了！"

"老赵你不冷吗，穿这么薄？"李景纯诚恳的问。"不冷，还热呢！"说着，赵子曰打了个冷战。"你看，还打'热'冷战呢！哈哈！你是会员不是，老李？"

"不是！"

"怎么不入会？我可以介绍你入会！"

"看一看，看清楚了再决定入会不入。"

两个人的谈话无法再继续了。

赵子曰一只眼睛无多有少的了着李景纯，一只眼睛聚精会神的往外望：欧阳天风在会场门口穿梭似的活动，只是看不见王女士的影儿。好容易欧阳天风往里走了几步，赵子曰立起来把嘴撅起多高向他努嘴。

"她就来，别急！"欧阳天风跑过来低声的说，说完又跑出去。

会场中男男女女差不多坐满了，在唧唧喳喳说话中间，外面哗啷哗啷振了铃。欧阳天风又跑过来低声告诉赵子曰。

"举魏丽兰女士做主席！"

"哪个是？"

"那个！"欧阳天风偷偷的用手向台右边一指："那个穿青衣裳的！"

"喝！我的妈！"赵子曰一眼看到那位预来的主席，把舌头伸出多长一时收不回去。"我说，这么丑的家伙做主席，我可声明出会！"

"别瞎说！"欧阳天风轻轻打了赵子曰一下又走出去，沿路向会员们给魏女士运动主席。

　　说真的，魏女士长的并不丑，不过没有什么特别娇美的地方就是了。圆圆的脸，浓浓的眉，脸上并没擦着白粉。身量不矮，腰板挺着，加以一身青色衣裙，更把女子的态度丢失了几分。赵子曰虽然是个新青年，他的美的观念，除了憎嫌缠足以外，并不和赞美樱桃口杨柳腰的古人们有多大分别。况且他赴女权会的目的是在看女人，看艳美娇好的女人，所以他看见魏女士的朴素不华，不由的大失所望了！

2

　　铃声停止，台下吵嚷着推举主席：台下嚷的是举魏丽兰女士做主席，往台上走的也正是"魏丽兰"三个字的所属者那位女士。赵子曰把头低下不敢仰视，他后悔忘了把墨色的眼镜带来。

　　主席正在报告发起的原因及经过，欧阳天风又过来对赵子曰说：

　　"张教授回来要演说，挑他的缝子往下赶他！"

　　"那好办！到底她来不来？"赵子曰低声而急切的问。

　　"来！就来！"

　　主席报告完了，请张梦叔教授演说。张教授上了台，他有四十上下的年纪，黄净脸，长秀的眉，慈眉善目的颇有学者的态度。

　　"女权发展会可叫男人讲演，岂有此理！"赵子曰旁边坐着的一个青年学生说。

　　"等挑他的毛病，往下赶他！"赵子曰透着十分和气的对那个青年说。

　　"诸位男女朋友！今天非常荣幸，得与女权发展会诸同志会面。"张教授和声悦色的说，声音不大而个个字说的清楚好听："……从前女子的事业不过是烹调、裁缝——"

　　"你胡说！"场中一位女士立起来，握着小白拳头嚷："什么'裁缝'？我们女子学'缝纫'，裁缝是什么东西——"

　　"打他！打！"赵子曰喊。

　　"裁缝与缝纫，"场中一个男人立起来雄猛而严重的说："据我看，并没有什么分别。难道做衣服只缝不裁？或者裁缝这个名词还比缝纫强呢！再说，张教授说的是'从前的女子事业'，我请这位女士听明白了再说话！"

　　这几句话颇惹起一部分人的欢迎，鼓掌的声音虽不像个雷，也不减于一片爆竹的爆发。张教授含笑向大家点了点头继续讲：

"——女权的得到不是凭空说的，在欧战的时候，英国女子代替男子做一切事业，甚至于火车站上扛东西卸货物全是女子去做。那么，战后女子地位的增高与发展是天然的，因为她们真在社会上尽了职，叫男人们无从轻视她们。至于我们的女子事业，我实在不敢说是已经发达，倒是要说简直没有女子事业——"

"这是侮蔑中华女界！"后面七八位女士一齐扯着尖而悍的嗓子喊："怎么没有女子事业？我们这几个女子就是做女教员的！啊？——"

"下去！打！打他！"赵子曰拼着命的喊。跟着他立起来把衣袋中的一把铜元，哗喇一声向台上扔去。主席往外退了几步，男的争着往台上跑，女的就往场外逃，乱成一团。

张教授被几个朋友围住，赵子曰们不得下手，于是把"打他"改为"把他逐出去！"张教授随着几个朋友一声没言语走出去。

主席定了定神。又请陈骚教授演说。台下的人们还没听清楚，陈教授已跳上台去，向人们深深鞠了一躬。

"诸位男女同志！"陈骚教授霹雳似的喊了一声，把会场中的喧哗会一下子压下去："从人类历史上看，女子对于文化进展的贡献比男子多，因为古代历史上的记载全是女权比男权大，这是事实！"

台下鼓掌延长至三分钟。

"现在的社会组织，看着似乎男子比女子势力大，其实不然，我试问在场的两个问题：第一，没有女子，可有家庭，可有社会，可有国家，可有人类？——"

"没有！！"台下惊天动地的喊。

"第二，"陈教授瞪着眼睛喊："可有几个男子不怕老婆的？"

"没有！"台下女的一齐喊。只有一个男子嚷了一声："我就不怕！"

"你不怕？"陈教授笑着问："你根本不知道尊重女权！"

"哈拉！哈拉！"台下女的跺着脚喊。鼓掌的声音延长至十分钟，不能再叫陈教授说话，也好，陈教授鞠了一躬下去了。

陈教授忽然下台，主席只好宣布选举会长职员。会员们全领了票纸，三五成群的商议着举谁好。女会员们想不起举谁，而一个劲儿的骂会中预备的铅笔不好使。

赵子曰把票放在票匦里，不等听选举结果就往外跑。"老赵！"武端在门口伸着大拇指向赵子曰说："你算真行！"

"欧阳呢？"赵子曰问。

"他走了，和一个军官的儿子叫贺金山的吃饭去了！"

"好，这小子把我冤了！"赵子曰叹了一口气。"怎么？"

"王女士没来！"

"你没看见李景纯吗？"武端贼眉鼠眼的问："他来，她就不能来！你猜——"

第十四

1

凡是抱着在社会国家中做一番革命事业的，"牺牲"是他的出发点，"建设"是他最后的目的，而"权利"不在他的计较之内。这样的志士对于金钱、色相，甚至于他的生命全无一丝一毫的吝惜；因为他的牺牲至大是一条命，而他所树立的至小是为全社会立个好榜样，是在历史上替人类增加一分光荣。赵子曰是有这种精神的，从他的往事，我们可以看出：以打牌说吧，他决不肯因为爱惜自己的精神而拒绝陪着别人打一整夜。他决不为自己的安全，再举一个例，而拒绝朋友们所供献给他的酒；他宁叫自己醉烂如泥，三天伤酒吃不下去饭，也不肯叫朋友们撅着嘴说："赵子曰不懂得交情！"这种精神是奋斗，牺牲，勇敢！只有这种精神能把半死的中国变成虎头狮子耳朵的超等强国，那么，赵子曰不只是社会上一时一地的人物，他是手里握着全中国的希望的英雄。

什么是牺牲的对象？忠君？爱父母？那都是一百年前的事！那些事的范围都是狭小的！赵子曰是迎着时代走的，随着环境变的，他的牺牲至少也是为讨朋友们喜欢，博得社会上的信仰；比如拼命陪着朋友们吃酒，挨着冻穿华丝葛大衫，都是可注意的，有价值的事实。自然，这样的事实不能算他的重要建设，可是以小见大，这几件小事不是没有完全了解新思潮的意义的人们所能办到的。

有了这样崭新的见解，然后才能捉住一个主义死不松手，而绝对的牺牲，而坚持到底，而有往风涛上硬闯的决心！所以，有时候我们看赵子曰的意见与行事似乎有前后不一致的样子，其实那根本是我们不明白：什么叫绝对牺牲，什么叫坚持到底。我们要是明白这些，细心的从他的主义与行事的全体上来解剖，我们当时可以见出他的前后矛盾的地方正是他有时候不能不走一段歧路而求最后的胜利。以他捆校长和他不再念书说吧，我们不留心看总以为他是荒唐；可是，我们在下这个判断以前，应当睁大了眼睛看：为什么捆校长？为什么不再念书？假如我们想出：捆校长是为打倒学阀，爱护教育；不再念书是为匀出工夫替社会做革命事业；那么，这是不是他有一定的主义与坚定不挠的精神？

如此，赵子曰说"西"，我们该往"东"看；赵子曰今天说"是"，我们应当明天在"不"那里等着他。东就是西，西就是东，今天的"是"里有个明天的"不是"，明天的"不是"便有个今天的"是"。这才是真能随着环境走而不失最终目的的人物，这才是真能有出奇制胜随机应变的本事。在我们没有明白"是"中的"不是"，"不是"中的"是"以前，我们不应当随便下断语来侮蔑这样的英雄；我们不应当用我们狭陋的心来猜测赵子曰的惊风不定，含蕴万端的心意与计划。

又说回来了：赵子曰的为国为民牺牲一切是可佩服的。现在，他要替女权发展会牺牲色相，唱戏募捐了。

2

夜间，赵子曰把打牌的时间缩短，有时候居然在三点钟以前就去睡觉，以便保养嗓子。早晨，提着一团精神不到九点钟就起来，口也不漱到城外护城河岸去溜嗓子。沿着河岸一面走一面喊："啊——哦——儿吓啊——，"把河中的小鱼吓得都不敢到水皮儿上来浮，苇丛中的青蛙都慌着往水里跳。直喊到他口燥喉干，心中发空，才打道进城回公寓。

赵子曰所预备的戏是《八大锤》，《王佐断臂》。

第三号的地上垫上三尺多厚的麻袋，又铺上三层地毡。没黑带晚，哪时高兴哪时第三号主人就从床上脊背朝下往地上硬摔，学着古人王佐的把胳臂割下来还闹着玩似的摔个"抢背"。东墙上新安上一面大镜，摔完"抢背"，手里拿着割下来的那只臂，（其实是一根木棍。）向着镜子摇头耸鼻的哆嗦一阵，一边哆嗦，嘴里一边念："呛，呛，呛，吧嗒呛。"正和古人哆嗦的时候也有乐器随着分毫不差。

有时候他挂上三尺来长的，吃饭现往下摘，吐唾沫现往起撩的黑胡子，足下穿上三寸多厚的粉底高靴，向着镜子朝天的扭。呛！一摸胡子。哒！一甩袖。哈哒！一拐腿腕向前扭一步。这样从锣鼓中把古人的一举一动形容得唯妙唯肖。

离登台之期将近！除了挂胡子、穿靴子之外，他头上又扎上了网巾。网巾扎好：把眉毛吊起多高，眼睛挤成两道缝，而且脑门子发僵，有些头昏眼花。可是，他咬着牙往下忍，谁叫古人爱上脑箍呢，唱戏的能不随着史事走吗？牺牲的真精神？

装束已毕，把一床被子挂在八仙桌前当台帘，左手撩袍，右手掀被子，口中一声："瓜——呛！"他轻脆的往外一步跨出来。走了两步，然后站住耍眼珠，眼珠滴溜乱转约有半分钟的工夫，才又微微点了点头。点完了头，用双手的大拇指在整副的黑胡子边儿上摸了一摸；因为古人的胡子是只运动边部而不动中心的。然后欲前而横的摆了两步，双手轻轻正一正冠，口中"喋！喋！"学着小锣的声音，古人正冠的时候总是打两下小锣的。

这样练习了几次，然后自拉自唱的仿效着古人的言语声调。原来古人的言语是一半说一半唱。或者说：言语与歌唱没有分别。欢喜也唱，悲哀也唱，打架也唱，拌嘴也唱。老太太也唱，小小子也唱，大姑娘也唱，小妞儿也唱。而且无论白天黑夜想唱就唱，甚至于古代的贼人在半夜里偷东西的时候，也是一面偷一面唱。歌唱以前往往先自己道一个姓名，这个理由直到现在才有人明白：据心理学家说，中国古代的人民脑子不很好，记忆力不强，所以非自己常叫着自己的姓名不可；不如此，是有全国的人们都变成"无名氏"的危险。

3

赵子曰私下用了七八天的工夫，觉得有了十二分的把握。于是把欧阳天风、武端和旁的两三位明友请过来参观正式演习。

"诸位，床上站着！"赵子曰挂着长髯在被子后面说："地上是我一个人的戏台！先唱倒板，唱完别等我掀帘，你们就喊好儿！'迎头好'是最难承受，十个票友倒有九个被'迎头好'给吓回去的。有多大力量用多大力量喊，听见没有？"

吩咐已毕，他在被子后面唱倒板："金乌坠……玉兔东……上哦……哦……哦——"

"好＜哇！！！"大家立在床上鼓着掌扯开嗓子喊。

"呛——呛！"赵子曰自己念着锣鼓点，然后轻脆的一掀被子，斜着身扭出来。

"好！好！"又是一阵喝彩。

赵子曰心中真咚咚的直跳，用力镇静着，摸胡子，正帽子，耍眼神，掀起胡子吐了一口唾沫，又用厚底靴把唾沫搓干，一点过节也没忘。然后唱了一段原板二簧。唱完了把蓝袍脱下，武端从床上跳下来，帮助王佐换上青袍。王佐等武端又上了床，才把一口木刀拿起来往左臂上一割。胳臂割断，跳起多高，一个鹞子翻身摔了下去。然后"瓜哒瓜哒"慢慢往起爬，爬起来，手里拿着那只割下来的胳臂，头像风车似的摇了一阵……

该唱的唱了，该说的说了，该摔的摔了，该哆嗦的哆嗦了；累得赵子曰满身是汗，呼哧呼哧的喘。欧阳天风跳下床来给他倒了一碗开水润润嗓子。

"怎样，诸位？"赵子曰一面卸装一面问。

"好极了！你算把古人的举动态度琢磨透了！"大家争着说。

"好，日夜咂摸古人的神气，再不像还成呀！"赵子曰骄傲自足的一笑。

"'真'就是'美'，"内中一位美术院的学生说："因为你把古人的行动作真了，所以自然观着美！你那一摸胡子，一甩袖子，纱帽翅一颤一颤的动，叫我没法子形容，我只好说真看见了古人，真看见了古代的美！"

"老武！腔调有走板的没有？"赵子曰听了这段美术论，心中高兴极了，可是还板着面孔，学着古人的"喜怒不形于色"，故意问自己有无欠缺的地方。

"平稳极了！"武端说："你猜怎么着。就是'岳大哥'的'岳'字没有顿住，滑下去了！是不是？"

"那看那一派！"欧阳天风撇着小嘴说："谭叫天永远不把'岳'字顿住！"

（欧阳天风到北京的时候，谭叫天早已死了！谭叫天到上海去的时候，欧阳天风还不懂什么叫听戏！）

"到底是欧阳啊！——"赵子曰点头咂嘴的说："老武！你的二簧还得再学三年！"

"先别吹腾！"欧阳天风笑着说："那顶纱帽不可高眼！"

"怎么？"

"差着两盏电灯！"欧阳天风很得意的说："你看，人家唱《秋胡戏妻》的时候，桑篮上还有电铃，难道你这个王佐倒不如秋胡的媳妇阔气？不合逻辑！"

"安上电灯，万一走了电，王佐不但断了臂，也许丧了命哇！"赵子曰很慎重的说："小兄弟！别乱出主意！"

"黄天霸、杨香五的帽子上现在全有电灯，就没有一个死了的，你为什么单这样胆小？"欧阳天风拍着赵子曰的肩膀说："你的戏一点挑剔没有，除了短两盏电灯！我保险，死不了！"

这个问题经几个人辩论了两点多钟，大家全赞成欧阳天风的意见。于是赵子曰本着王佐断臂的牺牲精神，在纱帽上安了两盏小电灯，一盏红的，一盏绿的。

第十五

1

"李顺！"赵子曰由戏园唱完义务戏回来，已是夜间一点多钟。

"嘛！"李顺从梦中凄凄惨惨的答应一声，跟着又不言语了。

"李——顺！！"

"嘛！"李顺揉着眼睛，把大衣披上走出来。

"你愿意挣五角钱不？李顺！"

"钱？"李顺听了这个字，像喝了一口凉水似的，身上一抖，完全醒过来："什么？先生！钱？"

"钱！五角！"赵子曰大声的说："你赶紧快跑，到后门里贴戏报子的地方，把那张有我的名字的报子揭下来！红纸金字有我的名字，明白不明白？不要鼓楼前贴着的那张，那张字少；别揭破了，带着底下的纸揭，就不至于撕破了！办得了办不了？"

"行，先生！这就去？"李顺问。

"可不这就去，快去！"

"五毛钱？"

"没错儿，快去！"

李顺把衣钮扣好，抖了抖肩膀，夜游大仙似的跑出去。

赵子曰把刚才唱完的《王佐断臂》的余韵还挂在嘴边，一边哼唧着，一边想那绕着戏馆子大梁的那些余音，不知到什么时候才能散尽。哼唧到得意之际，想到刚才台前叫好喝彩的光景，止不住的笑出了声。

"赵子曰会这么抖？"他自己说，"真他妹妹的没想到！"他合上眼追想戏园中的经过：千百个脑袋，一个上安着两只眼睛，全看着谁？我！赵子曰！"好！"千百张嘴，每张两片红嘴唇，都说道谁？喝谁的彩？我！赵铁牛！"好！"那"抢背"摔的，嘿！真他妈的脆！包厢里那些姨太太们，台根底下那个戴着玳瑁眼镜的老头儿——"好吗！""好！"

他想着，念道着，笑着，忽然推开门跳出去。到了院中，看看南屋黑洞洞的，欧阳天风还没有回来。"傻小子，穷忙！台下忙十天，也跟不上台上露一出哇！也别说，欧阳也怪可怜的，把小脚丫都跑酸了！"

他在院中来回走了半天，李顺"邦"的一声把街门推开，瞪着眼，张着嘴，呼哧呼哧的直喘。双手把那张红戏报子递给赵子曰。

"来！进来！"赵子曰把李顺领到屋里去："慢慢的拉着，别使劲！"两人提心吊胆的像看唐代名画似的把那张戏报展开。赵子曰把脑袋一前一后的伸缩着念："初次登台，谭派须生，赵子曰。烦演：《八大锤》，《王佐断臂》，车轮大战，巧说文龙，五彩电灯，真刀真枪，西法割臂，改良说书。"他念完一遍，又念了一遍，然后，又念了一遍。跟着又蹲下去看看戏报的反面，没看见别的，只有些干浆糊皮子和各色碎纸块。

"李顺！"赵子曰抿着嘴，半闭着眼，两个鼻孔微微的张着，要笑又不好意思的，要说话又想不起说什么好："李顺！啊？"

"先生！你算真有本事就结了！"李顺点着头儿说："《八大锤》可不容易唱啊！十年前，那时候我还不像这么穷，听过一回那真叫好：文武带打，有唱有念！喝！大花脸出来，二花脸进去，还有个三花脸光着脊梁一气打了三十多个旋风脚！喝！白胡子的，黑胡子的，还出来一个红胡子的！简直的说，真他妈的好！——"

"你听的哪出，王佐的纱帽上可有电灯？"赵子曰撇着嘴问。

"没有！"

"完了，咱有！"

"我还没说完哪，我正要说那一出要是帽子上有了电灯可就'小车子不拉，推好了！'就是差个电灯！——"

"慢慢卷起来！"赵子曰命令着李顺："慢着，别撕了！明天你上廊房头条松雅斋去裱，要苏裱！明白什么叫苏裱呀？"

"明白！"李顺恭而敬之的慢慢往起卷那张戏报子："就是不明白，我一说苏裱，裱画匠还不明白吗？先生！"

"裱好了，"赵子曰很费思索的说："我再求陆军次长写副对子。一齐挂在这小屋子里，李顺，你看抖不抖？！"

"抖！先生！谁敢说不抖，我都得跟他拼命！"李顺说。

"好啦！你睡觉去吧！明天想着上松雅斋！"

"嗻！忘不了！"李顺规规矩矩走出去，走到门外，回头看了看赵子曰，偷偷的要笑而又不敢，捂着嘴到了他自己的屋里才笑出来。

赵子曰本想等着欧阳天风和武端回家，再畅谈一回。可是戏台上的牺牲过大，眼睛有些睁不开了。于是决定了暂把一肚的话埋那么一夜，明天再说。

他倒在床上颠来倒去的梦着：八大锤，锤八大，大八锤，整整捶了一夜。

2

第二天早晨，李顺把脸水拿进来，看见赵子曰在地上睡的正香。大概是梦里摔"抢背"由床上掉下来。

"先生，我说赵先生，热水您哪！"李顺叫。

"李顺！"赵子曰楞眼瓜哒的坐起来说："把水放下，拿那张戏报子去裱！"

"嗻！我先把先生们的脸水伺候完，先生！就去，误不了！"

3

果然不出武端所料：唱过义务戏以后，赵子曰又交了许多新朋友。票友儿、伶人们全不短到天台公寓来，王大个儿的《斩黄袍》也不敢在白天唱了。票友儿与伶人们都称呼他为"赵老板"，有劝他组织票房的，有劝他拜王又宸为师的。赵子曰不但同意了他们的建议，而且请他们到饭馆足吃足喝一阵。

专唱扫边老生的票友李五自荐给赵子曰说戏。唱二花脸的张连寿见面就说："赵老板成了名角的时候，可别忘了咱傻张啊！"于是在一个礼拜内李五和张连寿居然吃了赵子曰十顿金来凤羊肉馆。他们越把赵老板叫得响，赵老板越劝他们点菜。菜越上来的多，他们越把赵老板叫得响。直到他们吃得把赵老板三个字都叫不出来了，赵老板才满意了自己的善于交际。

拉胡琴的小辫儿吴三情愿天天早晨给赵子曰吊嗓子，纯是交情，不取分文。赵子曰心中老大不过意，吴三是坚决不要钱。过了几天，吴三和赵子曰要了五块钱，说：给赵子曰买一把蛇皮胡琴，赵子曰的心中舒服多了。

闹腾的快到五月节了，这群新朋友除吃喝赵老板以外，还没有一位给赵老板打主意谋事的。赵子曰心中有些打鼓。

"我说，老武！戏也唱了，新朋友也交上啦，可是事情还一点苗头看不出来呀？！"

"别忙啊！"武端稳稳当当显出足智多谋的样子说："哪能刚唱一出就马上抖起来呢！——"

"可是我已经花了不少——"

"不花钱还成呀！你猜——"

"好！听你的！"

第十六

1

设若诗人们睁着一只眼专看美的方面，闭着一只眼不看丑的方面，北京的端阳节是要多么美丽呢：

那粉团儿似的蜀菊，衬着嫩绿的叶儿，迎着风儿一阵一阵抿着嘴儿笑。那长长的柳条，像美女披散着头发，一条一条的慢慢摆动，把南风都摆动得软了，没有力气了。那高峻的城墙长着歪着脖儿的小树，绿叶底下，青枝上面，藏着那么一朵半朵的小红牵牛花。那娇嫩刚变好的小蜻蜓，也有黄的，也有绿的，从净业湖而后海而什刹海而北海而南海，一路弯着小尾巴在水皮儿上一点一点；好像北京是一首诗，他们在绿波上点着诗的句读。净业湖畔的深绿肥大的蒲子，拔着金黄色的蒲棒儿，迎着风一摇一摇的替浪声击着拍节。什刹海中的嫩荷叶，卷着的像卷着一些幽情，放开的像给诗人托出一小碟子诗料。北海的渔船在白石栏的下面，或是湖心亭的旁边，和小野鸭们挤来挤去的浮荡着；时时的小野鸭们噗喇噗喇擦着水皮儿飞，好像替渔人的歌唱打着锣鼓似的："五月来呀南风儿吹"噗喇，噗喇。"湖中的鱼儿"噗喇，"嫩又肥"噗喇，噗喇。……那白色的塔，蓝色的天，塔与天的中间飞着那么几只野灰鸽：一上一下，一左一右，诗人的心随着小灰鸽飞到天外去了……

再看街上：小妞儿们黑亮的发辫上戴着各色绸子做成的小老虎，笑涡一缩一鼓的吹着小苇笛儿。光着小白脚丫的小孩子，提着一小竹筐虎眼似的樱桃，娇嫩的吆喝着"赛了李子的樱桃哇！"铺户和人家的门上插上一束两束的香艾，横框上贴上黄纸的神符，或是红色的判官。路旁果摊上摆着半红的杏儿，染红了嘴的小桃，虽然不好吃，可是看着多么美！

不怪周少濂常说："美丽的北京哟！美丽的北京端阳节哟！""哟"字

虽然被新诗人用滥了，可是要形容北京的幽美是非用"哟"不可的；一切形容不出的情感与景致，全仗着这个"哟"来助气呢。

可是社会上的真相并不全和诗人的观察相符，设若诗人把闭着的那只眼睛睁开，看看黑暗的那一方面，他或者要说北京的端阳节最丑的了：屠户门前挂着一队一队的肥猪大羊。血淋淋的心肝，还没有洗净青粪的肚子，在铁钩上悬着。嗡嗡的绿豆蝇成群的抱着猪头羊尾咂一些鲜血，蝇子们的残忍贪食和非吃肉不算过节的人们比较，或者也没有多大的分别。小孩子们围着羊肉铺的门前，看着白胡子老头用大刀向肥羊的脖子上抹，这一点"流血"与"过节"的印象，或者就是"吃肉主义"永远不会消失的主因。

拉车的舍着命跑，讨债的汗流浃背，卖粽子的扯着脖子吆喝，卖樱桃桑椹的一个赛着一个的嚷嚷。毒花花的太阳，把路上的黑土晒得滚热，一阵旱风吹过，粽子、樱桃、桑椹全盖上一层含有马粪的灰尘。做买卖的脸上的灰土被汗冲得黑一条白一条，好像城隍庙的小鬼。

拉车的一口鲜血喷在滚热的石路上，死了。讨债的和还债的拍着胸膛吵闹，一拳，鼻子打破了。秃着脑瓢的老太太和卖粽子的为争半个铜子，老太太骂出二里多地还没消气。市场上卖大头鱼的在腥臭一团之中把一盘子白煮肉用手抓着吃了……

这些个混杂污浊也是北京的端阳节。

屠场挪出城外去，道路修得不会起尘土，卖粽子的不许带着苍蝇屎卖，……这样：诗人的北京或者可以实现了。然而这种改造不是只凭作诗就办得到的！

2

"老武！欧阳！"赵子曰在屋中喊："明天怎么过节呀？"

"你猜怎么着？"武端光着脚，踏拉着鞋走过第三号来："明天白日打牌，晚上去听夜戏。好不好？"

"不！听戏太热！"欧阳天风也跑过来："听我的：明天十点钟起来，到中央公园绕个圈子。绕的不差什么的，在春明馆喝点酒吃点东西。我的请！我可有些日子没请你们吃饭了？是不是？吃完饭，回到公寓，光着脊梁凉凉快快的把小牌一打。晚饭呢，叫公寓预备几样可口的菜，叫李顺去到柳泉居打真正莲花白。吃完晚饭，愿意要呢再接续作战，不愿意呢，出去找个清静的地方溜个弯儿。这样又舒服，又安静，比往戏园子里钻强不强？再说，要听戏叫老赵唱两嗓子，对不对，赵老板？”

"还是你的小心眼儿透亮！"赵子曰眉开眼笑的说："好主意！李——顺！"……

3

"哈哈！老莫！傻兄弟！你可来了！"赵子曰跳起来欢迎莫大年。

"老赵，老武，你们都好？"莫大年笑着和他们握手。

"好！老莫你可是发福了！"武端也笑着说。他现在对莫大年另有一番敬重的样子，大概他以为在银行做事的人，将来总有做阁员的希望。

"老赵，我来找你明天一块儿上西山，去不去？——"莫大年说着看了武端一眼："老武也——"

"我正想上西山！"武端赶快的回答。他并不是忘了他们已定的过节计划，而是以为和在银行做事的人一块儿去逛可以增加一些将来谈话的材料。

"咱们三个？不够手哇！"赵子曰说。

"什么不够手？"莫大年问。

"三家正缺一门吗！"

"上山去打牌？"莫大年很惊异的问。

"这是老赵的新发明呢！"武端噗哧的一笑。

"等一等我告诉你，"赵子曰很高兴的说："我先问你，喝汽水不喝？"

"不喝！叫李顺沏点茶吧！"莫大年回答："李顺还在这儿吗？"

赵子曰叫李顺沏茶，李顺见了莫大年亲人似的行了一个礼，可惜没有他说话的份儿，他只好把茶沏来，看了莫大年几眼走出去。

"你看，老莫！"赵子曰接着说："在山上找块平正的大石头，在大树底下，把毡子一铺，小牌一打。喝着莲花白，就着黑白桑椹大樱桃，嘿！真叫他妈的好！"

"我不能上山去打牌！"莫大年低声的说。

"我告诉你，小胖子！"赵子曰又想起一个主意来："我想起来了：卧佛寺西院的小亭子上是个好地方。你看，小亭子上坐好，四围的老树把阳光遮住，树上的野鸟给咱们奏乐。把白板滑出溜的摸在手里，正摸在手里，远远的吹过来一阵花香，你说痛快不痛快？！小胖子，听你老大哥的话，再找上一个人一块儿去！"

"老莫可和欧阳说不来！"武端偷偷的向赵子曰嘀咕。

"我已约好老李，你知道老李不打牌？"莫大年看见武端和赵子曰嘀咕，心中想到不如把李景纯抬起来，把赵子曰的高兴拦回去。"咱们要是打牌，叫老李一个人出逛，岂不怪难堪的？！"

赵子曰没言语。

"对了！我想起来了，老赵！"武端向赵子曰挤了挤眼："老路不是明天约咱们听夜戏吗？这么一说，咱们不能陪着老莫上山了！"

"对呀！我把这件事忘了，你看！"赵子曰觉得非常的精明，能把武端的暗示猜透。

……

李景纯和莫大年第二天上了西山。

第十七

1

端阳节，一个旋风似的，又在酒肉麻雀中滚过去了。人们揉揉醉眼叹口气还是得各奔前程找饭吃。武端们于是牌酒之外又恢复了探听秘密。

"子曰！子曰！"武端夜间一点多钟回来，在第三号门外叫。

"老武吗？"赵子曰困眼朦胧的问："我已经钻了被窝，有什么事明天早晨再说好不好？"

"子曰！秘密！"

"你等一等，就起！"赵子曰说着披上一件大衣光着脚下地给武端开门，回手把电灯捻开。

武端进去，张着嘴直端，汗珠在脑门上挂着，脸色发绿。

"怎么了？老武！"赵子曰又上了床，用夹被子把脚盖上，用手支着脸蛋斜卧着。

"老赵！老赵！我们是秘密专家，今天掉在秘密里啦！"武端坐在一张椅子上，帽子也没顾得摘。

"到底怎一回事，这么大惊小怪的？！"赵子曰惊讶的问。两眼一展一展的乱转像两颗流星似的。

"欧阳回来没有？"武端问，说着端起桌上的茶壶咕咚咕咚的灌了一气凉茶。

"大概没有，你叫他一声试试！"

"不用叫他！有他没我！"武端发狠的说。

"什么？"赵子曰噗的一声把被子踹开，坐起来。

"你看了《民报》没有，今天？"武端从衣袋里乱掏，半天，掏出半小张已团成一团儿的报纸，扔给赵子曰："你自己念！"

"票友使黑钱，女权难展。夜戏不白唱，客串贪金。"赵子曰看了这个标题，心中已经打开了鼓。"……赵某暗使一百元，其友武某为会员之一，亦使钱五十元。呜呼！此之谓义务夜戏！……"赵子曰咽了一口凉气，因手的颤动，手中的那半篇报纸一个劲儿沙沙的响。

武端背着手，咬着嘴唇，呆呆的看着赵子曰。

"这真把我冤屈死！冤死！"赵子曰把报纸又搓成一个团扔在地上。"谁给我造这个谣言，我骂谁的祖宗！"

武端还是没言语，又抱着茶壶灌了一气凉茶。

"登报声明！我和那个造谣生事的打官司！"赵子曰光着脚跳着嚷。

"你跟谁打官司呀？"武端翻着白眼问："欧阳弄的鬼！"

"老武！这可是名誉攸关的事，别再打哈哈！"赵子曰急切的说："你知道欧阳比我知道的清楚，你想想他能做这个事？！他能卖咱们？！"

"不是他！是我！"武端冷笑了一声。

"凭据！得有凭据呀！"

"自然有！不打听明白了就说，对不起'武秘密'三个大字！"

赵子曰又一屁股坐在床上，用手稀离糊涂的搓着大腿。武端从地上把那团报纸捡起来，翻来覆去的念。胃中的凉茶一阵一阵叽哩咕噜的乱响。

2

"哈哈！你们干什么玩儿哪？"欧阳天风开门进来，两片红脸蛋像两个小苹果似的向着他们笑。"老武！有什么新闻吗？"

武端头也没抬，依然念他的报。赵子曰揉了揉眼睛，冷气森森的说了句："你回来了？"

欧阳天风转了转眼珠，笑吟吟的坐下。

赵子曰是不错眼珠的看着武端，武端是把眼睛死盯在报纸上，一声不言语。

武端把报纸往地上一摔，把拳头向自己膝上一捶。赵子曰机灵的一下子站起来，遮住欧阳天风。

"老赵，不用遮着我，老武不打我！"欧阳天风笑着说："事情得说不是，就是他打我，也得等我说明白了不是？！""不是共总一百五十块钱吗，"武端裂稜着眼睛说："我打一百五十块钱的！"

"老武！老武！"赵子曰拍着武端的肩膀说："你等他说呀！他说的没理，再打也不迟！欧阳你说！说！"

"老武！老赵！"欧阳天风亲热的叫着："你们两个全是阔少爷，我姓欧阳的是个穷光蛋。吃你们，喝你们，花你们的钱不计其数。我一个谢字都没有说过，因为我心里感激你们是不能用言语传达出来的。如今呢，这一笔钱我使啦。你们知道我穷，你们知道我出于不得已。这一百多块钱在你们眼中不算一回事，可是到我穷小子的手里就有了大用处啦！"

"钱不算一回事，我们的名誉！"武端瞪着眼喊。

"是呀！名誉！"赵子曰重了一句，大概是为平武端的气。"别急，等我说！"欧阳天风还是笑着，可是笑的不大好看了："当咱们在名正大学的时候，我办过这样的事没有？老赵？"

"没有！"

"我们的交情不减于先前，为什么我现在这样办呢？"

"反正你自己明白！"武端说。

"哈哈！这里有一段苦心！"欧阳天风接着说，眼睛不住的溜着武端："你们二位不是要做官吗？同时，你们二位不都是有名闹风潮的健将吗？以二位能闹风潮的资格去求做官，未免有点不合适吧？那么由闹风潮的好手一变而为政界的要人，其中似乎应当有个'过板'；就是说：把学生的态度改了，往政客那条路上走；什么贪赃、受贿、阴险、机诈，凡是学生所指为该刨祖坟的事，全是往政界上走的秘宝！事实如此，这并不是我们有意作恶！比如说，老赵，有人往政界举荐你，而你的资格是闹风潮，讲正义，提倡爱国，你自己想想，你这辈子有补上缺的希望没有？反之，你在社会上有个机诈敢干、贪钱犯法的名誉，我恭贺你，老赵，你的官运算是亨通！卖瓜的吆喝瓜，卖枣儿的吆喝枣儿，同样，做学生的吆喝风潮，做官的吆喝卖国；你们自然明白这个，不必我多说。现在呢，你们的姓名登在报纸上了，你们的名誉算立下了；这叫作不用花钱的广告；这就是你们不再念书而要做官的表示！再说，就事实上说，我们给女权发展会尽义务筹款，我问问你们，钱到了她们手里干什么用？还不是开会买点心喂她们？还不是那群小姐们吃完点心坐在一块儿斗小心眼儿？那么，你们要是不反对供给她们点心吃，我看也就没有理由一定拦着我分润一些！她们吃着你们募来的钱，半个谢字不说；我使这么几块钱，和你们说一车好话，你们倒要恼我，甚至要打我，你们怎么这样爱她们而不跟我讲些宽宏大量呢！"

赵子曰的两片厚嘴唇一动一动要笑又不愿笑出来，点着头咂摸着欧阳天风的陈说。武端低着头，黄脸上已有笑意，可是依然板着不肯叫欧阳天风看出来。欧阳天风用两只一汪水的小眼睛看了看他们两个，小嘴一撇笑了一笑，接着说：

"还有一层，现在做义务事的，有几个不为自己占些便宜的？或者有，我不知道！人家可以这样做，做了还来个名利兼收，我们怎就不该做？我告诉你们，你们要是听我的指挥往下干，我管保说，不出十天半月你们的'委任状'有到手的希望。你们要还是玩你们学生大爷的脾气，那只好做一辈子学生吧，我没办法！做官为什么？钱！赔钱做官呀？地道傻蛋！你们也许说，做官为名。好，钱就是名，名就是钱！卖国贼的名声不好哇，心里舒服呢，有钱！中国不要他，他上外国；中国女子不嫁他，他娶红毛老婆！名，钱，做官，便是伟人的'三位一体'的宗教！——"

"哈哈！"赵子曰光着脚跳开了天魔舞。

"哼！"武端心中满赞同欧阳天风的意见，可是脸上不肯露出来。"哼！你猜——"

"老赵！还有酒没有？"欧阳天风问。

"屈心是儿子，这一瓶藏了一个多礼拜没动！来！喝！我的宝——喝！"

3

欧阳天风的人生哲学演讲的结果：武端把西服收起来换上华丝葛大褂，黄色皮鞋改为全盛斋的厚底宽双脸缎鞋。赵子曰除制了一件肥大官纱袍外，还买了一顶红结青纱瓜皮小帽。武端拿惯手杖，乍一放下手中空空的没有着落，欧阳天风给他出主意到烟袋斜街定做一根三尺来长的银锅斑竹大烟袋，以代手杖；沉重而伟大的烟袋锅，打个野狗什么的，或者比手杖更加厉害。如此改扮停妥，彼此相视一笑。欧阳天风点头咂嘴的赞美他们：

"有点派头啦！"

赵子曰在厕所里静坐，忽然想起一个新意思，赶快跑到武端屋里去：

"老武！又是一个新意思！从今天起，不准你再叫我'老赵'，我也不叫你'老武'！我叫你'端翁'，你叫我'子老'！你看这带官味儿不呢？"

"我早想到了！"其实武端是真佩服赵子曰的意思新颖："好，就这么办！老赵，啵，子老！欧阳说今天他给咱们活动去，你也得卖卖力气钻钻哪！我告诉你有一条路可以走：你记得女权发展会的魏丽兰女士？——"

"一辈子忘不了！哪时想起来哪时恶心？"赵子曰不用闭眼想，那位魏女士的丑容就一分不差的活现出来。

"别打哈哈！老赵，你猜怎么着，子老！"武端说着把大烟袋拿起来拧上一锅子老关东烟，把洋火划着倒插在烟锅上，因为他的胳臂太短，不如此是不容易把烟燃着的。"你知道她是谁的女儿不知道？"

"还出得去魏大、魏二？干脆，我不知道！"

"她是做过警厅总监魏大人的女儿！不然的话，女权发展会就会立得了案啦！"武端说到这里，两眼睁的像两盏小气死风灯，好像把天涯地角的一切藏着秘密的小黑窟窿全照得'透亮杯儿'似的。"那天你唱《八大锤》的时候，她直问我你是谁。你猜怎么着？我告诉她：这就是名冠全国学生界的铁牛赵子曰！她没说什么，可是她不错眼珠的看着你。你猜——"

"看我干吗？"赵子曰打了一个冷战。

"你有点不识抬举吧！"武端用大烟袋指着赵子曰说。

"往下说，端翁！我不再插嘴好不好？"赵子曰笑着说。

"我的意思是这么着：咱们俩全不是为钱，是为名誉、势力。魏女士既有意于你，你为何不'就棍打腿'和她拉拢拉拢？我呢，有个舅父在市政局做事，我去求他。你去运动魏女士，她的父亲做过警察总监，还能在市政局没有熟人吗！如此，我们两下齐攻，你猜怎么着，就许成功！你进去呢往里拉我，我进去呢也忘不了你！万一欧阳运动有效，我们还许来一份兼差，是不是？子老！"

"可是有一样，"武端把烟袋放下，十二分恳切的说："你要注意！你的言语、行动，可都得够派头！欧阳的话我越咂摸越有味：'穿着运动衣去运动官，叫作自找没趣！'念书的目的就是做官，可是念书时候的行为是做官的障碍；今天放下书本，今天就算勾了一笔账；重开张，另打鼓，卖什么吆喝什么！你说是不是？所以无论到那里，去见谁，先等别人开口，然后咱们随着人家的意见爬；千万别像当学生的时候那么固执己见！比如，人家骂学生一句，咱就骂十句；人家要拆学堂，咱就登时去找斧子；人家骂过激党是异端邪说，咱就说过激党该千刀万剐，五雷轰顶！这么办，行了，做官有望了！你猜——"

"端翁！"赵子曰笑得嘴也闭不上了："你由欧阳的一片话，会悟出这么些个道理来，你算真聪明，我望尘莫及！可是有一样，叫我去拉拢魏女士，我真受不了！我小的时候，爸爸给我买个难看的小泥人，我还把它摔个粉碎；如今叫我整本大套的去和女怪交际，你想想，端翁，我老赵受得了受不了？！"

"王女士倒好看呢，你巴结得上吗？！"武端含着激讽的腔调说。

"说真的，王女士怎样了？端翁！欧阳那小子说给我介绍她，说了一百多回了，一回也没应验！"

"先别说这个！有了官有了势力，不就凭她吗，再比她好上万倍的，说'要'马上就成功！不准再提这个事！计划你怎样去见魏女士！"武端的面容十分严厉，逼着赵子曰进行谋差事。

"这真是打着鸭子上树呀！"赵子曰摇着头说。

"这么办！"武端想了半天，然后说："我先上女权会找她，然后你到会里去找我；我给你们俩介绍。介绍以后，子老，那可就全凭你的本事了。自然，胖子不是一口吃起来的，凡事要慢慢的来，可是头一见面就砸了锅，是不容易再锯起来呀！"

"好，你先走，我老赵明白，不用你嘱咐！"

武端忙着去洗脸，分头发，换衣裳。装束完了，又嘱咐赵子曰一顿，然后摇摇摆摆往外走。走到街门又回来了：

"我说老赵，子老！我又想起一件事来：你前者在天津认识的那个阎乃伯，可做了直隶省长，这也是一条路哇！"

"我早在报上看见了！"赵子曰回答："可是只在他家教了三天半的书，他要记得我才怪；再说那个家伙不可靠！我说端翁！拿上你的大烟袋呀！"

"不拿！女权会里要不开大烟袋！回头见，你可千万去呀！你猜怎么着了？——"

第十八

1

"赵先生！电话。"李顺挑着大拇指向赵子曰笑着说。

（李顺对于天台公寓的事，只有两件值得挑大拇指的：接电话和开电灯。）

"哪儿的？"赵子曰问。

"魏宅，先生！"

"喂！……啊？是的！是的！"赵子曰点着头，还笑着，好像跟谁脸对脸说话似的："必去，是！……啊？好！回头见！"他直等耳机里咯嗤咯嗤响了一阵，又看了看耳机上的那块小黑炭，才笑着把它挂好。

他慌手忙脚的把衣冠穿戴好。已经走出屋门，又回去照了照镜子，正了正帽子，扯了扯领子，又往外走。

……

去的慌促回来的快，赵子曰撅着大嘴往公寓走。

"老武！老武！"赵子曰进了公寓山嚷海叫的喊武端。

"先生！"李顺忙着跑过来说："武先生和欧阳先生到后门大街去吃饭，留下话请先生回来找他们去。金来凤羊肉馆！"

"李顺！你少说话！我看你不顺眼！"赵子曰看见李顺，有了泄气的机会。

"嘁！"李顺晓得赵子曰的威风，小水鸡似的端着肩膀不敢再说话。

"叫厨房开饭！什么金来凤，银来凤，瞎扯！"赵子曰"光"的一声开开屋门进去。

"嘁！开平常的饭，是给先生另做？"李顺低声下气的问。

"瞧姓赵的配吃什么，姓赵的吃得起什么，就做什么！别跟我碎嘴子，我告诉你，李顺，你可受不住我的拳头！"

"嘛！"

2

"老赵怎还不来呢？"武端对欧阳天风说。

两个人已经在金来风等了四五十分钟。

"咱们要菜吧！"欧阳天风的肚子已经叽哩咕噜奏了半天乐。"老赵呀，哼！大概和魏女士——"说到这里，他看了武端一眼，把话又咽回去了。

"好，咱们要菜，"武端说着把跑堂的叫过来，点了三四样菜，然后对欧阳天风说："他不能和她出去，他不爱她，她——太丑！"

"可是好看的谁又爱他呢！"欧阳天风似笑非笑的说。

"欧阳，我不明白你！"武端郑重的说："你既知道好看的姑娘不爱他，可为什么一个劲儿给他拉拢王女士呢？"

"你要王女士不要，老武？"欧阳天风问。

"我不要！"

"完啦！老赵要！你如有心要她，我敢说句保险的话：王女士就是你姓武的老婆！明白了吧？"欧阳天风笑了笑，接着说："我问你，你为什么给老赵介绍魏女士？"

武端点了点头，用手捏起一块咸菜放在嘴中，想了半天才说："我再先问你一句，你可别多心，你和王女士到底有什么关系？"

跑堂的把两个凉碟端上来，欧阳天风抄起筷子夹起两片白鸡一齐放在嘴里，一面嚼着一面说：

"你先告诉我，我回来准一五一十的告诉你！要不然，先吃饭，吃完了再说好不好？"

"也好！"武端也把筷子拿起来。

热菜也跟着上来了。两个人低着头扒搂饭，都有一团不爱说的话，同时，都预备着一团要说的话。那团要说的话，两个人都知道说也没用。那团不爱说的话，两个人都知道不说是不行。于是两个嘴里嚼着饭，心里嚼着思想，设法要把那团要说的话说得像那团不爱说的话一样真切好听。这个看那个一眼，那个嘴里嚼着饭；那个看这个一眼，这个正夹起一块肥肉片，可是，这个夹肉片和那个的嚼饭，都似含着一些不可捉摸的秘密。两个的眼光有时触到一处，彼此慌忙在脸上挂上一层笑容，叫彼此觉得脸上的笑纹越深，两颗心离的越远。

欧阳天风先吃完了，站起来漱口，擦脸，慢慢的由小碟里挑了一块槟榔；平日虽然没有吃槟榔的习惯，可是现在放在嘴里嚼着确比闲着强。武端跟着也吃完，又吩咐跑堂的去把汤热一热，把牙签横三竖四的剔着牙缝。两个人彼此看了一眼：一个嚼槟榔，一个剔牙缝，又彼此笑了一笑。

汤热来了，武端一匙一匙的试着喝。本来天热没有喝热汤的必要，可是不这么支使跑堂的，觉得真僵的慌。他喝着汤偷偷看欧阳天风一眼，欧阳正双手叉腰看着墙上的英美烟公司的广告，嘴里哼唧着二簧。

"算账，伙计！"武端立起来摸着胸口，长而悠扬的打了两个饱嗝儿。"写上我的账，外打二毛！"

"怎么又写你的账呢？"欧阳天风回过头来笑着说。"咱们谁和谁，还用让吗！"武端也笑了笑。"咱们回去看老赵回来了没有，好不好？"

"好！可是，咱们还没有说完咱们的事呢？"

"回公寓再说！"

3

两个人亲亲热热的并着肩膀，冷冷淡淡的心中盘算着，往公寓里走。到了公寓，不约而同的往第三号走。推开门一看：赵子曰正躺在床上呼呼大睡。

"醒醒！老赵！"欧阳天风过去拉赵子曰的腿。

"搅我睡觉，我可骂他！"赵子曰闭着眼嘟囔。

"你敢！把你拉下来，你信不信？"

"别理我，欧阳！谁要愿意活着，谁不是人！"赵子曰揉着眼睛说，好像个刚睡醒的小娃娃那样撒娇。

"怎么了，老赵？起来！"武端说。

"好老武，都是你！差点没出人命！"赵子曰无精失采的坐起来。

"怎么？"

"怎么？今天早晨我是没带着手枪，不然，我把那个老东西当时枪毙！"赵子曰怒气冲天发着狠的说。

"得！老武！"欧阳天风笑着说："老赵又砸了锅啦！"

"我告诉你，欧阳！你要是气我，别说我可真急！谁砸锅呀？！"赵子曰确是真生气了，整副的黑脸全气得暗淡无光，好像个害病的印度人。

欧阳天风登时把笑脸卷起，一手托着腮坐在床上，郑重其事的皱上眉头。

"老赵！"武端挺起腰板很慷慨的说："那条路绝了，不要紧，咱们不是还有别的路径哪吗！不必非拉着何仙姑叫舅母啊！"

赵子曰点了点头，没说什么。

武端心中老大的不自在，尤其是在欧阳天风面前，更觉得赵子曰的失败是极不堪的一件事。

欧阳天风心中痛快的了不得，嘴里却轻描淡写的安慰着赵子曰，眼睛绕着弯儿溜着武端。

"老赵！到底怎回事？说！咱姓武的有办法！"武端整着黄蛋脸，话向赵子曰说，眼睛可是瞧着欧阳天风。

"他妈的我赵子曰见人多了，就没有一个像魏老头子这么讨厌的！"赵子曰看武端挂了气，不好再说话了："不用说别的，凭他那缕小山羊胡子就像汉奸！"

武端点了点头，欧阳天风微微的一笑。

赵子曰把小褂脱了，握着拳头说：

"你看，一见面，三句话没说，他摇着小干脑袋问我：'阁下学过市政？'——"

"你怎么回答来着？"武端问。

"'没有！'我说。他又接着说：'没学过市政吗，可想入市政局做事！'——"

"好可恶的老梆子！"欧阳天风笑着说。

"说你的！老赵！"武端跟着狠狠唾一口唾沫。"我可就说啦，'市政局做事的不见得都明白市政。'你们猜他说什么：'哼！不然，市政局还不会糟到这步天地呢！'我有心给他一茶碗，把老头子的花红脑子打出来！继而一想谁有工夫和半死的老'薄儿脆'斗气呢！我也说的好：'姓赵的并不指着市政局活着，咱不做事也不是没有饭吃！'我一面说一面往外走，那个老头子还把我送出来，我头也不回，把他个老东西僵在那块啦！"

……

第十九

1

赵子曰和武端坐着说话，他说："欧阳上哪儿啦？"武端冷淡的回答："管他呢。"

赵子曰和欧阳天风坐着闲谈，他问："老武呢？"欧阳天风小嘴一裂："谁知道呢。"

赵子曰见着武端，武端在他耳根下说："我告诉你，你猜怎么着？欧阳要和王女士没有暗昧的事，我把脑袋输给你！"

赵子曰见着欧阳天风，欧阳拉着他的手亲热而微含恫吓的说："你要是再和魏丫头来往，别说我可拿刀子拼命！"

赶巧三个人遇在一块儿，其中必有一个——不是赵子曰——托词有事往外走的。弄得赵子曰心中迷离迷糊的只是难过，不知怎么办才好。想给他们往一处捏合吧，他们面上永远是彼此看着笑，并没有一点不和的破绽。不给他们说和吧，他们脸上的笑容好似两把小钢刀，不定哪一时凑巧了机会就刀刃上见点血。他立在两把刀的中间，是比谁也难过而且说不出道不出。

"老赵！"武端，乘着欧阳天风没在公寓里，跑过第三号来说："走！请你吃饭！"

"欧——"赵子曰说了半截又咽回去了。"好！上哪儿？"

"随你挑！朋友的交情是一来一往的，咱姓武的不能永远吃别人不还席，哈哈！"

赵子曰知道那个专吃别人不还席的是谁，心中比自己是白吃猴还难过，可是他勉强笑着说：

"东安楼吧！"

"好！东安楼！我说，我打算约上老李，李景纯，你想怎样？"武端脸上显出只许叫赵子曰答应，不准驳回的样子。

"好哇！老没见老李，怪想他的呢！"赵子曰心中一百多万不喜欢见李景纯，可是看着武端的样子，要不答应这个要求，武端许从衣袋中掏炸弹。"再说，反正你请客，客随主人约，是不是？"

武端跑到柜房打电话约李景纯，李景纯推辞不开，答应了在东安楼见面。

已是学校里放暑假的天气，太阳像添足了煤的大火炉把街上的尘土都烧得像火山喷出来的灰砂。路旁卖冰吉凌的，酸梅汤的，叮叮的敲着冰盏儿，叫人们听着越发觉得干燥口渴。小野狗们都躺在天棚底下，一动也不动的伸着舌头只管喘，可是拉洋车的和清道夫还在马路上活动，或者人们还不如小狗儿们的造化？清道夫们自自然然的一瓢一瓢往街心上洒水，洒得那么又细又匀；洒完就干，干了再洒，好像以半部《论语》治天下的人们念那半部《论语》似的那么百读不厌。

武、赵二人到了东安楼，李景纯已经在那里等了半天。

李景纯穿着一身河南绸的学生服，脚上一双白番布皮底鞋，叫赵、武二人心中一跳，好像看见诸葛亮穿洋服一样新异。

"咳喽！老李！真怪想你的了！"赵子曰和李景纯握了握手。

"好吗？老赵！我们还是在女权会见着的，又差不多三个月了！"李景纯说。

"可不是！"赵子曰听见"女权会"三个字，想起魏家父女，胃中直冒酸水。

"老武！"李景纯对武端说："谢谢你！我可有些日子没吃饭馆了！"

"好！今天请你开斋！"武端说着不错眼珠的看着李景纯的白鞋和河南绸的学生服，看了半天，到底板不住问出来："老李，你怎么也往维新里学呀？居然白鞋而河南绸其衣裤，这未免看着太洋气呀！"

"老武！"李景纯微微一笑："你又想错了！你以为穿上洋服就是明白了西洋文化，穿着大袄便是保存国粹吗？大概不然吧！我以为衣食住既是生活的要素，就不能不想一想哪样是合适的，哪样是经济的。中国衣服不好，为什么？想！想完了而且真发现中服的缺点了，为什么不设法改良而一定非整本大套的穿西服不可！西服好，为什么？想！想完了而且真发现西服的好处了，为什么不先设法自己制做西服的材料而一定去买外国货！这不是文化不文化的问题，而是求身体安适与经济的问题！老武！别嫌我嘴碎，凡事，哪怕是一个尖针那么小，全要思想一番啊——"

"我说老武，咱们要菜吧！"赵子曰皱着眉恳求武端。

"好！老李，你吃什么？"武端问。

"不拘，你要菜，我就吃，我是不会要！可是千万别多要！"

"得！听我的！老赵！"武端向赵子曰说："今天只准吃半斤酒，吃完饭我要和你明明白白的谈一谈。"

赵子曰因有李景纯在席，打不起精神和武端说笑，一声没言语。武端点了几样菜，真的只要了半斤酒。

酒喝完了，吃饭。饭吃完了，武端说了话：

"老赵！今天我特意把老李请来，叫他告诉告诉你欧阳的行为！大概你不至于不信任老李吧？"

"怎么啦？老武！"李景纯很惊异的问。

"不用问，老李！说说欧阳在公寓怎样欺侮你来着！"武端急切的说。

"过去的事提它干什么呢！"李景纯说。

"老李，我求你说！"武端的眼珠努出来一大块似的："不然，老赵总看欧阳是他的好朋友，咱们不是！"

"我看谁都是好朋友！"赵子曰反抗着说。

"老武，你听着！"李景纯已猜透几分武端的心事，慢慢的说："交朋友不必一定像比目鱼似的非成天黏在一块儿不可呀！情义相投呢，多见几面；意见不合呢，少往一处凑。亲热的时候呢，也别忘了互相规正；冷淡的时候呢，也不必彼此怨谤。欧阳那个人，据我看，是个年少无知的流氓，我不愿与他交朋友，我不屑与他惹气，我可也不愿意播扬他的劣迹。他欺侮我，没关系，我不理他就完了；他要真是做大恶事，我也许一声不言语杀了他，不是为私仇，是为社会除个害虫！我前者警告过老赵，他不信，现在——"

"是这么一回事！"武端不大满意李景纯的话，忙着插嘴说："我和老赵托魏女士向她父亲给我们介绍，谋个差事。老李你知道，我和老赵并不指着做官发财，是想有个事做比闲着强。有一天老赵见着魏老者，欧阳吃了醋，他硬说我有心破坏他与老赵的交情。后来我问他到底与王女士的关系，你猜怎么着，他倒打一耙问我：'你想老赵能顺着你的心意和魏女士结婚不能？'老李你看，这小子要得要不得！而且最叫我怀疑的是他与王女士的关系，其中必有秘密，"武端说完看着李景纯，李景纯不住的点头。赵子曰一声不发，只连三并四的嗑瓜子。

"老武！"李景纯镇静了半天才说："当你信任欧阳的时候，我要说他一句'不好'，你能打我一顿；现在你看出他的劣点来了，我要说他'好'，你能打我一顿！这一点，你与老赵同病。你们应当改，应当细想一想！老武你叫我说欧阳的坏处，我反说了你的欠缺，原谅我，我以为朋友到一处彼此规劝比讲究别人的短处强！我知道你必不满意我，可是我天性如此，不能改！——不能改！至于欧阳与王女士有什么关系，我真不知道！我只以为我们有许多比娶老婆要紧的事应当先去做。我不反对男女交际，我不反对提倡恋爱自由，可是我看国家衰弱到这步天地，设若国已不国，就是有情人成了眷属，也不过是一对会恋爱的亡国奴；难道因为我们明白恋爱，外国人，军阀们，就高抬贵手不残害我们了吗？老赵！老武！打起精神干些正经的，先别把这些小事故放在心里！老武，谢谢你！我走啦！"

李景纯拿起草帽和武、赵二人握了握手，轻快的走出去。

武端深深喘了一口气，赵子曰把胡琴从墙上摘下来，笑吟吟的吱扭着。

"先别拉胡琴！"武端劈手把胡琴抢过来扔在桌上。"老李这家伙真他妈的别扭！"

"有不别扭的，你又不爱！没事请丧门神吃饭，自己找病吗！"

2

"老赵！"欧阳天风乘着武端出去了，把赵子曰困在屋里审问："你告诉我句痛快话，你到底有心娶王女士没有？你这个人哪，我真不好意思说，真哪，不懂香臭！那么丑的个魏丫头你也蜜饯饯似的亲着——"

"谁爱她，魏女士，谁是个孙子！"赵子曰急扯白脸的分辩："我要利用她！现在呢我们又吹了灯，你没听见我说要枪毙那个魏老头子吗！我告诉你，你个小——不用和老大哥敲着撩着耍嘴皮子！说真的！"

"这像自己朋友的话啦！"欧阳天风似乎非被人叫作什么小——不欢喜，脸上又红扑扑的笑出一朵花儿来。"我告诉你，你打算利用魏丫头，叫作白费蜡！谁是你们的介绍人？老武！老武要是看出那条路顺当好走，他为什么不去，而叫你去？他要是明知道魏老头子不好斗而安心叫你去碰钉子，那怎算知己的朋友？！好，我不多说，反正现在你不信任我，我知道你爱老武——"

"你要是瞎说，我可捶你一顿！"赵子曰笑得一双狗眼挤成两道细缝，轻轻的打了欧阳天风的，肉嘟嘟的小脊梁盖儿一下。

"得了老大哥！不说了！"欧阳天风笑着说："说正经的！你到底对王女士怎么样？告诉我！你要知道：现在张教授是大发财源，我听说他那部新著作，一下子就卖了三千块！这是一。还有李瘦猴儿天天摽着她，一步不肯放松；瘦猴儿近来居然穿上白鞋，绸子学生服，也颇往漂亮里打扮，这是二。有这么两块臭胶黏着她，你要是不早下手，等别人把稠的捞了去，你可是白瞪眼！"

"我现在一心谋差事呢！"赵子曰说："差事到手，再娶媳妇，不是更威风吗？"

"我也盼着你做官哪！"欧阳天风敲着小蜜桃儿的嘴说："你做了官，我不是也就跟着抖起来了吗！可是有一样，娶媳妇比做官更要紧！你看：当咱们在学校的时候，你说你念不下去书。为什么？短个知心的女友！男女之际，大欲存焉，这是上帝造人的一点秘密！不信，你今天娶了她，不几天的工夫就能找到事情做；因为心中一痛快，人得喜事精神爽，你才能鼓起精神去做事。照你现在这样无精少采的，半死不活的，而想去谋事，那叫老和尚看嫁妆，下辈子见吧！比如你去见政客伟人，一阵心血来潮，想起贵府上那位小粽子式脚儿的尊夫人；人家问东，你要不答西才怪！你能谋上差事才怪！我说的对不对？老赵！"

赵子曰闭上眼睛细细的回想：乍结婚时候的快乐，和这几年的抑郁牢骚，两相比较，千真万确正和欧阳天风的话一个样。欧阳的一片话恰好是他自己心中那部痛史的短峭精到的一篇引言。几年来所欲洒而未洒的眼泪，都被欧阳这几句点破，好像锋快的小刀切在熟透的西瓜上，红穰黑子的迎刃而裂。官事的不成，学业的不就，烟酒的沉溺，金钱的糜费，全有了可以自恕的地方。心中不真乐，怎会不荒唐！心中不痛快，怎能念书，做官！他从前只以为疯着心要再婚是一种兽欲上的需要；现在他才明白，再婚是在兽欲而上的一种要求；如能把这一点要求满足了，成圣成贤，立铜像，竖硬盖大王八驮着的石碑，胥在斯矣！子曰：——赵子曰！曰——"婚而时结之，不亦乐乎！"

欧阳天风看着赵子曰深思默想，呆呆的不敢搅乱他。赵子曰一会儿点点头，一会儿张张嘴，比孙大圣过火焰山还奇幻。忽然他把手一拍，说：

"是这么着！欧阳你去办！老大哥决定了：先娶妻后做官！"

"老赵你真算聪明就完了，我佩服你！"欧阳天风笑着说："三天之内，准保叫你见她一面！老赵！先给我十块钱，这回不说'借'了！方便不方便？"

"拿去！老大哥有钱！"

第二十

1

"欧阳先生！"欧阳天风刚进天台公寓的大门，李顺大惊小怪的喊："欧阳先生！可了不得啦！市政局下了什么'坏人状'，武先生做了官啦！"

"委任状大概是？"欧阳天风心中一动，却还镇静着问："他补的是什么官，知道不知道？"

"官大多了！什么'见着就磕'的委员哪！"

"建筑科，是不是？"

"正对！就是！喝！武先生乐得直打蹦，赵先生也笑得把屋里的电灯罩儿打碎！乐了一阵，他们雇了一辆大汽车出前门去吃饭去了。"李顺指手画脚的说："先生你看，武先生做了官，连我李顺也跟着乐得并不上嘴，本来吗，没有祖上的阴功能做——"

"他们上哪儿吃饭去了？"欧阳天风抢着问。

"上——什么楼来着！你看——"

"致美楼？"

"对！致美楼！"

欧阳天风把眼珠转了几转，自己噗哧一笑，并没进屋里去，又走出大门去了。出了公寓，雇了辆车到致美楼去。

"啊哈！老武——武大人！"欧阳天风跳进雅座去向武端作揖："大喜！大喜！"

武端正和赵子曰疯了似的畅饮，忽然见欧阳天风闯进来，武端本想不招待他，继而心中转了念头，站起来还了个揖请他坐下。赵子曰一心的怕武端不理欧阳天风，忙着向欧阳打招呼；可是欧阳连看赵子曰也不看，把那团粉脸整个的递给武端。

"武大人，前几天我告诉你什么来着，应验了没有？嗐！穿上华丝葛大衫，拿上竹杆大烟袋，非做官不可吗！"欧阳天风说着自己从茶几上拿了一份匙筋，吃喝起来。

武端本想给欧阳天风个冷肩膀打着，可是细一想：既然做了官，到底不应当多得罪人，知道那一时用着谁呢。况且自己的志愿已达，何必再和欧阳斗闲气。于是把前嫌尽弃，说说笑笑的一点不露痕迹。

欧阳天风和武端说笑，不但不理赵子曰，而且有时候大睁白眼的硬顶他，赵子曰的怒气不从一处来，忽然把筷子往桌上一拍，立起来拿起大衫和帽子就往外走。

"怎么啦？老赵！"武端问。

"我回公寓，心中忽然一阵不合适！"赵子曰说着咚咚的走下楼去。

武端立起来要往外走，去拉赵子曰。欧阳天风轻轻拍了武端的肩膀一下，又递了个眼神，武端又莫明其妙的坐下了。

"老赵怎么啦？欧阳！"武端问。

"不用管他，我有法子治他！"欧阳天风笑着说："我问你，老武，一件要紧的事！你是要娶魏女士吗？现在做了官，当然该进行婚事！"

"我和魏女士没关系，不过彼此认识就是了。"武端咬言咂字的说，颇带官僚的味道："再说，我的差事并不是托她的人情！没关系！"

"那么，你看王女士怎样？"欧阳天风很恳切的问。

"你不是给老赵介绍她哪吗？"武端心中冷淡，面上笑着说。

"他说他又改了主意，不再娶了。所以我来问你，我早就有心这么办，你可别想我看你做了官巴结你！"欧阳天风又自己斟上一杯酒："说真的，王女士的模样态度真不坏！"

"可是，我现在还没意思结婚，先把官事弄好再说！"武端笑着说。

这件事要是搁在委任状下来以前，武端登时就去找赵子曰告密。可是，现在做了官，心中总得往宽宏大量里去。前几天一心一意要知道欧阳天风与王女士的秘密，甚至和欧阳犯心闹气；现在呢，就是欧阳有心告诉他，他也不愿意听；因为做官的讲究混含不露，讲究探听政治上的隐情，那还有工夫听男女学生的事情呢。武端认清了两条路：做学生的时候出风头是嘴上的，越说得花梢，越显本事；做官的时候出风头是心里的劲儿，越吞吐掩抑越见长处。

"那么你无意结婚？"欧阳天风钉了一句。

"没有！"

"也对！"欧阳天风又转了转眼珠："做官本来是件要紧的事吗！我说，你给老赵也运动着吧？"

"正在进行，成功与否还不敢定！"

"我盼着你们两个都抖起来，我欧阳算有饭吃了！"

"自然！"

"老武！你回公寓吗？"

"不！还要去访几位同事的，晚上还要请客！"

"那么，咱们晚上公寓见吧！谢谢你，老武！"欧阳天风辞别了武端，慌着忙着回公寓。

2

"老赵！老赵！"

"谁呀？"赵子曰故意的问。

"我？"欧阳天风开开屋门进去。

"欧阳天风呀！还理咱这不做官的吗？"赵子曰本来在椅子坐着，反倒一头躺在床上。

"老赵！你可别这么着！"欧阳天风板着脸说："我一切的行动全是为你好！"

"不理我，冰着我，也是为我好？嘻嘻！"

"那是！难道你不明白前几天我和老武犯心吗？现在他做了官，不用说，你得求他提拔你了。可是，设若他一想：咱们俩是好朋友，他因为恨我，就许也把你搁在脖子后头！我舍着脸去见他，并不是为我，我决不求他，为你！为你！你走后，你看我这个托付他，给你托付！为真朋友吗，舍脸？杀身也干！你姓赵的明白这个？"

"得！算你会说！小嘴儿叭哒叭哒小梆子似的！"赵子曰坐起来笑了。

"干吗会说呀，我真那么办来着！我问你，老武给你运动的怎样了？"

"他说只有文书科有个录事的缺，我告诉他不必给我活动，咱老赵穷死也不当二十块钱的小录事！"

"什么？你拒绝了他？你算行！姓赵的，你这辈子算做不上官了！"欧阳天风真的急了，一个劲摇头叹息。

"不做官就不做，反正不当小录事！"赵子曰坚决而自尊的说。

"比如你为我去当录事，把二十块钱给我，你去不去？"

"我给你二十块钱，不必去当录事！再说，我可以给你谋个录事，假如你有当录事的瘾！"

"我也得会写字呀，这不是打哈哈吗！也好，老赵，我佩服你的志愿远大！得！把这一篇揭开，该说些新鲜的了：后天，礼拜六，下午三点钟到青云茶楼上去见她！……"

3

青云阁商场所卖的国货，除了竹板包锡的小刀小枪，和血丝糊拉的鬼脸儿，要算茶楼中的"坐打二簧"为最纯粹。这种消遣，非是地道中国人决不会欣赏其中的滋味。所谓地道中国人者是：第一，要有个能容三壶龙井茶，十碟五香瓜子的胃；第二，要有一对铁做的耳膜。有了这两件，然后才能在卧椅上一躺，大锣正在耳底下当当的敲着"四起头"，唢呐狼嚎鬼叫的吹着"急急风"。

有些洋人信口乱道，把一切污浊的气味叫作"中国味儿"，管一切乱七八糟不干净的食品叫"中国杂碎"。其实这群洋人要细心检查检查中国人的身体构造，他们当时就得哑然自笑而钦佩中国人的身体构造是世界上最进化的，最完美的。因为中国人长着铁鼻子，天然的闻不见臭味；中国人长着铜胃，莫说干炸丸子，埋了一百二十多年的老松花蛋，就是肉片炒石头子也到胃里就化。同样，为叫洋人明白中国音乐与歌唱，最好把他们放在青云阁茶楼上；设若他们命不该绝，一时不致震死，他们至少也可以锻炼出一双铁耳朵来。他们有了铁耳朵之后，敢保他们不再说这大锣大鼓是野蛮音乐，而反恨他们以前的耳朵长的不对。

欧阳天风和赵子曰到了青云阁，找了一间雅座，等着王女士。"坐打二簧"已经开锣，当当当当敲得那么有板有眼的把脑子震得生疼。锣鼓打过三通，开场戏是《太师回朝》。那位太师的嗓音：粗而直像牛，宽而破像猪。牛吼猪叫声中，夹着几声干而脆的彩声，像狗。这一团牛猪狗的美，把赵子曰的戏瘾钩起来了。摇着头一面嗑瓜子一面哼唧着："太师爷，回朝转……"

"我说，她可准来呀？"赵子曰唱完《回朝》，问："上回在女权会你可把我骗了！"

"准来！"欧阳天风的脸上透着很不自然，虽然还是笑着。

两个人嗑着瓜子，喝着茶，又等了有半点多钟，赵子曰有些着急，欧阳天风心中更着急，可是嘴里不住的安慰赵子曰。

瓜子已经吃了三碟，王女士还是"不见到来"，赵子曰急得抓耳挠腮，欧阳天风的脸蛋也一阵阵的发红。

小白布帘一动，两个人"忽"的一声全立起来，跟着"忽"的一声又全坐下了。原来进来的是个四十多岁的仆人，穿着蓝布大衫，规规矩矩的手中拿着一封信。

"哪位姓赵呀？先生！"

"我！我！"

"有封信，王女士打发我送给先生！"那个人说着双手把信递给赵子曰："先生有什么回话没有？"

欧阳天风没等赵子曰说话，笑着对那个人说："你坐下，喝碗茶再走！"

"嘛！不渴。"

"你坐下！"欧阳天风非常和蔼的给那个人倒了一碗茶。"你从北大宿舍来吧？李先生打发你来的？"

那个人看了看欧阳天风，没有言语。

"说！不要紧！"欧阳天风还是笑着说："我们和李先生是好朋友！"

"嘛！李先生嘱咐我，不叫我说。先生既是他的好朋友，我何必瞒着，是，是李先生叫我来的！"

"好！老赵！你给他几个钱叫他回去吧！回去对李先生说，信送到了，不必提我问你的话！"

赵子曰给了那个仆人四角钱，那个仆人深深的给他们行了一礼，慢慢的走出去。

赵子曰把信打开，欧阳天风还是笑着过来看：

"子曰先生：

你我素无怨嫌，何必迫我太甚！你信任欧阳天风，他是否好人？我不能去见你，你更没有强迫我的权利！你细细思想一回，或者你就明白了你的错处。设若你不思想，一味听欧阳的摆布，你知道：你我只都有一条命！

王灵石。"

赵子曰一声没言语，欧阳天风还是干笑，脸上却煞白煞白的了！

4

赵子曰直等看着欧阳天风脱衣睡了觉，他才回到自己屋中去。一个人坐了半天，盼着武端回来再说一会话儿，钟打了十二点，武端还没有回来。他丧胆失魂的上床去睡。已经脱了衣裳心中忽然一动，又披上大衫到南屋去看。走到南屋的阶下把耳朵贴在窗上听，没有声音。他轻轻推开门，摸着把电灯捻开，他心里凉了一半；床上并没有欧阳天风，可是大衫和帽子还在墙上挂着。他三步两步跑到厕所去看，没有！赵子曰可真着了急，跑回欧阳天风屋里坐在床上把前后的事实凑在一处想："他到底和她有什么关系？我怎么浑着心从前不问他！"拍，拍，打了自己两个嘴巴。"老李、老武全警告过我。对，还有老莫。我怎么那样粗心，不信他们的话！"拍，拍，又打了两个嘴巴，可是没有第一次的那么脆亮。"啊！"他跳起来了。"想起老莫，就想起她的住址来了。对！"他顾不得把电灯捻灭，也顾不得去穿上衣裤，只把大衫纽子扣好；光着眼子穿大衫，向大街上跑。跑到街上就喊洋车，好在天气暑热，车夫收车比较的晚了，他雇了一辆到张家胡同。

约摸着到了张家胡同中间，他叫车夫站住。他下了车回手一摸，坏了，只摸着了滑出溜的大腿，没带着钱。要叫车夫在这里等着，自己慢慢的去找王女士的门，车夫一定不放心。叫车夫拉到王女士的门口去，他又忘了她的门牌是多少号，登时叫车夫把他拉回公寓去，自己干什么来了？这一着急，身上出了一层黏汗。

"我说拉车的！"他转悠了半天，低声的说："我忘了带钱！你在这里等一等，我上东边有点事，回头你把我拉回鼓楼后天台公寓，我多给你点钱，行不行？"

"什么公寓？"

"天台！"

"你是赵先生吧？天黑我看不清，先生！"拉车的说。

"是我姓赵！你是春二？"赵子曰如困在重围里得了一支救兵。"好，春二你在这里等着我！"

"没错儿，先生！"

赵子曰把春二留在胡同中间，他自己向东走，他只记得莫大年说王女士院中有株小树，而忘了门牌多少号。于是他在黑影里努着眼睛找小树。又坏了，路北路南的门儿里，有好几家有小树的，知道哪一株是莫大年所说的小树呢？他耐着性儿，慢慢擦着墙根，沿着门看门上的姓名牌；几家离着路灯近的，影影抄抄的看得见；几家在背灯影里，一片黑咕笼咚什么也看不见。他小老鼠似的爬来爬去，一阵阵的夜风从大衫中吹了个穿堂，他觉得身上皮肤有些发紧，他站在那里，进退两难的想主意；脑子的黑暗好像和天色的黑暗连成一片，一点主意没有。忽然腿肚子上针刺一疼，他机灵的一下子拔腿往西走；原来大花蚊子不管人们有什么急事，见着光腿就咬。

"春二！"他低声的叫。

"嘛！赵先生！上车您哪？"

赵子曰上了车，用大衫紧紧箍住腿。春二把车拉起来四六步儿的小跑着。

"我说先生，黑间半夜还出来？"春二问。

"哼！"

"先生看咱拉的在行不在行？才拉一个多礼拜！做买卖，哈，我告诉您——哪，所以的，哈，不进铜子！没法子，哈，拉吧！咳！哈！拉死算！"春二一边喘一边说。这种举动在洋车界的术语叫作"说山"。如遇上爱说话的坐车的，拉车的就可以和他一问一答的而跑得慢一些，而且因言语的感动，拉到了地方，还可以有多挣一两个铜子的希望。可是这种希望十回总九回不能达到，所以他们管这个叫"说山"，意思是：坐车的人们的心，和山上的石头一样硬。春二拉车的第三天，就遇上了一个大兵，他竟自把那个大兵说得直落泪。拉到了海甸，那个大兵因受了春二的感动，只赏了春二三皮带，并没多打。

赵子曰满心急火，先还哼儿哈儿的支应春二，后来爽得哼也不哼，哈也不哈了。可是春二依然百折不挠的说，越说越走得慢。

到了天台公寓，赵子曰跳下车来，告诉春二明天来拿钱。春二把车拉走，一边走一边自己叨唠："敢情先生没穿裤子，在电灯底下才看出来，可是真凉快呀……"

赵子曰进了大门，往南屋看，屋里的灯还亮着呢。他拉开门看：欧阳天风穿着小褂呆呆的在椅子上坐着。桌子上放着一把明晃晃的小刺刀。他见赵子曰进来，吓了一跳似的，把那把刺刀收在抽屉里。两眼直着出神，牙咬得咯吱咯吱的响。

"我说，你到底是怎么回事？"赵子曰定了定神，问。

欧阳天风用袖子擦了擦脸，跟着一声冷笑，没有回答。

"说话！说话！"赵子曰过去用力的摇晃了欧阳天风的肩膀几下。

"没话可说！"欧阳天风立起来，鞋也没脱躺在床上。

"嘿！你真把我急死！说话！"

"告诉你呢，没话可说！她跑啦！跑啦！你要是看我是个人，子曰，睡你的觉去，不必再问！"

第二十一

1

第二天早晨起来，赵子曰到欧阳天风屋里去看，欧阳已经出去了。把他抽屉开开，喘了一口气，把心放下了，那把刺刀还在那里。他把它拿到自己屋中去，藏在床底下。

他洗了洗脸，把春二车钱交给李顺。到天成银行去找莫大年。

莫大年出门了。

赵子曰皱着眉头往回走，到公寓找武端。武端只顾说官场中的事，不说别的。

他回到自己屋中，躺在床上。眼前老有个影儿：欧阳天风咬着牙往抽屉里收刀！

自从赵子曰在去年下雪的那天，思想过一回，直到现在，脑子的运动总是不得机会。

刀！咬着牙的欧阳天风！给了赵子曰思想的机会！

赵子曰要是个宁舍命不舍女人的法国人，他无疑的是拿刀找李景纯！不，他是中国人！

他要是个一点人心没有的人，他应该帮助欧阳天风去行凶！不幸，他的激烈的行动都是被别人鼓惑的，他并没有安着心去作恶。捆校长，打教员，是为博别人的一笑，叫别人一伸大拇指，他并没有和人决斗的勇气！他也许真为做好事舍了命，可是他的环境是只许他为得一些虚荣而仿佛很勇敢似的干。

就是李景纯真夺了他的情人，他也不敢和李景纯去争斗。他始终怕李景纯，或者这个畏惧中含着一点"敬仰"的意思。就是他毫无敬畏李景纯的心，他到底觉得李景纯比他自己多着一些娶王女士的资格。他是结过婚的人，他自己知道！他的妻子离了他不能活着，他的家庭也不会允许他和她离婚，他自己也知道这个！

他爱欧阳天风并不和爱别人有多少差别，不过是欧阳天风比别人谄媚他，愚弄他多一些方法与花样就是了。

凡是能耍花样的就能支配赵子曰，这一点他自己觉不出来！

耍花样到了动刀杀人的地步，赵子曰傻了！他没有心杀人，可是欧阳天风的动刀和他有关系！他没办法！

他若是生在太平的时候，这些爱情的趣剧也本来是有滋味的。他可以不顾一切，只想达到"有情人成眷属"的含有喜气的目的。他的社会是一团乌烟瘴气，他的国家是个"破鼓万人捶"的那个大破鼓。这个事实不必细想他也能理会得到。他知道：明白恋爱的男女不会比别人少挨大兵的打，自由结婚的人们也不会受外国人的特别优遇！他应当牺牲一点个人的享福替社会上做点事，他应当把眼光放远一些，他应当把争一个女子的心去争回被军人们剥夺的民权。这些个话，李景纯告诉过他，现在他想起来了！

然而想起来好话和照着办与否是两件事！他的心挤在新旧社会势力的中间：小脚儿媳妇确是怪可怜的，同时王女士是真可爱！个人幸福本当为社会国家牺牲了的，可是，自家管自家的事又是遗传的"生命享受论"！新的办法好，旧的规矩也不错，到底那个真好，他看不清！穿西服也抖，穿肥袖华丝葛大衫也抖，为什么一定要"抖"？谁知道呢！

劝欧阳天风不要行凶，到底他和王女士有什么关系？找李景纯去求办法，李景纯又和她有什么关系？回家，不愿看那个小脚娘，也觉着没脸对父母！不回家，眼前就是白刀子进去红刀子出来的事！

朋友不少，李五可以告诉他怎样唱《黄金台》的倒板，武端可以教给他怎么请客，打牌。没有能告诉他现在该当怎办的。只有李景纯能告诉他，可是怎好找他去！

教育是没用的，因为教育是教人识字的，教育家是以教书挣饭吃的。赵子曰受过教育，可是没听过怎样立身处世，怎样对付一切。找老人去问，老人撅着胡子告诉他："忠孝双全，才是好汉。"找新人去求教，新人物说："穿上洋服充洋人！"

在这种新旧冲突的时期，光明之路不是闭着眼瞎混的人所能寻到的，不幸，赵子曰又是不大爱睁眼的人。

现在他确是睁着眼，可是那能刚一睁眼就看明"三条大道走中间"的那条中路呢！

越想越没主意，不想眼前就是祸，赵子曰急得落了泪！

2

赵子曰老以为他自己是个重要人物。

现在，欧阳天风由天台公寓搬走了，连告诉赵子曰一声都没有！武端板着黄脸，县太爷似的一半闲谈，一半教训似的和赵子曰说东说西。找莫大年去，又怕他没工夫闲谈。找李景纯去，又怕他不招待。虽然李顺还是照旧的服侍他，可是他由心中觉出自己的不重要了！

心里要是不痛快，响晴的天气也看成是黑暗的。连票友李五也不来了，其实赵子曰只有两天没请他吃饭。勉强着打几圈牌，更叫他生气，输钱倒是小事，手里握着一对白板就会碰不出来！他妈的……

到屋里看看那张苏裱的戏报子，也觉得惨淡无光。"赵子曰"三个大金字不似先前那么放光了！

3

欧阳天风搬走之后，赵子曰的眼睛掉在坑儿里，两片厚嘴唇撅得比平常长出许多。戏也不唱了，只抱着瓶子"灰色剂"兑着"苏打水"喝，越喝越懊恼！

他又找了莫大年去。

"老赵！你怎么啦？"莫大年问。

"老莫！我对不起你！"赵子曰几乎要哭："你在白云观告诉我的话，是真的！"

"你看，我哪能冤你呢！"

"老莫！我后悔了！"赵子曰把欧阳天风怎样半夜拿刀去找王女士的情形大概的说了一遍："现在我怎么办？他要真杀了她，我于心何忍！他要是和李景纯打架，老李哪是欧阳的对手！老莫，你得告诉我好主意！"

"哼！"莫大年想了半天才说："还是去找老李要主意，我就是佩服他！"

"难道他不恨我！"

"不能！老李不是那样的人！你要是不好意思找他去，我给他打电话叫他去找。他听说你为难，一定愿意帮助你，你看好不好？"

"就这么办吧！老莫！"

第二十二

1

赵子曰正在屋里发愣，窗外叫："老赵！老赵！"

"啊！老李吧？进来！"

李景纯慢慢推开屋门进去。擦了擦头上的汗，然后和赵子曰握了握手。这一握手叫赵子曰心上刀刺的疼了一下！

"老李！"赵子曰低声的说："王女士怎样了？别再往坏处想我，我后悔了！"

"她现在十分安稳，没危险！"李景纯把大衫脱下来，慢慢的坐在一张小椅子上。"老赵，给我点凉水喝，天真热！"

"凉茶行不行——"

"也好！"

"我问你，欧阳找你去捣乱没有？"

李景纯把一碗凉茶喝净，笑了一笑："没有！他不敢！人们学着外国人爱女人，没学好外国人怎样尊敬女人，保护女人！欧阳敢找我去，我叫他看看怎样男人保护女人！老赵！我的手腕虽然很细，可是我敢拼命，欧阳没那个胆气！"

赵子曰低着头没言语。

"老赵！我找你来并不为说王女士的事，我来求你办一件事，你愿意干不愿意？"

"说吧！老李！我活了二十多岁还没办过正经事呢！"

"好！"李景纯身上的汗落下去了，又立起来把大衫穿上。"老赵，你听着，等我说完，你再说话。我是个急性子，愿意把话一气说完！"

"老李你说！"

"我现在有两件事要办，可是我自己不能兼顾，所以找你来叫你帮助我。我要求你做的事是关于老武的：我听得一个消息，老武和他的同事勾串外国人，要把天坛拆毁，一切材料由外国人运到外国去，然后就那个地址给咱们盖一座洋楼，还找给市政局多少万块钱。老武这个人是：有人说胖子好看，他就立刻回家把他父亲的脸打肿；他决无意打他父亲，而是为叫他父亲的脸时兴好看。他只管出风头而不看事情的内容。这次要拆天坛也是如此，他决不是为钱，是要在官场中显显他办事的能力。

"我想，我们国家衰弱到这样，只有这几根好看的翎毛——古迹——支撑着门面，我们不去设法保存修理，已经够可耻的了，还忍心破坏吗！为什么外国人要买那些东西，难道外国人懂得什么叫爱古迹，什么是'美'，我们就不懂得吗？老赵你和老武不错，我愿意叫你劝劝他，他听了呢更好；不然呢，为国家保存体面起见，跟他动武也值得的。我不主张用武力，可是真遇上糊涂虫还非此不可！我决不是叫你上大街去卖嚷嚷，老赵，你听明白了！因为我们要是打着白旗上大街去示威，登时就有人说我们是受了这国人的贿赂，不愿把天坛卖给那国人，那么，天坛算是拆妥了！我的意思是：先去劝他；不听，杀！杀一个，别的人立刻打退堂鼓；中国的坏人什么也不怕，只怕死！为保存天坛杀了我们的朋友，讲不来，谁叫公私不能两全呢！

"你也许疑心：为什么因保存一个古迹至于流血杀人？老赵！这大有关系：一个民族总有一种历史的骄傲，这种骄傲便是民心团结的原动力；而伟大的古迹便是这种心的提醒者。我们的人民没有国家观念，所以英法联军烧了我们的圆明园，德国人搬走我们的天文台的仪器，我们毫不注意！这是何等的耻辱！试问这些事搁在外国，他们的人民能不能大睁白眼的看着？试问假如中国人把英国的古迹烧毁了，英国人民是不是要拼命？不必英国，大概世界上除了中国人没有第二个能忍受这种耻辱的！所以，现在我们为这件事，哪怕是流血，也得干！引起中国人的爱国心，提起中国人的自尊心，是今日最要紧的事！没有国家观念的人民和一片野草似的，看着绿汪汪的一片，可是打不出粮食来。

"现在只有两条道路可以走：一条是低着头去念书，念完书去到民间做一些事，慢慢的培养民气，一条是破命杀坏人。我是主张和平的，我也知道青年们轻于丧命是不经济的；可是遇到这种时代还不能不这样做！这两样事是该平行并进的，可是一个人不能兼顾，这是我最为难的地方，也就是今天替你为难的地方：我劝过你回家去种地，顺手在地方上做些事，教导教导我们那群无知无识的傻好乡民。可是，跟老武去拼命，也不算不值得，我不知道叫你做哪样去好！"

"老李！"赵子曰说："我听你的！叫我回家，我登时就走！叫我去卖命，拿刀来！"

"这正是我为难的地方呢！"李景纯慢慢的说。

"我知道你不是个愿把别人牺牲了的人。"赵子曰想了半天才说："这么办：我自己挑一件去做，现在先不用告诉你。也许我今天就回了家，也许我明天丧了命。我回了家呢，我照着你告诉我的话去做些事；我丧了命呢，我于死的前一分钟决不抱怨你！"

"好吧！你自己想一想！自然，我还是希望你回家！"

李景纯立起来要往外走。

"等一等！老李！"赵子曰把李景纯拉住，问："你要办的是什么？你不是说有两件事我们分着做吗？"

"我的事，暂时不告诉你！再见！老赵！"

2

赵子曰等着武端直到天亮，武端还没回来，他在床上忍了一个盹儿，起来洗了洗脸到市政局去找武端。到了市政局门口，老远的看见武端坐着辆洋车来了。车夫把车放下，武端还依旧点着头打盹。

"先生，醒醒吧！到了！"车夫说。

"啊？"武端睁开两只发面包子似的眼睛，一溜歪斜的下了车。

武端正迷离迷糊的往外掏车钱，赵子曰对那个车夫说：

"再喊一辆，拉鼓楼后天台公寓！"

说完，他把武端推上车去，武端手里握着一把铜子又睡着了。……

到了天台公寓，赵子曰把武端拉到第三号去。武端一头躺在床上就睡，一句话也没说，赵子曰把屋门倒锁上，从床底下把欧阳天风的那把刺刀抽出来。

"醒醒！老武！"

"啊！六壶？我刚碰了白板！"武端眼也没睁，嘟囔着。

"你——醒——醒！"赵子曰堵着武端的耳朵喊。

武端勉强睁开了眼，赵子曰把刺刀在他眼前一晃，武端揉了揉眼，看见眼前是把刀，登时醒过来了。他的已经绿了的脸更绿了，好像在绿波中浮着一片绿树叶。

"怎回事？"武端说完连着打了三个哈欠。

"老武！朋友是朋友，事情是事情，我指着这把刀问你一句话：你是打算卖天坛吗？"

"是！"武端的嗓音都颤了："并不是我一个人的主意！"

"我先找你，别人一个也跑不了！"赵子曰拍的一声把刀放在桌上。"反对这件事的理由很多，不必细说，你只想想外国人为什么要买就够了！你我是好朋友，我先劝告你，你答应我撤销前议，咱们是万事全休，一天云雾散！不然，老武，你看见这把刀没有？你杀我也好，我杀你也好，你看着办！"

武端看着赵子曰神色不正，不敢动，也不敢喊叫；他知道赵子曰的力气比他大，又加上自己一夜没睡觉，身上一点力量没有。他知道：要是一喊叫，救兵没到以前，自己的脖子和脑袋就许分了家！

"老赵！你许我说话不许？"武端想了半天大着胆子问。

"说你的！"赵子曰说着给武端一条湿手巾："擦擦脸，醒明白了再说！"

"老赵，我问你三个问题！"武端用湿手巾擦了擦脸，真的精神多了："是好朋友呢，回答我的问题！专凭武力不讲理呢，我干脆把脖子递给你！你猜——"

"说！我接着你的！"赵子曰冷笑了一声。

"第一，谁告诉你的这件事？"

"老李！"

"好！第二，除了为保存天坛，还有别的目的没有？是不是要——"

"指着卖古物占便宜，我骂他的祖宗！"

"也好！第三，我要是因撤销前议而被免了职，你担保给我找事吗？"

"我管不着！"

"那未免太不讲交情啊！"武端现在略壮起一些胆子来："我一一解说这三个问题，你听着——"

"赵先生！电话！"李顺在门外说。

"谁？"

"莫先生！"

"告诉他等一会儿再打！"

"嘛！"

"说你的！老武！"

"第一，老李为什么告诉你，不告诉别人？"武端问："他为什么现在告诉你，而以前没求你做过一回事？是不是他和王女士的关系已到成熟的程度，要挑拨你我以便借刀杀人？你杀了我，你也活不了；我杀了你，自然你不会再活；你死了，他不是就无拘无束的可以娶她吗？"

"王女士与我没关系，你这些猜测是没用，我听听你的第二！"

"好！你知道拆天坛改建什么不知道？"

"不知道！"

"盖老人院！把一座老废物改成慈善机关，大概没有人反对吧？你口口声声说保存古物，我问问你，设若遇上内乱，叫大兵把天坛炸个粉碎，大兵能负责再盖一座吗，或者改造一个老人院吗？你要是拦不住大兵的枪炮炸弹，我看也就没有理由来干涉我；况且我要做的是破坏古物，建设慈善事业！

"还是那句话，你若是要从中找些便宜，好！老赵！我姓武的满可以为力；比如说谋个修盖老人院的监工员，自要你明说，我一定可以替你谋得到！

"至于我自己，这是第三个问题，不为利，只为名，这个大概你明白！我办好这件事，外国人给市政局几十万块钱，局子里就可以垫补着放些个月的薪水；那就是说：由局长到听差的全得感念咱的好处。这么一办，一方面救不少穷做官的，一方面我自己树立些名声。我知道拆卖古物是不光荣的，可是在这种政府之下，为穷苦无告的老人设想，为穷做官的设想，还是一件地道的善事。你要责备我，最好先责备政府，政府要是有钱，难道做官的还非偷偷摸摸的卖古物不可？所以从各方面想，这件事我非做不可，不为钱，为名，为得较高的地位！有人拦着我不叫我做，好，给我找好与建筑科委员相等的事！不然，我不能随便打退堂鼓！"

赵子曰心里打开了鼓：李景纯的话有理，武端的话也不算没理。他呆呆的看着桌上那把刀，一声没言语。

"赵先生，电话，还是莫先生！"李顺在院内说："莫先生说有要紧的事！"

赵子曰看了看武端，皱着眉走出去。

"喂！老莫！是……什么？……老李？……我就去！"

赵子曰把电话机挂好，脸上一点血色也没有了，跑到屋里，抓起帽子就往外跑。

"怎么啦? 老赵!" 武端问。

"老李被执法处拿去了!" 赵子曰只说了这么一句，惊慌着跑出大门去。

3

"老莫! 怎么样?" 赵子曰急得直跺脚。

"我已疏通好，我们可以先去见老李一面，他现在在南苑军事执法处!" 莫大年脸也是雪白，哆哩哆嗦的说: "快走! 你身上没带着什么犯禁的东西呀? 到那里要检查身体! 一把小裁纸刀也不准带!"

"身上什么也没带! 走! 老莫!"

两个人跑到街上，雇了一辆摩托车向南苑去。坐在车里，一路谁也没说话。到了南苑司令部，莫大年去见一位军官。那个军官只许他们见李景纯五分钟。然后把赵子曰也叫进去，检查了身体，那个军官派了两名护兵把他们领到执法处的监牢去。

两个护兵一个是粗眉大眼的山东人，一个是扁脑勺，薄嘴唇的奉天人。两个人的身量全在六尺出头，横眉立目，有虎豹的凶恶，没有虎豹的尊严威美。腰中挂着手枪，背上十字插花的两串子弹，做贼做兵在他们心中没有分别，自要有手枪与弹他们便有饱饭吃。

军营的监狱在司令部的南边。一溜矮房，围着土打的墙，墙外五步一岗的围着全身武装的大兵。新栽的小柳树，多半死少半活着的在土墙内外稀稀的展着几条绿枝。一个小铁门，门外立着一排兵: 明晃晃的枪刺在日光下一闪一闪的，把那附近一带的地方都瞧得冷森森的，虽然天上挂着一轮暑天的太阳!

那一溜小矮房共有三十多间，每间也不过三尺长二尺宽。没有床铺，没有椅凳，什么也没有，只有大铁链上锁着个活人。四围的土墙离这列房子前后左右都有一丈来的; 左边晒着马粪，右边是犯人每天出来一次大小便的地方。院中有苍蝇和屎蜣螂飞得嗡嗡的乱响，和屋中的锁链声连成一片世间仅有的悲曲! 屋子里是湿松的土地，下雨的时候，墙角一群一群的长着小蘑菇。四面没有窗子，前面只有一扇铁门，白天开着，夜间锁上: 屋里的犯人时常有不等再开门，就在铁门后与世长辞了! 四围的粪味和屋中的奇臭，除了抵抗力强于牛马的，很少有能在那里活上十天半月的！门外的兵们成年的在那里立着，他们不怕，因为他们的身体构造是和野兽一样的。

到了监狱，两个兵把他们领到李景纯那里。李景纯只穿着一身裤褂，小褂的肩部已撕碎，印着一片片的血迹，两只细腕上锁着手镯，两条瘦腿上绊着脚镣，脸上青肿了好几块，倚着墙低着头站着。

那个奉天兵过去踢了铁门两脚："妈的，有人看你来了！"李景纯慢慢抬起头来往外看。看见赵子曰们，他又把头低下去了。

赵子曰、莫大年的眼泪全落下来了。

"有话快说！"两个兵一齐向他们说。

莫大年掏出两张五块钱的票子塞在两个兵的手中，两个兵彼此看了一眼，向后退了十几步。

"谢谢你们！老赵！老莫！"李景纯低着头看着手上的铁镯慢慢的说："这是咱们末次见面了！"

"老李！到底为什么？"赵子曰问。

"一言难尽！时间大概也不容我细说！"

莫大年摸了摸衣袋中的钱包，又看了那两个大兵一眼，对李景纯说："快说！老李！"

"我有把手枪，是四年前我在家中由一个逃兵手里买的，还有几个枪弹。"李景纯往前挪了两步，低声的说："是为我自杀用的！因为那时候我的厌世思想正盛。后来我改了心，我以为人间最不光荣的事是自杀；所以那把枪成了暗杀的利器了，自杀与暗杀全不是经济的，可是因时事的刺激，叫我的感情胜过了理智；无论怎么说吧，暗杀比自杀强，因为我要杀的人是人民的公敌，我不后悔，这样丧命比自杀多少强一点！"

莫大年不忍的看李景纯，把头斜着向旁边看。和李景纯紧临的房子内，一个囚犯正依着铁门咬着牙用腕上的铁链往下刷腿上被军棍打伤的脓血，铁链一动随着大绿豆蝇嗡的往起一飞。莫大年把头又回过来了。

"老赵，你还记得在女权会遇见的那个贺金山！他的父亲是，在那个时候，大名镇守使。他和欧阳天风是赌场妓院的密友。他的父亲，贺占元，现在奉命做京畿守卫司令。贺占元在大名的时候，屈死在他手里的人不计其数。现在他到北京就职，他要大施威吓，除在通衢要巷枪毙几个未犯死罪的囚犯外，还要杀一两个较有名声的人以压制一切民众运动。欧阳天风既和贺金山相好，所以他指名叫贺金山告诉他父亲杀张教授。你们当然猜得到，他为什么这样办。

"我从王女士那里得来这个消息，因为前几天欧阳天风喝醉了威吓她，说漏了嘴。我呢，并不是为张教授卖命，因为我们没有十分亲密的关系；我是为民间除害！老赵！我昨天找你去的时候，我的主意已决定，可是我没告诉你；做这种事是不能不严守秘密的。今天早晨我在永定门外等着他，嗐！没打死他！详细的情形，你们等看报纸吧，不用细说，我自恨没有成功，我什么也不后悔，只后悔我只顾念书而把身体的锻炼轻忽了；设若我身体强，跑动得快，我也许成功了！嗐！完了——"

"你放心，老李！我们当然设法救你！"莫大年含着泪说。

"不必！老莫！老赵！假若你们真爱我，千万不必救我！所谓营救者，不出两途：一，鼓动风潮，多死些个人，为我而死些人，我死不瞑目；二，花钱贿赂；我没打死他，人民的公敌，反拿钱去运动他，叫他发一笔财，我愿意死，不忍看这个！——"

那两个大兵又走过来了，莫大年偷偷的把钱包递给他们，他们又退回去了。李景纯叹了一口气，看了莫大年一眼。然后接着说：

"我常说：救国有两条道，一是救民，一是杀军阀；——是杀！我根本不承认军阀们是'人'，所以不必讲人道！现在是人民活着还是军阀们活着的问题，和平、人道，只是最好听的文学上的标题，不是真看清社会状况有志革命的实话！救民才是人道，那么杀军阀便是救民！军阀就是虎狼，是毒虫，我不能和野兽毒虫讲人道！

"黑暗时代到了！没有黑暗怎能得到曙光！

"老莫！老赵！你们好好的去做事，去教导人民，你们的工作比我的难，比我的效果大！我只是舍了命，你们是要含着泪像寡妇守节受苦往起抚养幼子一样困难！不用管我，去做你们的事！

"只有两件事求你们：到宿舍收拾我的东西送回家去；和帮助我的母亲——"李景纯哭了，"你们看着办，能怎样帮助她就怎样办！她手里有些钱，不多！我只求你们这两件事，老赵，老莫，你们走吧！"

莫大年两眼直着，说不出来话，也舍不得走。赵子曰跺了跺脚，隔着铁栏拉住李景纯上着手镯的手："老李！再见！"说完，他扯着莫大年往外走。

走到监狱外面，赵子曰咬着牙说：

"老莫！你去办你的，我办我的，快办！不用听老李的！非运动不可！你另雇车，我坐这辆车去赶天津的快车，有什么消息给我往天津神易大学打电！"

4

"老李！我尽我的力量给你办，成功与否我不敢说！"武端对李景纯说："不幸失败了，你一定死；那么，我今天在你未死以前求你饶恕我以前的过错！我总以为我聪明，强干，有见识，其实我是个糊涂虫！我不是不知道什么是好，什么是歹；可是我嘴里永远不说好的，只说歹的；因为说着好听，招笑！我心里明镜似的知道你是好人，老李，可是今天早晨我还故意的告诉老赵：你和王女士有秘密！老李！你饶恕我不？原谅我不？我是混蛋！我以为我多知，多懂，多知秘密；其实我什么也不明白，甚至于不知道我自己到底在哪儿立着呢，到底我是干什么的！老李，我后悔了！你的光明磊落把我心中的黑影照亮了！你要是不幸死了，在你死的以前别再想我是个坏人！我知道你决不计较我，可是我更进一步希望你在死前承认我是个有起色的朋友——"

"一定！"李景纯点了点头。

"拆卖天坛的事，老李你放心吧，我决不再进行。不但如此，我还要辞职，往回力争。至于我将来的事业，还没有一定的计划。老李，我向来没和你说过知心的话，今天你不能不教训我了，假如你承认我是个朋友！你说我该做什么？"

"老武！我谢谢你！"李景纯低着头说："以往的事不必再说，你的错处吧，我的不好吧，全是过去的，何必再提！现在呢，我求你千万不必为我去运动，也不必再来看我，设若我还可以再活几天。因为：我们能互相了解，不见面也是真朋友，生存不能变动的；我们不能互相了解，天天见面又有什么用；况且，你来看我一次总要给兵们几个钱，我真不爱看你这么做！

"你的将来，我只能告诉你：潜心去求学！比如你爱学市政，好，赶快去预备外国文，然后到外国去学；因为这种知识不是在《五经》《四书》里所能找出来的，也不是只念几本书所能明白的。到外国去看，去研究，然后才能切实的明白。学好以后，不愁没有用处；因为中国的将来是一定往建设上走的，专门的人才是必需的。自然，也许中国在五千年后还是拿着《易经》讲科学，照着八卦修铁路；可是我们不应这样想，应当及早预备真学问，应当盼着将来的政府是给专门人才做事的机关，不是你做官拿薪水为职业的养老院。几时在财政部做事的明白什么是财政，在市政局的明白市政，几时中国才有希望；要老是会做八股的理财，会讲《春秋》的管市政，我简直的说：就是菩萨、玉皇、耶稣、穆哈莫德，联盟来保佑中国，中国也好不了！

"老武！快去预备，好好的预备！不必管我，我甘心一死！我最自恨的是我把几年工夫费在哲学上，没用！设若我学了财政、法律、商业，或是别的实用科学，我也许有所建树，不这么轻于丧命！我恨自己，不是后悔，我愿意死了！

"至于我和王女士的事，老武，你去到我宿舍的床底下找，有两封她的信，你和老赵们看看就明白了。这本来不是件要紧的事，可是临死的人脑子特别细致，把生前一切的事要想一个过儿，所以我也愿意你们明白我与她的关系。完了！老武！再见！"

第二十三

1

"你能同我去找阎乃伯不能？"这是赵子曰见着周少濂的第一句话。

"他做了省长还肯见我！"周少濂提着小尖嗓说。

"你不去？现在可是人命关天！"

"我不去！去了好几回了，全叫看门的给拦回来了！再说，到底有什么事？"

"老李被执法处拿去了，性命不保！这你还不帮着运动运动吗？！"

"是吗？"周少濂也吓楞了，楞了一会儿，诗兴又发了："我不去，我得先作挽诗，万一老李死了，我的诗作不得，岂不是我的罪恶！"他说着落下泪来！

周少濂是真动了心，觉得只有赶快作挽诗可以减少一点悲痛！诗一作成，天大的事也和没事一个样子了！

"没工夫和你说！你不去，我自己去！"赵子曰说完就往外跑。

到了阎乃伯的宅子，赵子曰跳上台阶就往里闯。

"咳！找谁？"门前的卫兵瞪着眼问。

"我前者是你们府上的教师，我要见见你们上司！"赵子曰回答。

"省长进京了，去给新任贺司令贺喜去了！"

"嘿！"赵子曰急得干跺脚，想了半天才说："我见见你们太太成不成？"

"我们太太病了！"

"我非见不可！我是你们少爷的老师，你能不叫我见吗？！"赵子曰说着就往里走。

"你站住！我们少爷死啦！"那个卫兵把赵子曰拦住。

"我非见你们太太不可！"赵子曰急扯白脸的说。

"好！我给你回禀一声去，你等着！"那个卫兵向赵子曰恶意的笑了一笑。

那个卫兵不慌不忙的往里走，赵子曰背着手来回打转，心里想：见了她比见他还许强，妇女们心软，好说话。正在乱想，那个卫兵回来了，说：

"我们太太是真病了！不过你一定要见，我也没法子。你见了她，她要是——你可别怨我！"

赵子曰一声没言语，随着卫兵往里走。走到书房的跨院，阎太太正在院里立着。她穿着一件夏布大衫，可是足下穿着一双大红绣花的棉鞋，呆呆的看着院中那盆开得正盛的粉夹竹桃。书房的门口站着两个十七八岁的丫头，见赵子曰进来，两个交头接耳的直嘀咕。

"这是我们的太太！"那个卫兵指给赵子曰，然后慢慢的走出去。

"阎太太！"赵子曰过去向她行了一礼。

"你来了？我的宝贝！啊，我的宝——贝！"阎太太看着赵子曰连连的点头，好像小鸡喝水似的。直楞楞的看了半天，她忽然狂笑起来，笑得那么钻脑子的难听。笑了一阵，她向前走了两步，说：

"啊！你不是我的宝贝呀！好！我念得你，你阎乃伯！阎——乃——伯！——你就是赔我的儿子！你把我儿子害了，你！"她的声音越来越高，脸上越来越难看。赵子曰往后退了几步，她一个劲往前赶。"好！你！你成天叫我儿子念书，念死啦！念死啦！你还娶姨太太，你！你就是赔我的儿子！哎——哟——我的宝贝哟！"她坐在地上放声痛哭起来。两个丫头跑过来把她扶起来。赵子曰一语未发往外走。

"我不冤你吧？"那个卫兵向赵子曰一笑。

赵子曰顾不得和卫兵惹气，低着头走出去；一边走一边想：还是得找周少濂去。因为他想：他自己回京去见阎乃伯，一定见不到；周少濂到底和阎乃伯有关系，所以还是求周少濂帮助他较着妥当……

"怎样？老赵！"周少濂笑着问。

"不用说！少濂，你要是可怜我，先给我弄碗茶喝！我从早晨到现在水米没打牙！"

周少濂看赵子曰的脸色那么难看，不敢再说笑话，忙着去给他沏茶。茶沏好，他由床底下的筐篮中掏了半天，掏出几块已经长了绿毛的饼干，递给赵子曰。

"我吃不下东西去，少濂！给我一碗茶吧！"赵子曰坐在床上皱着眉说。

"子曰！你是怎一回事？这么大惊小怪的！"

赵子曰一面吃茶，一面略略的把李景纯的事说了一遍，然后说：

"少濂！你一定得随我进京！哪怕我管你叫太爷呢，你得跟我走！"

"子曰！"周少濂郑重的说："现在已经天黑了，就是赶上火车，到京也得半夜，也办不了事。不如你休息休息，我们赶夜间三点钟的车，一清早到京，不是正好办事吗？"

"不！这就走！"赵子曰的心中像包着一团火似的说："事情千变万化，早到京一刻是一刻！我急于听北京的消息！"

"我是为你好，子曰！你在这里睡个觉，明天好办事呀！你要打听消息，去打个电话不就行了吗！"

赵子曰心中稍微活动了一点，身上也真觉得疲乏了，于是要求周少濂领他到电话室去。他先给莫大年打电，莫大年没在家。又想给武端打电，又怕武端不可靠；可是除了武端还没地方可以得些消息，他为难了半天，结果叫了天台公寓的号头。电线接好，武端说：莫大年奔走了几处，很有希望，大概可以办到把李景纯移交法厅。他自己也正在运动，可是没有什么效果。最后武端说："你明天一早能回来，就不必夜里往回赶了，现在老李很安稳。"

赵子曰心中舒展了一些，慢慢的走到宿舍去。周少濂忙着出去买点心。点心买来，赵子曰吃了一两块，又喝了一壶茶。周少濂七手八脚的把自己的床匀给赵子曰，他自己在地上乱七八糟的铺了些东西预备睡觉，其实还不到十点钟。他一个劲儿催着赵子曰睡，赵子曰是无论如何睡不着。

"老周，你能去借个闹钟不能？"赵子曰问："我怕睡熟醒不了！"

"没错！老赵！我的脑子比闹钟还准，说什么时候醒，到时准醒！睡你的！睡呀！"周少濂躺在地上，不留神看好像一条小狗，歪不横楞的卧着。

"睡不着！老周，把窗户开开，太闷得慌！"

周少濂立起来把窗子开开一扇，跟着又悄悄的关上了，因为他最怕受夜寒。可是赵子曰听见窗子开开，深深在床上吸了一口气觉得空气非常的新鲜，满意了。

2

武端坐在屋里拿着《真理晚报》看：

"大暗杀案之经过：

"今早八时京畿守卫司令兼第二百七十一师师长贺占元将军由南苑师部乘汽车入城，同行者有刘德山营长、宋福才参谋。车至永定门外张家屯附近，突有奸人李景纯（系受过激党指使）向汽车连放数枪。刘营长左臂受伤甚重，贺司令与宋参谋幸获安全。汽车左右侍立卫兵奋勇前进，当将刺客捉获，解至师部军法处严讯。

"本报特派专员到师部访问，蒙贺司令派宋参谋接见。宋参谋身著军衣，面貌魁梧，言谈爽利，虽甫脱大险而谈论风生，毫无惊惧之色，真儒将也！本报记者与宋参谋谈话约有十分钟之久，兹将谈话经过依实详载如下：

"问：贺司令事前有无所闻？

"答：妈的，没有！

"问：所乘汽车是否军用的？

"答：不是，贺司令自己的！

"问：行至何处听见枪声？

"答：大概离火车道不远。

"问：同行者？

"答：俺们三个：贺司令、刘营长，和我，还有他妈的几位弟兄。

"问：车中情形？

"答：司令和咱趴在车内，刘营长没留神吃了一个黑枣。

"问：怎样捉住刺客？

"答：四个弟兄一齐下去把那小子捉住。

"问：刺客是否与贺司令有私仇？

"答：没有，那小子是过激党！

"问：怎样惩办他？

"答：妈的，千刀万剐！

（说至此，宋参谋怒形于色，目光如炬！）

"问：贺司令对过激党有无除灭方法？

"答：有！杀！

"谈话至此，本报记者向宋参谋致谢告辞。临行之时，宋参谋叮咛嘱告本报记者：将经过事实依实登载，以使过激党人闻之丧胆。并云：贺司令治军有年，爱民如子。（前在大名镇守使任内，曾经绅商赠匾一方，题曰：民之父母。）不惜性命誓与奸人狗党一决死战。

"本报记者敬聆之下，极为满意！旋要求至监狱一视刺客。蒙宋参谋格外优遇允准，并派卫兵二名护送至狱。

"刺客姓李名景纯，直隶正定府人。身体短悍，面貌凶恶。手脚系以铁锁，依然口出狂言，侮蔑政府。本报记者试与彼谈话，彼昂然不对，唯连呼'赤党万岁'而已。本报记者以彼凶顽不灵，不屑多费口舌，即摄取相片一张，退出监牢。卫兵导出师部，并向本报记者行举手礼云。

"本报记者因不能与刺客谈话，旋即各方面搜集事实，以飨读者：

"李景纯前肄业名正大学，专以鼓动风潮为事。前次之殴打校长，即彼主使。

"名正大学解散后，彼入京师大学。与同党数人受过激党津贴每月百二十元，并领有手枪子弹，以谋刺杀要人，破坏治安。"

……

"贺司令镇静异常，照旧办公，并闻已定有剪扫奸党办法。

"今日午时有商会代表特送绍酒一坛，肥羊四只，到师部为贺司令压惊，颇蒙贺司令优遇招待云。"

……

3

赵子曰要求周少濂一同进京去见阎乃伯。周少濂是非作完诗不能做别的事，而作成一首诗又不是一两天所能办到的。于是赵子曰一个人回北京。

"怎样了？老武！"赵子曰一进大门就喊。

"没消息！刚才老莫打电说：他又到南苑去，叫咱们等他的信！"说着，两个人全进了第三号。"老赵！这里有两封信，老李叫你看！"武端递给赵子曰几张并没有信封的信。

"景纯学兄：

"你对我的爱护，我似乎不应当说，其实也真说不出来！二年来经你的指导，学问上的增进，我很自傲的说，我不辜负你的一片诚心训诲；对于身体上，我的笔尖和眼珠一齐现在往纸上落：设若没有你和张教授，我不知道又沦落到什么地步去了！我见着你的时候，不如我坐定了想你的时候感激你的深切；因为见着你的时候，你的言语态度，叫我把'谢你'两个字在嘴中嚼烂了也说不出来；可是我坐定想你的时候，我脑中现出一个上帝的影儿，我可以叫着你的名字感谢你！

"当我生下来的时候，我吸了世上的第一口气，我就哭了，这或者是生命的悲剧的开场锣吧？我五岁的时候，我明明白白又哭了几场，哭我的父母！以后我不哭了，不是没有不哭的事，是没有哭的胆量，一个孤女在别人家抚养着，我敢哭吗？现在我又哭了，哭你和张教授，因为你们对我的爱护，不是泛泛一笑所能表出我的感激的！

"你知道我现在的苦境，可是我一向没告诉过你我的过去的惨剧。不是我要瞒着你，是我怕你替我落泪；泪是值得为好朋友落的，可是我愿看你笑，不愿看你用哭把笑的时间占了去，生命是多么短的，还忍得见面的时候不多笑一笑吗！现在我不能不告诉你了，因为前天你问我，我再不说未免显着我的心太狠似的。前天我本来可以当面告诉你，可是我又想说的不如写的详细，所以我现在写这封信。盼望你看这封信的时候，同时也念我的心，或者这张印着泪痕的纸，和我哭着对面和你说话一样真切。

"我说不出来我的心情，我写事实吧：

"我从父母死后，和我的叔父同居，在上海。叔父的爱我出于至诚，这就是我不敢再哭的原因。叔父无时无刻不疼怜我，我无时无刻不挂着笑容讨叔父的欢心；叔父与侄女的爱情是真的，可是与父母子女间的爱情差着那么一点：不敢彼此对着面哭。更可痛心的：自从我做错了事以后，我的叔父没有像父母原谅子女的心，在我痛悔悲哀之际，没有一个亲人来摸一摸我的头发，或拭一拭我的泪！我自己的错！可是我希望叔父爱我，甚至溺爱我！这一点希望永没有达到，不是叔父心硬，是我自己不好；叔父爱我，不能溺爱我！我每月给叔父写一封信，没有回信！我还是写，永远写，他的怒恼是应该的，是近于人情的。我只盼望落在信纸上的泪和他的泪亲个吻，不敢奢望！不幸，他越看我的信而越发怒……嗐！我只好不用这么想吧！他总饶恕我的一日，我老这么盼着，直到我死！

"我的错事是在上海做的，那时候我正在中学念书，我不用说是谁的发动，凡男女的事，除了强占外，很少有不是双方凑合的。那么，我要是把这个罪过全推在别人头上去，我于做错了事之外，还又添上几分诬人之罪。我做错了，我只怨自己年少无知，我没有一丝一毫的陈腐道德观念在脑中萦绕着；可是我的叔父与我说了末次的'再见！'他是个老人，我不怪他！设若我的情人能保持着我们甘心冒险的态度，和天长地久的誓愿，我敢说：不但我与他谁也不错，而且我们还要快乐的永久在一块儿。谁知道我的命就这么苦，我的眼睛就这么瞎，把一个流氓认成可以托以终身的人。至于在没看清他以前，就把身体给了他！我不以这个为羞耻，假如我认明白了他；不幸，我看错了，先把失贞丧节的话放在旁边，从事实上想，我当怎样活着！他不可靠，叔父不要我，叫我一个孤女怎么着！设若哭就能哭出一条活路来，那么我就哭那条生路，决不哭我的过错；因为我根本不承认那是道德上的堕落，就没有什么旧道德观念环绕着我的泪腺！

"在我认识他的时候，嘻！我说出他的姓名来吧：他叫欧阳天风！他就是那么好看；我只看明了他的俊俏的面貌，可怜，没看清他那不俊俏的心！他那时候在大学预科念书，是由张教授（那时候张在中学当教员）补助他的学费。张教授是他的一个远亲。当我们同住的时候，张教授一点怒气没发，还依旧的供给他。不但供给他，也帮助我，好像我丢了一个叔父，又找着了一个父亲。他用张教授的钱去嫖去赌去喝酒，而且反恨张教授给他的钱不够用。于是我去见张教授说明我的懊悔，请他设法援助我。张教授始而劝告他，无效！继而断绝了他的补助，而专供给我。他，于是，开始恨张教授了！好心帮助人是要招恨的，我为人类叹息一声！他对张教授无可如何，可是他能欺侮我，于是张教授为成全我的原因，把我带到北京来。他供给我在中学毕了业，又叫我入大学，这是咱们见面的时候，也就是张教授与欧阳成了仇敌的时候。

"他也来到北京。他的立意是强迫我由着他的意思嫁人，他好从中使钱。姓王的，姓赵的，姓李的，多的很，他日夜处心积虑的把我卖了，他好度他的快活的日子。对我他以夫妻的关系逼迫，因为我们并没正式结婚，自然也就无从说离婚；那么，我不答应他呢，他满有破坏我的名誉的势力。对张教授呢，他恫吓，讥骂，诬蔑，凡是恶人所能想到的，他全施用过。所幸者，张教授一味冷静不和他惹气，我呢，有你和张教授的保护，还未曾落在他的手里。

"将来如何，我不知道！我只有听从张教授的话，我自己没主意。我只有专心用功以报答他的善意！

"对于你，还是那句话：我感谢你，可是没有言语可以传达出来！

"不能再写了，笔像一根铁柱那么笨重，我拿不动了！

"明天见！

王灵石启。"

"景纯学兄：

"昨天晚上他（欧阳）又来了，他已经半醉，在威迫我的时候，无意中说出来：'你再不依我，我可叫贺司令杀姓张的！'

"我与张教授决定东渡了，不然，我与他的性命都有大危险！

"我们在日本结婚！

"以前的事，在我死前永远深深刻在心中作为一课好教训。你的恩惠，我不能忘，永不能忘！

"咱们再见吧！我与张教授结婚的相片，头一张是要寄给你的！

"我好像拉着你的手说：'再见！'

"事急矣，不能多写。今晚出京！

"再说一声：再见！

王灵石启。"

4

赵子曰看完那两封信，呆呆的楞了半天，一句话没说。

莫大年哭着进来了，赵子曰和武端的心凉了半截！赵子曰嘴唇颤着问：

"怎样了？老莫！"

"老李被枪毙了，昨夜三点钟！"莫大年哭的放了声，再说不出来话。

赵子曰也哭失了声，武端漱漱的落泪。

三个人哭了一阵，赵子曰先把泪擦干："老武！老莫！不准哭了！老武！你去收老李的尸，花多少钱是你一个人的事，你能办不能？"

"我能！"

"把尸首领出来，先埋在城外，不必往他家里送！"赵子曰说："几时有机会，再把他埋在公众的处所，立碑纪念他，他便是历史上的一朵鲜花，他的香味永远吹入有志的青年心里去。老武！这是你的责任！你办完了这件事，是愿和军阀硬干呀，还是埋首去求学，在你自己决定。这是老李指给我们的两条路，我们既有心收他的尸身，就应当履行他的教训——"

"老赵你放心吧，我已经和老李说了：我力改前非，求些真实的知识！"武端说。

"老莫！帮助老李的母亲是你的事，你能办不能？"赵子曰问。

"我能！"莫大年含着泪回答。

"不只是帮助她，你要设法安慰她，把她安置个稳当的地方！没有她，老李不会做这么光明的事！老莫，你明白老李比我早，我不必再多说。"

三个低着头呆呆的坐了半天，还是赵子曰先说了话："老莫！老武！你们做你们的去吧！我已打好我的主意！咱们有无再见面的机会，不敢说！我们各走各自的路，只求对得起老李！咱们有缘再会！"

牛天赐传

一 天官赐福

要不是卖落花生的老胡，我们的英雄也许早已没了命；即使天无绝人之路，而大德曰生，大概他也不会完全像这里所要述说的样子了。机会可以左右生命，这简直无可否认，特别是在这天下太平的年月。他遇上老胡，机会；细细的合算合算，还不能说是个很坏的机会。

不对，他并没有遇上老胡，而是老胡发现了他。在这个生死关头，假如老胡心里一别扭，比如说，而不爱多管闲事，我们的英雄的命运可就很可担心了。是这么回事：在这个时节，他无论如何也还不会招呼老胡或任何人一声，因为他是刚降生下来不到几个钟头。这时候他要是会说话，而很客气的招呼人，并不见得准有他的好处；人是不可以努力太过火的。

老胡每天晚上绕到牛宅门口，必定要休息一会儿。这成了一种习惯。他准知道牛氏老夫妇决不会照顾他的；他们的牙齿已过了嚼糖儿豆儿的光荣时期。可是牛宅的门洞是可爱的，洁净而且有两块石墩，正好一块坐着，一块放花生筐子，好像特为老胡预备下的。他总在这儿抽袋烟，歇歇腿，并数一数铜子儿。有时候还许遇上避风或避雪的朋友，而闲谈一阵。他对这个门洞颇有些好感。

我们的英雄出世这一天，正是新落花生下市的时节，除了深夜还用不着棉衣。天可是已显着短了；北方的秋天有这个毛病，刚一来到就想着走，好像敷衍差事呢。大概也就是将到八点吧，天已然很黑了，老胡绕到"休息十分"的所在——这个办法不一定是电影院的发明。把筐子放好，他掏出短竹管烟袋；一划火柴，发现了件向来没有在那里过的东西。差点儿正踩上！正在石墩前面，黑糊糊的一个小长包，像"小人国"的公民旅行时的行李卷，假如小人国公民也旅行的话。又牺牲了根火柴，他看明白了——一个将来也会吃花生的小家伙。

老胡解开怀就把小行李卷揣起来了。遇到相当的机会，谁也有母性，男人胸上到底有对挂名的乳啊。顾不得抽烟了，他心中很乱。无论是谁，除了以杀人为业的，见着条不能自己决定生还是死的生命，心中总不会平静。老胡没有儿女，因为没娶过老婆。他的哥哥有儿子，但是儿子这种东西总是自己的好。没有老婆怎能有儿子呢？实在是个问题。轻轻的拍着小行李卷，他的心中忽然一亮，问题差不多可以解决了：没有老婆也能有儿子，而且简单的很，如拾起一根麻绳那么简单。他不必打开小行李卷看，准知道那是个男小孩；私生的小孩十个有八个是带着小麻雀的。

继而一想，他又为了难：小孩是不能在花生筐子里养活着的，虽然吃花生很方便，可是一点的小娃娃没有牙。他叹了口气，觉得做爸爸的希望很渺茫。要做爸爸而不可得，生命的一大半责任正是竹篮打水落了空！

不能再为自己思索了，这太伤心。

假如牛老夫妇愿意收养他呢？想到这儿，老胡替小行李卷喜欢起来。牛老夫妇是一对没儿没女而颇有几个钱的老绝户，这条街上谁都知道这个，而且很有些人替那堆钱不放心。

他拍门了，正赶上牛老者从院里出来。老胡把宝贝献出去。牛老者是五十多岁的小老头，不怎么尊严，带出来点怕太太的精神，事实上也确是这样。老者接过小英雄去，乐得两手直颤："在这儿捡起来的？真的？真是这里？"老胡蹲下去，划了根火柴，指明那个地方。老者看了看，觉得石墩前确有平地跳出娃娃的可能："自要不是从别处拾来的就行；老天爷给送到门上来，不要就有罪，有罪！"可是，"等等，我请太太去。"老者知道——由多年的经验与参悟——老天爷也大不过太太去。他又舍不得放下天赐的宝贝，"这么办好不好，你也进来？"于是大家连同花生筐子一齐进去了。

牛老太太是个五十多岁，很有气派的小老太太，除了时常温习温习欺侮老头儿，（无论什么都是温故而知新的，）连个苍蝇也舍不得打死——自然苍蝇也得知趣，若是在老太太温习功课的时节飞过来，性命也不一定安全，老太太在动气的工夫手段也颇厉害。

老者把宝贝递给了太太。到底太太有智慧，晓得非打开小卷不能看清里边的一切。一揭开上面，露出个红而多皱的小脸，似乎活得已经不大耐烦了。老太太的观察力也惊人："哟！是个小娃娃！"越往下看越像小娃娃，可是老太太没加以什么批评。（真正的批评家懂得怎样谨慎。）直到发现了那小小的男性商标，她才决定了："我的小宝贝！"这个世纪到底还是男人的，虽然她不大看得起牛老者。

"咱们，咱们，"老者觉得非打个主意不可，可是想不出；即使已想出，也不便公然建议。

"哪儿来的呢？"老太太还不肯宣布政策，虽然已把娃娃揣在怀中。

老者向老胡一努嘴；远来的和尚会念经。

老胡把宝物发现的经过说了一番，而后补上："我本想把他抱走，我也没有儿子，可是老天爷既是把他送到府上来了，我怎能逆天行事呢！"他觉出点替天行道的英雄气概。"你也看明白了那个地方？"老太太向老头儿索要证据。"还摸了摸呢，潮渗渗的！"老者确知道自己不敢为这个起誓。

"真是天意，那么？"老太太问。

"真乃天意！"两位男子一齐答对。

这时候，第三位男子恐怕落后，他哭了。在决定命运的时机，哭是必要的。

"宝贝，别哭！"老太太动了心："叫，叫四虎子找奶妈去！"

老胡看明白，小行李卷有了吃奶的地方；人生有这么个开始也就很过得去了。他提起花生筐子来，可是被老太太拦住："多少次了，我们要抱个娃娃，老没有合适的；今天老天爷赏下一个来，可就省事多了。可是，不许你到外边说去！哼。"她忽然灵机一动，又把小行李卷抱出来，重新检查，这回是由下面看起。果然发现了，小细腿腕上拴着个小纸片。"怎样！"老太太非常的得意。

老头儿虽没有发现的功绩，但有识字的本事，把小纸片接过去，预备当众宣读。老者看字大有照像的风格，得先对好了光，把头向前向后移动了好几次。光对好了，可是，"嗯？"

又重新对光，还是"嗯，怎么写上字又抹去了呢？"

老太太不大信任老伴儿的目力，按着穿针的风格，撅着唇，皱着眉，看了一番。果然是有字又抹去了。什么意思呢？

"看看后边！"老太太并非准知道后边有字，这是一个习惯——连买柿子都得翻过来看看底面。

后面果然也有字，可是也涂抹了。

"这个像是'马'字，"老者自言自语的猜测。老胡福至心灵，咂摸透了点意思："不是男的，就是女的，总有一个姓马的；谁肯把自己的娃娃扔了呢，所以写上点字儿；又这么一想啊，不体面，所以又抹去了：就好像墙上贴了报单儿，怪不好看的，用青灰水抹抹吧，一个样；大概呀，哼，有难说的事！"老胡为表示自己的聪明，话来得很顺畅；可是忽然想起这有点不利于小行李卷，赶紧补充上："可也不算什么，常有的事。"还觉得没完全转过弯儿来，正要再想，被老太太接了过去：

"有你这么一说！"

老胡觉得很对不起小行李卷！

可是老太太照旧把娃娃揣起去了，接着说："虽然是老天爷赏的，可并不像个雪花，由天上掉下来；他有父母！要不怎么我嘱咐你呢，你听过《天雷报》？这是一；我们不愿以后人家小看他，这是二。你别给宣嚷去。给他十块钱！"末一句是对牛老者下的令。

十块钱过了手，老者声明："六块是太太的，四块是我的。"老胡怪不好意思的，抓了把花生放在桌上："山东人管花生叫长生果，借个吉利，长命百岁！"

老太太听着很入耳："再给他十块，怪苦的，自要别上外边说去！"

老胡起了誓，决不对任何人去说。于是十块钱又过了手，照样是"太太的六块，我的四块。"

老胡走了。

"四虎子这小子上哪儿玩去了？！"老者找不到四虎子。"我去，我自己去！"

"找不到奶妈就不用回来，听明白没有？"老太太鼓励着老伴儿。

"找到天亮也得把她找着！"老者也很愿努力。

老者走后，老太太细看怀中的活宝贝，越看越爱。老太太眼中没有难看的娃娃，虽然刚生下来的娃娃都那么不体面。嘴上有个肉岗，这便是高鼻梁。看这一脑袋黑头发，其实未必有几根，而且绝对的不黑。眼睛，更不用说，自古至今向无例外，都是大的。老太太的想象是依着慈爱走的，在看娃娃的时节。

拍着，逗着，歪着头看，牛老太太乐得直落泪。五十多岁有了儿子！而且是老天爷给放在门口的。就说是个丫环或老妈子给扔在这儿吧，为什么单单扔在"这儿"，还不是天意？这一层已无问题。然后盘算着：做什么材料的毛衫，什么颜色的小被子，裁多少块尿布。怎样办三天，如何做满月。也就手儿大概的想到：怎样给他娶媳妇，自己死了他怎样穿孝顶丧……

可是，怎么通知亲友呢？一阵风由天上刮下个娃娃，不大像话。拾来的，要命也不能这么说，幸而四虎子没在家，又是天意，这小子的嘴比闪还快。老刘妈，多么巧，也出去了，她的嘴也不比闪慢。两条闪都没在家就好办了，就说是远本家承继过来的——在很远很远的地方住。不对，住得那样远，怎能刚落草就送到了呢？近一些吧，刚生下来，娘就死了，不能不马上送来，行；可怜的小宝贝！

叫什么呢？"天意"，"天来"，都不好。"天来"像当铺的字号；"天意"，不是酱园有个"老天义"吗？天——反正得有个天，"天官赐福"，字又太多了。哼，为什么不叫"天赐"呢？小名呢，"福官"！老太太一向佩服金仙庵的三位娘娘，而不大注意孔圣人，现在更不注意他了。

这样，我们的英雄有了准家准姓准名。

二 歪打正着

　　合起来说，咱们算是不晓得牛天赐的生身父母是谁。这简直是和写传记的成心作难。跑马场上的名马是有很详细的血统表系的；咱们的英雄，哼，自天而降！怎么，凭着什么，去解释与明白他的天才、心力，与特性等等呢？这些都与遗传大有关系。就先不提这些，而说他的面貌神气；这也总该有些根据呀。眼睛像姥姥，一笑像叔父，这才有观念的联合，而听着像回真事儿。人总得扛着历史，牛必须长着犄角。咱们的英雄，可是，像块浮云，没根儿。

　　怎么办呢？

　　只有两个大字足以帮助我们——活该。

　　这就好办多了。不提人与原始阿米巴或星云的关系，而干干脆脆卖什么吆喝什么。没家谱，私生子，小行李卷，满都活该。反之，我们倒更注意四外敲打这颗小小的心的东西是什么。因为这些是有案可查，一个萝卜一个坑的。没有猜测、造谣，与成见的牛老夫妇、四虎子、小毛衫、尿垫子……是我们不敢忽略的；这些便是敲打那颗小心的铁锤儿们。遗传，在"心"的铸造上，大概不见得比教养更有分量。咱们就顺着这条路走吧，先说说牛老者。

　　世上有许多不容易形容的人，牛老者便是一个。你刚把光对好，要给他照了，他打个哈欠；幸而他没打哈欠，照上了；洗出来一看，他翻着白眼呢。他老从你的指缝里偷着溜开。你常在介绍医生、神相麻子丰等等的广告中看到他的名字，你常在大街、庙会、股东会议、商会上遇见他，可是他永远不惹你特别注意他。老那么笑不唧的，似乎认识你，又似乎不大认识；有时候他能忘了自己的姓，而忽然又想起。你似乎没听过他说话，其实他的嘴并没闲着，只是所说的向无打动人心的时候；他自己似乎也知道：他说不说，你听不听，都没关系。他有时候仿佛能由身里跳出来，像个生人似的看看自己，所以他不自傲，而是微笑着自慰："老牛啊，你不过是如此。"自然他不能永远这样，有时候也很能要面子，摆架子。可是摆上三五分钟，自己就觉出底气不足，而笑着拉倒了；要不然牛太太怎会占了上风呢。假若他是条鱼，他永远不会去抢上水，而老在泥上溜着。

这可并非是说，他是个弱者，处处失败。事实上，他很成功。他不晓得怎么成的功。他有种非智慧的智慧，最善于歪打正着。他是云城数得着的人物。当铺、煤厂、油酒店，他全开过，都赚钱。现在他还有三个买卖。对什么他也不是真正内行，哪一行的人也不诚心佩服他。他永远笑着"碰"。可是多少回了，这种碰法使金钱归了他。别人谁也不肯要的破房，要是问到了他，恰巧他刚吃完一碗顺口的鸡丝面，心里怪舒服："好吧，算我的吧。"这所破房能那么放个七八年，白给人住也没人去，因为没有房顶。可是忽然有那么一天，有人找上门来，非要那块地方不可，只有那块地方适于开医院。他赚了五倍的钱。"好吧，算你的了。"他一笑，没人知道这一笑的意思是什么，他自己也不知道。他有这么种似运气非运气，似天才非天才，似瞎碰非瞎碰的宝贝。他不好也不坏，不把钱看成命，可是洋钱的响声使他舍不得胡花。他有一切的嗜好，可是没瘾。戏的好歹，他一向不发表意见；听就听，不听也没什么。酒量不大，将要吃过了量的时候也不怎么就想起太太来，于是没喝醉，太太也没跟他闹，心里很舒坦。烟是吸哈德门牌的，吸到半截便掐灭，过一会了再吸那半截，省烟与费火柴成了平衡；他是天生的商人。

就是没儿子，这个缺点，只有这个缺点，不能以一笑置之。可是当太太急了的时候，他还得笑："是呀，是呀，我没只怨你呀，俩人的事，俩人的事。"分担了一半过错，太太也就不便赶尽杀绝，于是生活又甜美起来：太太不生气，儿子只好另说吧，然后睡得很好，在梦里听说麦子要涨价，第二天一清早便上了铺子，多收麦子。果然又赚了一笔。牛老者的样子不算坏，就是不尊严，圆脸，小双下巴，秃脑顶，鼻子有点趴趴着，脑面很亮，眼珠不大灵动，黄短胡子，老笑着，手脚短，圆肚子，摇动着走，而不扬眉吐气，混身圆满而缺乏曲线，像个养老的厨子。衣服的材料都不坏，就是袖口领边的油稍多，减少了漂亮。帽子永远像小着一号，大概是为脱帽方便，他的爱脱帽几乎是种毛病。一笑，手便往帽沿上去了；有时候遇上个好事的狗，向他摆尾，他也得摸摸帽沿。每一脱帽，头上必冒着热气，很足引起别人的好感——揭蒸锅似的脱帽，足见真诚。

有两条路他可以走：一条是去做英国的皇帝，一条是做牛老者。他采取了这第二条，惟一的原因是他没生下来便是英国的皇太子；要不然他一定能做个很好的皇帝，不言不语的，笑嘻嘻的，到国会去说话都有人替他预备好了。

　　说真的，假如牛老太太是他，而他是牛老太太，他一定会成个更大着许多的人物。可是老天爷常把人安排错了，而历史老使人读着起急。牛老太太比他厉害得多，可是偏偏投了女胎，除了欺侮老伴儿，简直没有英雄用武之处。她天生的应当做个英雄，而做了个主妇。自然她看不起丈夫。她顶适于做英雄了，第一项资格她有——自私。世界是为她预备下的。可惜她的世界太小。但是在这小世界里，她充分的施展着本领。四虎子是她的远亲，老刘妈是她从娘家特选了来的。不跟她有点关系的不用打算在牛宅立住脚。牛老者不是她由娘家带来的，这是个缺点，可是不好意思随便换一个，那太不官样。

　　她很看不起牛老者。不错，他弄了不少的钱；但是她要是个男的，岂止是弄钱；声名，地位，吃喝玩乐，哪样也得流水似的朝着她来。跟老牛一辈子，委屈点。他没有大丈夫的狠毒手段，只是对付将就。他的朋友们吃他喝他，还小看他。所以除了她娘家的人，她向来不肯热诚的招待。一把儿土豆子——她形容他的朋友们。她的娘家是做官的。虽然她不大识字，她可是有官气。她知道怎样用仆人，怎样讲排场，怎样讲身份。他都不懂。也就是做官的娘家父亲死了，要不然她简直没法回娘家去。带着土豆子的丈夫见做官的父亲？丢人！当初怎说这门子亲事来的？她常常纳闷。

　　她很希望得个官样的儿子——拿老牛的钱，拿自己的理想，一定会养起个体面儿子。可是老牛连得儿子的气派都没有！他早就想弄小。有她活着，乘早不用这么想。她不生儿子，谁也不用打算偏劳。抱一个小孩解解闷，倒是个办法。可是难处是在这里：他愿抱牛家的，她愿抱娘家的。她的理由软点，所以消极的不准他自由选择，暂且不抱好了。天赐的露面，解决了这个困难。他好像专为牛家生的。牛老太太把他一抱起来，便决定好了：在这小子身上试试手，成个官样的儿子。私生子，稍差一点；可是自己已经五十多了，恐怕不易再生小孩了；况且牛老者那个怯劲。算了吧，老绝户还有抱个哈叭狗当孩子养的呢，况且这是个真正有鼻有眼的小孩。天赐的机会太好。

　　牛老者上哪里去找奶妈呢？他完全没个准备。可是他不慌。几十年了，他老是这么不慌不忙的；没有过不去的事。这种办法，每每使牛老太太想打他几个脖儿拐。她有官气——世界上的一切是为她预备好的，一招手就得来，什么都有个适当的地方，一丝不乱的等候着命令。老头儿没这么想过；世界便是个土堆，要什么得慢慢的去拨开土儿找，还不一定找得到。难怪老太太有时候管他叫作皮蛋，除了怕做赔了买卖，他无论怎说也不着急。

　　有时候太太告诉他去买胰皂，他把手纸买了来。忘了这样，拿那样补上，还不行么？据他看。他非常的乐观。这回，他可是记得死死的，找奶妈。手纸、胰皂，连洗脸盆算上，都不能代替奶妈。走出二里多地，还没忘了这个；可是也没想起上哪里去找。准知道有些地方是介绍奶妈的，只是想不起那些地方在哪儿。点上哈德门烟，喷了一口，顺势看了看天上的星。星星对他是没有意义的，可是使他想起太太的眼睛来；太太的眼睛是无所不知，无所不在的。他得赶快去找奶妈，完全不为自己，为是太太与那个小行李卷；要是为自己的话，找着与否满没关系。

　　找着个熟识的油盐店，进去打个招呼。有好多的事是可以在不可能中找出可能的，自要你糊涂与乐观的到家。牛老者常因为忘了买煤，而省下许多钱；想起来不是，煤忽然落了价钱。进了油盐店，仿佛奶妈已经找到了似的。

　　"周掌柜，"牛老者的圆脸上笑着，"给找个奶妈。""怎么；得了少爷？"周掌柜觉得天下最可喜的事就是得少爷。

　　"抱来的，承继过来的，"牛老者很得意，没有说走了嘴。"给找个奶妈去。今个，明儿，后天，后天请你喝喝。"

　　周掌柜想了想，看看铺中，觉得铺中绝对没有奶妈，非到外边去找不可。"你这里坐坐，我有办法。"他出去了，一恍似的被黑影给吞了去。

　　牛老者吸着哈德门，烟灰长长的，欲落不落，他心里正似这穗烟灰，说不清落下去还是不落下去好，脸上自动的笑着。

　　待了一会儿，周掌柜回来了，带着两个妇人。

　　牛老者心中打起鼓来，是找一个奶妈呢，还是找一对儿呢？出来的慌速，忘了问太太。

　　及至周掌柜一说，他明白过来，原来这两个妇人不都是奶妈，那个长得像驴的是介绍人。他觉得这似乎没有别的问题了："走吧。周掌柜，后天请你喝喝。"

　　"上哪儿去？"驴叫了声。

　　差点把老者问住，幸而他没忘了家："家去，小孩没在这里。"

　　"咱们不先讲讲吗？"驴向周掌柜说。

　　"都是熟人，"周掌柜很会讲话。

　　"见了太太，什么都好办，"牛老者渴望卸了责任，睡个觉去："跟太太说去。"

　　"在哪儿呀？这么黑灯下火的！"这个驴不是好驴。"雇车吧，"周掌柜建议。

"是，雇车。"牛老者慢慢点了点人数，"大概得三辆吧。"到了家中，他把二妇人交给了太太。

太太见着驴，精神为之一振，她就是爱和这种妇人办交涉，为是磨磨自己的智力。驴，跟太太过了三五个回合，知道遇上个能非常的慈善，同时眼里又不藏沙子的手儿。没等她说，太太全交派下来："有你三块钱的喜酒钱。她奶得好，先试三天。行呢，有她四季衣裳，一头银首饰。五块钱的工钱，零钱跟老刘妈平分。不准请假，不准有人来找。现在就上工。你把她的东西送来，雇来回的车！"

驴一看这面没有多少油水，想去敲那个奶妈，扯了她袖子一下。

老太太已把天赐递给奶妈，对驴说："你从她的工钱里扣多少？"

"回太太的话，她吃了我好几天了；都不容易，太太。""好吧，赏你十块钱，从此不许你来找她，我要用着你的时候，打发人叫你去。"太太的官派简直是无懈可击。

驴败下阵来，可是知道自己并没吃亏，太太的办法正碰在痒痒筋上。

驴回去收拾奶妈的东西，太太才开始审核奶妈。奶妈的用处是在那点奶，奶好便是一切，脸长得什么样，脚有多么长，都不成问题。

奶妈已经解开怀，两个大口袋乳。太太点了点头。脸上也没有什么下不去的地方：本来是张长脸，不知怎么发展到腮部又横着去了，鼻下忽然接着嘴，嘴下急忙成了下巴，于是上长下宽，嘴角和眉梢一边儿长，像被人按了一下子的高桩馒头。可是这与奶没关系，故尔下得去。脚不小，脚尖向上翻着，老像要飞起来看看空中有什么。这与奶也没关系，也下得去。

"姓什么呀？"太太问。

"唵？姓纪啊。"大扁嘴要顺着腮滑下去，乐呢。

太太更高兴了，纪妈是初次做事。训练人是一种施展能力而且不无趣味的工作。太太开始计划着怎样训练奶妈。"家里都有什么人呀？"

"唵？"

"不必说这个唵！"

"有老的，有当家的，有小叔，有一个两月的娃子，没饭吃！"纪妈的鼻子抽了抽。

"给他吃吃看。"牛太太很替奶妈难过，可是天赐总得有奶吃，人是不能慈善得过火的。

天赐的小嘴开始运动，太太乐了。天赐有了奶吃，纪妈的娃子没了奶吃，合着是正合适。况且乡下的娃子是容易对付的。"哪村的？"

"俺？"

"说太太，不要这个俺！"

"十六里铺的。"

"哪个十六里铺？"

"黄家镇这边。"

"乡——"太太把个"亲"字吞了下去。不能和奶妈认乡亲。可是心里非常的喜欢。就是得清一色，打算齐家治国平天下都是一理。"我说，"太太一边叫，一边找了牛老者去，"我说，你打哪里找来的奶妈呀？"太太不放心：假若老伴儿特意找来她的乡亲，即使是出于有意讨好，也足见他心里有个数儿。

"怎么啦？"老头儿不晓得出了什么毛病。"周掌柜给找的。"

"啊，没什么。"太太想着别的话："我给他起了个名字，天赐；小名福官，天官赐福。"

"天官赐福？很好！"

天赐大概是有点福气，什么都是歪打正着吗。

三　子孙万代

　　牛老太太的黄净子脸上露出点红，不少的灰发对小髻宣告了独立，四下里搭落着。一对陷进点去的眼发出没尽被控制住的得意的光，两只小脚故意的稳慢而不由的很忙叨。她得住了个施展才能的机会；英雄而得不到相当的机会，像千里马老拴在槽前。她预备天赐的三天呢，这与其说是为天赐，还不如说是为她自己；办三天不办，天赐一点也不在意，反正他有了纪妈那两口袋奶，还有什么可虑的呢。牛老太太得露一手。多少年了，老没个事儿办，这个机会不能轻易放过。

　　带领着老刘妈、四虎子和牛老者，她摆开了阵式。牛老者不反对，可是没想到事情会这么复杂。他以为办三天不过是请上几家亲友，叫厨子做上几桌鱼肉多而吃完非睡觉不可的菜而已。太太告诉他的事，他简直莫名其妙。事多去了，拿叫厨子这一项说，就够写一本书的。几件小烧，几个饭菜，几件冷晕，几道点心，几个大件，哎哟，太太好像是要开饭馆子。菜定好，登时就是怎样赁桌椅，而桌椅上还要铺垫呢，而铺垫也有种种呢。牛老者做了一辈子生意了，没有一项生意像办三天这么复杂的。他的脑子仿佛要肿起来，直嗡嗡的响；只能照计而行，太太说什么是什么吧。太太有嘴，他有腿，跑吧。跑得太累了，他会找个地方睡会儿去，省得回到家中又被派出来。太太手下的几员大将，数他不中用。

　　老刘妈，别看快七十了，是非常的努力。一夜的工夫把桌子的铜件全擦得像电镀的，椅垫子全换了新套。她的脚太吃力，可是有摔几个跟头也不灰心的坚决。她的眼虽都睁着，可是左边那只和瞎了一样，只管流泪，不负其他一切的责任。但这不成问题，左眼不中用，右眼便加倍的努力：歪着头，用右眼盯着东西，擦，洗，缝，补，嘴还唧唧的出声，颇像小鸡歪头出神的样子，可是没闲着。她不能闲着。她得捧姑奶奶一场。

　　刘妈打内，四虎子打外，这小子的腿好似是机器。从一方面说，牛太太对他很失望。他从十二岁便在牛宅，太太本想把他训练成个理想的仆人。四虎子干脆不受训练。二十岁了，还是用嘴呼吸气，鼻子只管流清汤。说话永远和打架一样，没有一句和气的。眉头子拧着，冬夏常青的脑门上出着汗。在另一方面讲，牛太太不能免他的职。他是她的亲戚，况且他忠实。办事不漂亮，可是不惜力呢；为买一斤白糖，他能来回跑六趟。这虽然费点工夫，可是跑得是他的腿，太太也就不便太挑剔了。他永远不等听明白了就往外跑，而后再跑回来问，要不然怎么老出汗呢。

纪妈以奶娃娃为正业，所以太太没派她什么别的差事。可是奶娃娃也得有个样儿，得加紧训练。怎样抱娃娃，怎样称呼人，怎样立着，太太一丝不苟的全教导下来。两天的工夫，纪妈的脚尖居然翻的减少了度数，而每一张嘴会想把"唵"改成"太太"。穿上了新蓝布裤褂，头也梳整齐，除了嘴角还一时紧缩不来，看着实在有个样子了。

至于咱们的英雄，也真算露脸，吃的香，睡的好，尿的勤，哭得声高，仿佛抓住了生命而要及时的享受。他一哭，六只小脚全往这儿跑，纪妈先到，太太居中，刘妈殿军。一人有一种慰问，可是他全置之不理，任情的哭下去，直到口袋乳送到唇边为止。他晓得他是英雄，是皇帝。

三天到了。老鸦还做着梦呢，牛家的人就全起来了。世界上的人虽多，但是自家添人进口到底是了不得的事。细想起来，自要你注意自家的事，也就没那么大工夫再管世界了。牛老太太的自私是很有理的。一个娃娃的哭声使全家颤动，必须充分的热闹一回，孩子哭继以狗咬，生活才落了实。牛老太太高兴，她的儿子必须是全家大小与亲戚朋友的欣喜的中心。她自己打扮停妥，开始检阅部下：牛老者的马褂没扣好，首先挨了申斥。四虎子的耳朵上竟自还有泥，男人简直没办法！老刘妈都好，就是直打哈欠；太太本想叫大家早起，为是显着精神，敢情有的人越早起越不精神；理想与事实常这么拧股着。纪妈很不坏，就是不大喜欢，大概是想起自己的娃娃；这是她自己找别扭。天赐还睡呢，可是全份武装在半夜里已经披挂好：全是新的，头上还戴了小红帽，帽沿上盯着金寿星看着十分的不自然，可是很阔气。

检阅完毕，天还没亮呢。借着烛光，太太指挥着陈列礼物。牛老者的朋友大多数是商人，送来的多半是镜框和对联。镜框中的彩画十张有九张是"苏堤春晓"，柳树真绿，水真蓝，要是不从艺术上看，颜色的浓厚倒颇有可取；苏堤上立着个打洋伞的大姑娘，比柳树高着一头，据牛老者看这很有画意。框子可是不同，有的是斑竹的，有的是黑木头的，有的是漆金的。太太把漆金的定为头等，叫四虎子给挂在堂屋的正面，其余的分悬左右。对联都像是一个人写的，文字也差不多，最多的是"买卖兴隆通四海，财源茂盛达三江"。这都挂在东西屋；太太不大喜欢对联，因为与小娃娃没关系。到底是亲戚送来的切于实用，小衣裳、小帽子、小鞋，还有几匣衣料。按着规矩说，应当送小米鸡蛋糕与黑糖，可是大家都知道既非牛太太坐月子，似乎不必这样送。牛太太也很满意。自己既享用不着，都便宜了纪妈，那才合不着呢。这些礼物都摆在堂屋的条案上。陈列妥当，厨子到了，开始剁肉，声势浩大，四邻的识见不广的狗全叫起来。牛老太太叹了口气，这才像回事。打算叫自家威风凛凛，得设法使狗们叫，这才合规矩。

老刘妈的手指全是红的，染了多少红蛋，几乎没人能知道。鸡蛋设若会觉到骄傲的话，这是最好的时机了。就是那小而不起眼的蛋，涂得红红的便也登时显着特别的体面。况且那些平常和"蛋"发生关系的字眼，在此刻全似乎没有联属，而另有一些以"红"为中心的吉利话儿和它打成一气。老刘妈把染好的蛋都放在铜盘子上，像几盘子什么神秘的宝珠，鲜艳，浓厚，圆满，带着子孙万代的祥气。红蛋预备好，她和太太细心的研究了一番，把洗三该有的东西，如艾子水，如老葱，如带孔的老钱，如烧矾末，全都放在天赐的左右，看起来非常的严重，仿佛生命的开始比一师人马的开拔还要复杂，在一条小生命上的希望是无穷无尽的。

八点以后，亲友陆续的来到。牛老太太接待亲友的神气很值得注意。她的态度便是慈善的本身，笑着，老眼里老像含着点泪光，带出非常感激大家的意思。及至细一看，她是对自己笑呢。她觉到自己的能力，她是叫大家看看她的本事与优越。对那些穷苦一点的亲友，她特别的谦和，假如他们是借了债而来行人情的，那正足以证明她的重要与他们的虔诚。是的，她并没有约请这些苦亲友，而他们自动的赶上前来。无论怎样为难，他们今天也穿得怪干净，多少也带来些礼物，她没法不欣赏他们的努力——非这样不足算要强的人。王二妈的袍子，闻也闻得出，是刚由当铺里取出来的；当然别的物件及时的入了当铺。李三嫂的耳环是银白铜的。张六姑的大袄是借来的，长着一寸多。牛老太太的眼睛把这些看得非常的清楚；很想奖励她们一番，可是她的话有分寸："哎，没敢惊动亲友：这怎说的，又劳你的驾；来看看小孩吧。"她心里明白——"本来没想请你们。"她们也明白，可也另有一派答对："应该的呀，给你来贺喜；要不是那个呀，昨天就来帮助你张罗了；都仗着你一个人，可真不容易！"

说着，来到天赐的展览室，大家一齐失声的"哟！怎么这么胖呀，多体面呀，可是个福相！"

屋里已坐定七八位老太婆与媳妇，把天赐团团围住，差不多都吸着烟卷，都夸奖着天赐的福相，都高声彼此的招呼，都嘴里谈着娃娃，而眼中彼此端详着衣裳打扮。屋里的温度忽然增高十度。后来的继续进来参观，先来的决不想让位；特别是有些身份的人，干脆坐在娃娃的身旁，满有自居子孙娘娘的气概。天赐莫名其妙，只觉得憋闷得慌，再也不能安睡，小眼睛直眨巴，这使大家更加倍的佩服：看这俩大眼睛，懂事似的！

男宾，除了至亲，没有详细参观娃娃的权利，都在东西屋里专等着喝喜酒。牛老者的招待方法与太太的完全不同，绝对没有一定的主意。他想不起说什么好，又觉得一言不发也未必对。他转着圆脸向四面笑，笑得工夫太大了，便改为点点头，点头太多了，便随便的说一句："可不是，""抽烟吧。"头上出了汗，这是个启示："什么时候了，天还这么热！"大家说："你是喜欢的，天并不热。"他哈哈起来。他的身后跟着四虎子，他一说"抽烟吧，"四虎子便把烟递过去——始终没管倒茶，因为主人没说。东西屋里的文化比起堂屋的来要低着很多，牛老太太知道这群土豆子专为来吃饭。她下了命令，先给东西屋开饭。

饭的确不坏，各位掌柜的暂时抛开关于做买卖的讨论，诚心的吃了个酒足饭饱，个个头上都出着热汗，然后牙上插着牙签，腾出手来用热手巾板狠命的擦脑门子。脑门擦亮，扑过烟筒去，吸着烟三三两两的偷着往外溜。

女宾席上可不这样简单，每一桌都至少吃个五六刻钟。这很官样。据牛老太太看。可是，有一点叫她未免伤心：各桌上低声的谈话，她扫听着，似乎大不利于天赐。屋中的光景仿佛忽然暗淡了好多，空气中飘着一片问号。牛老太太张罗着这桌，眼瞭着那桌：张六姑的薄嘴唇动得像是说"私孩子"。李三嫂神出鬼入的点了点头。无论你把谎造得多么圆到，你拦不住人们心里会绕弯。特别是那几位本族的，在牛太太的视线外，鼻子老出着凉气，这些凉气会使她觉得凉飕飕的，好像开着电扇。牛太太的心中不很自在。她知道牛老者是老实头，假如她们把他包围上，事情可就不见得好办。她得设法贿赂她们。天下最有效的办法就是收买；自己吃肉，得让旁人至少啃点骨头，英雄的成功都仗着随手往外扔骨头。自私的人得看准了肉而决定舍了骨头；骨头扔出去，自有自告奋勇愿意当狗的。老太太心中盘算开了：给她什么，给她什么，给她什么，然后对她说什么，对她又说什么，叫她们分离开，而后一一的收拾。先分红蛋，这是个引子，引子是表示吉祥，吉祥的底下再有些沉重的东西，大家的鼻子自然会添加热度而冒出暖气来。

办法果然有效，大家看完洗三还不肯走，等着吃晚饭。牛老太太准知道她们一出大门，鼻子还会凉起来，可是在分别的时候彼此很和气。把客人送了走，她叹了口气，只成功了一半！她问老伴儿看出什么故典来没有，老者抓了抓头，他只看出大家吃得很饱，对于政治，他简直是一窍不通。不过这也好，牛太太正好把事情暗中都办了，叫他去顶着恶名。老太太所没看到的是这个：谁也晓得牛老头是老好子，而她是诸葛亮，聪明人就是有这点毛病，老以自己的藐小当作伟大，殊不知历史上并没有这样的事。要是有的话，人心早变成豆儿那么小了。

不论怎说吧，天赐的存在，是好是歹，已经是公认的了。

自要红蛋被人分去，你想向生命辞职也不容易了！

四　钩儿套圈

　　满月也过了。虽然这应比三天更隆重，可是办得并不十分起劲，牛老太太确是把该堵塞的地方都设法堵住了，可是闲话这条河——像个烂桃——是套着坏的。天赐并没招惹着谁，名誉可是一天比一天坏。只有人是可以生下来便背着个恶名的，咱们还没见过自幼便不甚光荣的猪，天赐这口奶真不容易吃。

　　牛老太太可是很坚决，任凭大家怎样嘈嘈，天赐到底比从亲戚家抱来的娃娃强；楞便宜了外人，就是不跟亲戚合作，大家也只好白瞪眼。可是白瞪眼也不是全无影响——满月办得不甚起劲。眼虽白瞪，究竟是瞪了，无论怎说也有点别扭。英雄不是容易做的呀。

　　不用管这个了，反正满月已过，是好是歹得活下去了。专把洗三满月做得非常美满，而后便一命归西，也没多大意思。生命的最大意义仿佛就是得活那么几十年，要不然便连多糟蹋粮食的资格也得不到。天赐决定活下去，这是很值得赞美的。自然活下去也有活下去的苦处，但是他不怕；凡不怕生命的便得着了生命，因为粮食是他糟蹋的。

　　天赐的苦处还真不小呢。按照纪妈的办法，小孩是应当放在个沙子口袋里，过五六天把结成块的沙子筛巴一回，再连同小孩放进口袋去。十六里铺一带等处的弱小国民差不多都是这么养起来的。有的不甘心在口袋里活着，就在口袋里死去，倒也很省事。天赐可没受这个罪，他是官样孩子，不能装口袋而与机器面粉相提并论。他另有种苦处。虽然没装口袋，他的手脚可都被捆了个结实，一动也不能动，像一根打着裹布的大兵的腿，牛老太太的善意，唯恐他成了罗圈腿；后来，天赐的磕膝拧着，而脚尖彼此拌蒜，永远不能在三分钟内跑完百米；这个，牛老太太没想到。没有思想的善意是专会出拐子腿的。

　　手脚既然不能动，只好仗着啼哭运动运动内部了。这也行不通：每逢他一出声，乳头便马上堵住他的小嘴，他只好由哭喊改为哼哼，像个闷气的小猪。第一是孩子不应当哭，第二是纪妈的奶不应当存起来；牛老太太把账永远算得很清楚。设若由孩子的性儿哭，这便是费了孩子的力气，而省下纪妈的乳，按什么经济理论说也不大对。老太太似乎也明白，娃娃是应在相当的时候哭一会儿；但是一想到纪妈那对乳和月间的工钱，不由的她就叫出来："纪妈，孩子又该吃了！"钱不但会说话，而且会逼着人说话，这不能专怨牛老太太。手脚没有自由，被子盖了个严，不准出声，天赐有点起急，可是说不出道不出，只好一赌气子要抽疯。这是娃娃最好的示威运动。可是也怕遇上谁，牛老太太总不听这一套，早就预备好抱龙丸、一捻金、救急散、七珍丹，丸散膏丹，一应俱全。一病就灌！对什么她都有办法，天赐惟一的抵抗是不抵抗，自己翻白眼比有声有色的示威强的多。养孩子的乐趣是在发挥大人的才干；孩子得明白这个，不然便是找不自在。

天赐认了命。一天到晚，吃了睡，睡了吃；睡不着的时候翻翻白眼。吃吃自己的拳头，踢踢腿，他满不敢希望。这么一来，他反倒胖了，这是多么体面呢！不止于体面呀，老太太还叫他"胖乖子"呢！刀把儿在别人手里拿着，你顶好是吃得胖胖的；人家要杀你呢，肉肉头头的，也对得起人；人家要不杀你呢，你也怪体面。天赐教给了我们这个办法，他似乎是生而知之的。

纪妈总算很尽心。但是为了几块子工钱，把自己的娃娃放在沙子口袋里，而来奶别人家的孩子，到底不是——也不应该是——件得意的事。她心中的委屈无处去诉，只好有时候四顾无人，拿天赐出出气。比如给屁股蛋子两掌，或是尿湿而不立刻给换布……虽然都不是照例的课程，不过三天两头有这么一次也够天赐受的。自然，我们无须为这个而悲观；可是生命便是个磨炼，恐怕也无可否认。

老刘妈本是可以和天赐没什么关系的，而且天赐也没故意和她套交情，可是她杀上前来。从牛老太太的眼中看，老刘妈是不可多得的人物；从别人眼中看，老刘妈纵有许多的长处，可是仍不失为走狗。按照走狗分类法说，至少有两大类的：一类是为利益而加入狗的阶级，一类是为求精神的安慰而自己安上尾巴。老刘妈属于第二类。在她年轻的时候，家中倒确是寒苦，非出来挣饭吃不可。到了老年，家境已慢慢转过来，她有孙儿孙女，也有口饱饭吃。但是她不回去。偶尔回家一次，她一年所挣的工钱全花在晚辈身上，给孙子带来城里的玩具，给孙女买来小布人，给儿媳带来针头线脑，细齿的木梳，和做鞋面的零材料等等。大家都很尊敬她。大家还没尊敬完她，她向后转回了城。没有牛太太，她心中就没了主心骨。她得牺牲了一切舒服自在，以便得到精神上的安慰。牛老太太厉害，这使刘妈惧怕，怕得心里怪痒痒的，而后觉出点舒适痛快。有时候帮助太太去欺侮老爷、四虎子，或是门外做小买卖的，更使她的精神有所寄托——她虽然不是英雄，到底是英雄的助手，很过瘾。她越上年纪，这股子劲越增高，好像唯恐一旦死了而没能完成走狗的使命。她不是为金钱，而是为灵魂，她的灵魂会汪汪的叫，除了牛太太没人能把她吓止住。

太太有了少爷，老刘妈更高兴了；就是两眼全瞎了也不能辞职。设若太太是子孙娘娘，她必得是永远一旁侍立的仙女，给娘娘抱着娃娃。不过，纪妈来了；一个大打击。走狗最怕后补的走狗，而且看谁都是正往外长尾巴。和纪妈一块吃饭的时候，她嫌纪妈的嘴太大。嘴太大根本没有在城里做事的资格。况且纪妈老委委屈屈的呢，这更使她非常的生气。她不能明白为什么在牛太太手下而还觉着委屈，这简直是不要脸。老刘妈可以算是忠诚的人了，她只希望一个人的成功，不许大家诉委屈，因为那一个人的成功便是她的成功，虽然她未必得到物质上的好处，可是充分的过了狗瘾。她不能看着抱娃娃——太太的娃娃——而觉着委屈的纪妈而不生气。

但是她没法把纪妈赶了走，因为娃娃必须吃奶。前后这么一想，她除了看不起纪妈之外，还附带着不大喜欢天赐。天赐设若真是英雄好汉，据她想，就根本不能吃纪妈的奶。这个，她可不敢明言。当牛太太夸奖天赐的时候，她便多少给纪妈加上几句不大受用的话，而极力的奉承天赐。赶到太太对天赐有所不满的时候，她便也顺口答音的攻击这个娃娃。她是走狗中的能手。

纪妈受了老刘妈的气，也许是更爱天赐一点，也许在天赐身上泄怒，而天赐的屁股又加多了被拧的机会。生养在一个英雄——不管是多么大小的英雄——的手下，得预备好一座硬屁股，这是必需的。

天赐已会笑了。纪妈不大注意他的笑，她专留神他的哭；他不哭，她便少受申斥。天赐许多的笑是白费了事，没人欣赏。老刘妈瞎着一只眼，看不清娃娃的微有笑意的笑，即使看清，她也不热心的去给宣传。她的耳朵更有用，一听到孩子哭，她便自言自语的叨唠起来：这样的奶妈，老叫孩子哭，没有见过！这虽是自言自语，可是并不专为自己听；太太要是听见呢，自然便起了作用；纪妈听见呢，也好。反正有人听见便好，而她的自言自语是会设法使人听见的。

牛老太太自然喜欢娃娃的笑，可是不知道为什么，有她在一旁，天赐永远不笑。纪妈已经向太太报告过，娃娃已会撇嘴儿微笑。太太不信，而老刘妈以为奶妈是要加入狗的阶级，虚造事实，以便得宠。旧狗遇见新狗比遇见猫还气大，"太太，可得说奶妈子一顿，别这么乱造谣言！我就没看见娃娃笑过一回，哼！"

可是天赐确是会笑，牛老头儿知道。要说天赐已经会认识人，便是瞎话，可是他专爱对老者笑，也许他的圆秃脑袋能特别引起娃娃的注意——假如不能引起成人的趣味。事实给我们作证，多数的小孩喜欢"不"英雄的人。要不然怎么英雄有时候连娃娃一齐杀呢。老者天天要过来看天赐两三次，若遇上天赐正睡觉，他便细细看他的闭成缝儿的眼，微张着的小嘴，与一动一动的脑门，而后自己无声的笑一阵。若赶上娃娃醒着，他把圆脸低下去低声的不定说些什么，反正一句有意思的也没有："小人！小伙计！吃饱了？睡忽忽了？还不会叫爸呀？真有你的！看这小眼，哟，哟，笑了！"天赐果然是笑了，那种无声而微一裂嘴的笑。

牛老者把这个报告给太太。太太心里微酸。纪妈已报告过，她不信；现在老伴儿又来这么说，分明他和奶妈联了盟，他是给纪妈帮忙助威！老太太自己没有看见娃娃笑，谁说也不能算数。"啊，我怎么没看见呢？"太太那对小深眼像俩小井，很有把老伴儿淹死的意思。

"也许是要哭，没准儿。"老者对于未经太太审定的事，向来是抱着怀疑的态度。

"少上纪妈屋里去，老了老了的，还这么枸枸颠颠的！"太太的酸意和真正山西醋一样，越老越有劲。自然，太太不是没有眼睛，不晓得纪妈的吸引力是很弱。不过，她得这么防备一下；英雄的疑虑是不厌精细的。看着该杀的，哪怕是个无害的绿虫儿呢，乘早下手。况且纪妈到底是个女人呀！老头儿听出点意思来，一时想不出回答什么，笑了笑，擦了擦圆脸，啊了两声，看了看天花板，带着圆肚子摇了出去。他一点没觉得难过，可也没觉得好过，就那么不凉不热的马虎过去。

由天赐的笑，牛宅又闹了这么些钩儿套圈。牛老者来看他的次数减少了一半，他只好自己偷偷的笑了。

五　解放时期

　　糊糊涂涂，天赐不折不扣的活了六个月。到这儿，才与"岁"发生了关系。牛老太太训令纪妈一干人等："有人问，说：半岁了。""岁"比"月"与"天"自然威严多多了。天赐自己虽没觉出"半岁"的尊严在哪里，可是生活上确有变动。这些变动很值得注意，怎么说呢，假如人生六月而毫无变动，或且有那么一天，自朝及暮始终没出气，以表示决不变动，这个小人也许将来成圣成贤，可也许就这么回了老家。所以我们得说说这些变动，证明天赐在半岁的时候并未曾死过：传记是个人"生活"的记录，死后的一切统由阴间负责登记。从一方面说，这是解放时期。牛老太太虽然多知多懂，可是实际上一辈子没养过小孩，所以对解放娃娃的手脚，究竟是在半岁的时候，还是得捆到整八个月呢，不敢决定。她赏了纪妈个脸，"该不用捆了吧？在乡下，你们捆多少天哪？"纪妈又想起沙子口袋来："我们下地干活去，把孩子放在口袋里，不用捆，把脖子松松拢住就行。"老太太对纪妈很失望：凡是上司征求民意的时候，人民得懂得是上司的脸，得琢磨透上司爱听什么，哪怕是无中生有造点谣言呢，也比说沙子口袋强。纪妈不明白此理，于是被太太瞪了两眼。

　　到底是老刘妈。太太一问，她立刻转了眼珠——那只瞎的虽看不见东西，可也能转动助威——心里说：往常太太一问，街上有卖粽子的了吧，一定是要开始预备过五月节，或是太太想吃一顿嫩西葫芦馅的饺子。这么一想，便有了主意："少爷不是快八个月了吗？"给太太一个施展学问的机会。"谁说的，不是刚半岁吗。"太太的记性到底是比下人的强。"老这么老颠蒜似的！"

　　"个子那么大，说九个月也有人信！"老刘妈的狗文章不专仗着修辞，而是凭着思想的力量，沉重而发甜，像广东月饼。"其实半岁就可以不用捆了，该穿小衣裳了。"真的，她自己的孩子也是在口袋里养起来的，根本不晓得娃娃该捆几个月；太太既是问下来，想是有意给天赐松绑。设若太太问娃娃该在几个月推出斩首，老刘妈必能知道是应登时绑到法场。

无论怎说吧，天赐身上的捆仙绳被解除下去，而换上了连脚裤。纪妈看出来：六个月的工夫，捆仙绳确是有功效，天赐的腿绝对不能罗圈了，因为脚尖已经向里拐拐着。这回她留了个心眼，没向太太去报告。幸而如此；不然，天赐也许再被捆起来。

好在天赐是男子汉大丈夫，曲线美的曲法如何，他满不在意。反正松绑是件快事，他开始享受。拳头也能放在口中呀着，脚也会踢，他很高兴。

一个哭不好，笑也不好的人，如牛天赐——小名福官——者，顶好别太高兴了。天赐不懂事：两脚踢起，心中一使劲，两唇暴裂，他叫出一声"巴"来。由他自己看，这本是很科学的，可是架不住别人由玄学的观点看。牛老太太以为一个懂得好歹的，官样的娃娃应当先叫"妈"。天赐叫了"巴"。

"巴"者"爸"也；就凭牛老者那个样，配吗？

牛老者自然很得意了。五十多岁才有人叫爸，当时死去也不算冤屈了，况且是没死而当活爸爸呢！他越高兴便越不知道怎样才好，全身的肉都微笑着，而眼睛溜着太太。太太怎看怎以为他不像个官样的爸爸，而这官样的娃娃偏叫他，真使人堵得慌。

老刘妈的尾巴又摇起来了，她歪着头看准了天赐的嘴："叫妈！叫妈！"天赐翻了翻白眼，一声没出，偷偷的把连脚裤尿了个精湿。白活半岁，刘妈心里说。

其实我们的天赐并没白活；再往真切里说点，一切生命向来没有白活的时候。先不用说别的，天赐已长出点模样来；谁能说这六个月的奶白吃了呢？天赐一定是没闲着，别看他不言不语的，对于他要长成什么样必是思想过一番。不然，他为什么长成自己的面貌，而不随便按照纪妈或四虎子的样子长呢？生活是一种创造：红脸大汉拦不住儿子长成白面的书生。

天赐的腿是没办法了，这自然不是他的过错。他的脑勺扁平也不是他自己所能矫正的：牛太太是主张不要多抱娃娃的，六个月工夫，除了吃奶，他老是二目观天，于是脑勺向里长了去，平得像块板儿。现在虽穿上连脚裤，可是被抱着的时候仍然不多。纪妈自然不反对这个办法，牛老太太以为非这样不足养成官样儿子，疼爱是疼爱，管教是管教，规矩是要自幼养好的，娃娃应当躺着，正如老刘妈应当立着。天赐的创造是在脸部。我们现在一点还不敢断定他是个天才，或是个蠢才；不过，拿他自己计划的这张小脸说，这小子有点自命不凡。豪杰有多少等，以外表简单而心里复杂的为最厉害。天赐似乎想到了这个。眉毛简直可以说是被他忘记了，将来长出与否，他自己当然有个打算。眼睛是单眼皮，黑眼珠不大，常在单眼皮底下藏着，翻白眼颇省事。鼻子短而往上掀着点，好像时时在闻着面前的气味。薄嘴唇，哭的时候开合很灵便，笑的时候有股轻慢的劲儿。全脸如小架东瓜，上窄下宽，腮上坠着两块肉。在不哭不笑的时节，单眼皮耷拉着，鼻尖微卷，小薄嘴在两个胖腮中埋伏着，没人知道他是要干什么。脸色略近象牙的黄白，眉毛从略，脑顶上稀稀的爬着几根细黄毛。部分的看来，无一可取；全体的端详，确有奇气——将来成为豪杰与否还不敢说，现在一定不是个体面的娃娃。但是自己能创造出不体面的脸来，心中总多少有个数儿，至少他是有意气牛老太太。

虽然这么说，到底他有点艺术的手段，两腮的肉救了他的命。牛老太太当要对他生气的时候，往往因为那两块肉而把气压下去。官样孩子的基本条件是多肉；有眉毛与否总是次要的。况且"孩大十八变"，焉知天赐一高兴不长出两条卧蚕眉呢。老太太为减少生气，永远先看他的腮。客人呢，自然也找最容易看到的地方来夸奖：看这一脸的肉，有点福气！至于那些不得人心的地方，主人与客人都看得清楚，可是都持着缄默的态度。艺术，由此看来，就是个调动有方；假若天赐把肉都匀到屁股上去，那只好专等挨揍吧。

到了八个月，牛老太太由极精细的观察，发现出来：设若再不把娃娃抱起来，也许那个扁平的脑勺会更进一步把应长在后面的东西全移到前面来，而后面完全空空如也。把脑后的头发要都移植到脑门上来，前面自然威风凛凛喽，而后半一扫光怎样办呢？老太太考虑了许久，才下了第二道解放令：娃娃除在吃奶时间也理合抱一会儿。

随便解放，无论对于什么，是很危险的。最牢靠的办法是一把儿死拿；即使湍急的水会横流，反正不能只淹死一个人。抱娃娃令刚一下来，连四虎子也搭讪着走上前来。更气人的是天赐见着四虎子就往前扑，而且一串一串的喊"巴"！四虎子这小子，别看他楞葱似的，有时候一高兴也能做出巧妙活儿来。不知从哪里学来的，他很会抱娃娃。牛老太太虽然能把四虎子喝出去，可是没法子使天赐明白过来：一个官样的孩子怎能和个老粗相友爱呢。老太太越想把娃娃的身份提高，（而且是完全出于善意，）娃娃偏成心打坐坡，不知好歹。她自然犯不上为这个而想自杀，可是心中真不痛快。她在夏天嘱告四虎子多少回了，穿好了小褂！而四虎子在挑水去或打扫院子的时候，偏赤着背。没办法！现在，天赐又是个下溜子货。况且老太太不是不以身作则呀，顶热的天她也没赤过背，照旧是穿着官纱半大衫，在冰箱旁边的磁墩上规规矩矩的坐着。再说，她也没叫四虎子抱过一回，你说天赐是和谁学的，偏偏爱找四虎子！

老太太可是没完全灰心，该办的还得办，只求无愧于心吧。天赐该种痘了。老太太亲自出马去调查。施种牛痘的地方很多，天赐自然不能上这样地方去，身份要紧。花钱种痘的地方也不少，可是大概分为两派：一派是洋式的，只种一颗，而且不必一定种在胳臂上，腿上也行。一派是老式的，准在左右两臂上各种三颗，不折不扣，而且种的时候，大夫的手不住的哆嗦。她决定抱天赐到打哆嗦的地方去，理由是哆嗦的厉害了，也许应种六颗而种成七颗或八颗；牛痘不是越多种越好么？

择定了吉日，大举的去种痘。纪妈戴上应戴的一切首饰，穿上新衣。老刘妈也愿跟去，一半是走狗，一半是天气已暖，借机会去散逛一番。她也打扮起来。牛太太于装扮得尽情尽理而外，还找出檀香股子的老折扇；还不到拿扇的时节，专为表示大雅。天赐穿了新红洋绉的毛衫，头上的几根黄毛很勉强的扎成一个小辫，专仗着红绒绳支持着。脚上穿了黄色老虎鞋，安着红眼睛，挂白挂须。除了他自己，其余的都很体面。

活该天赐丢人！设若只种一颗，虽然也得哭——种痘而不哭的小儿恐怕是没有哭的本能——但绝对不会把哭的一切声调与姿态全表演出来。种六颗，不哭怎么办呢？好一阵哭，嘴唇好像是橡皮的，活软而灵动。眼中真落了泪，有往鼻子上流的，有在眼角悬着的，还有两三滴上了脑门。老虎鞋也踢掉了一只，小辫也和绒绳脱离了关系。连扁平无发的脑勺都红红的挂着汗珠，像一堆小石榴子儿。由全体上看，整是大败而归的神情。牛老太太要不是心疼扇股子，真想敲他一顿好的。好在医生很坚决，不种齐六颗不拉倒，因为牛太太有话在先：种六颗才送一块钱，短一颗扣大洋一角五分。天赐觉到非抽疯示威不可了，正要翻白眼，六颗种齐了；算是没成了最动心的悲剧。

回来的时候是抄小路走的，天赐还抽答呢！

痘发得不错，只瞎了两颗。天赐大概有点心里的劲儿，他并没大发烧，而且几天的工夫没怎么哭，大概是表示：你要不动我，我本来不愿多费眼泪。

痘儿落了痂，天赐开始喷牙。把"巴"似乎忘了，高兴便缩起脖子，小眼一挤，薄嘴唇一撅，噗！噗完之后，他耷拉着一双胖腮静候有什么效果。果然，大家都想看还包在牙床里的小嫩牙。他不叫看，谁过来噗谁个满脸花。身上的玩艺越多，生活的趣味越复杂；牙已露出一个，他觉得噗噗又太单调了，于是自己造了一种言语，以"巴"为主音，随时加上各种音乐：有时候管牛老头儿叫"嘟嘟",有时候管老刘妈叫"啊",有时候自己作一首诗——"嘟嘟巴巴噗——噗!啊——"用手一指,原来诗中的要意是要出去,上院里玩玩。牛老太太不准,"野小子!看谁敢上院里去!"没办法,他只好继续作诗,嗯,嗯嗯!据四虎子的解释,这首极短峭的诗是骂牛老太太呢。

天赐可是还不会爬。"七坐八爬",老刘妈早就这么预言下了,而天赐决定不与她合作,偏不爬。事实上是这样,他是头沉腿软,没法儿爬。他于是发明了滚,肚子、脊背,来回翻转,会横着移动。有时候利用肚子朝上的机会,小麻雀向空中喷水,直起直落,都浇在自己身上,演习着水淹七军。"这小子官样不了了!"牛老太太心里说。可是四虎子赶上太太不在家的时候,特意过来烦演这一出。"来一个,伙计!来一个直直的!"天赐为表示感激,真来了直直的;四虎子把预备买袜子的钱给天赐买了一对哗啷棒,一个脑子是五个黑豆的小人,头一动就哗啦哗啦的响。这头一批玩具是四虎子的礼物;那些当权的人们谁也没想到这一层!天赐露着小牙叫了四虎子一串儿"巴",老刘妈那只好眼差点也气瞎了!

六　哗啷棒儿

新落花生又下市了，天赐已经一岁。

在他十个来月的时候，纪妈心中已打开了鼓：她真愿回家看看自己的娃娃去，可是她又怕回去。城里的享受和想家的苦痛至多不过是一边儿重，有时候她宁愿牺牲了大米白面与整齐的衣服，而去恢复骨肉团聚的快乐；个人的物质享受没完全克服了她的心灵。（要不怎么老刘妈不喜爱她呢。）难处是在这里：把自己撇开不提；那点钱！那点钱！！那点钱！！！在她看，她自己有了吃喝，她必须把所挣的钱全数交给家中，这才对得起大家。在家中看，她的离开家庭是种高贵的牺牲，可是他们真需要那点钱。她愿意回去，他们也愿意她回来，但感情敌不过老辣的事实，那点钱立在他们与她的中间，像一个冷笑的巨鬼，使他们的血结成冰。她的心拴在她自己的娃娃身上，她的理智永远吻着那几块钱。回去，回去！有时候她跺着脚这样自言自语。可是她真怕——有那么一天还是非回去不可呢！假如天赐断了奶！在十个月左右断奶是常有的事。她常楞着，长嘴闭成一道线，什么也想不出，只有家、钱，家、钱，两个黑影来回的撞她的心。

幸而在十个月左右，牛老太太没有提断奶的事，走狗老刘妈也没提——有多少多少事，该做的事，太太要是想不起，老刘妈便也想不起；有多少多少事，无须办的事，太太自要一提，老刘妈便有枝添上叶；地道走狗吗。她们没有提，纪妈更会闭紧了嘴。可是她想起自己的娃娃，比天赐大着两个月，应当是一生日了。一生日了，自己的娃娃，会走了吧，长了多少牙，受别人的气不受，吃了什么，穿着什么……她看着天赐落泪，在夜间；白天，得把泪藏起来。

对于天赐，她有时候发恨，因为她自己的娃娃；有时候恩爱，因为她自己的娃娃。一想起自己的娃娃，她看天赐只是一堆洋钱，会吃奶的洋钱。可也有时候，她紧紧的抱着他，一个跟着一个的亲嘴，长嘴岔连天赐的胖腮都吸了进去，像虾蟆吞个虫儿似的，弄得天赐莫名其妙。在断奶与失业的恐怖中，她没法不更爱这堆洋钱了。她心中惟一的希望是：假如天赐懂得报恩，而不许她走，她便能多混几个月——长久的计划是不能想的。她加意的看护天赐，而且低声的把委屈都告诉他，他似乎懂又似乎不懂的和她瞎嘟嘟。有的时候，她把娃娃放下，而恫吓着："我走了！再不回来了！"然后走出几步去看看有什么作用。天赐多半是滚起来，抬着头，两手用力支持着，啊啊几声。纪妈心中痛快些——这小子还有人心。不过也有的时候，他手脚朝天，口中唱着短诗，完全不理她；这使她非常的难过，"好东西；我走就是了！"可是她知道那几块钱的价值是不能这么随便舍弃的。她稍微瘦了些。

至于天赐是否爱纪妈呢？很难说。这小子有时候能非常的冷静，两腮一垂，眼角耷拉着，很像个不大得志的神仙，对谁也不表示亲热，特别是对牛太太。在这三个女人中，自然他和纪妈最熟，但熟不就是爱。设若他能爱的话，无疑的他最爱四虎子，其次是牛老者，大概他是愿做个男性的男子汉。可是他也爱花的东西，谁的衣裳上有花，他便扑过去；纪妈看出这个来，她可是不敢穿花衣裳。在她的简单而可敬的心中打算着，假如被辞退，她走的时候须穿上一件花衣。设若天赐能抱住她不放，她的机会便多了些。她想暗中托四虎子把一件蓝布衫卖掉，以便买几尺花洋布；她决不肯动用工钱中的一文。

可是在执行这条计策之前，她觉出她脚下的地已稳固了些。有一天老刘妈病了，得由纪妈下厨房做饭。老刘妈最讨厌别人动她的锅碗刀勺。只要她支持得住，决不肯离开厨房。十回有八回，她有病而不告诉人，怕别人占据了她的地位。由忠诚而忌妒是走狗的伟大，而是圣人的缺点。这回，她可是不能不离开厨房了，因为四虎子发现了她手里拿着炒勺，躺在水缸的前面，嗓子堵着一口痰，一口很有将她憋死的把握的痰。四虎子慌了，慌得惊鸡似的，越嘣越没主意。直到牛老太太来到，他才把老刘妈卷巴卷巴抱到她屋里去。牛老太太开开自己的药库，细细合算了一番，找出一包纸上带"↓"号的丸子来。牛老太太都文雅官样，就是记药包的办法是和送水和卖炭的学来的，在纸上画不同的鸡爪代表药的差别与功用：爪朝上的是妇科药，五爪的是治重病的。五爪丸灌下去，老刘妈喘过口气来，可是仍然不能动弹；太太也明白交派下来：非吃四爪丸不准下地。

这样，纪妈便非下厨房不可了。往常她每每张罗着帮老刘妈的忙，而都被拒绝了；老刘妈的势力范围是不许别人侵入的。四虎子倒能搭把手，如剥剥葱，洗洗米之类的不惊人的工作。可是四虎子是个"小子"呀；同性的不便合作，便给了异性的一些携手的机会。纪妈平日除了看孩子，次要的工作是做些针线活。老刘妈对这个是无可如何的，她的眼已不作脸了。可是她生气：不是她真愿包办一切，活活把自己累死，而是愿意一切都由她监管，她得在事实上算头一份儿。看看太太和纪妈讨论怎么裁，怎么做，完全没她的事，多么难堪！因此，她更得把厨房的门关得严严的了。现在，吃下五爪丸去，任凭纪妈侵略厨房，她觉得生命的空虚，像条一叫便咳嗽的老狗那么卧着。

纪妈自己知道不能和老刘妈竞争，就拿切葱丝说，她一辈子也不用想能切得那么细，像老刘妈切得似的。可是她心中痛快了点，自要一进了厨房，她以为便有可以顶了老刘妈的希望。她一点没有替老刘妈祷告快死的意思，但事实往往使人心硬一些：老刘妈吃了五爪丸，也许……呀！一个人的死会给别人一些希望。

更使她高兴的是天赐表示了态度。她正在煮饭，四虎子奉了太太的命令，调她急速回营，因为天赐和太太闹翻了。四虎子看着饭，纪妈脚尖高伸，脚踵急蹾，头上的发髻一起一落，慌忙的跑来。天赐在床上仰卧，手脚乱蹬，哭得异常伤心，而没有充足的眼泪。

"看这孩子，看这孩子！"牛老太太叨唠着："不跟我，翻波打滚！好的，越大越有样儿了！"

天赐一点也没有把妈妈放在心上，扑过纪妈去，一头扎在怀里，登时不哭了。藏了有一分钟吧，回过头来笑了，眼皮上还悬着两个舍不得走的泪珠。

"从此你就别再跟我，你个小东西子！"牛太太指着他的鼻尖说。

"啊，卜！"天赐毫不客气的反抗。

纪妈没敢做任何的表示，极冷静的守着中立；介乎两大之间，这是最牢靠的办法。可是她心中自在了许多——要是天赐能多来这么几次，她的地位可就稳固多了。

到天赐生日那天，老刘妈才又照常办公，已把五爪四爪三爪等丸药都依次吃过；太太的医术简直比看香的张三姑还高明——这在老刘妈心中是最高的赞扬，因为张三姑能用香灰随便治好任何病症。

天赐的生日有两项重大的典礼，一项是大家吃打卤面，一项是抓周。第一项与天赐似乎无关，而好像专为四虎子举行的。四虎子对打卤面有种特别的好感，自要一端起碗来就不想再放下。据他自己说，本来五大碗就正好把胃撑得满满的，可是必须加上两三碗，因为他舍不得停止吸面的响声；卤面的响声只能和伏天的暴雨相比，激烈而连贯。

　　第二项可是要单看天赐的了。大家全替他攥着一把汗。纪妈唯恐他去抓太太所不愿意叫他抓到的东西，因为他是吃她的奶长起来的，他要是没有起色，显然是她的奶没出息。一个妇人的奶要是没出息？！四虎子另有个愿望，他热心的盼望太太公道一些，把那对哗啷棒也列入，他以为小孩而不抓玩具简直不算小孩，而是个妖精。可是牛太太不能公道了，她早和刘妈商议好应用哪几件东西去试试天赐。太太有块小铜图章，是她父亲的遗物，虽然只是块个人的图章，可是看着颇近乎衙门里的印。太太最注意这件高官得做、骏马得骑的代表物。老刘妈建议：应把这块印放在最易抓到的地方，而且应在印钮——一个小狮子——上拴起一束花线，以便引起注意。其次便是一枝笔，一本小书；二者虽不如马到成功伸手抓印的那么有出息，可是万般皆下品，惟有读书高，笔与书也是做官的象征，不过是稍绕一点弯儿。再其次是一个大铜钱，自从在咸丰年间铸成就没用过，非常的光亮。这是为敷衍牛老者，他是把钱放在官以上的人；天赐既是老爷和太太共同的产业，总得敷衍牛老者一下。

　　至于牛老者呢，他目下以为卤面高于一切，很有意加入一把羹匙，表示有卤面吃的意思——一个人有面吃，而且随便可以加卤，也就活得过儿了。可是他并没向太太去建议，少和太太办交涉是使卤面确能消化的方法，这个人专会为肚子而牺牲了理想。

　　纪妈当然没有发言权。四虎子向老刘妈打听明白，心中觉得不平。这太不公道了。况且怎见得哗啷棒便比铜钱低呢？可是，他自有办法。

　　一个非常美丽的秋天，浅远的蓝天上飞着些留恋的去燕。天赐抓周礼在正午举行，在桂香里飘来一两声鸡鸣。老刘妈把御定的几项物件都放在铜盘上，请太太过目。然后纪妈抱来天赐，他的脸还是耷拉着，仿佛一点也没看出一周年有什么可乐。虽然眉毛已有相当的进步，长出稀稀的几根。可是鼻子更向上卷了些，"不屑于"的神气十足。

　　老爷为保养肚子，带着里边的三碗卤面，已在床上打开了不很宜于秋高气爽的大呼。四虎子请了他一次，他嚷嘟了几声，不知是要添点卤，还是纯粹为嘟嚷而嘟嚷。不管怎样吧，他依旧睡下去。

　　四虎子回来报告：

　　"老爷睡了；我替他吧？"

　　"你是什么东西？"太太说。

　　四虎子也楞住了，他自己不知道他是什么东西——这本是世上最难答的一个问题。可是他搭讪着站在屋里，手按着大褂的口袋，太太也没再驱逐他。

老刘妈比牛太太还热心，一个劲嘱咐天赐，"抓那个有花绳纽的小印，老乖子！"

天赐用小眼看了看铜盘，刚一伸手又缩回去，把大拇指放在口中，好像是要想一想。屋中的空气十分的紧张。拔出手指，放在鼻前端详了一番，觉得右手拇指不高明，把左手的换上来咂着。咂着似乎不大过瘾，把食指探到小白牙的后面去掏，仿佛刚吃了什么塞牙的东西。

纪妈托住了他，往铜盘那边送，大嘴发出极轻微的声儿，就像窗上的纸口，裂得虽大而声儿很细，当风吹过来的时候：抓呀！抓呀！

天赐探着身，看桌上的小胆瓶颇好玩，定着眼珠看，用手指着：啊啊呀呀。对于铜盘一点也没看起。

老刘妈急了，要把着娃娃的手去抓。太太非常镇静的拦住她：等等，看他自己抓什么！

四虎子本没打算出声，可是不晓得嗓子里怎一别扭，嗽了一下。天赐的头回过来，张牙舞爪的往这边扑。这时候，四虎子再也忍不住，把久已藏好的哗啷棒从衣袋里掏出，哗啷了几声。天赐笑着，眼中发着光，鼻旁起了好几个小坑，都盛着笑意，身子往前探，两手伸出去。他要哗啷棒！

太太想喝止住他们，可是说时迟，那时快，花棒已换了手，天赐连踢带跳的摇起来，响成一片。

太太的一对深眼，盯着四虎子，问："花棒，抓花棒，有什么说章呢？"太太的脸要滴下水来。

"说章？"四虎子想了想："爱玩！"

七　两种生活

　　一岁，两岁，三岁，光阴本来对什么都不挂心，可是小猫小狗小树小人全不住的往起长，似乎替光阴作消费的纪录呢。天赐三岁了，看着很像回事儿。他说话，走路，断奶，都比普通小孩晚些，可是到了三岁他已应有尽有，除了眉毛不甚茂盛，别的还都能将就。一个小孩能全须全尾的活到三岁，并不是件容易的事；即使自己努力向善，有时候外来的势力会弄瞎他一只眼，或摔成罗锅儿，或甚至于使他忽然的一命呜呼。所以在自己努力之外，还得有些特别的智慧，能使自己的生长别和外来的势力顶了牛，如两个火车头碰到一处。天赐是值得佩服的，这三年工夫总算对付得不错。

　　牛老太太那份儿热心不止于负使天赐成了拐子腿的责任；专拿他的眉毛问题说，就剃过不知多少回。这个问题就很不易解决，而且很有把脑门剃过大口子的危险。天赐在这种地方露出聪明。原来的局势是：老太太以为非勤剃不可，即使天赐是块石头。而天赐呢，总以为长眉毛与否是他的自由，而且以为还没有到长眉毛的时候。设若这样争执下去，眉毛便一定杳无音信，而刀子老在眼前晃来晃去，说不定也许鼻子削下半个去。天赐决定让步，假装不为自己，而专为牛老太太，把生力运到脑门上去。这不仅是解决了小小的问题，和保全住了鼻子，而是生命哲学的基本招数。要做个狗得先长得像个狗，人也是如此。人家都有眉毛，你没有便不行，在这块没有自由，你想把它长得尖儿朝上像俩月牙似的都不行，要长就得随着大路，天赐明白了这个，所以由牛犄角里出来而到大街上溜达溜达。这未免有点滑头，可是老头儿有几个不是脑顶光光的？棺材里的脑袋多半是光滑的，这是"人生归宿即滑头"的象征。带着一头黑发入棺材固然体面，可是少活了年岁呢！

　　天赐非滑头不可。眉毛算是稀稀的足以支持门面了，还有头发问题呢。特别是那个扁脑瓢上，成绩太坏。还得剃！天下还有比剃头再难过的事？一上手，就把头部洗得和鱼那么湿。而后，按着头一劲儿剃，不准扬脖，不准摇动，不准打个喷嚏；得挺耳受死的装作死人，一点不关心自己的脑袋，仿佛谁把它搬了走也别反抗。偶然一动，头皮来个大口子；而且是你自己的不是。剃过一遍，还得找个二茬，脑袋好像是新皮球，非起亮不可。剃完以后，脑皮干巴巴的不得劲还是小事，赶到照镜子一看，无论多么好脾性的小孩也得悲观：头不像头，球不像球，就那么光出溜的不起美感，只好自比于烫去毛的鸡。头皮若是青青的也还好；像天赐的头皮，灰里发青，起着一层白刺，他简直没法看重自己。

因此，他决定长头发。头发有了不少而仍须剃的时候，他会装病，一听见剃头的唤头响他就宣布肚子疼。我已有了头发，为什么还得剃呢？他自己这样问心，而觉得假装肚痛是可告无愧的。

眉毛头发俱全，脸又出了毛病，越来越黑。一天至少得洗三遍！水本是可爱的，可是就别上脸。水一上了脸非胡来不可，本来脸不是盛水的玩艺。它钻你的眼，进你的耳朵，呛你的鼻子，淹你的脖子，无恶不作。况且还有胰皂助纣为虐呢，辣蒿蒿的把眼鼻都像撒上了胡椒面；你越着急，人家越使劲搓，搓上没完，非到把你搓成辣子鸡不完事，连嘴里都是辣的。不能反抗，你要抬头，人家就按脖子，一直按到盆里，使你的鼻子变了抽水机。也不能不反抗，你要由着性儿叫人家洗，人家以为你有瘾，能干脆把你的脸用胰子沫糊起来，为是显着白，整整糊四五点钟。天赐的办法是不卑不亢，就盼着给他洗脸人生病。事实逼的，连天赐也会发恨。他一点也没觉得脸黑有什么障碍，脸黑并无碍于吃饭。他不知大人们为什么必须他操心。有许多他不能明白的事，而且是别问，问就出毛病。他会学了自己嘟囔，对着墙角或是藏在桌底下，他去自言自语："桌子，你要碰福官的脑袋呀，福官就给你洗脸，看你多么黑！给你抹一条白胰子，福官厉害呀！不是福官厉害，他们跟福官厉害，明白了吧？臭王八！"这最后的称赞，他没肯指出姓名来，怕桌子传给那个人，而他的屁股遭殃。

天赐虽然说不出来，可是他觉到：生命便是拘束的积累。会的事儿越多，拘束也越多。他自己要往起长，外边老有些力量钻天觅缝的往下按。手脚口鼻都得有规矩，都要一丝不乱，像用线儿提着的傀儡。天上的虹有多么好看，哼，不许指，指了烂手指头！他刚要嚷，"瞧那条大花带儿哟，"必定会有个声音——"别指！"于是手指在空气中画了个半圆，放在嘴边上去；刚要往里送，又来了："不准吃手！"于是手指虚晃一招，搭讪着去钻钻耳朵，跟着就是："手放下去！"你说这手指该放在哪儿？手指无处安放，心中自然觉着委屈，可是天赐晓得怎样设法不哭。他会用鼻子的撑力顶住眼泪，而偷偷的跑到僻静地方去想象着虹的美丽，小手放在衣袋里往上指着。

多了，不准做的事儿多了。另有一些必须做的，都是他不愿意做的。他的小眼珠老得溜着，像顺着墙根找食吃的无娘的小狗。在那可怕的眼线外，他才能有些自由。对那些不愿做而必须做的，他得假装出快乐：当他遵照命令把糖果送到客人手下的时候，他会心中督促着自己："乐呀！福官不吃，送给客人吃。因为妈妈说福官不馋！"把唾沫咽下去，敢情没有糖那样甜！

要是由着他自己的性儿发育，谁知道他长成什么样子呢。他现在的长像决不完全出于他的心愿。三岁的天赐是这个样：脸还是冬瓜形，腮上的肉还堕着，可是没有了那层乳光，而且有时候奔拉的十分难看。嘴唇也没加厚，只是嘴角深深的刻入了腮部，老像是咽唾沫呢——客人来多了，眼看着糖果的支出而无收入，还不能不如此！鼻子向上卷着，眼扣扣着，前者是反抗，后者是隐忍，所以二者的冲突使稀稀的眉毛老皱皱着；幸而是稀稀的，要不然便太露痕迹了。扁脑勺上长出个反骨来，像被烟袋锅子敲起来的。脸上很黑，怎洗也不亮，到生气的时候才显出点黄色。身子似乎太小点，所以显着头更大。拐子腿，常因努力奔走，脚尖彼此拌了蒜，而头朝下摔个很痛心的跟头。因此，他慢慢的知道怎样谨慎，要跑的时候他把速度加在胳臂上，而腿不用力，表示点意思而已。

嘴最能干。他说话说得很晚，可是一说开了头，他学的很快：有些很难表现的意思，他能设法绕着弯说上来。因此，他的话不是永远甜甘；有时候很能把大人堵个倒仰。可是他慢慢的觉悟出来，话不甜甘敢情是叫自己吃苦子，于是他会分辨出对谁应当少说，对谁可以多讲；凡事总得留个心眼儿。对四虎子，举个例说，便可以无所不讲，而且还能学到许多新字眼，如"臭王八"，"杂宗日的"……对牛老太太，顶好一语不发；勤叫着点"妈妈"是没有什么错儿的。

天赐也有快活的时候，我们倒不必替他抱不平。跟牛老头儿上街，差不多是达到任何小孩所能享受的最高点。在出发的时候，他避猫鼠似的连大气也不出，表示他到了街上绝对不胡闹。连这么样，还得到许多蔑视人格的嘱告："到了街上别要吃的！好好拉着爸爸的手！别跑一脚土！"他心里跳着，翻着眼连连点头。一出了大门，哈哈，牛老头儿属天赐管了。"爸，你在这边走，我好踢这块小砖，瞧啊！爸！瞧这块小砖，该踢不该踢？"牛老者以爸爸的资格审定那块小砖："踢吧，小子，踢！"

"爸！"天赐因踢小砖，看见地上有块橘子皮！"咱们假装买俩橘橘，你一个，福官一个，看谁吃的快？"爸以为没有竞赛的必要，顶好天赐是把俩橘橘都吃了。两个橘子吃完，至多也没走过了一里的三分之一。爸决不忙。儿也不慌。再加上云城是个小城，——虽然是很重要的小城——爸的熟人非常的多，彼此见着总得谈几句，所谈的问题虽满没有记录下来的价值，可是时间费去不少。他们谈话，天赐便把路上该拾的碎铜烂铁破茶壶盖儿都拾起来，放在衣袋里，增多自己的财产与收藏。此外，路上过羊，父子都得细细观察一番；过娶媳妇的更不用说。在路上这样劳神，天赐的肚子好似掉了底儿，一会儿渴了，一会儿饿了。爸是决不考虑孩子的肚子有多大容量，自要他说渴便应当喝，说饿就应当吃。更不管香蕉是否和茶汤，油条是否与苹果，有什么不大调和的地方。自要天赐张嘴，他就喜欢，而且老带出商人的客气与礼让："吃吧！苹果还甜呀！不再吃一个呀！"这有时候把天赐弄得都怪不好意思了，所以当肚子已撑得像个鼓，也懂得对爸做谦退的表示："爸！看那些大梨，多好看！福官不要，刚吃了苹果，不要梨！"爸受了感动："买俩拿家去吧？"天赐想了想："给妈妈的？"爸也想了想："妈不吃梨，还是给福官吧。"天赐觉得再谦让就太过火了："爸，买三个吧，给妈一个；妈要是不吃，再给福官。"

爷儿俩在街上便完全忘了时间，幸亏爸没陪着天赐吃东西，所以肚子一觉出空还不至于连回家也忘了。"该回去了吧？"爸建议。天赐的肚子充实："再玩玩，福官不饿。"爸不得已的说出自己的弱点："爸可饿了呢！"儿子又有了办法："吃个梨？"爸摇头："爸要吃饭饭。"爸都好，就是肚子稍微有点缺点；假如爸老不饿，三天不回家又有什么关系？天赐轻轻的叹口气。

快到家了，天赐嘱咐爸："妈要问，在街上吃了什么呀？"他学着牛老太太的语声。"就说什么也没吃，福官很乖，是不是，爸？"

"对了，"爸也觉得有撒谎的必要，"什么也没吃。可是，你别嚷肚子疼呀！"

"肚子疼也不嚷，偷偷上后院去，"天赐早打好了主意。为自己的享受与自由，没法儿不诡计多端。

可是事情并不这么容易。肚子早不疼晚不疼，偏在半夜疼起来。谁敢半夜里独自上后院呢？忍着是不可能的：肚子疼若是能忍住，就不能算是肚子疼了。

次日早晨，天赐的眼睛陷进去许多。牛老太太审问老伴儿。牛老者不认罪："我带出他去，他是好好的；回来，还是好好的；半夜肚疼，能是我的错儿么？"老太太下了令，不许他们父子再上街。牛老者心里非常难过，一个做父亲的不常到街上展览儿子去，做爸爸还有什么意义呢？不该和太太顶嘴，嘴上舒服便是心上的痛苦，他决定不再反抗太太，至少是在嘴头上。

天赐就更苦了：什么也吃不着，一天到晚是稀粥白开水，连放屁都没味。也不准出去，只在屋里拿一点棉花捏玩艺儿，越捏越没意思，而又不敢不捏，因为妈妈说这是最好的玩法吗。

天赐觉得有两种生活，仿佛是。妈生活与爸生活：在妈生活里，自己什么也不要干，全听妈的；在爸生活里，自己什么也可以干，而不必问别人。自然他喜欢爸生活，可是和爸上街的机会越来越少了。次好的是四虎子生活，虽然四虎子不能像爸那样给买吃食，可是在另一方面他有比爸还可爱的地方。就以言语而论：四虎子会说谁也想不起怎说，而且要说得顶有力量的话。他能用一两个字使人心里憋闷着的情感全发出来，像个爆竹似的。一天到晚吃稀粥，比如说吧，该用什么话来解解心头的闷气？四虎子有办法："他妈的！"这三个字能使人痛快半天，既省事，又解恨。还有"杂宗"，"狗蛋"……这些字眼都不需要什么详细说明，而天然的干脆利落，有分量。天赐学了不少这种词藻，到真闷得慌的时候，会对着墙角送出几个恰当的发泄积郁。四虎子，在天赐眼中，差不多是个诗人。

"肚肚，你又饿了？他妈的！那个老东——"天赐回头扫了一眼："狗蛋！"心中痛快多了。

八　男女分座

在天赐断奶之后，纪妈心里愁成个大疙疸。她恨不能飞回家去，看看自己的娃娃，真的；可是她不敢说，到底是娃娃还是工钱更可宝贵。

正在她最害怕的时候，老刘妈又病了，而且病得很重。

牛老太太虽然药多，可是她知道：药治得了病，治不了命。老刘妈是快七十的人。老太太为了难：万一刘妈死了呢，哪去找这么可靠的人？这并不是说，"老"就好，不是；老刘妈的好处是在乎老当益壮。老马要是能照样干活，谁舍得钱去买匹小的呢？况且养着能干活的老马也显着慈善不是？可是老马既然拒绝了吃草，那也说不上不另打主意。走狗的下场头啊！

为思路的顺便，牛太太自然而然的想到了纪妈。纪妈年轻力壮，而且也是乡亲，满可以代替老刘妈。可是纪妈自己有小孩，还能够叫她带来么？叫个不三不四的野孩子和天赐在一块，干脆不行，只能让她"暂代"，至于长远之计——忽然想起四虎子来。给四虎子娶个老婆，岂不一打两用：一来可拢住他的心，二来可以用个女仆，倒也不错。反正四虎子的老婆得由牛宅给娶，他自己没家没业。可是四虎子娶亲后，要是有小孩呢？这么一想，老太太不甚热心了。越是下等人越会生小孩，这使她气恨。好，没使成女仆，倒闹得天上地下都是孩子，那才有个意思呢！不行。

老刘妈的病可不这样犹疑，一天不如一天。四虎子下乡把她的儿子找来。牛太太说得好："要死得死在自己家里。"老刘妈真没想到这个。太太应许了她一口棺材，作为她服务几十年的报酬。

老刘妈走后，纪妈暂行代理。不多的日子，刘妈死了。纪妈能否实任呢？牛老太太没有什么表示。她看纪妈很努力，可是孩子问题不能解决。正在这个时候，乡下送上信来：纪妈的孩子死了。纪妈不敢放声哭，怕主人说丧气，可是两三夜眼泪没有干过。为那几块钱，把人家的孩子奶大，自己的娃娃可死了，死了！她梦见她的娃娃，想着她的娃娃，低唤着她的娃娃；永远不能见面了！她恨她自己，恨她的丈夫，恨天赐；世界上再没有爱。"穷"杀死一切。她两三天没正经吃饭，可是还得给别人做，油腥味使她恶心，使她想把碟子碗全摔了。到底她得横心，钱是无情的。她只得为丈夫奔，为大家想。她得自动的忘了她的娃娃，自己管住眼泪。钱不听，也不原谅，哭声！

她和太太请三天假，回家看看死娃娃。

"那么，你还愿意回来？"太太问。

纪妈用尽了力量回答："愿意！"为那些工钱。命不是肉做的，是块比钱的分量轻的什么破铅烂铁。

太太合算了一番：为四虎子娶老婆得花一百多块。这笔钱早晚是得花的，不错；可是晚一点到底有利无弊。先叫纪妈试试吧："自要你愿意，你就回来，我这也缺人。好在娃娃也死了，你也没的可惦记着了；做几年事也不错，乘着年轻。""没有可惦记着的了！"在纪妈心里来回的响，她的泪不由的落下来；看在钱的面上，她不能否认这句话。

太太还有话呢，纪妈没心去听，可是不能不听着。"你回来，就干老刘妈的事了。话得说明白：以后你可不是奶妈了，我也不能给那么大的工钱。不在乎一两块子钱，规矩是规矩；奶妈照例是挣得多点。我也苦不了你：我这儿饭食不苦，这你知道。你好好干呢，我穿剩下的衣裳都是你的；三节还有赏钱。我不在乎一块半块子钱，我不能叫人笑话我；这城里没有五块钱一个月的老妈子。以后，我给你三块钱，这是规矩。你干的好呢，我再给你五毛点心钱，咱们以好换好。是这么着不是？"

纪妈点头，她说不出话来。在城里这么多日子了，她知道，老妈子的工钱真是三块钱一个月。她什么也说不出，这是规矩！

她走了三天，天赐就开始跟牛太太去睡。他和纪妈的关系，从此，也就说不上是好是坏来。纪妈老有点恨他，她老记着：她的娃娃比天赐大两个月。越看天赐长身量，她越难过——她的娃娃永远不长了。天赐自然是莫名其妙。可是久而久之，他觉到纪妈的眼神有点不大对，不能不躲着她了。不过纪妈也对他有好处，每逢他饿了，眼看着盘中的吃食而不敢要，他便偷偷去找纪妈。在这种时节，她的眼神不对也得算对，她总会给他烤块馒头什么的吃："吃吧，小东西！不饿也不找我来！"天赐没办法，只好先安慰了肚子，而后再管灵魂。他慢慢的把家里的人分为两组，一组男，一组女；女组是不好惹的。

他越大越觉出男女的不同，也越不喜欢女的。当四五岁的时候，牛老太太遇上亲友家有红白事，高兴便带了他去。在出发之前，看这顿嘱咐与训练：

别当着人说饿，别多吃东西，别大声嚷嚷，别弄脏了衣裳；怎么行礼？作一个看看！怎给人家道喜？说一个……而后打扮起来：小马褂，袖儿肥阔而见棱见角，垂手吧，袖儿支支着；抬着手吧，像要飞。长袍子，腰间折起一块还护着脚面，不留神便绊个跟头。小缎帽盔，红结子——夏天则是平顶草帽，在头上转圈。这样装束好，他的脸不由的就拉得长长的；通体看来：有时候像缩小的新郎官，有时候像早熟的知县。他非常的看不起自己，当这样打扮起来。出大门的时候，他不敢看四虎子，准知道四虎子向他吐舌头呢。

在家里差不多快叫女的给摆弄碎了；到了外面，女人更多，全等着他呢。"哎哟，福官长这么高了！这个小马褂，真俏！"他只好低着头看自己的鞋尖，脸上发热。家里的女人在后面戳脖梗子："说话呀！处窝子！"他想不起说什么，泪在眼里转圈。而后，人家拍他的扁脑瓢，专为使小帽盔晃动，因为那里空着一大块。扒拉他的脸蛋，闻他的手；怎么讨厌怎办，这群女的。

虽然表面上这么表示亲善，可是他看得出她们并不爱他。有妈妈在跟前，大家乖乖宝贝的叫；妈妈不跟着，人们连理他也不理；眼睛会由小马褂上滑过去。更叫他伤心的，他要是跟人家的小孩玩耍，人家会轻轻的把小孩拉走，而对他一笑："待会儿再玩。"他木在那里半天不动，马褂又硬整，很像个没放起来的风筝。他不知这是因为什么，不过他——四五岁了——觉出有点什么不对的地方来。他只能自言自语的骂几声："妈妈的！"

等到回了家，还得被审："谁跟你玩来着？"

"小秃；刚玩一会儿，小秃妈把小秃拉走。"

"呕！呕呕！"妈妈连连点头，脸上不是味儿。爸要是带他出去，便没这些事。爸给亲友贺喜或吊祭去，只是为吃。在路上父子就商议好：你爱吃丸子，是不是？好吧，爸给多夹几个。吃完饭上哪儿呢？出城玩玩？还是上老黑的干果子店？要是上老黑哪里去，爸可以睡个觉，而天赐可以任意的吃葡萄干、蜜枣；而且伙计们都愿陪着他玩：在柜里藏闷儿，拔萝芭，或是赌烟卷画儿。男人们不问这个那个的。况且老黑还有一群孩子呢。这群孩子中能走路的全不常在家。不过，要赶上他们在家，那个乐趣差不多和做一回皇上一样。这群孩子永远不穿小马褂，脚老光着，而经验非常的丰富。男的和女的一样。全知道城外的一切河沟里出产什么，都晓得怎样掏小麻雀，捉蜻蜓，捞青虾，钓田鸡，挖蟋蟀……他们的脸、脖子、脊背，都黑得起亮；有泥也不擦，等泥片自己掉下去，或是被汗冲了走。

天赐跟他们玩半天，才知道自己的浅薄，而非常高兴他们的和蔼可亲。

他们都让着他，比如捉老瞎的时候，他要是被捉住，该打十板就只打五板，可是打得一样的疼。天赐忍着痛，不哭；他晓得他们的打手板是出于诚意，打得不疼还打个什么劲？他们诚意的告诉他，小马褂不是人穿的。假如出城去掏麻雀或捞青虾，可能穿着马褂吗？说得他闭口无言，而暗恨妈妈。提到了妈妈，他们更有办法："妈妈？妈妈的腿慢呀。一打就跑；妈妈追不上。"

"妈妈要不给饭吃呢？"天赐问。

"就不吃！非等妈妈来劝不可。"

"妈妈要是不来劝呢？"

"先偷个馒头垫垫底儿。"

听了这个和一些别的，天赐开始觉到该怎样做个男子。和爸回家的时候，先得了爸的同意——在路上不用穿小马褂了。爸不反对。到了家中，他预备扒袜子，看光脚行得开行不开。把袜子扯下来，先到厨房探探纪妈的口气。

"你这孩子，找打呢！"

天赐心里说："打？我会跑！"假装没事似的往妈妈屋中走，鼻子卷起高度的反抗精神。

"越学越好了！"预期的雷声到了："谁兴的光脚啊？"天赐沉着应战，假装没听见。

"说你哪！穿上去！"

"不爱穿！"

妈妈气得脸都白了。"好，好！你可也别吃饭！""先偷个馒头垫垫底儿！"天赐自己知道非失败不可了。不行，到底自己没那么多的经验！男子汉恐怕做不成了。结果，还是穿上了袜子，托纪妈给说的情，自己认了罪，才吃上了饭。肚子饱得没什么味儿，可是也没办法。妈妈到底不是好惹的，而肚子又不给自己作脸，失败！

天赐苦闷，没有小孩和他玩。大门成天关得严严的，而院里除了他都是大人。四虎子虽然可爱，究非小孩。天赐常常见着老黑的那伙儿女，可惜是在梦里！

他只好独自在院中探险。大门里是四虎子的屋子，他常来玩玩，特别是妈妈睡午觉或不在家的时候。和这间屋子联着的是三间堆房，永远锁着。四虎子抱起他从窗纸的破处看过一回，里边的东西复杂而神秘。这是牛老者营商的史料保存所：招牌、剩货、帐竿……全在这儿休息着。天赐对这三间屋子有点怕，又愿进去拾些玩具，可是进不去。对着这三间堆房是个小屏风门，进门便是三合房的院子了。北房前有两株海棠树，这有时候供给他一些玩的材料。有一回，树上落下两个小青海棠来，他和它们玩了整整三点钟。从北房与东房的拐角过去，有个小院。这个拐角，据天赐看，是军事上的要地：倒水的、送煤的、纪妈……都得由此经过，他常想藏在垛子旁边"哕"他们一声，吓他们一大跳。可是他哕过纪妈一次，而她把茶碗撒了手；所以他只能常"想"。小院里有三间屋子，纪妈住一间，厨房住一间，煤住一间，按照他的叙述法。

　　他一天到晚就在这个小世界里转，虽然也能随时发现些新东西，可是没人和他一同欣赏；遇必要时，他得装作两个人或三个人，从东跑到西，从西跑到东，以便显出生命的火炽。及至跑累了，他坐在台阶上，两眼看着天，或看着地，只想到："没人跟你玩呀，福官！"

九　换毛的鸡

黄绒团似的雏鸡很美，长齐了翎儿的鸡也很美；最不顺眼是正在换毛时期的：秃头秃脑翻着几根硬翅，长腿，光屁股，赤裸不足而讨厌有余。小孩也有这么个时期，虽英雄亦难例外。"七岁八岁讨狗嫌"，即其时也。因为贪长身量而细胳臂蜡腿，脸上起了些雀斑，门牙根据地作"凹"形，眉毛常往眼下飞，鼻纵纵着。相貌一天三变，但大体上是以讨厌为原则。外表这样，灵魂也不落后。正是言语已够应用的时候，一天到晚除了吃喝都是说，对什么也有主张，而且以扯谎为荣。精力十足，在万不得已的时候才翻着跟头睡觉；自要醒着手就得摸着，脚就得踢着，鞋要是不破了便老不放心。说话的时候得纵鼻，听话的时候得挤眼，咳嗽一声得缩缩脖，骑在狗身上想起撒尿。一天老饿。声音钻脑子，有时候故意的结巴。眼睛很尖，专找人家的弱点：二嫂的大褂有个窟窿，三姨的耳后有点泥……都精细的观察，而后当众报告，以完成讨厌的伟业。狡猾，有时也勇敢；残忍，无处不讨厌。天赐到了这个时期。七岁了。两腮的肉有计划的撤去，以便显出嘴唇的薄。上门牙一对全由他郑重的埋在海棠树下，时常挖出看看。身量长了不少。腿细而拐，微似踩着高跷。臂瘦且长，不走路也摇晃。小眼珠豆一般的旋转。鼻子卷着，有如闻着鼻梁上那堆黑点。扁脑飘摇动得异常灵便，细脖像棵葱。

牛老太太对这个相貌的变化并不悲观，孩子都得变。她记得她的弟弟，在八九岁的时候整像个瘦兔，可是到了十六岁就出息得黄天霸似的。这不算什么。

她没想到的是这个：以她这点管教排练，而福官不但身体上不体面，动作上也像个活猴。她很伤心。一天到晚不准他出去学坏，可是他自己会从心里冒坏！越叫他老实着，他越横蹦乱跳，老太太简直想不出个道理来。越叫他规矩点，他越棱棱着眼说话，这是由哪里学来的呢？吃饭得叫几次才来，洗脸得俩人按巴着；不给果子吃就偷。胆气还是非常的壮，你说一句，他说两句；要不然他干脆一声不出，向墙角挤眼玩。打也没用，况且一身骨头把人的手碰得生疼。

最气人的是凡事他得和四虎子去商量！原来四虎子看天赐的门牙一掉，不敢再拿他当小孩子了，所以开始应用一个新字儿——咱哥俩。天赐也很喜爱这个亲切有味的字，一出屏风门便喊："咱哥俩说个笑话呀？！"其实四虎子并不会说笑话，不过是把一切瞎扯和他的那点施公案全放在笑话项下。他的英雄也成了天赐的英雄；黄天霸双手打镖，双手接镖，一口单刀，甩头一子，独探连环套！据天赐看，四虎子既有黄天霸这样的朋友，想必他也是条好汉，很有能力，很有主意。

所以他事事得和四虎子商议。四虎子也确是有主意："咱哥俩问你点事，"天赐在这种时节，说也奇怪，能够一点也不讨厌。

"咱哥俩说吧，"四虎子也很真诚。

"想买把刀；街上不是有吗？鬼脸、刀、枪、布娃娃；我不要布娃娃，先买把刀得了。"天赐因为缺乏门牙，得用很大的力量把"刀"说清楚正确，于是溅了四虎子一脸唾沫星子。"妈妈不给钱，怎办？"

"单刀一口，黄天霸，双手接镖？"四虎子点破了来意。天赐笑了，用舌头顶住门牙的豁子。

四虎子想了想："跟爸上街，走到摊子前面，怎说也不再走；看，爸，那刀多好！可别说你要；就是一个劲儿夸好，明白不？爸要是给买了，回来你告诉妈妈，不是我要哇，爸给买的！棱棱着点眼睛说都可以。"

"爸要是不给买呢？"

"不走就是了！"

"镖呢？"

"那不用买，找几块小砖头就行。看着，这是刀，"毛罗子在四虎子的右手里，"往左手一递，右手掏镖，打！练一个！"

天赐聚精会神的接过罗子来，嘴张着点，睛珠放出点光，可是似乎更小了些，照样的换手掏镖。他似乎很会用心，而且做得一点不力笨。

爸果然给买了把竹板刀，刷着银色。在后院里，天赐练刀打镖，把纪妈的窗户纸打了好几个窟窿。他佩服，感激四虎子。凡事必须咱们俩商量，把牛老太太气得直犯喘。

有的时候，老太太还非求救于四虎子不可：天赐已经觉出自己的力量，虽然瘦光眼子鸡似的，可是智力与生力使他不肯示弱。他愿故意讨厌，虽然他可以满不讨厌。事情越逆着来，他越要试试他的力量，他的鼻子不是白白卷着的。恰巧牛老太太是个不许别人有什么主张的人，战争于是乎不能幸免。可是，妈妈与儿子的战争往往是妈妈失败。因为她的顾虑太多，而少爷是一鼓作气蛮干到底。

"福官，进来吧，院子里多么热！"

"偏不热！"天赐正在太阳地里看蚂蚁交战，十分的入味儿。

"我是好意，这孩子！"

"不许看蚂蚁打架吗？！"好意歹意吧，搅了人家的高兴是多么不近情理，况且看蚂蚁打仗还能觉到热吗？

"偏叫你进来！"

"偏不去！"又替黑蚂蚁打死三个黄的。

宣战了！可是太太不肯动手，大热的天，把孩子打坏了便更麻烦。不打可又不行。退一步讲，出去拉进他来，他也许跑了，也丢自己的脸。

"四虎子！"太太在屏风门上叫，不敢高声，怕失了官派。"你跟福官玩玩，别让他在太阳底下晒着。"

四虎子来了，在天赐耳旁嘀咕了两句。

"上门洞说去？"天赐跟着黄天霸的朋友走了。太太不久也学会了这招儿，可是不十分灵验。

"福官，你要是听说呀，我这儿有香蕉！"

天赐连理也不理，谁稀罕香蕉！几年的经验，难道谁还不晓得果子专为摆果盘，不给人吃？妈妈是自找无趣。

为赌这口气，妈妈真拿了根香蕉。嗯，怎样桃子底巴上短了一口呢？三个，一个上短了一口！

"福官！这是谁干的？"

"桃儿呀？"福官翻了白眼："反正，反正我才咬了三口，凑到一块还赶不上一整个！"

妈妈放声的哭了。太伤心了：自己没儿，抱来这么个冤家，无处去说，无处去诉！

天赐慌了，把妈妈逼哭了不是他的本意。拐着腿奔了四虎子去："咱哥俩想主意，妈妈哭了！"

"为什么？"

"我偷吃了桃！"

"几个？"

"三口！"

"怎么？"

"一个上一口，凑到一块还不够一整个；挨打也少挨点！"在桃儿的压迫下，算错了账是常有的事。

他们找纪妈去劝慰太太，太太更伤心了。没法说呀！不能说天赐是拾来的，不能。可是你为他留脸，他不领情。三个大桃，一个上一口！

好容易妈妈止了悲声，天赐和四虎子又作一度详细的讨论。四虎子的意见是"我要是偷，就偷一个；你的错处是在一个上一口！"

"求爸赔上妈妈三个呢？"天赐问。

"也好！"

偷桃案结束了以后，太太决定叫天赐上学；这个反劲儿，谁受得了？

孩儿念书，在老太太看，与其是为识字还不如是为受点管教。一个官样的少爷必得识字，真的；可是究竟应识多少字，老太太便回答不出了。她可是准知道：一个有出息的孩童必须规规矩矩，像个大人似的。因此，她想请先生来教专馆。离着先生近，她可以随时指示方针；先生实在应当是她的助手。

牛老者不大赞成请先生，虽然没有不尊重太太的主张的意思。商业化：他并不能谋划得怎样高明，可是他愿意计算一下；计算的好歹，他也不关心，不过动动算盘子儿总觉得过瘾。他的珠算并不精熟，可是打得很响。太太一定要请先生，也好；能省俩钱呢，也不错。他愿意天赐入学校。这里还有个私心；天赐上学，得有人接送；这必定是他的差事。他就是喜欢在街上溜溜儿子。有儿子在身旁，他觉得那点财产与事业都有了交代，即使他天生来的马虎，也不能完全忘掉了死，而死后把一堆现洋都撒了纸钱也未免有失买卖规矩。可是太太很坚决：不能上学校去和野孩子们学坏！她确是知道天赐现在是很会讨厌，但她也确信天赐无论怎样讨厌也必定比别人家的孩子强。再说，有个先生来帮助她，天赐这点讨厌是一定可以改正的。牛老者牺牲了自己的意见，而且热心帮忙去请先生；在这一点上，他颇有伟大政治家的风度。所以怕太太有时候也是一种好的训练。

牛老者记得死死的，只有"老山东儿"会教馆，不知是怎么记下来的。见着朋友，他就是这一句："有闲着的老山东儿没有，会教书的？"

不久，就找着了一位。真是老山东儿，可是会教书不会，介绍人并没留意。介绍人还以为牛掌柜是找位伙计或跑外的先生呢。及至见了面，提到教书问题，老山东儿说可以试试，他仿佛还记得幼年间读过的小书：眼前的字们，他确是很能拿得起来，他曾做过老祥盛的先生。一提老祥盛，牛老者肃然起敬：

"老祥盛？行了，家去见见吧！老祥盛，"这三个字有种魔力，他舍不得放下："老祥盛的老掌柜，孟子冬，现在有八十多岁了吧？那样的买卖人，现在找不到了，找不到了！"

王宝斋——前任老祥盛的管账先生——附议：孟子冬孟老掌柜那样的人确是找不到了；他死了三四年了。

王宝斋有四十多岁，高身量，大眼睛，山东话亮响而缠绵，把"腿儿"等字带上嘟噜，"人儿"轻飘的化为"银儿"，是个有声有色的山东人。

束脩多少，节礼怎送等等问题，王老师决定不肯说，显出山东的礼教与买卖人的义气："你这是怎么了，牛大哥，都是自己银儿！给多少是多少，给多少是多少；我要是嫌少，是个屌！"王老师被情感的激动，不自觉的说着韵语。

老者本来不敢拿主意，就此下台，回家和太太商议。太太有点怀疑王宝斋的学问与经验。老者连连的声明："老祥盛的管账先生，老祥盛的！"太太仔细一想：没有经验也好，她正可以连天赐带老师一齐训练。于是定了局：每年送老师三十块钱的束脩，三节各送两块钱的礼，把外院的堆房收拾出一间做宿室，西屋做书房，每天三顿饭——家常饭。"就是花红少点！"牛老者的批评是。

"节礼！"老太太不喜欢商业上的名词。"以后再说，教得好就多送。"

八月初一开馆。天赐差不多是整七岁。

十　开市大吉

念书，请老师，不好就打……弄得天赐连饭也不正经吃了。什么是书呢？牛老太太虽然讲官派，可是牛宅没有什么书。牛老者偶尔念念小唱本，主要的目的是为念几行，眼睛好闭上得快一些。一本小唱本不定念多少日子，而且不定哪一天便用它裹了铜板。天赐不晓得书是什么东西，更不知道为何要念它。老师这个字也听着耳生，而且可怕——带"老"字的东西多数是可怕的，如"老东西"、老虎……他得和四虎子商议一番："咱哥俩问你干什么念书？"

"念好了就做官，念不好就挨板子！"

天赐的心凉了半截。"什么是老师呢？"他的小眼带出乞怜的神气，希望老师是种较比慈善的东西。

"老师教给你念书，手里拿着板子。"四虎子不能不说实话，虽然很难堪。

天赐不言语了，含着眼泪想主意。待了半天，他问："我打他行不行呢？"

"不行，他个子大，你打不了他。"

"咱哥俩呢，你帮助我？"

四虎子非常难过，他没法帮助他的朋友；老师是打不得的！他摇头，天赐哭了。

八月初一就快到了！天赐一天问四虎子六七次："还有几天？"

"早着呢，还有三天！"四虎子想给朋友一点安慰，可是到底说了实话。三天！可怜的天赐！"不用怕，下学之后咱们还能练刀玩，是不是？"

这个都没引出天赐的笑来。挨了板子还有什么心程练刀呢！"三天以后，一定是八月初一？"

"一定！"

跑不了了！两个朋友都默默无言，等着大难临头。天赐所有的想象都在活动着：书也许是个小鬼，老师至少是个怪物，专吃小孩，越想越怕，而怕得渺茫；到底不准知道为什么，为什么给小孩请个怪物来呢？为什么必得念书呢？

"就不许咱们玩吗，连好好的玩也不许吗？！"天赐的小心儿炸开了。他直觉的知道玩耍是他的权利，为什么剥夺了去呢？为什么？

四虎子受了激刺，他想起自己的幼年来："你还比我强得多呢！你七岁？我由六岁就没玩过，捡煤核，拾烂纸，一天帮助妈妈做苦工，没有玩的时候。八岁，妈妈死了。"他楞了会儿："八岁，我夏天去卖冰核，冬天卖半空的落花生。九岁就去学徒，小刀子铺，一天到晚拉风箱；后来又去卖冰核，我打小刀子铺跑出来，受不了风箱的烟和热气——连脚上全是顶着白脓的痱子，成片！还挨打呢！十二岁我上这儿当碎催，直到如今！你强多了！别怕，下学之后，我和你玩；不说瞎话！咱哥俩永远是好朋友，是不是？"

天赐得到一点安慰。可是一进里院，这点安慰又难存在了。

"看你还用砖头溜我的窗户不？！"纪妈看天赐到了上学的年龄，怎能不想起自己的小孩；想起自己的小孩还能对天赐有好气？"一天到晚圈着你，叫老师管着，该！看你还淘气，拿大板子打，我才有工夫去劝呢！"

"用你劝？先打你一顿！"虽然这样嘴皮子强，天赐的心中可是直冒凉气。

妈妈还不住的训话呢。越躲着她越偏遇上她，一遇上就是一顿："福官，你这可快做学生了，听见没有？事事都有个规矩。老师可不同妈妈这么好说话，不对就打，背不上书来就打。提防着！好好的念，长大成人去做官，增光耀祖，听见没有？"

天赐不敢不听着，低着头，卷着鼻子，心里只想哭，可又不敢，双手来回的拧，把手指拧得发了白。

爸是最后的希望。纪妈无足轻重。妈妈的话永远是后话：什么长大了做官，什么她死后怎样。四虎子的是知心话，但是他没去请老师，当然他不晓得老师到底怎么样。得去问爸，爸知道。

"爸！爸！"

"怎着，小子？请坐吧！"爸就是爱听"爸"字，喜欢得不知说什么好。

"老师几儿来？"

"八月初一。"

真的！

"老师爱打人呀？"天赐的心要跳出来。

"我不知道。"牛老者说的是实话。据他看，老祥盛的管账先生怪和气的，不像打人的样儿；可是太太设若一张劲托咐，"老山东儿"也未必不施展本事。这个高身量大眼睛的先生，要是打人，还管保不轻。他只顾了讲束脩送花红，始终没想到这个打人的问题。他觉着有点对不起天赐。他不愿意儿子挨打，可又没法反抗太太的管教孩子。他的坏处就是没有主张。"咱们得商量商量。"他道歉似的说。天赐看出来机会，学着纪妈着急时的口气："老师要打我，我就死去！"

"可别死去！"老头儿揪着黄胡子想主意："这么着吧，我先对老师说一声，别打人！他要是打你，我就扣他的工钱！"天赐心里舒服了点。"老师也拿工钱哪，我也先扣他点！"

牛老者又觉得有点对不起王宝斋。左右一为难，想出条好办法来：马马虎虎就是了。妈妈是条条有理，不许别人说话；爸是马马虎虎，凡事抹稀泥。天赐就是在一块铁与一块豆腐之间活了七岁。

八月初一到了！天赐怕也不是，不怕也不是，一会儿以为老师是怪物，一会儿想起扣老师的工钱。

小马褂又穿上了，等着拜老师，天赐像闪后等着雷似的，脸上红一阵白一阵。

老师来了！四虎子报告的时候，声音都有点岔批儿。

天赐不敢看，又愿意看，低着头用眼角儿扫：原来老师是个人，高大，一眼看不到边！

老师似乎没大注意天赐，只对爸妈一答一和的说话儿，声音响亮，屋里似乎嗡嗡的响，天赐只听见了声音，可是听不明白大家是说什么；他觉着非常的慌乱，好像一切熟识的东西都忽然变了样，看着果盘上的鲜红苹果都不动心了。

牛老太太要考考老师，问先念什么书？老师主张念《三字经》，并且声明《三字经》和《四书》凑到一块就是《五经》。

牛老者以为《五经》太深了些，而太太则以为不然："越深越好哇！不往深里追，怎能做官呢！"

这些，对天赐都没意义；下面的几句，他听明白了："王老师，"妈妈的声调很委婉："追他的书是正经，管教他更要紧。自管打他，不打成不了材料！"

"嫩皮嫩骨的！"牛老者低声的说。太太可是没听见。

天赐的心反倒落下去了，跑是跑不了，等着挨打吧，"他妈的！"正在这么个工夫，忽听老师说："先拜圣人吧！"

天赐又吓了一跳，四外找，并不见什么圣人或生人。

牛老太太早就预备好了圣人牌，在条案上供着。牌前香炉蜡签，还有五盘鲜果。牛老者点着高香，插在炉内。牛老太太扯着小马褂，按在垫子上："给圣人磕头，磕九个，心里祝念着点，保佑你记性好，心里灵通！"

天赐看着香光烟雾，心中微跳，明知案上是个木板，可是由不的不恭而敬之，这块木板与普通的木板大有不同，这是圣人！

拜完了圣人该拜老师，王宝斋一劲儿谦恭，可是老太太非请他坐着受礼不可："师父，师父！老师和父亲一边儿大！"王宝斋没的可说，五脊子六兽的受了礼，头上出了汗。天赐莫名其妙，哭也不好，笑也不好，直大口的咽气。

拜完师，参观书房。天赐没顾得看别的，只找有板子没有。桌上放着呢！二寸宽，烟袋那么长。王老师拿起来，抢了抢："真可手，我的伙计！"天赐以为这就开张，嘴唇都吓白了，直往爸身后躲。"老师说着玩呢，说着玩呢！"牛老者连连解说。天赐看老师把板子放下了，又假装的笑了，笑得像个屈死鬼似的。

妈妈去监督纪妈做饭；菜是外边叫来的，四盘四碗四碟，该蒸的蒸，该热的热。纪妈急得直出汗，因为蒸完热完，再也摆弄不像原来那么好看；老太太得自己下手。

牛老者陪着老师在书房说话，天赐穿着小马褂在一旁侍立，来回的换腿，像个要睡的鸡。他们的谈话内容，他不十分懂，可是很耳熟，正像往常爸和客人谈的一样：铺子、行市、牙税、办货、三成利、看高、撒手……这些耳熟而不易明白的字在他们的话中夹杂着：这也许就是书？他想。

王宝斋很能讲话，似乎和爸说得很投缘。王老师本来也是要露一手：他想把牛老者说动了心，拿点钱叫他去开买卖；教书，他满没放在心里。闲着也是闲着，先有个吃饭的地方，慢慢的再讲。

酒饭上来，四虎子一边端菜，一边向天赐善意的吐舌头；天赐可忍不住了，哭出了声。

"别哭哇，小子！陪着老师吃饭呵！"牛老者安慰着儿子。"不吃！不陪！操姥姥！"

"四虎子！带他玩会儿去！"

拉着四虎子的手，天赐把所有的委屈都翻上来，一边抽气一边叨唠，眼泪往小马褂紧滴，滴得带响。

"得，得了！太太可就上前院来，叫她听见又不答应！"四虎子劝着："擦擦眼泪！啊，对了！那天咱们不是说，黄天霸打镖——打谁来着？"

天赐想起黄天霸来，心气壮起了点。四虎子跟他玩了会儿，说："我还得端菜去呢。"天赐也没强留他，只嘱咐："要是有丸子呀，给咱哥俩拿两个来。"四虎子给私运来一个馒头、两个丸子，天赐拿丸子当镖往嘴里打，吃得分外的香甜。第二天开始上书，天赐无论如何也记不住："人之初，性本善。"王老师瞪着大眼睛把嘴唇都说木了，徒弟还是记不住。他本来没有耐性，不过为讨牛老者的好，真不肯和天赐闹起来。他看着天赐怪可怜，本想和他瞎扯一回，又怕牛太太听见。他没想到教书会这么难！没办法，只好死教：人之初，人之初，人之初……说到不知是五百遍还是五百五十遍，他说走了嘴：人之初，狗咬猪！

"老师！我记住了，狗咬猪！"天赐心里非常的痛快："我告诉四虎子去吧！人之初，狗咬猪，人一出来，一瞧，喝，狗咬着一个大母猪！"

王老师不敢高声的笑，憋得反倒要哭。他不能叫天赐出去："人之初，性本善，会说不会？"

"性——善是怎回事？"天赐大着胆问。

把老师问住了："这是书，你得记着，不用问！"

天赐不问了，可是把狗咬猪记得死死的，怎么也改不过口来。王老师出了汗，这要叫老太太听见，像什么话呢？！"先写字吧！"老师想出个主意来。天赐也觉得写字比念书有兴趣：笔、墨、红模子，多少有些可抓弄的，老师先教给拿笔，天赐卖了很大的力量，到底是整把儿攥合适。王老师也不管了：反正这不是个长事，给他个混吧，爱怎写怎写。天赐大把儿握笔，把墨都弄到笔上，笔肚像吃饱了的蜘蛛。然后，歪着头，用着力量，按着红道儿描；一顿一个大黑球，一顿又一个大黑球。描了几个字，墨已用干，于是把笔尖放在嘴里润一润，随着用手背抹了一下，嘴两边全长了胡子。又描了两个，墨色不那么黑了，有点不高兴，于是翻过纸来改为画小人，倒还有点意思。不喜欢谁就画谁，所以画妈妈。画了个很大的头，两个顶小顶小的脚。一边画一边想着"抱着小哭一场！"

王老师始终没管他，看着天花板盘算：牛大哥要能拿三千：倒天利的铺底，就说二千；上千十来块钱的货；收拾收拾门面；不够也差不离；小铺子不坏！书教不了，一天两天的，跟孩子捣乱还可以；整本大套的可干不来！看了天赐一眼，画小人呢！随他的便，爱画就画吧，自要不出声老实着就好。要是倒的话，得趁着八月节前；等钱用，可以贱点。节前倒过来，收拾收拾，报铺捐，等着批，九月初横是能开张了，正好上冬天的货。嗯，得给刘老九写封信，问问毛线的行市。他拿起管笔来，往砚台上倒了点水，把笔连连的抹，抹得砚上直起泡儿。然后，铺好了纸，拉了拉袖子。又在砚抹笔，连抹带摔，很有声势。左手按住了纸，嗽了一口；笔在拇指与中指之间转了几圈。下笔很重，中间细，收笔又重；一收笔，赶紧又在砚上抹；又写，字大而连贯，像一串儿小螃蟹。天赐看入了神。老师写字多么快呢！他不画小人了，也照老师的样儿写字，很快，比老师还快。老师写完一段，低声的念一遍；天赐画了一串黑东西，也哔哩哔哩的念着。这还有点意思。

一直到八月节，天赐并没学出什么来，可是和王老师的感情不坏。人之初还是狗咬猪，又学会好些山东话，什么桌子腿儿（带嘟噜的），银儿，他说得满漂亮。对于王老师的举动，如好拉袖子，用大块手巾擦脑门，咳嗽时瞪眼睛等，他也都学会。写字还是一疙疸一块，画小人可有些进步：满脸只有个嘴的是纪妈，只有眼睛的是王老师。可是一高兴也许把嘴画得很小，比如纪妈责备了他之后，他便把她的嘴画成一个黑豆似的："看你怎吃饭！"

八月节是头一次该送节礼，虽然才教了半个月，但这是个面子。牛太太不送！书才念了两页，净画小人儿，也不打学生，节礼不能送！王老师愿意干的话得另打主意。

"可是福官跟他很好，"牛老者给说情。

"不能由着孩子！"

十一　没有面子

没送节礼，王老师也没什么表示。这叫牛老太太很悲观：有些人是非指着脸子说不可，不懂什么暗示与斗心眼！她得明告诉老师：这个教法不行！她实在不愿这么办，可又无法。

王老师根本就没记着节礼这回事，他急的是牛老者的慢腾腾的劲儿。牛老者对他开铺子的计划完全赞同，也答应下给他出资本，可就是没准日子。他得耐心的等着，求人拿钱不能是件痛快事。他暂且和天赐敷衍吧，多咱钱到手多咱搬铺盖；着急，可是很坚决。牛老太太说什么，他和颜悦色的答应："对！得打！对！得多念！你老放心，牛太太，没错儿！"他知道他不能打天赐，他下不去手。他也知道这简直是个骗局，想起来就脸红，可是无法。钱是不易周转的，不能轻易撒手牛老者。

一直对付到年底，他和天赐成了很好的朋友。《三字经》走得很慢，可是天赐得到好多知识。王老师告诉了他许多事儿：山东有济南府，当铜卖马的秦琼秦二爷家住这里，还有贾家楼，群雄结拜。由这儿就扯到了《隋唐演义》，王老师出去买了一部石印的，以备参考。天赐最佩服李元霸，锤震四平山。此外，老师还说山东有泰山，有青岛，有烟台……都使天赐的想象充分活动开。山、海、烟台苹果……原来世界并不是四合房的院子，院里有两株海棠树！"烟台有多少苹果？"

"开花的时候，一二十里，一眼望不到边，就像地上堆起一夏天的白云！"

"！！！"天赐说不出话来了，他恨不能立刻飞到烟台，看看那一眼望不到边的苹果花。他并不想吃，是要看看那么些花！"比由门口到老黑的铺子还长？"

"长的多！都是花；到了七月，看那些果子吧，青的，半红的，像条花地毯似的，远看着。"

"多么好看！"

"还多么香呢！"

"怎么上山东呢？"

"坐火车。打这里呀，三等票，六块多钱，到济南府。离济南有二百地就是泰山，泰山上，夏天还得穿棉袍子，凉快极了！"

"火车是怎回事？"天赐聚精会神的问。

可惜王老师的科学知识太不高明，他说不上来火车到底是怎回事。他只会形容："一串小铁屋子，屋子里有座儿；啊一响，小铁屋子全你拉我，我拉你，一直跑下去。"形容也好，反正比《三字经》有意思。

这半年就这么下去了，天赐没有学到什么，可是心中觉得宽了，他常想起那一眼望不到边，又美又香的苹果；还有那高入了云的泰山，和小屋子会跑的火车，还有锤震四平山……对于人情，他也领略了一些。他觉到王老师的可爱。老师已经给他买过两本《三字经》了。他沾上唾沫掀书，一掀把书角掀毛了，再掀，落下一块来。掀着掀着，书掉下好些去。老师给买来一本新的！天赐不过意了："这臭书，一掀就撕！"他实在是责备着自己。

"你要轻轻的一划，把书页的尖儿划起来，看，这么着，就撕不了了。"

果然，那样是轻俏而且有意思，第三本《三字经》的字一个也没弄残。偶尔要发疯而狂翻书页的时候，他会管束住自己，这本新书是老师给的："老师，我把那本旧的快翻一回吧？看我能掀得多么快！"于是废物利用，那两本旧的专为过瘾用，呲呲的掀得非常的快，也很满意。

那块竹板还在，可是他已不再怕它，有时候反倒问老师："老师，你怎老不用板子呢？"

"手心痒痒啊？"老师笑了："不爱打人，我家里也有小孩！"

老师不笑了："三的跟你一边儿大。你几月生日？""过了八月节；那回不是老师放我一天学？"

"对了；三的是四月的，比你大。"

"他在哪儿呢？"

"在家里呢。"老师楞了半天才说："做买卖真不容易呀！"

天赐不大明白这是什么意思，可是看得出老师有点不大欢喜，他不往下问了；赶紧磨墨写字，磨得天上地下全是墨。连耳朵后边都有一对黑点。

到了年底，王老师的地位再也维持不住了。牛老太太没说别的：

"二十三祭灶，老师就请吧！"这也就很够了。二十二晚上，他和牛老者见了一面，牛老者背着太太借给他一千块钱。他没叫天赐知道，便搬了铺盖。临走他给了四虎子一块钱："你花两三毛钱给天赐买个玩艺儿，剩下是你的；告诉你，伙计，天赐有聪明！"

知道王老师已经走了，天赐自言自语的在书房里转磨了半天。除了家里的人，王老师是他第一个朋友。这个朋友走了！他不爱念那臭书，他愿听王老师说山东、青岛和烟台苹果。那些事他都记得真真的；可是王老师走了，他只能自己装作王老师，瞪着大眼睛，似笑不笑的，拉拉袖子，告诉天赐："天赐，一眼望不到边，全是苹果！"天赐装得很像，可是往老师的椅子上一看，没了，什么也没有；仿佛在哪儿有点王老师的笑声和"银儿"，只是找不到！"你爱什么不是，偏不给你；你爱谁不是，偏走了！"他自言自语的说。

过了年，来了位新老师，也是老山东儿——四虎子管他叫作"倒霉的山东儿"。这位先生是真正教书的，已经在云城教过二十多年书，大家争都争不到手。云城人不知道米老师的简直很少。米老师的个子比王老师还高，大肚子，脑袋除了肉就是油，身上老有股气味。把他放在哪里，他也能活着，把什么样的孩子交给他，他也会给打闷过去。他没有老婆，似乎天生的不爱女人，专会打孩子。

天赐听说新老师来到，他不像初上学那样害怕了。由王老师的友爱，他断定新老师也必是个朋友。他没有小朋友和他玩，只能希望在成人中找点恩爱。他很高兴的上学。可是一见了米老师，他的心凉了。米老师坐在那儿，压得椅子直响，一脸的浮油，出入气儿的声音很大，嘴一嚼一嚼的嘎唧着，真像个刚出水的鳄鱼。

"拿书来！"米老师的嘴裂开，又嘎唧了几下。天赐颤着把书递过去。

"念到哪儿了？"

天赐翻了两页，用小指头指了指。

"背！"老师的嘴嘎唧上没完了，好像专等咬谁似的。天赐背了几行，打了磕巴。

老师的大手把书一扫，扫到地上："拿去念！再背不上来，十板子，听见没有？"说完，嘴嘎唧着，眼闭上，一动也不动，就那么一篓油似的坐着。

按照妈妈的规矩，天赐不能去拾那本《三字经》，这是种污辱；按着爸的办法，满可以扯着长脸去拾起来。天赐不知怎样好。可是他的确知道，他讨厌这个老师，这个老师不是朋友。看老师的眼是闭着，他想溜出去，找四虎子商议商议。他刚一挪脚，老师的眼睛开了："上哪儿？！"天赐本能的想跑。他已经糊涂了，只想躲开这个老东西。还没跑出两步，他的细胳臂被只胖手握住，往回一甩，他几乎摔倒。"念去！"老师的嘴嗄唧得很快，眼角露出点笑意。天赐决定反抗。他知道这个东西一定比妈妈厉害，但是不能再思索，他有时候不近情理的反抗妈妈，因为妈妈好管事，对这个上手就摔人的东西，他更不能够受。马上决定了，他走，看这个老东西怎样！他本想多一个朋友，谁知道世上有这样的老东西呢？他得反抗，这不是他的过错。他的嘴唇咬上了，翻着小眼珠看了看那堆肉。他慢慢的往前走；跑是没用的，他的腿不跟劲。老师以为他是来拾书，眼角的笑意更大了些。嗯，他还前走！老师的胖腿横在门上。天赐用手去推，用胸口碰，纹丝不动。老师笑得非常得意，这是一种猫对老鼠的戏弄，使他心里舒服。天赐更讨厌他了，下口去咬。老师的笑脸当时变了，一手揪住天赐的领子，一手抄起板子来。天赐较上了劲，他一声不出，可是眼泪直落。

"来！把手伸出来！"

天赐咬着唇，耗了半天，"你敢！"这一声喊得非常的高，本想不哭出声来，可是没法不哭了。

牛老者在家呢，听见喊声跑了过来。

"米老师，孩子还小呢！"牛老者拉住了天赐。四虎子也赶到了，把天赐抱了走。

牛太太也赶来，她责备牛老者不该这样护着孩子，牛老者看天赐那个样，决定和太太抵抗。这回他不能再听太太的话，他不能花钱雇个山东儿专来打孩子。他的态度不但使太太惊异，也使米老师动了气："不干就是了！不打，能教出本事？教了二十多年的学，没受过这个！"

牛太太不能舍弃这样负责的先生，可是老头儿今天似乎吃了横人肉，他一句不饶。正在这么个当儿，四虎子和纪妈都在院里，由四虎子发言，拥护天赐："看谁敢打？不揍折他的腿！"

在历史上，牛太太没经验过这样的革命。她虽尽力保持她的尊严，可是没法拦住大家的嘴。最没办法的是牛老者这次首先发难，她不能当着老师的面打丈夫几个嘴巴，不能。既然治不住丈夫，四虎子等自然就横行起来。连纪妈也向着天赐？这使她想起老刘妈来。纪妈并非一定向着天赐，不过看孩子受气便想起自己的孩子，而觉得孩子是该在活着时疼爱的，等孩子死了再疼就晚点了。牛老太太不便当着老师和男人们吵嘴，她找了纪妈去："有你什么事？

鸡一嘴，鸭一嘴的！做你的事去！"把纪妈喝到后院去，她自己也回了北屋。跟头是栽了，可是不能失了官仪；在北屋等着牛老东西。牛老者也很坚决，坐在书房里不动。米老师有经验，先生和东家不和是常有的事，可是以先生的地位而镇静着，东家也不会马上就把先生赶出去。他还一篓油似的安坐在那里，等着东家给道歉。牛老者没有道歉的意思，吸着"哈德门"一劲儿说："要走就走！要走就走！打我的儿子，不行！"四虎子和天赐还在院里听着，四虎子直念叨："咱们给他一镖！"米老师把二论典故、字汇等收拾起来："好了，牛先生，咱们再见！看好了你的孩子，死了可别怨我！"牛老者的嘴笨，登时还不出话来。四虎子接了过去："走吧，小心着点你的肚子，洒了油可别怨我！"

米老师走后，太太和老爷开了火。牛老者一声也没出，只在心中玩味着胜利的余威。太太声明不再管请先生了，"爱念书不念，爱怎闹怎闹！不管了，管不着！孩子大了没出息，别怨我，我算尽到了心。"

对于天赐，她拿出最客气的严厉：他叫妈便答应着；不叫，她连看也不看，眼睛会由他身上闪过去。她表示不再管他。这是件极难堪的事，但是没法不这样，她的善意没人领略，何必再操心呢？

牛老头儿心里也不好受，他真爱天赐，可是因为儿子而长期抵抗太太也不是办法。为平太太的气，他不大带天赐出去玩。于是天赐便成了四虎子的孩子。半年的工夫，没人再提请先生，他把那点《三字经》忘得一干二净，可是没忘了烟台苹果和米老师的嘎唧嘴。

十二　教育专家

天真是儿童的利器，希望是妈妈的"自己药片"。天赐的天真与妈妈的希望，渐次把家庭间的不和医治好了。妈妈到底还得关心孩子；撒手不管只能想到，事实上是做不到的。天赐还得上学；为闹脾气而耽误了孩子的书是种罪过。牛老太太厉害，可还不这么糊涂。

这次，决定去入学校，据调查的结果，云城最好的小学是师范附小。在这儿读书的小孩都是家里过得去的，没有牛太太所谓的野孩子，学费花用都比别处高。

天赐又穿上了小马褂。有爸送他去，他一点也没害怕，以为这不过是玩玩去。到了学校，爸把他交给了一位先生；看着爸往外走，他有点心慌，他没离开过大人。在家里，一切都有妈管着，现在剩了他自己，他不知怎么才好。也不敢哭，怕人家笑话——妈妈的种种"怕"老在他心里。及至看见那么多的小孩，他更慌了。他没想到过，一个地方能有这么多的孩子，这使他发怵。他不晓得怎样和他们亲近。诚然，他和老黑的孩子们在一块儿玩耍过，可是这里的孩子们不是那样。那些大点的差不多都穿着雪白的制服，有的是童子军，都恶意的笑他呢——小马褂！那些年纪小点的也都看着很精明，有的滚着铁环，有的拍着小球，神气都十足，说的话他也不大懂。这些孩子不像老黑家里的那么好玩，他们彼此也不甚和气："给你告诉老师去！""我要不给你告诉去才怪呢！"老在他们的嘴上。他们似乎都不会笑，而是挤着眼唧咕。那些大的有时候随便揪住两个小的碰一头，或是捏一下鼻子，而后唧咕着走去，小的等大的走远才喊："给你告诉去！"小的呢，彼此也掏坏，有的用手指挖人家脚脖子一下，假如那位的袜子有个破口；有的把人家的帽子打在地上："赔你一个，行不行？爸爸有的是钱！"而后童子军过来维持秩序，拉过一个来给个坡脚；被踢的嘟囔着："还是他妈的童子军呢！"童子军持棍赶上来："哎，口出恶言，给你回老师去！"他们吹哨，他们用脚尖跑，他们唧咕……天赐看着，觉得非常的孤寂。他想回家。那些新入学的，都和他差不多，一个个傻子似的，穿着新衣，怪委屈的。他们看着大孩子们买面包、瓦片[1]、麻花等吃，他们袋里也都有铜子，可是不敢去买。一个八棱脑袋的孩子——已经念了三年书，可是今年还和新生们同级——过来招呼他们，愿意带他们买点心去，他们谁也不去，彼此看着，眼里含着点泪。

摇铃了，大孩子都跑去站队，天赐们楞着。有个很小的，看人家跑他也跑，裹在人群里，摔了一交，哭成人阵。八棱脑袋的又来了，他是学识不足而经验有余，赶着他们去排班。先生也到了，告诉他们怎排，大家无论如何听不明白。先生是个三十来岁的矮子，扁脸，黑牙，一口山西话。他是很有名的教员，做过两本教育的书。除了对于新学生没有办法，他差不多是个完全的小学教师。天赐不喜欢他的扁脸。排了好大半天，始终没排好，他想了会儿，自己点了点头。他一个个的过去拉，拉到了地方就是一个脖儿拐："你在这儿涨着！"大家伙并不明白"涨着"的意思，可是脖儿拐起了作用，谁也不再动了。先生觉得这个办法比他的教育理论高多了，于是脖儿拐越打越响，而队伍排得很齐。再排一回，再排一回；有个小秃尿了裤子。天赐也憋着一泡，怕尿了裤子，于是排着队，撩着衣襟，尿开了。别人一看，也撩衣裳，先生见大事不好，整好队伍先上了厕所。先生的教育理论里并没有这一招儿，他专顾了讲堂里边的事，忘了学生也会排泄。

上了讲堂，天赐的身量不算矮，坐在中间。他觉得这小桌小椅很好玩，可是坐着太不舒服。先生告诉大家要坐正，大家听不明白，先生又没了办法，还得打脖儿拐。"绳子坐正！"拍！"绳子坐正！"拍！然后他上了讲台，往下一看，确是正了，他觉得有改正教育原理的必要。他开始训话，"买第一册国翁，公明，算数；听明白了没有？一仍做一绳白制服，不准疮小马褂；听明白了没有？"他把"没有"说得非常的慢，眼珠还随着往一边斜，他觉得这非常像母亲的说话法，小孩子听了必定往心里去。"明白了没——有——"大家发楞。

磨烦到十点半钟，天赐一共挨了五六个脖儿拐，他觉得上学校也没什么意思。他也不敢反抗，因为别人都很老实地受着，这当然不是一个人的事，他不敢有什么表示。况且八棱脑袋的还告诉他："今个都好，就是脖儿拐没有去年的响！"天赐的想象又活动开：山响的脖儿拐大概也很有意思。看见爸来接

---

[1] 瓦片，形状像小瓦片的烤点心。

他，他觉得上学更有意思了：看见的事太多了，简直报告不过来。本来在家里只能跟四虎子瞎扯，而所扯的全是四虎子的经验。现在他自己有了经验，这使他觉到自己的尊严，连挨脖儿拐都算在内。

"爸，人家都买面包吃，晌午我也买吧？爸，有一小孩尿了裤子，我没有。爸，别穿小马褂了，人家都穿白的——白的——爸，有一小孩把人家的帽子打在地上。爸，老师说话，我不懂，八棱脑袋的也不是懂不懂；横是他懂，嘻！爸，还排队，拍，打我脑瓢一下，我也没哭。爸……"爸有点跟不上趟了，只一个劲的"好！""那就好！"拉着天赐，天赐不住的说，眼看着爸的脸，不觉的就到了家。

顾不得吃饭，先给四虎子说了一遍。然后给妈妈也照样说了一回。妈妈说都好，就是不穿小马褂没道理。

刚吃完饭，就张罗上学。他准知道学校里有许多可怕的人与事与脖儿拐，可是也有一些吸力，叫他怕而又愿去，他必得去看那些新事和他的小桌小椅。他必须亲手去买个面包吃！在家里永不会有这些事。

上过一个礼拜的课，天赐的财产很有可观了：白制服、洋袜子、黄书包、石板、石笔、毛笔、铅笔、小铜墨盒、五色的手工纸、橡皮……都是在学校贩卖部买的，价钱都比外边高着一倍，而且差不多都是东洋货。牛老者对于东洋货没有什么可反对的，他抱怨这个价钱。并不是他稀罕这点钱，他以为学校里不应当做买卖；学校把买卖都做了，商人吃什么？牛老太太另有种见解：学校要是不赚钱，先生们都吃什么呢？孩子为念书而多花几个钱是该当的，这是官派。天赐不管大人的意见怎样，他很喜欢自己有这么些东西。最得意的是每天自己亲自拿铜子买点心吃，爱吃什么就买什么，差不多和妈妈有同样的威权。

在同学里，他不大得人心。在家里他一人玩惯了，跟这群孩子在一块，有的时候他不知怎样才好，有的时候他只看自己的玩法好，别人都不对。有时候他没一点主意，有时候他的主意很多。他没主意的时候，人家管他叫饭桶；他有主意的时候，人家不肯服从他。所以常常玩着玩着，人家就说了："没天赐玩了！"他拿出反抗妈妈的劲儿："我还不愿意玩呢！"于是他拧着手，呆呆的看着人家玩耍，越看越可气；或是找个清静没人的地方，自己用手工纸乱折一回，嘴里叨唠着。还有个大家看不起他的原因，他的腿慢。连正式做游戏的时候，先生也循着大家的请求："我们这队不要天赐，他跑不动！"两队分好，竞赛传球或是递旗，天赐在一旁呆着。有时候他不答应："我能跑！我能跑！"结果，他努力太过而自己绊倒。慢慢的他承认了自己的软弱。看着大家——连先生！——给得胜的英雄们鼓掌，他的薄嘴唇咬得很紧。他不能回家对四虎子说这个，四虎子老以为他是英雄，敢情在学校里不能和人家一块儿游戏！他只能心里闷着，一个人在墙根立着，听着大家嚷闹，没他的事。他得学爸爸的办法："也好吧，他妈的！"自然他会用想象自慰，而且附带着反抗看不起他的人："你等着，有一天我会生出一对翅膀，满天去飞，你们谁也不会！"可是在翅膀生出以前，他被人轻视。有的时候，人家故意利用他的弱点戏弄他，如抢走他的帽子或书包："瞎！你追来呀，追上我就给你！"他心里的腿使劲，可是身子不动："不要了，再买一个！"人家把他的东西放在地上，他得去拾起。因此，他慢慢的有点爱妈妈了。妈妈的专制是要讲一片道理的，这群小孩是强暴而完全不讲理。气得他有时非和妈妈讲论一番不可："可以把人家的帽子抢走，扔在地上吗？妈？"妈妈自然是不赞同："坏孩子才那样呢！"他心中痛快了一些，逐渐的他学着妈妈的办法判断别人："这小子，没规矩！"到他自己做了错事，他才马马虎虎。因此，他的嘴很强，越叨唠话越层出不穷。他能把故事讲得很好。

因为讲故事，他得到几个朋友——都是不好动的孩子，有的是身上有病，有的是吃多了动不得。他们爱和他玩，听他瞎扯。他因为孤寂惯了，很会无中生有的找些安慰，所以他会把一个故事拆成俩，或两个拼成一个，他们听得很高兴。在这种时节，他恢复了他的尊严，能命令着他们，调动他们："你别说话！""你坐在这儿！""咱们先点果子名玩，然后我说黄天霸。"大家只好点果子名玩，要不然他不给说故事。他觉得他有点像妈妈了，大家都得听他的。

先生也不很喜欢他，因为他自己的主意太多。爱听的，他便极留心听，他能回讲得极好，如司马光击瓮救小孩，如文彦博灌水取球，如两个青蛙对话。他不爱听的，完全马马虎虎，问他什么他不知道什么。先生教算数，他在石板上画小人；他不爱算数。先生不爱这路孩子，先生愿意学生老爱听他讲，不论讲什么。先生不愿意孩子们大声的笑，除非在操场上。天赐既不能参加游戏，人家越笑他越委屈，所以他有时候在讲堂上笑起来，比如他忽然想起一件可笑的事。他一笑，招得大家唧咕起来——在教室里至多只能唧咕，老师就永远不大笑而唧咕——于是秩序大乱，而天赐被罚，面壁十分钟。他越来越讨厌老师的扁脸，而老师也似乎越来越不爱他的扁脑袋。老师要是有意和孩子过不去还是真气得慌，有时候他被天赐气得吃不下去饭。可是天赐不是有心气老师，他以为老师应当多说些故事，少上点算数，而且脸别那么扁。这孩子对什么都有个主张；你越不顺着他，他就越坚决。只有罚站的时候，他没了主张。大家都坐着，只有他独自向壁，这不大好受。在这个工夫，他马马虎虎了，拉倒吧，就站站会儿去，向墙角吐吐舌头。

这种学校生活叫他越来越"皮"。他得不到别人的善遇，于是他对人也不甚讲交情。他会扯谎，他会在相当的时机报仇，他会马马虎虎假装喊着国文，而心里想着别的事。他也学会了唧咕，用舌头顶住腮，用眼睛笑。

只有和四虎子在一块，他还很真诚，把国文上的故事说给四虎子听，说得有声有色，而且附带着表演："你等等，我给你比方比方。"把击瓮救小孩的故事说到半截，他跑了。一会儿又回来了，袋里装着一块小砖，手里拿着个玻璃杯，杯里满盛着水。把一个粉笔头放在水内："这是小孩，噗咚，掉在水里，喊哪，救人哪——喝，我听见了，我就是司马光。来了，不要紧；看着！"掏出砖头，拍！杯碎了，把粉笔头救了出来。"明白了没有？"

"玻璃杯可是碎了呢？"四虎子说。

"哟！"

商议了半天，还是得跟爸要钱赔上一个杯子。

"可是比方得真好！"四虎子诚心的欣赏这个表演："这件事也体面！"

"哼！老师不叫我细说！我一说噗咚，他就问，书上哪有噗咚？臭老师！"天赐出了口恶气。

十三　领文凭去

　　到了三年级，天赐上学的火劲不那么旺了。上也好，不上也好，他学会了告假。有点头疼，或下点雨，算了，不去了。在家一天也另有种滋味。

　　所以使他松懈的原因是学校里的一切都没有准稿子，今天这样，明天那样，他的心力没法集中，所以越来越马虎。这个学校是试验的，什么都是试验。以主任说，一年就不定换上几个，每一个主任到职任事总有个新办法，昨天先生说上课时要排好，今天新主任来了说上课要赶快跑进去。这个主任注重手工，那个主任注重音乐，还有位主任对大家训话说，什么都是那回事，瞎混吧。有时候试行复式制，两三班在一块，谁也不知干什么好。有时候试验分组法，按着天资分组，可是刚分好组又不算了。主任的政策不同，先生们的教法也不一样。一年换一位先生是照例的事，而一年换三四位先生也常有。一位先生一个脾气，一个办法，有的说书包得挂在身旁，有的叫把它背在身后。天赐有一回把书包顶在头上也并没有人管。书也常换，念书的调子也常改。都是试验。先生与学生的感情也不一样，这位先生爱这几个小孩，过了两天，那位先生爱那几个小孩，好坏并没有什么标准。先生的本领也不一样，而一样的发威，有的先生天生的哑嗓而教音乐，他唱得比压着脖子的虾蟆还难听，可是不准学生笑。有的肥得像猪而教游戏，还嫌学生跑得不快，他自己可始终不动。有的一脖子黑泥给学生讲清洁，有的一天发困给学生讲业精于勤。

　　天赐不知道怎样才好，于是只好马马虎虎。每逢到了暑假前就更热闹了，一大批师范生来实习，一点钟换一位先生。大家哪里还顾得念书，专等给先生们起外号了。实习生有的由老远就瞪着眼来了，到了讲台上，没等学生坐好，就高声喊起来，连教育原理带心理学全给学生说了，直说一点钟。有的一上台就哆嗦，好像吃了烟袋油子的壁虎，一句一个"鄙人"。大家不敢笑，级任先生在一旁看着呢。等大家实习完了，学生也明白先生们才二五眼呢。

　　还有呢，哪位先生都要学生尊敬，可是先生们自己彼此对骂：张先生在课室上告诉学生，李先生缺德；李先生说张先生苟事。等到先生们有运动做主任的时候，那就特别的热闹：学生们得照着先生编好的标语写在纸条上，学生得回家告诉家长拥护王先生或是赵先生。一年说不定有这么几回，每回学生都无须上课一两个星期。学生们也不晓得到底谁好谁坏。一切都在忙乱复杂中，谁也摸不清是怎回事。只有一件事是固定的，就是学生用费越来越高，而学生也越来越多。"费"的名目很多：园艺费、游戏费、旅行费、演讲会费、手工费……费越高学生越多。云城是个买卖城，赚几个钱的商人都想把儿子造就起来，由商而官以便增光耀祖；花钱多的学校必是好学校，所以都争着上这里来。学校呢，得表现成绩以增高信用。除了先生们捣乱，就是开会，开会就又收费。运动会、恳亲会、游艺会、毕业会、展览会，每年必照例的举行。他们的会确是比别处的好，制服齐，学生脸上有肉，花样离奇。这是学生家里老太太小媳妇来玩一天的好机会，她们非常佩服那些先生，特别是自己的小孩参加一项或两项运动或游艺——那点"费"没白花！小六儿会表演"公鸡打鸣"，二狗子居然用三个指头行礼，当童子军！开会前后，没人再看课程表，画图的一天画图，做手工的一天做手工，一个好手儿给大家画，老师做的也写上学生名子，作文是改好了再抄，谁的字好谁抄。天赐没事。运动没他，他的腿不跟劲。游艺没他，他的脸不体面。他会说故事，可是一到台上他就发慌，他不会像别人那样装腔作势。什么也没他，他只和一些"无业游民"随便打转，或在课室温课，赶到回到家中，他给四虎子表演，很能叫好，可是在学校里他没有地位。他慢慢的惯下来，也就满不在意了。他的鼻子卷着，轻视一切，正像个学油子：凡事不大关心，也不往前抢，他混。学校里的会不能不开，学校外的不能不去。提倡国货，提倡国术，提倡国医，提倡国语，都得是小学生提倡。他们提灯，他们跑路，他们喊口号，他们打旗，他们不知道是怎回事。天赐不喜欢参加这些个会，因为他的腿受不了。可是他必得去。人家那长得体面的，或手工图画好的，可以不去；老师们对运动会游艺会等的台柱子特别加意保护；学校外的会是天赐们的事，不去就开除的。他不明白为什么他必得去，去挨挤受冷受热和跑腿。他愿意安安静静的说个或听个故事，可是他必得上那人喊马叫的地方去挤，把灯笼挤碎，纸旗刮飞，嗓子喊干，算是完事。这些会比学校里的还难堪：学校开会，他可以逍遥无事，到图书馆中尽兴的看图画故事，叫他的心里丰富。学校外的会，除了跑酸了腿与跑成土猴，别无作用。

在这种忙乱纷扰中，他平日所要反抗的那些妈妈规矩倒变成可爱的了。他自幼就不爱洗脸，可是经过这么长久的训练他不喜欢自己变成土猴。他嫌妈妈禁止他高声说笑，可是在街上呐喊使他更厌恶。他不愿在家里受拘束，在街上的纷乱中叫他爱秩序。家庭的拘束使他寂苦，街市上聚会的叫嚣也使他茫然。他不知怎样好，他只觉得寂寞，还得马马虎虎，只有马马虎虎能对付着过去一天。他不再想刨根问底的追问，该去的就去，提灯就提灯，打旗就打旗，全都无所谓。

对于同学们，他也是这样，爱玩就玩，不玩就拉倒。有欺侮他的，他要找个机会报复；不能报复的，他会想出许多不能实行的报复计划。他们专爱叫他：拐子腿、扁脑勺！他也去细找他们的特点，拿搧风耳、歪鼻子等做抵抗；不易找到的时候，他只好应用，拐子腿是你爸爸！"他们今天给你一张手工纸，明天就和你讨要，或是昨天托你给保存着一张小画，而今天说你抢人家的东西。他明白了界限，谁的东西是谁的；不要动别人的，也不许别人动自己的。可是把别人的东西弄坏一点，假如没有多大危险，如给帽子上扔把土，或把书摔在地上，是可以做的。大家都以弄脏别人的东西为荣，谁的爸爸更阔，谁便更敢这么做："赔你！赔你！"是他们最得意的口号。那些大学生更了不得，腕上有手表，脚上穿着皮鞋，胸前挂着水笔，他们非常的轻看教员，而教员也不敢惹他们。天赐没有这些东西，妈妈不准小孩子这样奢侈。他很羡慕他们，再也看不起砖头瓦块什么的，这使四虎子很伤心。四虎子一辈子没有想到手表有什么用处，而天赐常和他抱怨："人家都阔阔的，手上有表！"

况且那些有表的学生可以随便上先生们屋里去，随便和先生们说笑，而天赐永没有和先生们说过亲密的话，先生也不拉他的手，也不拍他的脑袋。自然他也会不稀罕这些，可是鼻子终归得卷起很高才能保持自己的尊严。

羡妒和轻视是天然的一对儿。他忌恨人家有手表，同时他看不起老黑的孩子们了。他渴望与他们玩玩，可是机会到了，他又不能跟他们在一块了。原先，他爱他们的自由、赤足与油黑的脊背；现在，他以为他们是野，脏，没意思。他们身上有味，鼻垢抹成蝴蝶，会骂人；而他是附属小学的学生。他不再珍贵他们那些野经验。他知道的事，他们不知道。他们去捉蜻蜓，掏蟋蟀；他会拿钱买蜻蜓与蟋蟀。钱花的多，就买到更大更能咬的蟋蟀。他的同学谁没有几个蟋蟀罐儿，谁稀罕自己捉来的"老米嘴"与"梆儿头"？他不能再和他们在一块儿跑，他穿着雪白制服，他们光着腿，万一被同学看见呢？万一被先生看见呢？他们还捉苍蝇玩呢！先生不是说过，苍蝇能传染病？他们捉到小猫小狗，说不定就给剥了皮；先生不是说，得爱惜动物么？他心里真愿意弄死个小动物，可是他得装出慈善，他是学生！他什么也不真知道，可是他有不少的道理：由先生与同学得来的。这些道理是绝对没错的。由家里带一块点心到学校去吃是"寒蠢"。在学校里买才是真理。看着老黑的孩子们啃老玉米，他硬咽唾沫，也不肯接过来吃，他们不懂卫生！在学校里，比上那些有手表的，他藐小得很，比上老黑的儿女们，他觉出他是了不得的。

到了快毕业，他更觉得不凡。八棱脑袋的，据说，还得留级；别人都可以毕业，得文凭。天赐知道毕业不是什么难事，他准明白：这四年就那么晃晃悠悠的过去了，他并没有什么出奇的地方。可是比起八棱脑袋的来，他觉得到底他是心中有点玩艺；八棱脑袋的算数才得了五分！老师说了：八棱脑袋的设若得十分，就也准他毕业，他偏偏弄了个五分。天赐得了四十五分呢！况且国文是七十五分！豆细工，他拾了别人不要的一个，也得了六十分！他一定可以毕业。连妈妈都尊敬他了，快毕业的学生！他得要一双皮鞋，一管带卡子的铁杆铅笔，一转就出铅，一盒十二色！妈妈都答应了。妈妈得去看毕业会；爸也得去！叫爸穿上绸子大褂。"爸毕过业吗？"他问妈妈。妈妈不能不说实话："爸没有上过学校。"天赐有点看不起爸了："爸的国文没得过分数！"他点头咂嘴的，带着小学毕业生——特别是云城的——那种贫样。

他就是不敢惹四虎子。一来因为他俩平日的感情，二来因为四虎子拿着他的短处。

"咱哥俩问你，"他还用着几年前的言语，"上海在哪儿？"

"上海？离天津不远！"

"你不知道，结了，完了！"

"不知道又怎样呢？"四虎子反攻。

"等我拿国文去，"天赐转了弯。

"没人爱看你的臭国文！我问你，下雨的时候，谁把你背回来？说！"

"咱哥俩呀！"天赐折溜子，知道下大雨要没人背着是危险的。

"结了，完了，"四虎子故意的学着敌人的用语。"少跟我要刺儿；不高兴，背着背着一撒手，扔在河里喂了王八，我才不管什么毕业不毕业！上海在哪儿喽，瞎扯臊！""那反正，反正，结了！"天赐窝了回去。

"别长习气，蒜大的孩子！"

"你才是蒜，独头蒜，蒜苗！"

"去，一边去，不用理我！"

"偏理你！"天赐过去抓四虎子的痒痒肉，四虎子也不笑。天赐没脸，可是知道四虎子没真生气，也心中承认自己是有点装蒜。他从此不再对四虎子施展学问，表示身份。他得真诚的拿四虎子当作朋友。四虎子晓得他的一切。

真毕业了。开毕业会这天，天赐极兴奋。穿上了新皮鞋，胸袋上卡住了一转就出铅的笔。走路很用力，为是增高皮鞋的响声；可惜拐子脚，两脚尖常往一块碰，把鞋尖的皮子碰毛了两小块。一边催妈，一边催爸，去看会。他没觉到学校给了他什么，可是他今天特别的爱学校，学校今天给他文凭——连爸都没得过！四虎子在门口又向他吐了吐舌头。

同班的学友也都打扮的很整齐，差不多都穿着皮鞋，彼此听着皮底子的响声。八棱脑袋的虽然又留级，也穿上皮鞋，看别人毕业仿佛是他的最大快乐。级长——一个小白胖子——拿着张纸，看看，嘴里咕唧咕唧，又看看，又仰头咕唧，脸上一红一白的；他预备"答词"呢。天赐领着妈爸去看成绩。爸看见他的作文——七十五分。

"写的还可以？"妈低声的问。

"不错。"爸心里计算着："七十五分，七钱五，差不多就是一两：比一块现洋还重点呢！"

天赐没敢指出他的豆细工来，虽然也得了六十分，可是不是他自己做的，他觉着有点亏心。他找算数卷子，没有找到，大概六十分以下的都没陈列出来，他很感谢先生们。学友们也都领着家长看成绩。家长们摇着扇子，慢慢的看，"还好！"点点头；卷子拿倒了，学生忙过去矫正。学生的态度也非常的自在，指指这，看看那，偷着往嘴里送个糖豆，顶在腮部，等泡湿了再嚼，以免出声。

开会了。毕业生坐在前面，家长在后边。台上是商会会长，师范校长，和其他的重要人物。先生们坐在台下左右，倒好像学生是商会会长教出来的。

国歌校歌都唱得很齐，还向国旗鞠躬。牛老者本来把草帽已摘下来，见别人戴着帽鞠躬，他又赶紧戴上了。老太太们还没立利落，人家已经鞠完了躬，只好再坐下。抱着小孩的根本立不起来，孩子被前边的人影壁挡住，什么也看不见了，急得哭起来。好几位邻居的老太太帮着劝慰，才住了声。再看台上，附小主任报告呢。主任穿着洋服，说一句话向上翻一下眼，报告了有四十分钟，大意是这些毕业生都是将来国家的栋梁；可是毕业只是学程上的一段落，学问是无穷的……他坐下，师范校长立起来。他说话声音很细小，好似不大耐烦和小学生们说话。可是也说了三十分钟：学业是永不休止，毕业不过是一段落……该商会会长了。鼓掌特别的激烈。会长说着惊人的四书句儿与国文上的名词："学然后知不足，不论是银行的经理，还是古圣先贤，都是这样的。不论在水陆码头，还是商埠，也是这样的。活到老，学到老。诸位是将来的知县，将来的经理，可是得知道，学然后知不足。学是如此，个人的财产也是如此，有一万的可以赚五千；有一万五的赚八千；凑到一块就是两万多！"台下鼓掌如雷，连小孩子们都精神起来，会长趁着机会转了弯："礼义廉耻，国之四维！凡事要拿圣贤的道理作准，圣人的道理就好比商会定的规矩！……"他一共说了四十多分钟。

天赐听着，吃着糖豆。屋里的空气越来越闷，他的眼慢慢的闭上了，牙自动的嚼着糖豆。商会会长下面还有五六位演说的，他都没听见。忽然听见一声："牛天赐！"胁部挨了一肘，他醒过来："我没吃糖豆！"

"拿文凭去！"

十四　桃园结义

　　天赐入了高小。只隔了一个暑假，他的地位可是高多了。他可以不大答理初小那些小鬼了，学校里的一切，他都熟习。他和有手表的们是肩膀一边儿齐了。老师虽是熟人，可是一上课就说给他们——现在是大学生了，不要再叫先生张心，大家须知自重。听了这番话，天赐细看自己，确是身量高了，而且穿着皮鞋！他得知道自重。又赶上这位老师对大家都很好，谁有什么长处他都看得出，他说天赐有思想。这使天赐的脸红起来，脚也发飘。他决定好好的用功。回讲的时候，他充分的运用着想象与种种名词，虽然不都正确与有用，可是连老师带同学都承认了他的口才与思想。他常到图书馆去借小故事书，他成了全班中的故事大王，于是也就交下几位朋友。这些朋友可是真朋友了，吃喝不分，彼此可以到家中去，而且是照着"桃园三结义"的图拜过盟兄弟的。一共是五个人，天赐是老三。他很喜欢被叫作"老三"，想象着自己是张飞。大哥的爸爸是在县衙门里做官。天赐去给大哥请安，看到了官宦人家的派头并不和妈妈所形容的一样。大哥的家中非常的脏，乱；使他想不出怎么大哥的制服能老那么白。大哥的妈一天到晚吸着香烟，打着小牌，瓜子皮儿盖满了地。天赐不喜欢脏乱，可是也不敢否认这种生活的正当，因为大哥的妈到底是官儿太太，而大哥自己将来也会做官的。不论怎么说吧，盟兄弟们来往得很亲密，彼此也说着家事。大哥的爸仗着"活钱"进的多，所以妈妈有钱打牌。二哥的爸是当铺的掌柜，所以二哥的身上老有樟脑味儿。天赐也得告诉人家。他开始和妈打听：爸有几个买卖，多少所房子，多少钱。他把妈妈说的都加上一倍：爸有十来个铺子，十来所房子，钱是数不过来的；他想象着曾和爸数过一天一夜的钱，连四虎子也帮着，都没数过来！他也就这样的告诉了他们，虽然觉得有点不诚实，可是怪舒服。他把兄弟们"虎"住了。他们自然也不落后，他的爸越阔，他们的爸也越了不得。大哥的爸甚至于一夜赢了一千多块！这时候大家的想象都在钱上，而且要实际表现出来，大哥今天请大家吃糖；明天，二哥争先的应许大家，他请吃瓦片，每人五块！

可是，不到两个月的工夫，大家都觉得这有点讨厌了。大哥也不怎么看着二哥很不顺眼。恰巧这个时候，二哥告诉四弟："你可别说呀！昨个，大哥的妈上我们铺子当了一个表，而且并不是好表！你可别说呀！"四弟本想别说，可是心中痒痒，于是告诉了大哥。大哥和二哥开了打，把以前彼此请客的互惠都翻腾出来："谁他妈的吃了人家口香糖？""对！也不是谁他妈的要人家的手工纸！"

天赐看不过眼去，想为两位盟兄说和，可是二位兄长都看他更讨厌："你是干什么的？拐着腿！"

于是兄弟五人都"吹"了，手心上一口气，他妈的"吹！""吹？那是！彼此谁再理谁是孙子！"

兄弟五人吹过，开始合纵连横另组织联盟，以便互相抵制。先生们也有在暗中操纵的，使某某几个人联合，以先生为盟主。家长们听说儿子与谁吹了，又与谁合了，也愿参加意见："不用跟沈定好，他家卖米，咱们也卖米，世仇！听见没有？"天赐在这种竞争里，充分的运动着想象：和谁合起来，足以打倒谁。他按照着"木羊阵"等的布阵法设下毒计，怎用翻板暗箭，哪里该设下消息埋伏，又怎样夜走荒郊，探听消息。他想到的比做到的多，可是他自己觉着做了不少；有时候想到便是做了。他想到去探听谁和谁又有新的结合，他心里便作成一个报告：他和他在操场埋下炸弹，或是他请了他摆下天门大阵。这使他自己很恐慌，也有头有尾的告诉别人，于是班中的空气时时紧张起来，而先生骂他"瞎扯！"他也学会怎样估量人的价值：班上有几个永不得志的人，屈死鬼似的永远随着人家屁股后头；他们没有什么可说，说了也没人听。他们永远当"下手"，因为他们的爸爸不高明。谁的爸爸钱少，谁就得往后站。天赐的想象中永远不为他们摆阵设埋伏。

可是，不久他又变了主张。他开始自己读《施公案》，不专由四虎子那里听了。他学会了"锄霸安良，行侠作义"。这更足以使他的想象活动。一个人自己有钱，偏要帮助那穷苦的，这是善心。善心可远不如武艺的更有趣味：一把刀，甩头一子，飞毛腿！一个人有这等本领，随便把自己认为是坏人的杀了，用血在墙上题诗！他觉得班友的合纵连横没意思了；杀几个，或至少削下几个鼻子来，才有价值。但是，他没多大希望，他的腿成不了飞毛腿！纪妈已经封就了他："你呀，属啄木鸟的，嘴强身子弱！"学校里有武术，他只能摆摆太极，两手乱画圈儿；打个飞脚，劈个叉，没他。武术先生说了：曾经保过镖，一把单刀，走南闯北，和"南霸天"比过武。"南霸天"一刀剁来，他一闪身，飞起左脚把刀踢飞！武术先生的确可以行侠作义，看那两条腿！天赐只能在想象中自慰，他想用软功夫，用太极行侠作义：见了恶霸，一刀剁来，他右手一画圈，腿往后坐，刀落了空，而后腿往前躬，依着恶霸的力量用力，一声不响把他挤在墙角，动不了身。是的，太极也行，自己的腿不快，软倒还软！他想好不少套招数，而且颇想试试。顶好是拿八棱脑袋的试手，八棱脑袋的天生的没劲。他右手一画圈，八棱脑袋的给他左脸一个嘴巴。天赐假装笑着，还往后坐腿："你打着了我不是？我是没防备，我这儿练往下坐腿呢！你坐坐试试，能坐这么矮？"八棱脑袋的果然坐不了那么矮，可是天赐脸上直发烧。完了，太极也不中用，他只能在嘴皮子上行侠作义了。他很爱念小小说，甚至结结巴巴的，连朦带唬的，念《三国志演义》。四虎子不能再给他说，他反倒给四虎子说了。最得意的是妈妈有时候高兴，叫他给念一两段《二度梅》。他的嗓音很尖，用着全身的力量念，有不认识的字也没关系，他会极快的想怎合适怎念。念得满头是汗，妈妈给他一个果子："明儿再念吧，天赐。"

年假后开学，天赐读小说的机会更多了。来了两个插班生，其中有一个就是昔年曾与他玩过而被妈妈拉走的那个小秃，现在是叫陆本善。他们是亲戚。学友因合纵连横的关系，彼此侦探家中的情形，而这位亲戚便依着他妈妈的心意把天赐叫作"私孩子"。这三个神秘而又卑贱的字使大家心跳，都用另一种眼神细细重新审定天赐："拐子腿，私孩子是拐子腿的！或者扁脑勺是私孩子的记号？""私孩子"在大家的嘴唇上嘶嘶的磨着，眼睛都溜着天赐，没有人再和他亲近，没有人再约他到家中去玩，没有人再听他的故事。学校，对于天赐，成了一个绝大的冰窖。他们远远的看着他，嘀咕，窃笑。继而看他并不咬人，他们大着胆子挨近他来，碰他一下，赶紧又走开："哟，私孩子身上也有肉，我的乖乖！"他们碰他，挤他，绊他的腿，瞪他，向他吐舌头。天赐恍忽的想起先前自己在家里捏棉花的情形，没有人跟他玩。不过，那时候没有人讥诮他，现在一天看着别人挤眼。他可以忍受孤寂，但是受不了嘲弄。他不晓得到底什么是私孩子。有时候逼急了，他想用武力解决，可是他干不过他们。他的泪常在眼圈里转。"妈！妈！他们叫我私孩子！"他想妈妈必能给他出气。可是妈妈没有什么表示，只极冷静的说："甭理他们！"他向四虎子要主意，四虎子主张："跟他们干，我帮助你，单个的钓出城去，揍！"

天赐很满意这个办法，可是事实上做不到。"我告两天假吧？"他提议。

"你一告假，他们就更欺侮你，"四虎子说："去，天天上学，看他们把你怎样了？太爷不含忽！"

天赐确是有点怕他们了，可是四虎子壮起他的气来，他会消极的抵抗，自幼他就会。他拿准了时间，约摸着快上堂了，他才到。上课的时候他低着头听讲，下课后他独自嚼点什么，仰脸看天。图书馆是他的避难所，要不然就回家来。他就不想交朋友了。念小说，温功课，他觉得出自己的功课有了进步，虽然心里很堵得慌。他会想象，独自个会在心中制造出热闹的世界来。他的心比身强。

只有礼拜天是快活的。爸和妈大概有了什么协定，爸每到礼拜总张罗带他出去玩，而妈并不拦阻。在爸的左右，他忘了想象与计算，爸对什么都马马虎虎。他们爷儿俩在城外，或在戏园，会无忧无虑的发笑。可是赶到在回家的路上，天赐心中的黑影又回来了，他愿和爸谈心。爸在这种时节，能给他一些无心说而有心听的激刺。"管他们呢，"爸会说："管他们呢！一个人自要成了事，连狗都向你摆尾巴。我一辈子马马虎虎，也有好处。你说是不是？"这会儿爸变成极体面而有智慧的人。天赐又想象了：一旦自己成了大事，别人，哼，对我递嘻和[1]，我也不答理！他试着把自己比作赵子龙、秦琼和黄天霸。不，他得是张良，或是朱光祖。他还得上学去，故意的气他们。谁也不理。他匀出点心钱，买了把用洋火当子弹的小手枪。手枪在袋里，手按着枪柄，看谁不顺眼，心里就向他瞄准，而口中低声的：訇！又死了一个！

到了暑假，他考得很好。翻着小眼，他看着同学们。他们的嘴撇得更大了。他们不甘心在私孩子的后面，老师设若愿意干的话，得把天赐降到十名以外；不然的话，他们就退学。他们见了主任。主任嘱咐先生把天赐降到第十五名，原来他本是第四名。胜利是他们的；主任觉得这样办非常的公道，一个被大家看不上的学生当然不能列在前几名的。老师可是同情于天赐，但是他没办法，他不能得罪别的学生；附小向来有这个规矩——榜示的名次是可以随意编排的。天赐哭了。他决定不再上这个学校来。可是妈妈不答应："偏去！偏去！看他们把你怎样的了！你要是不去，那可就栽到了底！咱们还怕他们？你等着，我找主任去，我不把他的学校拆平了！"牛老太太是说得出行得出的。她可以去找商会会长，她在县衙门也有人，她连师范校长都能设法打通。她不

---

[1] 递嘻和，向人笑脸说话，有致歉、赔罪的意思。

能受这个！

天赐见妈妈急了，他反倒软下来。他取了爸的态度。他不愿妈去捣乱；想象使他热烈，也有时使他惧怕，他想象到妈妈打主任几个嘴巴！他还上学就是了；好在隔着一个暑假呢。

暑假里没有同学来找他。他又想起老黑的孩子们来。到底是这些孩子可爱，他们不笑话谁，不挑拨事，他们只知道玩耍。他找了他们去。他们——一共五个，最大的是个姑娘，有十四岁了——同他出城去玩，一天有事情做，没有工夫瞎扯与冒坏。他特别爱这个黑姑娘。她有顶黑的眼珠，黄黄的头发。她现在已不赤背，可是到城外还扒下袜子。那四个男孩完全受她的指挥，他们管她叫"蜜蜂"。

云城的北门外有一道小河，河身不深，水很清，水草随着水溜流着绿叶。河心还浮着金与银的小睡莲，圆叶像碧玉的碟儿。两岸都是杨柳，长条与蝉声织成一片绿的音乐。河边上有小鱼，短苇里藏着小水鸟，风里有各色的蜻蜓。河岸左右都是田地。"蜜蜂"领着他们在河岸上玩，不用带着玩具，动物植物都供给他们一些玩的材料。他们知道什么苍蝇最好钓什么样的蛙，什么树上有长犄角的"花牛"，什么样的蜻蜓是最好的"招子"。天赐跟着他们，忘了学校里的一切，他非常的快乐。他也不嫌他们脏了，他们并不脏，至少是他们的脚，一天不知在水里浸多少次。他们会用裤子做成水骆驼，在河里骑着。那凉凉的水，柳树下的不很热的花树影；脚在水里，花树影在脊背上，使他痛快得大声的喊叫。他们也喊。于是他与"蜜蜂"各领一军作水战。他的想象与设计，使"蜜蜂"佩服他的战略，他也佩服她的勇敢。

他舍不得离开他们，他们也拉着他不放，非到他们家去吃饭不可。他去了。老黑没有理会他，直到快吃完了，才问"蜜蜂"，怎么多了一个孩儿？哎呀，原来是福官来了！你看大家这个笑！

十五　天罗地网

第二学年的开始，天赐不打算再上学。妈妈有点犯喘，说是被他气的。他不敢再别扭，他不肯把妈妈气病了。入学之后，大家对他不像先前那么坏了，因为大家的注意已移到一两个新学生的身上。有一个新学生的姐姐，据说，叫作"大美人"。师范和中学的学生在课后常往那条街上跑，去看"大美人"。他们管"大美人"的弟弟叫作"二美人"。二美人长得很俊秀，头发被油沤的像洋磁盆那么亮。他很老实。大家摸他的脸蛋，抹他头上的油而深呼吸的闻着，抢他的手绢。他不反抗，只在教员休息室门口立着，好避免大家的进攻。天赐讨厌他们的这种行动，可是敢怒而不敢发作。他知道，设若公开的护着二美人，大家一定会把他和二美人放在一类。他心中很难过，可是为自己的利益他不敢主持公道。再动同情心的时候，他得马马虎虎，他得冷静。在作文的时候，他有次把他的愤怒发泄出来一些——他的文字只能说出心中所要说的十分之一。可是先生给他批上："不平之鸣非小学生所宜发；和平实养天机。"先生对于大家欺侮二美人也不管不问，似乎那是该当的。这个，使天赐又想起来行侠作义，他真希望半夜里取下他们的人头，而后留下一张小纸，印着一朵梅花。他花了十个铜子刻了一个小木头戳子——一朵梅。

学校又起了风潮。主任被撤职，教员们拒绝新主任。旧主任本来和学生们没有多少接触，更提不到彼此有什么感情。可是经先生们在教室里一演说，学生们全动了心，甚至于落了泪。先生们说：主任家里有十个买卖，家里的人有五六个做官的，他本人原来就不爱干这个穷事，可是他为教育，为学生而牺牲，放着知县都不做，而来做主任。这样的人不应当拥护么？再看新主任吧，一个穷光蛋，父亲是个木匠，木匠！

没有说完，大家已经决定了，附小绝对不能要木匠的儿子来做主任！谁的爸爸也比木匠高，甚至于二美人的爸爸也比木匠高。云城里，木匠是没有地位的。拥护主任，主任要是走了，太阳就没法再出来了。学生家长一律气炸了肺，什么？木匠的儿子？太好了，再等两天，打扫茅厕的还做主任呢！绝对不行！

课不上了，标语写了两刀多纸：誓死反对小木匠；拥护革命的主任……课虽不上，大家可是都得上学。全体童子军一律拿木棍当纠察。有不来的便是走狗；打倒小木匠的走狗！其余的学生分为文牍股、庶务股、交际股、宣传股、会计股、侦探股、卫生股、交通股、八大股。一年级的小学生也分在各股服务。天赐被分在侦探股。这股的办事细则还没拟好，不过主要的工作已派定：校里校外探听消息，随时报告给先生们。股员有四十多人，有在厕所里巡逻的，看见有人去挤尿便得报告，而一二年级的小学生这两天因为没事可干，常常去挤点尿解闷，于是被报告的不少。天赐看不起这种工作，可是这紧张的空气激动了他的想象，他想到些别人没想到的危险与阴谋。他专在主任室外巡视，生怕房脊上偷爬着穿夜行衣靠的来行刺。越看那个屋脊，这越有可能。他偷偷的去裁了些小纸，印上一朵梅的暗号，并题上"狗主任，一刀一个不留情！"主任室门上，教员休息室内一带等处，都贴了一张。然后他拿着一张去报告："报告，有行刺的！"先生到各处一找"无名帖"，全学校的脸色全变白了。天赐立刻成了英雄。大家争着问他："你是看见了吗？"天赐的薄唇用力缩紧，一字一字的往外爆："主任的房脊上，俩背单刀的！"一个传十，十个传百，没有半天的工夫，已经成为"牛天赐说的：他看见十个背单刀的！"听说的唯恐不确，必须亲自来问："你是看见十个背单刀的吗？"天赐不便否认，"还许是十一个呢，跑得太快，都是飞毛腿，不容易数，准得是十一个！"天赐的名誉恢复了，他一点也不能是私孩子了，谁也没这么说过；他是朱光祖了。主任亲派他为侦探股副主任。连主任上厕所都有十个纠察随着，怕那里有行刺的。天赐向来没呼吸过这么甜的气，他并没把副主任搁在心上，而所喜的是他可以随便运用想象，想象出来的不但使别人惊恐，连自己也害怕。他会由闹着玩而渐变为郑重其事的干，他觉得真有刺客埋伏着了。他向先生们建议：得把武术先生请来教给大家打镖。这又是独到的，谁也没想起武术教员来——教员们平日是不大看起他的。教员们也都佩服了牛天赐。

正在这个当儿，真正严重的消息来了：新主任已跟县里接洽好，要带二十名保安队来武装接收！大家向武术教员要主意，他说他一个人能打四十个小伙子。他是铁布衫、朱砂掌，刀枪不入。可是待了一会儿，他偷偷的溜了。他一溜，大家更恐慌了。开了全体大会，一年级的小学生吓得直尿裤子，当时由卫生股去相机处理。自然教员出了好主意：门口安电网。初级的学生暂放三天假。高级的全得带武器来，在电网后堵防。学生登时都回了家去拿兵器，有的就没敢回来。天赐非常的热烈，他管电网叫作天罗地网，这必会拿住几个妖精。他把旧竹板刀找出来，没告诉妈妈，偷偷又回了学校。校门上果然安上了铁丝，可是还没有通上电。天赐抱着竹板刀，在大门内站着，他的眼光四射，薄嘴唇咬着，一心等着厮杀，他十分的真诚。门口来往的人都向大门上细看：电网！电网！这回可有个热闹！这叫天赐的心跳得更快，他是行侠作义的真黄天霸了。到了下午两点，高级生虽只回来一半，可是不能再等了。大门关上，通了电流，天赐听着门外的声音，好像隐隐有天兵天将呐喊！

等到四点不见动静，天赐不耐烦了。散了吧，歇会儿去，他来了爸的劲儿。他上了教员休息室，他是副主任。随便拿起先生们用的茶碗喝了一碗，气魄极浑厚。找了个座儿坐下，把刀顺在腿旁。身上一累，脑子便迟钝，他就想睡觉。他闭上了眼。约摸着有四点半钟吧，他被人唤醒。眼前站着两个保安队！"叫什么？"

"牛天赐，"天赐莫名其妙。

"干什么的？"一个问，一个往小本上写。

"侦探股副主任！"

"副主任，哎？"保安队打量了天赐一下，笑了。"走，回家去！"

"我这儿服务呢！"天赐还不肯走。

"去你的吧，小孩子！"保安队扯着他的肩膀，往外一搡。

到了院中，天赐的心凉了，各处都把上了保安队。原来新主任知道大门有电网，由后面登梯子跳墙进来了。他只好回家吧，虽然很后悔没能厮杀一阵。

过了两天，他到学校去看一眼。门外的标语已经换了："欢迎有革命精神的×主任！""打倒帝国主义走狗的×主任！"他认识这个笔迹，他的级任先生写的。大门的旁边贴着张布告："……牛天赐……等十名，应即开除！"

天赐糊涂了，这是什么把戏呢？再看，不错是他被开除了。他不敢进去质问，门口有个保安队站着，带着枪！

他极慢的走回家去，不敢去告诉妈妈，妈妈这几天不大舒服。可是不能不告诉，这不是丢了一管铅笔什么的那种事。怎么告诉呢？他思前想后，越想越糊涂。不必想了，先看看妈妈去，假若正赶上妈妈喜欢呢，就告诉她。他假装没事人似的进了妈妈的屋中。他的眼神与气色把他自己卖了，妈妈看得出来："福官，学校怎么着了？"

天赐想笑，没笑出来。一个小学生最大的羞辱恐怕就是开除吧？"没，没——"他结巴起来。

"怎么了？福官！"妈妈的神气有点可怕。

"开，开除了！"天赐的头扭在一边。

"谁？你？"

"我！"

妈妈半天没说出话来。养起个官样的儿子，就这样呀！十几年的心血，白费！天赐被人家开除了！但是妈妈必须知道个水落石出，为什么开除呢？

天赐说不上来。

妈妈得到学校去问。为减少对于儿子的失望，妈妈希望这是学校当局的错误。她得去问。假若真是学校不对，她不能这么善罢甘休；她在云城有个名姓！

天赐怕妈妈去，她的身体不大好。可是又希望她去。问个明白。

"走！跟我去！"妈妈很坚决。

天赐知道妈妈的脾气，不敢不去。多么难堪！妈妈去和先生吵嘴；还能不吵嘴吗？平日最应尊敬的不是妈妈与先生么？看着他们吵嘴！他的手哆嗦了。

牛老太太拉着天赐，极官样尊傲的往校门里走。天赐要钻到地里去才好。他受不了这种争斗。他好玩，也可以不玩；玩的时候运用着想象，不玩的时候便马马虎虎；他怕妈妈这种郑重的实际的攻伐。保安警察拦住了他们。

"牛天赐的母亲牛老太太见你们主任！"妈妈一口气而字字清楚的说。

"主任不见，"警察说，神气也够傲慢的。

"你说的？是你——说的？"妈妈的眼盯住了警察的脸，"好吧，咱们县里说去！"

警察毛了。他看了看牛老太太的穿张，开始收兵："看看去，主任也许见。"

"也许干吗？牛老太太赏他脸才来呢，叫出他来！"

天赐觉得妈妈的手拉得更紧了些。他要佩服妈妈，可是不能，他以为这太严重了。

主任出来，把牛老太太让到接待室。

"牛老太太？"主任搓着手。三十多岁，一身洋服，上面安着个虾蟆头，说话吸着气。

"你就是跳墙过来的那个主任呀？"牛老太太眼皮扣着，手放在膝上，声音低而有力，很像位太后。"我不是来求你再收留天赐，听明白了；我来问问你，为什么开除了他？"老太太这才抬起眼皮，看着那个虾蟆头。

主任搓手，吸气，裂嘴，心中很得意：老太太并不要求收回成命，这就好办了；说话好听不好听的，没大关系。虽然如此，他可是一时想不起说什么好。再搓手，吸气，裂嘴。天赐替他很难过。

"是的，是的，"主任搓着手："没什么，老太太请回去吧！"

"你还没说明白呢，"老太太的深眼坑里窝着点黑火："为什么开除了他？"

"是的，教员们的主张，我刚到，不大清楚。"

"看你就露着糊涂样子吗，还清楚得了！"

主任要生气："老太太可也别——"

"别怎样？别？老太太今天高兴来教训教训你！你，就凭你，还有什么蹦儿？！你打听去吧，我有个名姓！我要叫你安安顿顿的做主任，我不算是我妈妈养的！"老太太对于这点并没有把握，可是她知道云城的教员们是不敢惹绅商的。

果然，主任又不生气了；他就怕有家长出来捣乱。同行的捣乱好对付，家长是另一回事；在云城办教育而得罪了学生家长是满有被人推到河里去的危险。他又搓手，很像个不得主意的大苍蝇。"是的，是的，老太太请回吧！我去商议商议看，自有办法！"

"用八人大轿往回抬，我们也不在这里念了，用不着你的办法。我来问你为什么开除了天赐；你说不上来！要不是你糊涂，就是你爸爸糊涂。搁着你的，放着我的！这是怎么说的！天赐，给主任鞠躬，咱们走！"

主任只剩了吸气，可是十分的努力把老太太送到校门外："老太太慢走！是的！"

天赐非常的难过。他想起老黑的小孩在城外钓青蛙，为贪吃一个苍蝇，蛙的腮挂在钩上，眼努出多高，腿在空中踢蹬着，可是没办法，连叫也不会叫了，任凭人家摆弄，它只鼓起肚皮。主任很像这个青蛙！他一天没吃饭。

十六　一命身亡

　　老太太与主任的战斗虽然不很热闹，她可是没省了力量。本来身体就不甚好，加上这一气，她到家就病了。在精神上，胜利是她的；事实上，她的高傲的办法使主任得去便宜。她这种由人格上进攻的战法，在二十年前或者还能大获全胜；主任是读书要脸面的人呀，按老规矩说。按老规矩，王朗是可以被骂死的呀。可是，现在的主任只求事情过得去：开除了，学生不要求回来，这岂不很顺手；骂几句算得了什么？老太太白费了力气，没把主任怎样了。她觉出她该死了。她一辈子站在礼义廉耻上，中等人家的规矩上，现在这些似乎已不存在了。她越想越气。

　　天赐很难过。妈妈为他的事气病，没想到的事。遇到实际上的问题，他不能再想象，因为眼前的事是那么真切显明，他没法再游戏似的去处置。妈妈生病，事儿太郑重，他不能再"假装"怎样了。他能假装看见学校房上有十一个背单刀的，因为那里的事不切近；妈妈是真哼哼呢，妈妈真是为他的事而生病。这里边有他！他迷了头。他着了急：为妈妈去找药，为妈妈去倒开水，他一心的希望妈妈好了。可是妈妈的病越来越沉重。他愿常问问妈妈好些没有？妈妈的身上疼，他愿说——我给轻轻捶一捶？可是，他说不出口，他在屋中打转，说不出。妈妈说他没良心，纪妈责备他不懂事。他有口难辩。在家里，在学校里，一向是生闷气的时候多；同情往往引起是非，而且孤高使他不愿逢迎。他会说故事，可是这并不能使他对人甜言蜜语的。遇到了真事，他怕。在想象里他能郑重；在真事里他不能想象，因而也不能郑重。他真愿安慰安慰妈妈，可是妈妈是真病了，怎能假装的去问呢？不假装的还有什么可说呢？

　　妈妈和一般的六十多岁的老人一样，有病便想到了死，而且很怕死。这倒不一定是只怕自己不吸气而去住棺材，死的难堪是因为别人还活着。死去也放心不下活着的，这使死成为不舒服的事。越到将死越觉出自己的重要，不然这辈子岂不是白活？她设若死去，她自己盘算：天赐该怎办呢？老头子由谁照应呢？那点产业由谁管理呢？……越想越觉得自己死不得，而死也就更可怕。有一分痛苦，她想着是两分，死越可怕，病势便越发仿佛特别的沉重。她夜夜差不多梦见死鬼！

在亲戚们的心中，牛老太太死在牛老头儿的前头是更有些道理的。他们惹不起她，可是她若在最后结个人缘的话，顶好是先死。他们自然没法把她弄死；她自己生病可是天遂人愿，他们听说她病了都觉着心里痛快。他们拿着礼物来看她，安慰她，同时也是为看看她到底死得了死不了；设若她的气色正合乎他们所希望的，那点礼物算是没白扔了。天天有人来看她，也很细心的观察天赐。天赐直发毛咕。在他们心中，老太太要是一病不起，他们会想法叫牛家的财产落在牛家人的手里。天赐觉得他们的眼角有点不是劲儿。

牛老者给太太请了医生。医生诊了脉，说不怕；吃两剂小药就会好的。他开了二十味小药。牛老太太吃了一剂，病更重了，二十味小药没有一味有用的。又换了位医生，另开了二十味小药；这二十味大概是太有用了，拿得老太太说起胡话。

妈妈不像样儿了。在灯下，她十分的可怕。她闭着眼，嘴唇动得很快，有时出声，有时无声，自己叨念。有时她手摸着褥边："对了，你拿这二十去吧；那三十你不能动！"她睁开了眼，向四外找："走啦？拿了钱就走！早知道，少给他……"她愣起来，吧唧了两下："给我点水喝！"天赐大着胆给了妈点水，妈咽了半口，"不是味！"天赐没了主意。他没想到妈妈会有这么一天。他和妈妈的感情不算顶好，可是妈妈到底操持着一切，妈妈是不可少的。妈叫他呢："福官，这来！"天赐挨近了妈妈。"我呀，大概不行了。把抽屉里的小白布包递给我！"天赐找到了小包，要叫声妈，可没叫出来，他的泪下来了。他没和妈这样亲密过，妈向来不和他说什么知心的话。"打开，有个小印，小图章，不是？你带着它，那是你外祖父的图章。你呀，福官，要强，读书，做个一官半职的，我在地下喜欢。你外祖做过官！老带着它，看见它就如同看见我，明白？"

天赐说不出来什么。他想不出做官有什么意义，也顾不得想。他心中飘飘忽忽的。他看见了死。妈又说话呢，说的与他没关系。这不像妈，妈永远不乱讲话！妈又睡去，全身一点都不动，嘴张着些，有些不顺畅的呼吸声儿。越看越不像妈了，她没了规矩，没了款式，就是那么一架瘦东西。她的身上各处似乎都缩小了，看不出一点精力来。这不是会管理一切的妈妈。他不敢再看，转脸去看灯。屋中有些药味。他仿佛是在梦里。他跑去喊爸。

爸来了，屋中又换了一个样。爸的圆头大肚使灯光都明了好些。屋中有了些热气。天赐看看爸，看看妈，这一间屋中有两种潮浪，似乎是。他可怜妈那样瘦小静寂，爸也要落泪，可是爸的眼好看，活的。

妈睁开了眼，看看他们，极不放心的又闭上了，没看完的一点什么被眼皮包了进去，像埋了点不尽的意思。妈的眼永不再睁了。

天赐哭不出声来，几年的学校训练使他不会放声的哭。他的心好像已经裂开了，可是喊不出，他裂着嘴干泣。妈妈的寿衣穿好，他不敢再看，华美的衣服和不动的身体似乎不应当凑在一处。

吊丧的人很多，可是并没有表现多少悲意，他在嘈杂之中觉得分外的寂寞。有许多人，他一向未曾见过，他们也不甚注意他。他穿着孝衣，心里茫然，不知大家为什么这样活泼兴奋，好像死了是怪好玩的。妈妈死了，一切的规矩也都死了，他们拿起茶就喝，拿起东西就吃，话是随便的说，仿佛是对妈妈反抗、示威呢。

到了送三那天，他又会想象了。家中热闹得已不像是有丧事，大家是玩耍呢。进门便哭着玩，而后吃着玩，说着玩，除了妈妈在棺材内一声不发，其余的人都没话找话，不笑强笑，他们的哭与笑并没什么分别。门口吹鼓手敲着吹着，开着玩笑。门外摆着纸车纸马纸箱纸人，非常的鲜艳而不美观。院里摆着桌面，大家吃，吃，吃，嘴像一些小泔水桶。吸烟，人人吸烟；西屋里还有两份大烟家伙。念经的那些和尚，吹打着"小上坟"，"叹五更"，唱着一些小调。孩子们出来进去，野狗也跟着挤。灵前点着素烛，摆着一台"江米人"，捏的是《火焰山》，《空城计》，《双摇会》。小孩进门就要江米人，大人进门就让座。也有哭一场的，一边抹泪，一边"先让别人吧"，紧跟着便是"请喝吧，酒不坏！"祭幛、挽联、烧纸、金银元宝、红焖肉、烟卷筒、大锡茶壶……不同的颜色，不同的味道，不同的声音，组成最复杂的玩耍。天赐跪在灵旁，听着，看着，闻着，他不能再想妈妈，不能再伤心，他要笑了，这太好玩。爸穿着青布棉袍，腰中横了一根白带，傻子似的满院里转。他让茶让烟让酒，没人安慰他，他得红着眼皮勉强的笑，招待客人。那些妇女，穿着素衣分外的妖俏，有的也分外的难看，都惦记着分点妈妈的东西，做个纪念。她们挑眼，她们彼此假装的和睦，她们都看不起爸。天赐没法不笑了，他想得出更热闹的办法，既然丧事是要热闹的。他想象着，爸为什么不开个游艺会，大家在棺材前跳舞，唱"公鸡打鸣"？为什么大家不做个吃丸子竞赛，看谁一口气能吃一百？或是比赛哭声，看谁能高声的哭半点钟，不准歇着？这么一思索，他心中不茫然了，不乱了；他郑重的承认了死是好玩的。一个人应当到时候就死，给大家玩玩。他想到他自己应当死一回，趴在棺材里，掏个小孔，看外面大家怎么玩。或者妈妈就是这么着呢，也许她会敲敲棺材板说："给我碗茶喝！"他害怕起来，想象使他怕得更真切，因为想象比事实更复杂而有一定的效果。他应当去玩，他看不出在这里跪着有什么意义，他应当背起单刀去杀几个和尚，先杀那个胖的，血多。

事实是事实，想象只是一种奢侈。他听见屋中有位脸像埋过又挖出来的老婆婆，说："这孩子跪灵算哪一出呢？！"一个大白鼻子的中年妇人回答："死鬼呀都好，就是不办正事。不给老头子娶个二房，或是由本家承继过小子；弄这么东西！"大家一同叹息。天赐知道这是说他呢。妇女们的眼睛都对他那么冷冷的，像些雪花儿往他身上落。他又茫然了。一提到他自己，他就莫名其妙。他曾问过妈妈，为什么人家管他叫私孩子，妈妈没说什么。他是不是私孩子？妈妈说他是妈妈生的。私孩子有什么不好？妈妈不愿回答。纪妈、四虎子、爸，也都不说什么。他不明白究竟是怎回事。在想象中，他可以成为黄天霸或是张良，他很有把握。一提到他真是什么，他没了主张。现在人家又骂他呢。他并不十分难过，只是不痛快，不晓得自己到底是什么。而且更不好受的是在这种时节他不能再想象，既不是黄天霸，又不是任何人，把自己丢了！在这种时节，生命很小很晃动，像个窄木板桥似的，看着就不妥当。

有十点来钟吧，席已坐过不少桌，外面的鼓又响了。进来一个妇人，带着四个孩子，都穿着孝衣，衣上很多黄泥点子，似是乡下来的。妇人长得很像雷公奶奶，孩子们像小雷公。天赐一眼没看见别的，只看见五个尖嘴。妇人进来就哭，哭得特别的伤心，头一句是："我来晚了，昨天晚上才得到信呕，我的嫂子——"四个小雷公手拉着手站在妇人后面，一声也不出。妇人把来晚，与怎么起身，乡下的路怎么难走，和四个孩子怎么还没吃饭，都哭过了。猛然的把鼻子抓了一把，而后将天赐用脚踢开，好像踢着一块碍事的砖头。紧跟着把四个孩子都按在灵旁："就在这儿跪着，听见没有？动一动要你们的命！"转过头来，眼泪还满脸流着："茶房！开饭，开到这儿来，给他们一人一碗丸子，五个馒头！"然后赶过牛老者去："大哥！嫂子过去，我没什么孝心，就是这一身孝，四个孩子来跪灵；你二弟病了不能来，叫妹妹来了。那个小子是谁？"她指天赐："大哥你这就不对了，放着本家的侄子不要，不三不四的找个野孩子，什么话呢？我们穷啊，穷在心里，没求哥嫂给个糖儿豆儿！今个咱们可得把话说明白了，当着诸亲众友，大水冲不了龙王庙，一家人得认识一家人；你的侄子是你的骨肉，虽然咱们不是亲手足，可也不远。不能叫野孩子这儿装眉作样的！"又转过头去："好好的吃！别叫人耻笑！"

这一片独白引起大家的同情，埋过又挖出来的老婆婆、大白鼻子、红眼边，全一拥而上把牛老者围在当中。各人争着说，谁也没听见谁的，牛老者头上冒了汗。他不用挨着个儿细听，反正大家都责备他呢。他又不能答话，想不起说什么。男人们有关系的不过来，由着妇女打前阵，没关系的站着看热闹。说着说着，大白鼻子也把个孩子按在灵前，红眼边一下子按倒了三个；一急把别人家的孩子也按在了那儿。不大的工夫，灵前跪了一片白。最后，还是雷公奶奶挑头儿，"把那个野孩子赶出去！"

天赐在棺材旁边立着呢。他觉得那些人可怕，可是说不上来怎么可怕。羞辱他常受，不足为奇。在人群中他觉着孤寂，也是平常的事。他不慌，只是不知道怎样才好。他站着不动。爸被人围住，不能过来。他找不到一个同情于他的人。妈妈是死了。灵旁跪着的孩子们听见雷公奶奶的呼吓，有个大点的立起来，和天赐眼对着眼。天赐不动。那个孩子搂起袖子。正在这个时候，搂袖子的少爷挨了个很响的脖儿拐。四虎子拉起天赐就往外走。

"怎样？！打人吗？！"多少人一齐喊。

"妈的臭！"四虎子的头筋跳着，连推带搡的从人群中穿出去。大家不知他是何许人，没敢动手。及至大家打听明白了他是谁，已经太晚了，这使他们非常的丧气。

出了门，天赐反倒哆嗦起来。四虎子一声没出，把他领到老黑的铺子里。

黑家的孩子们都在家呢，他们热烈的欢迎天赐，可是天赐没有心程跟他们玩。四虎子跟老黑说了几句，老黑点头："没错，交给我吧；钉这么擦黑的时候，我把牛掌柜找来，没错！"

"你上哪儿？"天赐问四虎子，"可别回去，他们打你！""我不回去，你好好的在这儿玩吧，回头见！"四虎子走了。

老黑派"蜜蜂"等陪着天赐在家里玩，不准出去。蜜蜂把大家领到后院去，直玩了一天。他们现在已经"文明"了：蜜蜂的大弟弟已去念书。他把书教给大家替他记着，蜜蜂记人之初，他自己记性本善，二弟弟记性相近……他要是在学房里背不过书，到了家中就都想起来，所以他常在家里，非等大家请求他再去学两句新的他不上学。他不记字，只记一句的声音，记不准确也没关系，大家可以临时创造。所以黑家的这本《三字经》是与众不同。他一人上学，大家可都有笔，后院的墙上满画的是图。老黑很喜欢家中有了"书气"。

玩着玩着，天赐慢慢的把愁事都忘了，他开始说故事给他们听。他们很爱听黄天霸，不爱听青蛙和小鱼说话，因为知道青蛙不会说话。听完了几段故事，他们决定举天赐做他们的先生。天赐很感激他们，他向来没受过这样的尊敬。先生得教给他们书，他编了几句：黄天霸，耍单刀，红帽子，绿裤腰，……大家登时背过，而且不久就发现了，原来红帽子绿裤腰是说的五妹妹，五妹妹的裤腰，因为褂子短，确是露着一块儿绿的。大家非常佩服天赐。

黑家的孩子们不认识钟表，天黑了就睡。在哪儿困了就躺在哪里，"蜜蜂"得把他们抱到一张大床上，点好数儿。有时候数目不对就很麻烦，因为有睡在煤筐里的就不大容易找着。他们睡了，天赐坐在柜台里十分的寂寞。他又想起早半天的事来。他不明白其中的故典，一想起来就觉得自己应该是大人了，不该再和孩子们玩，也不该快乐。他的稀眉毛皱起来。

八点多钟，爸才来。爸也改了样，脸上的纹深了些，不是平日马虎的神气了，那些纹都藏着一些什么，像些小虫吸着爸的血。父子都没话可讲。坐了半天，爸说："咱们上街走走去。"

爸不像是想说话的。天赐忍不住了："爸！你真是我的爸？"他扯了爸的袖口一下。

"真是！"爸点头。

"你还要我，爸？"

"要你！"

"他们为什么赶出我来？"

"他们要钱。"

"给他们不就完了？"

"完不了，他们嫌少。"

"不会多给点？钱算什么？！"

"不能多给，我的钱！"

这不像爸。没想到爸能这样。爸不是遇上事就马马虎虎么？为什么单在这几个钱上认真呢？钱为什么这样可爱呢？"我的钱！"爸又重了一句。"我爱给谁，都给了也可以；我不爱给谁，谁也抢不了去！"

"不给多多的钱，他们不走，我就不能回家？"天赐问。"偏回家！怎么不回家呢？！我接着他们的！钱是我的！"

天赐不能明白爸了。钱必是顶好的东西，会使爸不马虎。这是爸第一次这么认真。他不敢再问，只觉得妈是在爸身上活着呢，爸和妈一样的厉害了。

"咱们回家！"爸的皱纹在灯光下显着更深，更难看了。

天赐怕回家，可是必须为爸显出勇敢；妈死了，爸只有他，他不能再使爸不痛快。

四虎子在门口呢，天赐壮起点胆子来。院中冷清清的，多数的客人都在送三的时候走了，和尚也去休息。西屋有两三位预备熬夜的。灵前点着一对素烛，烛苗儿跳动着。灵后很黑，棺材像个在暗中爬伏的巨兽。天赐哭了。他觉得非常的空虚寂寞，妈是在棺材里，爸为几个钱要和人家打架。四虎子过来安慰他："别哭啊，伙计！你看我，我不哭！妈死了，咱们就不是小孩子了，咱们跟他们干！"

妈常说："得像个大人似的！"妈死了，这句话得马上实现出来，"不是小孩子了！"天赐觉得心中老了一些。是的，他不能再和"蜜蜂"们玩，不能再随便哭，他得像个大人。怎么像个大人呢？他得假装，假装着使他能郑重，他似乎明白了爸，钱是不能给人的，一个也不能给，他是大人了。大人见了叫化子就说："去！没有！"即使袋中带着许多钱。这是大人的办法，他也得这样。怪不得爸变了脾气，大概是爸在妈死后才成了大人。他收了眼泪，盘问四虎子，他得关心，既已不是小孩子了。

四虎子告诉他：他们要钱，爸不多给，他们说了，送殡的那天还得闹。有两个办法可以避免闹丧：爸多给他们钱。或是爸坚持到底。他们都知道爸老实，可是爸真不往外多拿钱，他们也得接收爸愿给的那点。

天赐的心里赞成多给钱，可是他现在是装作大人，不能多给，钱是我们的，爸是完全对的。他的薄嘴唇咬起来，眼睛扣着，手背在后面，脚尖抓住了地。他似乎抓住点什么，自己是一种势力，一种天不怕地不怕的威能。即使他们因为钱少而闹丧，也只好凭着他们去闹，钱是不能添的，不能添的！爸并不马虎，爸是可佩服的，他必须帮助爸去抵抗。他睡了，连和尚念经也没吵醒他，他有了自信的能力。

十七　到乡间去

殡是平安的出了。双方都没栽了跟头。原本是牛老头儿决不添钱，而亲族们预备拦杠闹丧，不许天赐顶灵。双方都不让步。过了两天，双方都觉悟出来，打破了谁的脑袋也怪疼，谁又不是铁做的。于是想到面子问题。设若面子过得去，适可而止，双方一齐收兵也无所不可。直到开吊那一天，大家的眼还全红着，似乎谁也会吃人。到了出殡那天早晨才讲好了价钱，大家众星捧月的把棺材哭送出来，眼泪都很畅利。雷公奶奶把嫂子叫的连看热闹的都落了泪，她一边哭一边按着袋里的一百块洋钱票。大白鼻子等也哀声震天，哭湿了整条的手绢。殡很威武：四十八人的杠，红罩银龙。两档儿鼓手，一队清音，十三个和尚，全份执事，金山银山，四对男女童儿，绿轿顶马，雪柳挽联，素车十来辆。纸钱撒了一街，有的借着烧纸的热力直飞入空中。最威风的是天赐。他是孝子，身后跟着四名小雷公。四虎子换着他，在万目之下，他忘了死的是谁，只记得自己的身份。他哭，他慢慢的走，他低着头，他向茶桌致谢，他非常的郑重，因为这是闹着玩。他听见了，路旁的人说："看这个孝子，大人似的！"他把脸板得更紧了些。直到妈妈入了土，大家都散去，他才醒过来："妈妈入了土！"他真哭了，从此永不能看见妈妈！他坐在坟地上，看着野外，冷清清的，他茫然——什么事呢？

由坟地回来，天已黑了。天赐很乏了，可是家中的静寂如同在头上浇了些凉水。他的眼、耳、鼻找那点熟识的面貌、声音与味道。没有了，屋中的东西还是那样，可是空气改变了。没人再张罗他吃喝，甚至没有人再呼吓他。他想起妈妈的好处，连她的坏处也成了好的。他含着泪坐下，他必须是个大人了；已经没了妈妈。他可怜妈妈在那清冷的坟里，正如同他在这空静的屋里。他似乎明白了一点什么。爸躺在西屋的床上，衣服带着许多黄土，就那么睡着了。他仿佛明白妈而不明白爸了。爸这几天改了样子。他看着爸，那短黄胡子有了不少根白的，脸上多了皱纹，睡着还叹气。这是那慈善的爸么？他有点怕。找了四虎子去。

"我怎办呢？"他问。

"先跟纪妈要点吃的，"四虎子给出主意，"吃完了睡。""在哪儿睡？"一切的事都没有准地方了！妈活着，他恨那些规矩；妈死了，他找不着规矩了，心中无倚无靠，好似失了主儿的狗。

"跟爸去睡！"四虎子在牛老太太死后显着很有智慧。丧事的余波也慢慢平静，老头儿把该开付的账都还清，似乎没有什么可做的了。他常和天赐在一块，有的也说，没的也说，这给他一些快乐。天赐在这种闲谈中，得到许多的知识，因为爸说的都是买卖地上的话。对于金钱，他仿佛也发生了趣味。爸的一辈子，由谈话上显出来，就是弄钱。在什么情形之下都能弄钱。跟爸到铺中去看看，伙计们非常的敬重他，称呼他做少爷。铺子里的人们收钱支钱，算账催账，他们都站在钱上。妈妈给他的小印，他系在贴身小袄的钮上，可是这个小印已没有多少意义：他想不出做官有什么好处，钱是惟一的东西。钱使爸对他慈善，要什么就买什么；钱使爸厉害，能征服了雷公奶奶。四虎子没钱，纪妈没钱，所以都受苦。他长大了，他想，必须做个会弄钱的人。他买了个闷葫芦罐，多跟爸要零钱，而往罐里扔几个。不时的去摇一摇，他感到这里是他自己的钱。他问四虎子种种东西的价钱，而后计算他已经到了能买得起什么东西的地位。啊，他能买一个大而带琴的风筝了！普通的小孩买不起带琴的！他觉到自己的身份与能力。他很骄傲。他问爸：咱们这所房值多少钱？爸说值三千多，木架儿好，虽然不大。三千多！这使他的想象受了刺动。七毛钱就能买个很好的风筝；三千多！爸必是个有能力的人。爸决不是马马虎虎的，不是！他必定得跟爸学。"爸，明儿个我长大了，你猜我能挣多少钱？一月一千！"

"好小子！"爸很喜欢，"好小子！"

"爸你挣多少钱？"

"我？哪摸准儿去；做买卖有赔有赚！"

"别赔呀，干赚，不就好了吗？"

"对呀！"爸点着头，十分欣赏儿子的智慧。

可是"怎么就赚了呢？"

"得长眼睛，"爸的眼睛并不高明，可是说着很有意思："货缺了就得勒着，货多了就得快放手。做买卖得手快心狠，仗着调动；净凭随行市卖大路货不用打算赚钱！""呕！"天赐没都明白了，可是假装明白了。

跑到后院去找纪妈，"纪妈！咱们的米多还是面多？"

"多又怎样呢？"

"少就得勒着，多了放手！"他不但自傲能用这两个词儿，并且觉得他已能管辖纪妈。

"扯你的淡去！"妈妈死后，纪妈没了规矩。

"给你告诉去！"

"去！趁早走！"她知道天赐不肯走。自从妈妈死后，天赐的吃喝冷暖都由她在心。"嘻，我说，你跟我下乡好不好？"纪妈自从由奶妈改为女仆每年回家三四天。现在又是她休息了，她怕没人照管天赐，所以想带着他。

天赐愿意去，他没看见过乡下。"等我告诉爸去，多要点钱，给他们买点点心拿着！"他不自觉的学着妈妈的排场。

爸答应了，并且把太太的旧衣裳给了纪妈些。太太的东西能偷的被雷公奶奶等偷去不少，爸不在乎这些物件，不过不应当偷，所以一赌气给纪妈这些东西。"我爱给谁就给；偷我，不是玩艺！"妈一死，爸直添脾气。

正是冬月将残，腊月就到的时候，天赐穿了不知多少衣服，脖上缠了围巾，戴上手套，厚棉裤把腿挤得直往外叉。将出太阳，他和纪妈出了城门。天气还好，太阳虽不很热，幸而没风。纪妈的眼非常的亮，抱着一包零碎衣服，满心的盼望。天赐提着一包儿点心——爸给纪老者买的。出了城门，纪妈雇了两头驴。天赐的心跳开了，他没骑过驴。纪妈很在行，两只脚翻翻着而不登镫，身子前仰后合的而很稳当。天赐被赶脚的搀上去，驴一动，他趴下了身，嘴找了驴脖子去。赶脚的揪住他的腿，重新骑好，纪妈一劲嚷扶着他！驴慢慢走开，天赐的厚棉裤只管旋他的腿，简直夹不住驴，一会儿向前，一会儿向后，有时候要横着掉下去。他的脸发起烧，用力揪住软鞍子，眼盯住驴耳朵。驴晓得这是个外行，一会儿抬起头来闻闻空气，一会儿低下脖子嗅嗅尿窝儿，一会儿摇摇身上，一会儿岔开腿，抽冷子往起颠一下。天赐没有抓弄，觉得两脚离地很高，而头是在空中。走了不远，他的屁股铲了。纪妈说：随着驴的劲儿！他找开了驴劲，驴低他高，驴往前他往后，一会儿离了鞍子，忽然的落在鞍上找不着驴劲，而把自己颠得发慌。他没了办法，赶脚的没了办法，驴倒还高兴。天赐扫了兴，平日净和纪妈夸口，他会这个会那个，原来他治不住一头驴！况且肚子还饿了呢，没有这么饿过！冷空气，驴尿味，和上下的颠，好像使肚子没了底儿。虽然已在家中吃了两个鸡子，可是肚皮似乎已与脊背碰到一处，他好像能看见自己的身子已完全透光儿了。

幸而路旁有个野茶馆，摆着烧饼与麻花。滚下驴来，他吃开了烧饼。嚼着烧饼，他看明白了，原来已到了乡间；一路上他什么也没见，只看见了驴耳朵。啊，这是乡间！他不大喜欢乡间的样子：没有铺户，没有车马，四外都是黄灰的地，远处有些枯树。看哪儿都一样：地、树、微弱的阳光。偶尔有个行人，不是挑着点什么，便是背着粪筐，乡下似乎没有体面的人，也没有闲逛的人。他想城里。城里的烧饼多么酥！他不饿了，把没吃完的烧饼给了赶脚的。

紧走慢走，晌午了才到十六里铺。十六里铺只是一个小村，在田野里摆着，孤苦零仃的，村外有条大道，通到黄家镇。把着村口有个小铺，破石墙上贴着"你吸什么烟呀？哈德门！"石头很多，路上的石头缝里有点碎马粪渣儿。路旁高起一块好像用石堆起的河堤，堤上有堆着的秫秸与磨盘。门外有的趴着狗，有的站着一两个小孩，都叼着手指，瞪着眼看他们。门上很少有漆的，屋子都是平土顶，墙多半是石块堆起的。没有悦目的颜色，除了有一家门垛上贴着四个红喜字。也没有什么声音，天赐只听见一两声鸡叫；门外有老人晒暖，叼着长烟袋一声不出。处处都那么破、穷，无声无色，好像等着一点什么风儿把全村吹散了。连树木都显着很穷，树干上的皮往往被驴啃去，花斑秃似的。路旁有个浅坑，坑中水不多，冻成一层黑色的冰，冰上有不少小碎砖块。纪家在坑上的右边，几间小屋在一株老槐树旁藏着，树底下有几只鸡和一只鸭子。驴奔了坑去，孩子们开始跟过来看，大人们也认出来纪妈，大家很亲热的招呼她，可是眼都看着天赐。他滚下驴来，赶脚的把那包点心递给他。他立在坑沿上看着大家，大家看着他，都显着很傻，像邻村的狗们遇到一处那么彼此楞着。

纪老者出来了。他有七十多岁，牙还很齐；因为耳有点沉，眼睛所以特别的精神，四外看看，恐怕有人向他说话。小短蓝布棉袄，没结钮，用条带子拢着，露着胸的上部，干巴巴的横着些铜紫色的皱纹。背微弯了些。

"爹！"纪妈高声的喊。

"哎！哎！"老头子楞磕磕的笑了，眼中立刻有点不是为哭用的泪。"哎！回来了！好！"

"这是福官，"纪妈喊着。

"哎！少爷来了，好！哎，进来吧！长这么高了！"

天赐觉得这个老头儿可爱，他把点心包递过去，可是想不出说什么。

"给你买来的点心，爹！"纪妈扯了爹一把。

"哎，好！好！啊！"爹没的可说，泪落下来一半个。"哎，少爷，还惦记着我，哎，好！进来吧！"

纪妈的男人也出来，跟着三个小孩。他有四十来的岁，高个子，麻子脸，不说话。三个小孩都蓬着头，穿着短袄，有两个裤缝里露着鸡鸡的。

一进门，一大堆粪；粪堆旁立着个女人，比纪妈还老，可是小婶。"嫂子回来了？快屋里去吧！"她赶着去掀北屋的厚草帘子。邻居们也全跟进院来，在粪堆前站着看。爹笑着嚷："都进来坐！进来！"没人动弹。爹又说了："不进来，就走！"大家还不动。

屋子是一明两暗，很低很暗，土地，当中供着财神爷的纸龛。纪妈让天赐上东间去，一铺随檐大炕，山墙架着一条长板子，板子上放着一锅盖的棒子面饼，像些厚鞋底儿。天赐找不到椅子，只好坐在炕沿上。墙上有不少臭虫血，还有张薰黑的年画——"恶虎村"，他又遇见了黄天霸。看着这张旧画——天霸的刀上抹了一个臭虫——他又茫然了。没想到过，世界上有这样的人家。

老爹在炕与板案之间转了个圈："给少爷什么吃呢，哎？老大，先煮几个鸡子去！"老大还没说话，出去找鸡子。三个孩子以为爷爷是疯了，低声的问妈："妈！妈！怎么爷爷要煮鸡子？鸡子不是留着卖的吗？"妈妈用袖子甩了他们一下子。爷爷没听见可是看见了，以为孩子们是要吃食："哎，吃饼子吧！拿去吃！穷是穷，有饼子就吃，爷爷可不能饿着孩子们！吃去吧！"一人拿了一块饼子，眼还溜着天赐。纪妈已上了炕："爹，你吃点心吧，少爷给你买了会子！"爹又笑了："哎，我吃！我吃！少爷还惦记着我！自从你妈妈死的那年，我没吃过一块大饽饽！什么年月！哎，好！"他可是没去动手，眼睛找纪二娘去："二的，你去烧水呀。"纪婶看嫂子穿的头蓝布袄，还沿着青假缎子边，都看楞了。听爹喊，她才想起招待客人。"妞子！"爹在炕席底下摸出五个铜子："快跑，上小铺买两包高末儿去，高的！哎，早年间，家里哪有没茶叶的时候！"他坐在炕沿上，楞起来。

"爹，二弟还没信？"纪妈问。

爹摇头。纪妈的小叔是当木匠的，自从被大兵拉夫拉了去，始终没有消息。小婶很好，只是爱犯羊角疯，没法儿出去做事。

"今年的地呢？"

"什么？"爹没听明白。纪妈重了一回。"呕，地？咱们那几亩冤孽产又潦了，连根柴火也没剩。租的都收得很好，有八成；可是一交了租……哎，不用提了！你那几块子钱，金子似的，金子！可是这不像句话啊，老在外头，算怎回事呢？哎，我老糊涂了，想不出法子来！"

纪妈也不言语了。

老者抹了抹胡子："回来先喝点水，吃俩鸡子，少爷！乡下，苦乡下，没的吃！"他和天赐招呼着。

纪家的二三十亩地，只剩了那几亩洼的，没人要。他们租着点地种，可是粮食打下来不值钱！

天赐听着看着，他不懂。在家里，爸老是说钱，几百，成千；这里，席底下放着五个铜子！这里什么都没有，鸡子是为卖的！他摸摸袋中，还有一块多钱呢。他摸着那块现洋，半天；拿了出来，顺着光亮的炕沿一溜，眼看着纪妈，"给老头儿吧？"

老爹的眼光更精神了，声儿也更高："哎，少爷你收着！你已经给我买了点心！我不能收这块钱！姓纪的一辈子豪横，谁叫——哎，谁知这是怎回事呢？你收着，就要是接你的，我是小狗子！"爹向外边喊："茶还没得呢，怎么了？"天赐可更莫名其妙了。这些人，穷，可爱，而且豪横；不像城里的人见钱眼开。可是他们穷，为什么呢？谁知道这是怎回事呢？他又看着墙上的黄天霸，在刀上抹了一条臭虫血。

十八　月牙太太

　　纪家的鸡子特别好吃，真是新下的。饼子也好，底下焦，中间松，甜津津的有个嚼头儿。大姐们善意的送了天赐块白薯，他可没接过来，嫌他们的手脏。

　　一擦黑大家就去睡，天赐和老头儿在一炕上。老头儿靠着有灶火的那头儿躺下："少爷，累了吧？歇歇吧！洋油贵，连灯也点不起！哎！"天赐也躺下，原来炕是热的！一开头还勉强忍着，以为炕热得好玩；待了一会儿，他出了白毛汗。仰着不行，歪着不行，他暗中把棉裤垫上，还不行。眼发迷，鼻子发干，手没地方放，他只好按着裤子，身子悬起，像练习健身术。胳臂一弯一伸，肚子上下，还能造一点风。可是胳臂又受不了。把棉袄什么的全垫上，高高的躺下，上面什么也不盖；底下热得好多了，可是上边又飘得慌。折腾了半夜，又困又热又不好意思出声。后半夜，炕凉上一点来，他试着劲儿睡去。

　　第二天起来，他成了火眼金睛，鼻子不通气。

　　不行，他受不了这种生活。他想着不发娇，可是纪家的人太脏，他不能受。村里，什么也没有；早上只有个卖豆腐的和卖肉的，据说都是每三天来一次。村口的小铺是惟一的买卖，可是也不卖零吃。纪老头儿急得没有办法，只好给他炒了些玉米花和黄豆，为是占住嘴。村外也没的可玩，除了地就是地，都那么黄黄的；只看见三四株松树，还是在很远的地方。天赐想起年画上有张"农家乐"，跟这个农家一点也不同。这里就没的乐。这里的小孩知道什么是忧虑，什么是俭省，一根干树枝也拿回家去。这里笼罩着一团寒气，好似由什么不可知的地方吹来的。天赐一天也没个笑容。他想家。

　　住了两夜，纪妈带天赐回了城。纪老者送下他们来，并且给天赐拿了二十个顶大的油鸡蛋。

　　回到家中，天赐安稳了许多，他一时忘不了纪家那点说不清的难过劲儿；做梦还看见那三个小孩——那个顶小的穿着破花布屁帘，小手拿着块饼子。他细问纪妈关于乡间的事，听得很有趣。乡下是另一个世界：只有人，没有钱。

他要求爸给纪妈长点工钱，爸答应了。爸为什么能这样痛快呢？他不明白。他想象着自己应当是黄天霸，半夜里给纪老头送几块钱去；纪老头是可爱的，可敬的。但这只是想象，没有用处。反过来想到他自己，他又高了兴。他幸而是城里的人，他爸有钱。可是为什么他有钱，别人没有呢？不能想明白了，他只能自庆他的好运气。

过了年他已十五岁，按着年节算岁数。他身上起了些变化：薄嘴唇上的小汗毛稍微重了一些，有一两根已可以用手揪起。喉头也凸出点来，一上一下的很像个小肉枣，说话不那么尖了，脸上起了些红点。身量并没长多少，可是他觉出身上多了一些力量，时常往外涨，使他有时憋闷得慌。他懂得了修饰。自己偷偷的买了瓶生发油，不敢叫别人看见，可是高了兴便叫纪妈闻闻他的头发。很好照镜子，见了姑娘可又不好意思，又愿看又不敢，虽然在镜子中他以为他很漂亮。老多日子也没找"蜜蜂"去，因为那是姑娘。有好些事儿使他心中不安，可是不好意思去问人，连四虎子也不好去问。他觉得自己是往外长，又觉得堵闷得慌。因为这种堵得慌，他把十六里铺慢慢的忘了。他自己是更值得注意的。世界上只有他自己在变化着玩，仿佛是。他不爱从前爱玩的东西了，他爱块漂亮的小手绢，什么背后画着个姑娘的小镜子，偷着吸了半根"哈德门"，晕了半天。没事就擦皮鞋尖。这时候他更爱乱想，越想越寂寞，有时候觉得搂抱谁一下才痛快。爸愿他去学买卖，好继承那些事业。他记得妈的遗言，做官比做买卖好。他不能决定。有时候他会为自己打算。及至说到真事，他又不屑于细想了。他是少爷。他有时会装作马马虎虎："学买卖？"他一笑。没意义。和爸要个三毛两毛的在街上转倒也逍遥自在。

既不去学买卖，又一时不能做了官，总得有点事做似乎才对得起爸。既对得起爸，又不失掉自由，还是去读书。可是学校没意思，老师不好，同学也不好。现在的天赐不是以前的天赐了，不能再到学校去当小菜碟儿；上学校去的话，他应当做主任！他过世面了：死过妈妈，顶过灵，上过十六里铺，骑过驴，买过生发油！什么他不懂得？！他不要再上学校。其实呢，他心中也有点怕。两件事使他想起就怕，妈妈的死和学校里的冷酷。顶好还是请位先生，在家里读书，爱读什么就读什么，不必学算数，上体操。

不过，他不能直接和爸说去，他学会了留心眼。叫四虎子去说，要碰了钉子反正是四虎子碰。他还得运动四虎子一下，送给他点礼物。是的，送了礼便好说话，妈妈活着的时候不老这么办吗？

"虎爷！"这是他新创造的名词，很有些男子气："过了会子年，还没送你点礼物呢！要什么？说吧！"揪起嘴上一根小毛，作为是胡子。

"别瞎扯淡，这两天心里不痛快！"四虎子出的气很粗。

"怎么了，虎爷？"

"怎么了？我不干了，伺候不着！"四虎子越说越上气。

天赐楞了，没有四虎子便没了世界，四虎子不是最老最老的朋友么？

"我告诉你，"四虎子看天赐楞住，心中舒服了些："自从有你的那年，死鬼老太太就说给我娶亲。今年你十几了？""十五。"

"我娶了媳妇没有？"

天赐摇头。

"完啦！我告诉你，钱要是在人家手里，媳妇就娶不上。我看透了！不干了，不伺候了，我四虎子离了牛家还吃不了饭是怎着？！"

天赐看清楚牛家不对，可是不甚明白到底娶媳妇为什么这样重要，至于使四虎子这么着急。设若四虎子必得要媳妇的话，他自己也应当要一个。媳妇不就是姑娘，而姑娘不是很好看么？"虎爷，我跟爸说去，咱们一人娶一个；要不然的话，一人娶俩；大狗子他爸不是有俩媳妇么？"

"别胡扯，"四虎子可是笑了，"我这儿是说真事儿呢。我不能跟别人说，你是我的老朋友，是不是？我就能跟你说。"

天赐板起脸来，心中十分高兴，身上似乎增加了分量。老朋友，一点不错！"虎爷，我真跟爸说去。"

虎爷又觉得不好意思了："可是，可是，别说是我叫你去的，那多没脸！"

"说谁的主意呢？"

"干脆吹了吧，没媳妇就没有，认命！"虎爷又软了。

"对啦，让纪妈去说！老朋友？好啦，哎！"他点着头，学着纪老者。"我也求你点事。"

"说吧，什么事都行，咱哥俩的话！"

天赐把要请位先生的意思说明，虎爷答应给办。二位老朋友非常的痛快，由天赐出钱请虎爷吃了两串冰糖山楂，代替送礼。

两边的话都到了爸的耳中，爸照例允准，只是没主意。请谁教书呢？说谁家的姑娘呢？俱无办法。

天赐认识个姑娘——"蜜蜂"，马上推荐。爸觉得很好，"蜜蜂"已经十六岁，按照云城的办法是满有当媳妇的资格。可是老黑不愿意，嫌虎爷的岁数太多。他愿把蜜蜂给天赐，可是牛老者又不愿意，因为老黑在商界的地位太低。末了还是由纪妈为媒，在十六里铺说了个姑娘，据说人材本事都好，就是嘴不十分好，歪着。虎爷倒不在乎这点，自要人好就行。天赐不大赞成，一听十六里铺他就堵得慌；可是老朋友既然愿意，他也就不便多说，反而想象着十六里铺的好处："虎爷，那儿还有驴呢，不坏！"亲事就算定了，纪妈兼了媒人，身份猛进。

四虎子是三月里结的婚，天赐在四月才找到了先生。这位先生姓赵，大学毕业，好念书，会作诗，没事做，挺穷。赵先生在学校里教过几次书都失败了，他管不住学生。他的脑袋不知怎长的，整像头洋葱，头顶上立着几根毛儿，他可是很会教天赐。他和天赐说开了：你爱念什么就念什么，不明白的问；不问也没关系。天赐很乐意这么办。每天有一课叫作"思想"，师生相对无语，各自想着心事。想完了就讨论，想不出就拉倒。天赐想改造十六里铺，先修一条马路，赵先生给补上：马路两边得有树和流水。天赐很佩服赵老师，问他一切的问题，老师都有的说。天赐念小说，老师敢情能背《红楼梦》！爸要来查看，天赐就练字，老师教他写魏碑。爸走了，师生就研究林黛玉的性格与习惯。老师会说："你闭上眼想想看！"一闭上眼，天赐很会想象，他看见了黛玉！他很想找"蜜蜂"去；蜜蜂可是不会黛玉那样呢！大概世界上没有第二个黛玉了，除非再想出一个来。他想，他拿笔瞎写，有一天写了篇"蜜蜂"，赵老师很夸奖，叫他再去看她，回来再写。他找了她去。"蜜蜂"已长成个大姑娘，脸似乎长了些，也不光着脚，黑眼珠还是那么黑，可是黑得不能明白了。她走路非常的轻巧，大脚片不擦地似的。天赐不敢多看她，她不是先前那样自然了，她会笑出点什么意思来。天赐回来了，皱着稀眉毛想：假如"蜜蜂"的嘴再小一点，鼻子再长出一分，然后配上那俩黑眼珠？那一定更好看。蜜蜂得光着脚，在河岸上，绿阴凉底下，不出声的轻走！好了，他就这么写了一篇。赵老师说："这就对了，这就是文学，你明白了没有？可是你没写出个主点来，'蜜蜂'哪儿最好？当然是那对眼，黑的，怎个黑法？"他等着天赐自己想。

"黑得像——墨！"

老师摇头。

"黑得像——夜里！"

老师拍了桌子："河岸上，绿阴凉下，眼黑得像夜里！天赐你行了，你比我高！你猜我想象什么？像两颗黑珠子。珠子是死的呀，夜会动会流，流到不知道多远，是不是？"天赐明白了，他也学着作诗，没人管他，他自己会用功。他什么都细心的看，而后去想。他管四虎子太太叫"月牙太太"，因为她的嘴歪；虎爷差点恼了他。虎爷说天下的歪嘴要算他的太太第一，天赐说月牙也只有一个，于是他们照旧是好朋友。

爸很怀疑赵老师到底教了些什么乱七八糟。他和老师谈，老师夸奖天赐有天才。爸不懂。老师拿出天赐的文章来，爸才相信天赐的书没白念，有一篇文章用了六张红格子纸！爸没看说的是什么，数了数字数，够一千五百字！"一千多字！这简直是作论了！"赵老师笑了："有三年的工夫，他什么也会作了！"

"可也别太累了他，"爸转了念头，"我就有这么一个小子！作论累心哪！"爸信服了赵老师，也替儿子骄傲。逢人必说天赐会作论。天赐也很高兴，遇上爸叫他做点事的时候，他会说："别，别乱了我的心思，正在这儿作论！"

十九　诗人商人

　　跟赵先生一年多，天赐在文字上有了很大的进步，写得也怪秀气。爸的铺子的春联都由他写，伙计们向他伸大拇指，他怪害羞的挺得意。

　　爸承认赵先生是好老师；可是在另一方面，他发现了：书房中的书籍增多了，但是短了别的东西。桌上的磁瓶、铜墨盒什么的都不见了，天赐使着个小粗碟子当砚台。爸追问四虎子，虎爷不知道。问天赐，天赐笑了。老师没钱买书或别的东西，便拿起点东西去卖掉。

　　"为什么不跟我要钱呢？"爸糊涂了。

　　"赵先生说了，屋里东西多，显着乱得慌！"

　　"可那是我的东西！"爸倒不在乎那点东西，他不喜欢这个办法。

　　"卖了你的东西和向你要钱还不是一样？"天赐完全投降了赵老师。

　　"在我的门口卖东西？！"这太丢人了，爸以为。

　　"常卖着点，老师说，好忘不了穷；穷而后工！"天赐非常的得意："前天，我把皮鞋卖了，卖了一块半钱；我请老师吃了顿小馆，老师很喜欢！"

　　"你是我的儿子，还是他的儿子？"爸的脸沉下来。什么都可以马虎，可不是这么个马虎法，这是诚心教坏！

　　天赐没回答出什么来，他晓得妈与爸的规矩，但是赵老师的办法更有意思。这能使他假装穷，而穷得又不像纪家那样。这是卖了皮鞋去吃小饭馆。赵老师是真穷，天赐得陪着。就是赵老师的穷，虽是真的，也非常的好玩。赵老师会卖了铜墨盒买本小书，而后再卖了书买烟卷。由爸与十六里铺，他明白了钱的厉害；由赵老师，他得到个反抗钱的办法，故意和钱开玩笑。钱自然还是好东西，可是老师的方法使钱会失去点骄傲，该买书的偏买了香烟，用鼻子向钱哼几声！肚子饿了就卖棉袍，身上冷就去偷煤，多添点火，老师有办法，而且挺快活。

　　爸受不了这个："好吗，先生还偷东西，教给孩子卖皮鞋？我只懂得买，不准卖！"爸非辞赵先生不可。纪妈以为爸是对的，他们偷煤，而且把没点完的洋蜡放在地上喂老鼠！碟子当了砚台，筷子当作通火的铁条，因为铁条与铲子都没了影！

天赐舍不得老师，而且决定反抗，他现在是十六七的小伙子了，自己很有些主张。他说话已经和大人一个声儿了，嘴上的汗毛也很重，他不能完全服从爸。他本是很喜欢整齐清洁的，因为妈妈活着的时候事事有一定的办法，可是他也爱老师的凡事没有一定，当作诗的当儿还有工夫擦桌子么？老师和他都是诗人，而爸是商人，这是很清楚的；诗人不能服从商人，也是很清楚的。

虎爷怕事闹僵了，出头调停，以后不准他们再卖东西，由他把守大门，担任检查。爸也不要再生气，因为虎爷相信天赐既会作论，将来必能做官。赵老师算是没被逐出去，遇到该卖东西的时候，不等虎爷检查出来，就先声明："出去创造点钱，远远的，不在门口卖！"虎爷也就不深究，因为他也觉得有些东西早就该卖，堆着只管占地方，没别的好处。况且老师卖了东西还请客呢，虎爷常吃他的水果与零食；嘴上得到便宜，眼睛还能不闭上么？

爸还有个不满意的地方——天赐常去看"蜜蜂"。天赐很喜欢找她去，她现在已是"夜里的蜜蜂"。老黑夫妇没工夫管孩子们，由着他们的性儿反。天赐也跟着他们反，而且和"蜜蜂"特别的亲密。他不嫌他们脏了，因为他自己也学着赵老师的样子，不再修饰；他那瓶没有用完的生发油早送给了"月牙太太"。他喜欢蜜蜂的什么也不知道；他背诗，他念"记蜜蜂"，她都睁大了黑眼，"哟！挺好听！"他学着小说上的语调对她说："我与小姐有一度的姻缘！"她还是"哟，很好！"她可是长了本事，也会用针给弟弟们缝补袜子什么的，头发上往往挂着点白线头儿，天赐替她取下来，摸摸她的头发，她也不急。下雨的天，她还是光了脚。

爸有回到老黑铺子去，遇上了他们在一块玩。爸叫天赐回家。天赐看爸的神色不对，没说什么回了家，和赵老师讨论这件事。赵老师说，没有女的就没有诗，诗人都得爱女人！姑娘是杨柳，诗是风，没有杨柳，风打哪里美起？天赐问老师怎不去找女人？老师说被女人打过一个很响的嘴巴，女人打嘴巴如同杨柳的枝子砸在头上，没意思了。

爸没再提这回事，可是暗中给天赐物色着媳妇；跟老黑家的孩子打连连[1]，没有好儿。

爹近来确是长脾气，他总好叨唠。他爱和天赐闲谈，可是谈不到一处；

---

[1] 打连连，常来往。有瞎混的意思。

天赐有时候故意躲着爸，而爸把胡子撅起多高。爸似乎丢了从前那个快活的马虎劲儿。年岁越大越关心他的买卖，而买卖反倒不如以前那么好了。三个买卖在年底结账的时候，竟自有一个赔了的。爸一辈子没赔过，这是头一次。为什么赔了，爸找不出病根来。他越闷气越觉得别家买卖不像话，没有规矩。可是人家那不像话的赚了，他赔！他觉着云城的空气也不怎么比从前紧起来，做买卖的大家拼命的争赛，谁也不再信船多不碍江这句话。大家无奇不有的出花样，他赶不上人家，也不想赶；想赶也不会！钱非常的紧，乡下简直没人进城买什么。他相信那些老方法，在相当的程度上他也货真价实。可是他赔了钱。那些卖私货的，卖假货的，都赚。商人得勾结着官府，甚至得联着东洋人。而且大家都打快杓子，弄个万儿八千，三万二万便收锅不干了；他讲老字号，论长远，天天二三十口子吃饭，不定卖几个钱呢！他不明白这是怎回事，正如纪老者不明白乡下为什么那样穷。人家卖东洋货，他也卖，可是他赚不着。人家减价，他也减价，还是没人来买他的。他用血本买进来，他知道那些洋钱是离开了云城，而希望再从乡间送来；乡下只来粮食，不来钱。乡下人卖了粮，去到摊子上买些旧衣服、洋布头、东洋高粱粉条，不进他的铺子来。他一点也不敢再像从前那样大意，他也赶着买，赶着卖，可是赶不上别人。人家包卖一大批胶皮鞋，个巴月的工夫干拿走三四万；他批了一角，没人问。人家是由哪儿批下来的？他摸不着门。他赔着卖也没人家的贱。他有门面，人家雇几十人满街嚷嚷。他得上房捐铺捐营业捐赈灾捐自治捐，人家不开铺面。以前，他闭着眼也没错，自要卖就能赚，而确是能卖。现在，他把眼瞪圆了，自己摸着算盘子儿，没用。他只能和些老掌柜们坐在一块儿叹息。他们都不服老，他们用尽心思往前赶，修理门面，安大玻璃窗，卖东西管送去，铺中预备烟卷，新年大减价，满街贴广告，没用。赚钱的就是洋人的买卖，眼看着东洋人的一间小屋变成了大楼，哈德门烟连乡下也整箱的去。他惟一的安慰是看看新铺子开了倒，倒了又开；他的到底是老字号。可是假若老这么赔下去，他也得倒！做了一辈子的买卖，白了胡子而倒了事业，他连想也不敢再想了。而天赐偏不爱学买卖！他怎能不叨唠呢？

天赐听说这个赔钱的消息，忙去告诉老师，老师很高兴。"这与咱们有什么关系？不但没关系，而且应当庆祝商业精神的死亡。咱们打点酒庆贺这个？"

"可别叫爸知道了！"天赐小心一些。

"其实他应当欣赏此举。钱在哪儿心就在哪儿。三个铺子都倒了，岂不完全省了心，做了自由的灵魂！"赵先生说的确是有味，可是天赐到底有点不放心："假如爸的买卖都倒了，我怎办呢？"

"那有什么难办？一对儿流浪诗人，完了。天下到底是穷人多，我们怕什么呢？"

这个又打动了天赐的幻想：赵老师、蜜蜂、虎爷和虎太太、他自己，都在四处漂流。都光着脚，在树荫下，叫蜜蜂捞点鱼，大家吃吃，倒也自在。这种生活必定比处处有拘束，有规矩强。

尤其使他高兴的是他的一小篇小文，由赵先生给寄到天津一家报馆去，居然在文艺栏里登出来。报馆给他寄来三份。看见自己的名子印在纸上，他哆嗦起来。自幼儿除了虎爷敬重他，到处他受人欺侮，私孩子，拐子腿，被学校开除。现在他的名子登在报纸上！他觉得爸的财产算不了什么，最有价值的是名，不是利。报纸上有自己的名子，大概普天下都知道了。继而一想，也许不能，在十六里铺就没看见有报纸，老黑铺中的报纸只为包裹铜子。云城的人家里，据他所知道的，就很少有书有报的。云城那两份小日报，除了一些零七八碎的新闻，和些大减价的广告，只有剑侠小说还有点人看。赵老师管这些小说叫作"黄天霸文艺"，连报馆都该烧了。可是他自己这种"非黄天霸文艺"有什么用呢，谁看呢？天赐怀疑了：假若没人读，写它干什么呢？还是钱有用，至少比文字有用。这他可不敢和赵老师说。

到了八月节结账，三个买卖全不赚，只将够嚼谷。这比赔了还难过。一个商人的心里只有两面，赚或赔，如同日之与夜。不赚不赔算怎回事呢？说着都丢人。会做买卖的才敢赔。牛老者的气色很难看，他的圆脸瘦了一圈，背弯了许多。可是他还挣扎。夜里睡的工夫越小，他越爱思索。他很想照着从前那样马虎，可是做不到。从前瞎碰出来的成功，想起来使他舒服些，自己一笑；及至拿从前的年月和现在一比，他茫然了。他觉着心中堵得慌。一到天亮他就再也睡不着，起来在院中走溜儿，他咳嗽。

天赐的心软了些。他得帮助爸，爸需要同情。他不能一天到晚做诗人。做诗人不过是近来的事，妈妈管了他十多年，妈妈不是一切都有办法么？

他和爸说了，他决定帮助爸。爸笑了。可是他能帮助什么呢？细一想，他什么也不懂，十六七年的工夫白活。手艺没有，力气没有，知识没有。他是个竹筒儿！该感激的还只有赵老师，只有赵老师教给他一些文字，其余的人没教给过他任何东西。大概他只能等着做官或做诗人了！他没有办法，承认了自己的没用。

算了吧，先睡个觉去！他把头蒙上，睡了个顶香甜的大觉。

二十　红半个天

转过年来，赵老师自动的不干了。他的一本小说印了出来，得了二百五十块钱。"天赐，我创造出钱来了，想上上海；跟我去？"

天赐听到"上海"，心里痒了一阵。但是他不能去，他到底是商人的儿子，知道钱数；二百五不是个了不得的数目。妈妈死的时候，花了一千多，棺材寿衣还不在内。更使他惭愧的是他分三别两，谁的是谁的，妈妈的教训；他不能跟赵老师去，完全花老师的钱。老师要是花他的倒无所不可，他到底比老师阔，虽然钱不在他手里。他向老师摇头。"二百五十块大洋，在上海可以花几天，"赵老师把烟卷吃到半根就扔了。"上海，醇酒妇人，养养我的灵魂！"

天赐不想说而说出来了："钱花完了呢？"

"钱既是为花的，怎能不完？完过不止一次了。想当初，爸死，给我留下好多钱，不知怎么就完了。有钱就享受，没了钱也享受，享受着穷，由富而穷，由穷而富，没关系。就怕有了二百五而不花，留着钱便失了灵魂！你不去？吾去也！虎爷呢？得请请虎爷。"赵老师给了虎爷五块钱，没给纪妈任何东西，他不喜欢纪妈。

天赐以为老师必定打扮打扮，既然是"发了财"。至少应整理整理东西，既然是要走。老师没事人似的，吸着烟卷。下半天，老师空手出去了，一直等到吃晚饭的时候还不回来。天赐在书房的墙上找着个小纸条："销魂者唯别而已矣，再见！"据四虎子说，他看见老师出去，可是没说话，眼睛红着点。天赐没吃晚饭。

这次的寂寞是空前的。他不是小孩子了，不能有点玩艺就满意的玩半天了。他要朋友，不是学校中拜盟兄弟那种朋友，是真朋友。虎爷与纪妈在感情上是朋友，可是他们与他谈不到一处了。"蜜蜂"也失去魔力，既不"记"蜜蜂了，她由想象中的价值落下来许多；她的美一大半是由他创造的。赵老师走了，没人再陪着他白天做梦玩了，她还是她。过去是一片没有多少意义的恐怖；将来怎样他还不甚关心，可是也不光明，自己到底去做什么呢？他不明白这个世界，云城是这样，十六里铺是那样，怎回来呢？只有赵老师能给他一些空虚的快乐，虽然是空虚的。他似乎看明白了他没法对实际的问题发生兴趣。只有在瞎琢磨的时候，他心中仿佛能活动，能自由。到了真事情上，他不期然而然的要抓住妈妈那些规矩，云城那些意见，爸的马虎。他"自己"想不出高明主意来。他不会着急，蒙头大睡是最大的反抗。

对着镜子，他好像不认识自己了。眉毛多了些，嘴上有一半圈小毛，薄嘴唇有了些力量，鼻子可是不似先前卷得那么有劲了。脸上找不出一些可靠的神气，眼珠黄了些。"自己"是丢失了些，也没地方去找。有时候他坐在书房里，一坐便是半天，想起王老师、米老师、学校那些位老师，和赵老师。他们到底都是干什么的呢？不明白。米老师的嘎唧嘴法使他发笑而又害怕。有时候他想写一点什么，费了许多的纸，什么也写不成。往往一个字使他想一天，结果是蒙头去睡，那一个字断送了一大篇文章，说不定那是多么美的一篇呢！一个字！

这个时候——天赐十八岁——云城起了绝大的一个变动。男女可以同学，而女子可以上衙门告爸爸或丈夫去！自然男女兼收的地方是男的女的都不去，而衙门里也还没有女子告爸爸的纪录，可是有了这么股子"气儿"了。云城在新事情上是比别处晚得许多的。这股子气儿使老年人的胡子多掉了许多根；带着怒气抹胡子是不保险的。妈妈们的心整天在嗓子眼里，惟恐儿女做出不体面的事来。有好多人家的子女就退了学，而学校教员改行教私学的也不少。云城的规矩是神圣的老人们尽了抓钱的责任，所希望于儿女的就是按着规矩男大当娶，女大当聘，而后生儿养女，乖乖的很热闹。年轻的人们，大多数是随着父亲做买卖的，对于这个新事也反对，可是乐意看看：街上有一对男女同行，使他们的眼睛都看流了泪，酸酸的很痛快。干这路新玩艺的只是些学生。学生们开会，学生们走街，学生们演说，学生们男女混杂。连被强迫退了学的学生也偷偷的出来参加。不久就由人们造出个名词来——"闹学生"；和闹义和团，闹鬼子，闹大兵的闹是一个字。学生们也确是很喜欢这些事，他们跟爸要了钱出来，而后在爸的门前贴上"打倒资本主义"，很有趣。老人们越瞪眼，他们越起劲。

天赐的心跳起来，他看着他们，居然有了穿洋服的！他咽了唾沫。这才是生命！不受家庭的束管，敢反抗，所谈的是世界、国家、社会；云城算得了什么？他忙去理发，理成"革命头"，又穿上了皮鞋，在街上听着看着。他敢看女人了，女人也看他，都是女学生！在打扮上他是可以赶得上他们的，只可惜他不在学校里，不能参加他们的集会与工作。

可是，不久有人来约他了。他不是在天津的报纸上发表过一篇小文么？有人看，他们看过他是文学家。他们得办报，做扩大的宣传，他是人材！天赐驾了云。他有了朋友，男的女的。有个女的被妈妈扯了嘴巴还跑出来，脸上还肿着。这激起他的热情，他得写诗了，诗直在心里冒泡儿。

千金的嘴巴，

桃腮上烧起桃云；

烧吧，烧尽了云城，

红半个天！

天赐作的。挂在大家的口上。有人批评"千金"用的不妥，他为自己辩护，说这是双关语，既暗示出这个嘴巴的价值，又肯定的指出女性；这是诗！他辩论，自傲，想象他的伟大。连赵老师也没他强了，他是革命的，赵老师不过会受穷。他爱国，爱社会，可怜穷人。这在云城是极新颖的事。云城的人没有国，没有社会，穷人该死。他的眼光很远，他是哲人，他不知道自己是怎回事。

"闹学生"正在热闹中间，北方起了内乱。云城人最怕战事，因为一打仗不但买卖受损失，他们还得凑军饷，上临时捐，分认军用票。虽然在战前战后他们可以抬高物价，勒死穷人，但究竟得不偿失，而且不十分像买卖规矩。云城是崇拜子贡的，"孔门弟子亦生涯"，如果能保存点圣贤之道，也不便完全舍弃；假如不能，也就无法，不是他们的错儿。他们永远辨不清这些内战是谁跟谁打，也不关心谁胜谁败，他们只求军队不过云城；如若过来，早早过去。他们没有意见，只求幸免。如有可能，顶好挂挂日本旗子。

听说军队已到了黄家镇，一催马便是云城。使天赐大失所望。学生们不闹了。他还在想象中，正在计划一些宣传的文章。不知怎的大家都散了。他在想象中，对于真事的觉到就比别人迟得多。他在真事中，他比别人的主意少得多。大家散了以后，有人说已听见了炮声，他才醒过来，一点主意没有。

爸忙起来。他不怕炮声，听惯了。他怕炮打了他的铺子。爸忙叫天赐去帮忙，天赐插不上手，也插不上嘴。他在这时节既不能作诗，又不能做事，只会给人家添乱，一着急会平地绊个跟头。他饿的比别人早，还得别人伺候着。在忙乱中他不自觉的讲款式；他忘不了妈妈的排场与规矩，除非在想象着当野人或诗人的时候。伙计们尊敬他，伺候他，他是少爷。他觉得这也倒还有趣，闹学生他是人材，闹大兵他是少爷，左右逢源。

自要战事在云城一带，谁都想先占了云城；这个城阔而且好说话：要什么给什么，要完了再抢一回，双料的肥肉。兵到了！多数的铺子白天已关上，只忙了卖饼的，县里派烙，往军营里送。饼正烙得热闹，远处向城内开了炮。城内的军队一手拿着大饼，一手拿着枪，往城墙上跑。有的双手都拿着饼，因为三个人抱一杆枪。城外的炮火可是很密。打了一天，拿大饼的军队势已不支，开始抢劫；正在半夜，城的各处起了火。牛老者在家中打转，听着枪声，不住的咳嗽。远处有了火光，他猜测着起了的地方，心里祷告着老天爷别烧他的铺子。天赐很困，但也睡不着，他看着爸，心里十分难过，可是想不出怎样安慰爸来。纪妈、虎爷夫妇，也全到前院来，彼此都不愿示弱，可是脸上都煞白。

"福隆完了！"爸欠着脚向南看："一定是！"爸哆嗦起来。

"不能……不能是福隆！"大家争着说。

"我的买卖，我还不知道在哪块？是福隆，三十多年的买卖！虎子，你扶我上墙看一眼！"爸哆嗦的很厉害，出入气很粗，可是他要上墙去看。

"爸，我去！"天赐不能不冒险了，枪子还直飞呢。

"你去看吗？你那两只眼！"爸不信认任何人的眼。

天赐没法，他只知道福隆在南街上，真测不出距离来。

爸非上墙不可，福隆烧起来，他只能对枪子马虎了，他必须亲眼看看去，他准知道福隆是在哪角。

天赐拿着灯；虎爷扶着牛老者，登了一条长板凳。爸上不去，他哆嗦，张着嘴，头上出着冷汗。扶着虎爷的手，他喘；憋足了气，借着虎爷的力量，上去一只腿。就那么一脚在上，一脚在下的歇着，闭上了眼。他积储量呢。猛的，他那哆嗦着的手握紧虎爷的，想再上那一只脚。拍拍拍拍一阵机关枪！虎爷也出了汗："下来吧，鸡冠子枪！"老头不语，一手扶墙，一手握住虎爷，还往上去。到底他上去了，咳嗽了一阵，手在墙头上抓着，死死的抓着，他看见了。南街的道东，红了一片，大股的黑烟裹着黑团与火星往高处去；黑团与火花起在半空，从烟中往下落；烟还往上升，直着的，斜着的，弯弯着的，深黑的，浅灰的，各种烟条挤着，变化着，合并着，分离着，忽然一亮，烟中多了火花火团，烟色变浅。紧跟着火光低下去，烟又稠起来，黑嘟嘟的往上乱冒，起得很高，把半天的星斗掩住。空中已有了糊味。那是福隆和它左右的买卖。没有人救火，自由的烧着。他像木在那里，连哆嗦也似乎不会了，只有两只眼是活着，看着三十多年的福隆化成一大股黑烟，弯弯着，回绕着，凶勇而又依依不舍的往北来，走着走着还回回头。

虎爷虽然是双手扶着他，架不住他的上半身猛的往下一倒，他摔了下来。天赐叫了一声，灯落在地上。全是黑的，只是天上隐隐的有些浮光，飞着纸灰。

二十一　人面桃花

　　战事完了。云城果然红了半个天，应了天赐的诗句。爸的福隆只剩下点焦炭与瓦块。重要的账簿与东西，在事前已拿了出来；货物可全烧在里面。爸从前的马虎是因为他有把握，那是太平年月，眼看着福隆完了，他觉得无须再活下去了。这几年他不敢马虎，而结果反倒是这样，对于买卖与他自己完全不敢信任了。火是无情的，枪子是没眼睛的，他的老年是在火与枪弹中活着，没想到过！他病了一大场。

　　天赐多少日子也没到书房去，他不能再作诗。他对不起爸，不应当作那"红半个天"的句子。他对不起云城，南街北街烧了两大片，最热闹的地方成了土堆。在作诗的时候他小看云城；当云城真受了伤，他反倒爱它了。不该诅咒这个城，他觉得。他不敢多上街去。营商是他所不喜欢的，但是随便把别人的房子烧了，他简直没想到过；他后悔作过那样的诗。他到底是爸的爱子，感情使他怜惜着爸。他很细心伺候爸，唯恐爸就这么死了。妈妈是为替他争气而死的；不能再把爸咒死。他觉出他的矛盾来，可是没法调和；爸的病是真的，不能因为爸的志愿不高尚而不管，他没有那样的狠心。听着爸在床上哼哼，他不能再逃往诗境；生死是比柳风明月更重大的，虽然他不甚明白关于生死的那些问题。

　　学生们耻笑他，说他开倒车去尽孝道。赵老师来信，说他不同来上海是他的不伟大；干什么就干什么；脚踏两只船是不可能的。天赐不理他们，由他们说去，先看爸的病要紧，这是种责任。

　　爸的病慢慢的好上来。没人在他面前敢提"福隆"。他自己反倒笑了："你们都不提福隆，好！其实，算什么呢？在病里我琢磨出来了：我没本事，一向马马虎虎，运气叫我赚了俩钱。后来我打算不马虎了不是，福隆倒连根烂了。我不明白，我也不想明白。还是马虎好，老了老了，何必呢？！"

　　他虽是这么说，大家谁也不信。及至他能出去活动活动了，总绕着走，不由福隆的火场经过。他拄上了拐杖，一边走一边和自己说，白胡子一起一落像个白蝴蝶。他念道"福隆"呢！

爸能出去活动，天赐也又有了事做。他加入了云社。这是云城几家自古时就以读书做官为业的所组织的诗社。社里的重要人物的门前差不多都悬着"孝廉"，"文元"等字样的匾。他们走在县衙门前咳嗽的更响亮，走在商会事务所外鼻子哼出凉气。他们的头发虽剪去，可是留得很长，预备一旦恢复科举好再续上辫子。他们的钱都由外省挣来；幼年老年是在云城，中年总在外边；见过皇上与总统的颇有人在。他们和云城这把儿土豆子没来往。天赐本没资格加入云社，可是经小学的一个同学的介绍，说他是孝子，并且能诗，虽然是商家的子弟，可是喜欢读书，没有一点买卖气。所以他们愿意提拔他。这个同学——狄文善——虽也才二十上下岁，可已经弯了腰，有痰不啐，留着嗽着玩。云社是提倡忠孝与诗文的，所以降格相从许天赐加入。云社每逢初一十五集会，他们不晓得有阳历。集会是轮流着在几家人家里，也许作诗钟，也许猜灯谜，也许作诗，有时候老人们还作篇八股玩玩。天赐这又发现了个新世界，很有趣。这里的人们都饱食暖衣的而一天发愁——他们作诗最喜欢押"愁"，"忧"，"哀"，"悲"等字眼。他们吸着烟卷，眼向屋顶眨巴，一作便作半天，真"作"。什么都愁，什么都作。天赐第一次去，正赶上是作诗，题是"桃花"。他学着他们的样子，眼向上眨巴，"作"。他眼前并没有桃花，也不爱桃花，可是他得"作"。大家都眨巴眼，摇头，作不出。他觉得这很好玩，这正合他的胃口，他专会假装。他也愁起来。愁了半天，他愁出来四句："春雨多情愁渐愁，百花桥下水轻流，谁家人面红如许，一片桃云护小楼。"他自己知道这里什么意思也没有，纯粹是摇头摇出来的。假如再摇得工夫大一些，也许摇出更多的愁来。他不能再摇，因为头已有点发晕。及至一交卷，他知道他有了身份，这些老人——原本没大注意他——全用一种提拔后进的眼神看他了。他开始以为他的诗有点意思，可惜头摇得工夫小了些！老人们爱那个"愁渐愁"。有个老人也押愁字，比天赐的差得多——"流水桃花燕子愁"。可是大家闭上眼想了半天，然后一齐如有所悟："也很深刻！"老人自己想了想："谁说不是！"天赐也闭眼想了想，或者燕子也会愁，没准。

除了作诗以外，天赐还看到种种的新事，人家屋中有古玩，有字画，果盘中摆着佛手。人家喝茶用小盅，一小盅得喝好几次。人家说话先一裂嘴，然后也许说，也许不说。人家的服装文雅，补丁都有个花样。人家不讲论饭馆子，而谈自家怎样做小吃。人家的笑带钩儿，还带着"我看不起你"的意思。

人家什么事都有讲究。人家称呼他"赐翁"！他也得那样，当然的。这些人与赵老师不同而且更好了：赵老师不讲究衣服，这些人也穿得很随便，可是这些人在不讲究中有讲究；他们把绸子做里，而拿布做面，雅。赵老师三个月不理发是常事，这些人的发也很长，可是长得有个样子，不使油而微有些香水味。他们不穿皮鞋，可是穿丝袜子；老式的千层底缎鞋、丝袜，有种说不上来的调和与风雅。这是妈妈的办法，而加上点更高的审美，这像桂花，花朵不鲜明而味儿厚。天赐爱这个。妈妈对了，人是得做官，离开云城去做官，见过皇上或总统的人毕竟不凡。这些人看不起白话文、白话诗，连读小说都讲究唐人作的。他很惭愧他作过白话诗。这些人看不上男女同行，他们讲究纳妾，纳妾好作诗，风流才子。他们不问他的家事，不问家中有什么财产；他们偶尔谈到钱，是说有件古玩已见过二千五还没卖。他们能拿起件古东西而断定真假。他们差不多都会画山水，自己夸奖着，他们懂得医术，自己能开方配丸药。他们提到一个人，先说一大套官衔，哪年哪月升的，哪年哪月撤差，都丝毫不乱。他们管本县县长叫"徐狗子"。

他回家就脱了皮鞋。看屋里，俗气通天！登上椅子把"苏堤春晓"的镜框扯下来，扔在厨房去。他得去设法弄字画，如一时没有钱买古玩的话，佛手是必须摆上的。他自己的服装是个问题，即使爸给钱，他不晓得怎样去做，也叫不上来那些材料的名儿来。

狄文善给他出了主意，叫他到元兴估衣铺去买几件"原来当"的老衣服，如二蓝实地纱袍子，如素大缎的夹马褂；买回来自己改造一番，又经济又古气。狄文善随着他去，给他挑选，给他赊账，再给他介绍裁缝铺。天赐没钱没关系，狄文善愿借给他；要不然，狄文善就全给他赊下，到节下把账条直接送给爸——一个才子给爸拉点账是孝道的一种，天赐爱这个办法，这可以暂不必和爸直接交涉，等账条到了再说。狄文善什么都在行，而且热心；什么老铺子都赊得出东西来，而且便宜。铺子里都称呼他"二爷"，他们给二爷沏茶，让二爷吸烟，陪着二爷闲谈。二爷要赊账，他们觉到无上的光荣。二爷弯着点腰，看他们的东西都有毛病，他咳嗽着，摇头，手指轻弹着象牙长烟嘴。二爷挑好东西只说一句"节下再算"。他们把二爷送到门外。

天赐打扮上了，照了照镜子——不像样！扁脑勺，拐子腿，身腔细，穿上古装，在满身上打转；真像穿上了寿衣。二爷给他出主意："弯着点腰，以软就软，以松就松；再摇着点，自然潇洒。"天赐摇起来，果然是脱了俗气，和吕洞宾有点相似！初在街上摇摆，大家看他，他要害羞；和二爷走了两趟，他的鼻子利用原来的掀卷顶到了树尖上去，闻着仙人在云中留下的香气。他的脚尖不往一块碰了，因为用脚踵走，走得很慢很美。扇子之类的小零碎，在云城不易买到古式的，二爷有时送给他点小玩艺，有时卖给他。卖给他的，并不当时要钱，也不说价，二爷不是商人："先拿着用吧；这把扇子还是祖父在杭州做官时买的，画得好，写的也不坏。扇股可别用汗沤，这是斑竹，可不同普通的竹子，把花纹沤黑了可糟！"二爷是真朋友，什么都教给他；为他，二爷赔了好多钱。生活也确是有了趣味，什么都作，而作的不伤神；什么都谈，谈得很雅。他们一同到城北去垂钓——绝不能说钓鱼——二爷的鱼竿值三十多块钱，二爷说！钓着鱼与否全没关系，为是养神。天赐真觉得必须养神，不趁着年轻力壮养神，什么时候才养呢？二爷的鱼虫是在磁罐里养过一个多月的，用湿细草纸盖着，通红，像一条条的珊瑚枝。钓了半天，二人才钓上一寸多长的一对小"柳叶"，可是有多少诗意呢！

　　天赐也到二爷家中去。二爷的姐姐比二爷大着两岁，是个才女，会画工笔牡丹，会绣花，会吹箫。二爷的母亲很喜爱天赐。去过两趟，老太太就许他见见才女。才女出来周旋了两句就进去了，可是天赐以为是见了仙女。才女叫文瑛，长长的脸，稳重，细弱；两道长细眉，黑而且弯。穿得随便而大雅。文瑛是她父亲在广州做官时生的，父亲死在任上，她会讲广州话！狄老夫人顺口答音的把天赐家中情形都探了去，（没问，是顺口答音的探。）而后二爷透了点更秘密的表示，假如这三位才子联为一家……天赐落在一种似恋非恋的境界里，又想起来"我与小姐有一度姻缘"。可是没法叫她知道了；她不常见他，偶尔给他一两声箫听听！他得作诗了，"如此箫声疑梦里，桃花一半在云间！"他哼唧着，摇着头，落在枕上一两点养神的泪，因为睡不着。

　　狄老夫人非常的厚待他，有什么不对的地方也委婉的说他，她说："我拿你当作亲儿子！"她告诉他说话要小心，举止要大方，帽子别着了土，鞋底边得常刷点粉，衣服该怎么折，茶要慢慢的喝。"在我这儿都可以随便，咱们这样的交情；在别人家就得留点神，是不是？"她找补上。他很感激，他就怕人家笑话他是商人的儿子。到别人家去，献上茶，他干脆不喝；渴就渴，不能失仪！在狄家他稍微随便一些，既然狄老夫人对他那么亲热。有时候狄家来了客，他可以不走，而躲在二爷屋中去。文瑛会在这种时节给他端一小碗八宝粥，或是莲子羹来。"怕老妈子手脏，我自己给你端来了。"她把碗放下，稍微立一会儿，大方而有意的看他一眼，轻轻转身，走出去。天赐不再想回家。

　　这些，他都不敢让爸知道。他的古装不在家里穿。虎爷看见了他的打扮，他告诉虎爷："这便宜呀，旧的改新；你摸摸这老材料够多么厚，十年也穿不坏，省钱！"没法子，对虎爷不能不说这种无诗意的话，饶这么说，虎爷还直吐舌头。

最放心不下的是那些账条。设若到年底，爸忽然接到它们而不负责还债，怎办？怎办？他假装马马虎虎，可是不能完全忘掉。他甚至于想起个不肯用，而到万不得已时还非用不可的办法：赵老师的钱的创造法——偷东西去卖。这个不是高明法子，也有点不体面，但是为自己在外边的身份与尊严，为这种生活的可爱，到必要时还非这么干不可。即使得罪了爸，也不能舍弃这种生活。这是在云间的生活，高出一切。他开始觉到人应当有钱。爸的弄钱是对的，不过不应那么花。人须先有钱，而后像云社的人们那样花，花得有趣而没有钱声与钱味。钱给他们买来诗料。

更使他不忍舍弃这种生活的自然是文瑛。一个会画会写的女子在家里！一对儿才子才女！天天在一块儿作诗，替桃花发愁，多么有趣！文瑛必是爱他的，他想。不是女学生那种随便交际，而是尽在不言中的一点幽情；那碗八宝粥！把爸的钱都花了而得到她，也值。他念《西厢记》，送完粥，临去秋波那一转！他的想象使他的全身软起来，他觉得自己该变成个女的——安静，温柔，多情，会画工笔牡丹，多愁善病。决不能再做黄天霸了，那可笑。他得是张生，贾宝玉多情多得连饭都可以不吃，身子越瘦越会作诗。人得像蝴蝶似的，一天到晚在花上飞。他愿化为蝴蝶，一个小小的黄蝶，专爱落在白牡丹上！他得偷爸的东西，好当蝴蝶。

二十二　家败人亡

　　爸的病始终没好利落，好几天，歹几天；他自己向来不会留神，稍好一点他便想吃口硬的，吃了便又不舒服。他不想恢复福隆了，没那个精神；那两个买卖，他也不大经心，他得恢复他的马虎，这可是另一种马虎，一种不能不承认自己的衰老的马虎。这种马虎是会杀人的。

　　天赐十九，爸七十。天赐愿给爸办整寿，他有了会写会画的朋友，他得征求寿文寿诗寿图，以减少爸的商人气，而增高自己的名士身份。爸打不起精神干这个，可是也不便十分拦阻，这是儿子的孝心。他已给儿子还了不少的账——连狄二爷那把扇子开来账条——爽性叫儿子再露一手。他还那些账的时候，不能不叨唠几阵，可是同时心中也明白，儿子不是为吃喝嫖赌花了，是为制衣服买东西，虽然那些破东西没有一样看上眼的。他想开了，儿子本是花钱的玩艺，不叫他这么花，他会那么花。他看不起云社那群"软土匪"，可是他们也有用处：商会办不动的事，他们能办，他们见县官比见朋友还容易。儿子不和他们打拉拢，很好；能和他们瞎混，也好。这年头做买卖不是都得结交软土匪与官场么？随儿子的便吧，他管不了许多。天赐的婚事倒是常在他心里，他怕儿子被云社那群人吃了去，真要娶个官宦人家的小姐来，那才糟。他自己吃过了亏。他自己年轻的时候，也是迷着心，而老太太的娘家父亲爱上他的和气与财力，非让他做女婿不可。他一辈子没翻过身来。他并不恨老伴儿，可是想起来不免还有惧意。结婚最保险的办法是女的比男的穷，身份低；驸马爷至多会唱四郎探母！是的，他得赶紧替天赐张罗着，趁着自己还有口气。先办寿，后办婚事，花吧，反正自己还有多少年的活头？福隆都烧了，身子落在井里，耳朵还能挂得住？

　　天赐比妈妈又厉害了，先排练虎爷："虎爷，有人来找我，你站在屏风门外喊'回事'，明白不？等我答了声，你再向外喊，'请'。然后拿着客人的名片，举得和耳朵一边齐，你，在前面，叫客人跟着，不要慌，慢慢的走，眼看着地，会不？来，练习一个！"

虎爷想了想："咱哥俩说开了，我不会；就是会，我也不来这套，明白不？你要是不要我的话，吹！我不会耍猴儿玩。告诉你，你那头一对哗啷棒是我给你买的，不是揭根子，我懂得交情。我就是不干这路钩套圈，明白不？"

天赐的脸都气绿了。可是没法对付虎爷，虎爷到底是他最老的朋友。他也没有辞去虎爷的能力；虎爷要是想揍他一顿，还真就揍。云社的人们是不讲打架的。天赐把这口气咽了，过了一会儿反觉得自己很有涵养。同时云社的人都很夸奖他，他们决定下次集会讨论牛老者的寿文问题。他们非常的热心，愿把次好的字画陈设借给他用，给他出主意，替他去跑腿。他们就是喜欢别人按照他们的排场办事，他们赔上俩钱也愿意；赚几个更好。他们可是暗示给他，到办寿那天他们不能去贺寿；和些商人混在一处是破例的事，他们不肯破这个例。他们可以在正日子的前一天来，假如天赐愿意给预备几桌精细酒饭的话。天赐觉得这是一种优遇，不是污辱。他希望女眷也能来，目的是在文瑛。假如文瑛肯来，他与她的关系就能更亲密一些。他确信这是个好机会。他可是不敢去明说；私下里写个短笺更多危险。他先求她画张牡丹，再说别的。他不敢猛进，仿佛更明白了什么是愁与西厢记。爸的寿日的前三天，爸的精神很好，叫纪妈做了点汤面，吃完，想到铺中看看，刚要走，来了个伙计，告诉他："源成银号倒了。"

"什么？"爸的眼直了。

"源成倒了。"

爸没说出第二句话，就瘫在那里。

天赐慌了，忙叫虎爷帮着把爸抬到床上，而后去请医生。医生没给开方，告诉他预备后事。

爸就那么昏昏迷迷，挺在床上，呼吸很慢可是很粗，白胡子一起一落，没有别的动作。

爸不信服银行，他的钱全交在源成，一个山西人的老买卖。自从广东的"稻香村"顶了山西人的干果店，浙江人也顶了山西人的银号。可是源成没倒；几次要倒，都是谣言；牛老者没有信过一回这种谣言："源成要是倒了，就没了天下！"他笑着说。他不信那些新事儿，什么保火险，买保险箱，他都不干。他只信源成，源成在他年轻的时候已经是老买卖；况且源成确能使他信靠，交钱支钱，开个汇票，借个三千五千，全没错儿，而且话到钱来，没有银行那些罗哩啰唆。源成真倒了，没了天下！他什么也不知道了。他的俩买卖能不赔不赚的维持；源成拿着他的命。

天赐想不到这些，他着急，可是还迷着心做那个官样的寿日。他只信医生一半话，还希望爸会起来，仍然做七十整寿。他看着爸，爸睁了几次眼，都没说出什么又闭上了。爸的手已不能动。到了半夜，他开始怕起来，爸的呼吸更困难了，眼睛已不再睁开。他又看到了死，死又使他清醒过来："虎爷，爸不好！"他的泪随着下来。他希望爸——像妈那样——跟他说几句话。爸一辈子没说过什么漂亮的，可是爸可爱，爸是真爱他。哪怕胡说几句话呢，他愿听听爸的最后的声音。死时而一语不发比死还难堪，爸不是还有点呼吸么？他不由的叫出来："爸！爸！"爸连眼也不睁！"爸！你说一句！"爸不语！他觉到许多地方对不住爸，他不应当看不起爸；爸要死，而他无从跟爸说他的过错！爸真底是可爱的。纪妈和虎爷主张给爸穿寿衣，以免死后倒动。他不肯，他不肯那样狠心拿活人当作死人待，爸还有气儿呢。可是他扭不过他们去，寿衣找出来，刚穿上褂子，爸已不再呼吸。他放声的哭起来。妈死的时候没使他这样伤心，并不是爸的身份与智慧比妈高，不是；爸可爱，不管他是商人还是强盗。怎办呢？他没主意，他想坐在爸的身旁看着，看到永远；或是去睡觉。他不能去睡。他必须出主意，妈死的时候有爸操持一切；现在，爸也找了妈去，只剩下他自己。他知道这个，可是没办法。虎爷，虎爷是他的老友，他要求虎爷。虎爷没放声哭，可是泪始终没干，头上出着冷汗。虎爷从十二岁就跟着爸。爸死，虎爷把以前的委屈都想起来，况且以后他没了家——牛家就是他的家。

虎爷出了主意，先到铺子取点钱，然后通知亲戚。天赐怕那群亲戚，但是没法不通知。对于取钱，他想争取一些，这场丧事必须办得体面，像预定的办寿那样体面，这才足以对得起爸，爸的钱还给爸用。

虎爷一清早就出去了，先去取钱。只取来二百！他和铺子里打听明白了：铺子有"账"：人家欠铺子，铺子也欠人家，做买卖本是一种活动周转。爸死了，欠人家的债得还，而账本上人家欠铺子的未必能要进来。这么一翻身，两个铺子所有的货、钱，未必够还债的。源成是倒了，存的钱已连根烂，而且没地方再周转去。两个买卖都得倒。天赐傻了，他不懂买卖，他以为买卖就是平地挖钱。怎么他也没想到买卖会要倒。他更觉得爸不应死，可是已经死了！他想到云社那群朋友，他们必定有主意，他至少还有两所房屋。房子可以不要，爸的丧事必须办得风光，只有这个可以补上一点孝心，等爸入了土不就太晚了么？他嘱咐虎爷去请亲友，也请几位云社的人，主要的是狄文善。他似乎很有把握了，有云社的朋友来，亲戚们便不敢闹，朋友们是随便可以见知县的。朋友们来必定会指着两所房弄些钱来，他必须为父亲花一两千。虎爷跑了一天。晚间，天赐希望来几个人；没个人影。第二天，铺子来了几个人，慌忙着又走了，只留下两个学徒帮忙。天赐等着近亲来到好入殓；没个人影。寿木是早已预备下的，爸自己看的木料。没人来，只好按时入了殓，连虎爷也哭放了声。

接三，除了铺中来了几位，还有两三家远亲。别人都没到。

源成倒了的消息早已传遍全城，跟着就是牛老者死的消息。谁肯来吊丧呢？云社的人本和天赐没关系，他们提拔天赐，因为他好玩，而且知道他有钱。现在他的钱没了，还理他作甚？他们不提"钱"这个字，可是关于钱的消息比谁也灵通。近亲更不用提，对于钱的来去比人的生死更关心多多了。他们都知道了，何必再来烧纸吊孝，白费些钱？他们等着呢，等天赐卖房时再说，他自要敢卖房，他们就有个阵式给他瞧。他如不卖，他们会叫他卖。他们盯着那两所房；死几个牛老者也没大关系，他们才不来白赔眼泪。

送三的时节，天赐哭得死去活来，冷清清的只有他一人穿着重孝，虎爷落着泪搀扶着他。几个伙计腰中围了孝带，手中拿着长香。和尚在空静的街上打着乐器，打得极快。后面跟着几个看热闹的孩子。送三回来，虎爷已熬了两夜，倒在条凳上就睡去。两个学徒和纪妈虎太太商议好分着前后夜。灵前跳着点烛光，天赐坐在一旁，眼哭得干巴巴的疼。他都明白了：钱是一切，这整个的文化都站在它的上面。全是买卖人，连云社的那群算上，全是买卖人，全是投机，全是互相敷衍，欺弄，诈骗。他不应当看不起爸，爸是对的，况且爸还慈善呢，至少是对于他。他不恨任何人了，只恨他自己，他自己没有本事，没有能力，他仗着爸的钱去瞎扯淡，他不知将来怎样，没主意。小小的个人，已经看到两次死，死是总账。他想起妈妈，和那颗小印。妈妈嘱咐他做官，爸临死什么也没说，他到底去干什么呢？干什么不都得死么？他不再想了，死是总账。他就那么坐着打开了盹儿。他看见过去的事和爸，迷迷糊糊的。猛一点头，他醒了，爸在棺材里，他在棺材外，都像梦。和尚又回来念经，他继续打盹，可是不能再迷糊的看见什么。

出殡依然冷落，没有几个人。爸挣了一辈子钱，妈妈的殡反倒那么风光！他已哭不出，只和虎爷一边走，一边落着泪。走到狄家门口，文善、文瑛都在门口站着呢，就那么站着，没有任何表示。文瑛设若躲进去，也还算有情。她不动，正和街上看殡的人一样冷静，她似乎绝不认识天赐。他认识了自己："天赐，你什么也没有，除了爸那几个钱；现在钱完了，你什么也不是！"

出了城，"杠"走得非常的快。爸和妈并了骨。他的泪又来了，爸和妈全永远埋在这里，只有那个坟头是他们曾经活过几十年的标记，像两个种子深深埋在地下，只等腐烂！他捉不到什么，什么都是坟地样的空虚。

他怕回家，那个空家。但是必须回去，家到底是个着落。可是，不久这个着落也得失去！他和虎爷回来，虎爷是他惟一的朋友。虎爷不会作诗，没有排场，不懂什么，可是有一颗红的心。

铺中掌事的等着他呢，买卖是收与不收，听他一句话。收呢，马上报案；不收呢，他得有办法；他如能周转钱去便可以不收。他没有那个能力，也没心程做买卖。收！

家中怎办呢？他独自带着虎爷与纪妈过日子么？吃什么呢？房必须出手。卖去大的，再买所小的。纪妈得回家，虽然极舍不得她。平日和纪妈并没怎样的好感，现在可舍不得她，她是他的乳娘，自幼把他看大。前途是暗淡的，他想捉住过去的甜蜜，他爱老朋友。但是纪妈得走，没法子。他亲自送她到城外，给她雇上驴；走出老远她还在驴上掩着脸哭呢。他不能放走虎爷，虎爷也不想走。"不怕，不怕！"虎爷红着眼皮说："咱们有法子，不怕！"

决定卖房子，房子就分外的可爱，没有一个犄角儿没有可纪念的事儿的，他闭着眼摸也会摸不错任何东西，它们都有历史，都可爱。

可是房契在哪儿呢？虎爷不知道，天赐不晓得。虎爷知道牛太太活着的时候，是在她手里，她死后，谁知道牛老者把它放在什么地方了呢？虎爷到铺子去问，大家都笑起来，铺子岂是存房契的地方？他回来，和天赐翻箱倒柜的找，找不到。爸是马虎人。

"虎爷，"天赐在爸死后头一次笑；"我看出来了，大概就是这点家具准是咱们的，别的全糟了！"

"不能，"虎爷仿佛是有把握，"不能！契纸一定在家呢，慢慢的找！"

什么地方都找到了，没影儿。天赐好像觉得这怪好玩了："别是叫老鼠拉去了吧？"

虎爷没说什么。

买卖报了歇业，连福隆的地皮卖出去，仅够还账的。过了个把月，消息传到天赐的耳中，房契是在铺子掌事的手里，爸交给他的。他已经跑了，用契纸押了三千块钱。房契还在云城，没有三千块钱赎可是回不来。天赐得马上搬家，人家要房住。

天赐反倒笑了："虎爷，我说什么来着？别的少说，咱们找房吧。"

虎爷以为天赐的嘴不吉祥，但是事实真是这样，他也只好拿出笑脸来："不怕，咱们把东西卖巴卖巴，租个小房，再想办法，活人还能饿死？"

天赐虽不能高兴，也不太悲观，开始写小纸签，该卖的都贴上，没签的是留下来的。狄二爷卖给他的那把扇子也贴上了小纸条！爸的衣服，他舍不得，"虎爷，我仿佛觉得这些衣服还有热气呢，不能卖！"

"你是玩呢，还是干真事呢？"虎爷问。

天赐没回答出来。

待了半天，虎爷想起来了："你是爱玩；想当初你抓周的时候，抓的是哗啷棒。"

二十三　隐士卖梨

正在整理东西，有人来找虎爷，说他的老丈母娘在城外等着他呢，有很要紧的事。虎爷走了，天赐独自看看这个，动动那个，信手的贴小签儿。

进来一伙人，雷公奶奶领头。天赐一看见她就木住了，好像虾蟆见了蛇。一个男人把月牙太太困在后院，另一个男人把天赐拉到门口："看着我们搬东西，一出声或是一动，你看这个！"袖口中露出个刀子尖，在天赐的肋部比画了一下。门口放着辆敞车。

天赐不敢动，呆呆的看着男女们往外搬运东西，搬得很快。雷公奶奶撅着尖嘴，仰着头，一趟一趟的搬，很有仙气，看着看着，天赐感到了趣味，他欣赏他们给他的地位——大家好像都是他的仆人，而他监督着他们给搬家呢，他的身份很高。虽然刀子始终没离开他的身旁，可是他觉得他须及时的享受，他微笑着，有时还帮句嘴儿："掉地上一把扇子，老太太。"他惹不起他们，可是他会想象着乐观。

人多好做事，不到一顿饭的工夫，细软的东西和好搬的小件已装满了车。袖里藏刀的那位很客气的代表大家对他说："大件的木器给你留着，咱们是亲戚，不能赶尽杀绝，是不是？再见吧！"

天赐以为这种客气几乎可以媲美云社的人们，他也不能失礼："谢谢诸位！要是愿意的话，再拉一趟吧！"

"那就不必了，大家都很忙，没那个工夫，再见。"大家依依不舍的分了手。

桌子大柜，箱子什么的都留在原处；柜中箱中可是都空了。椅子一把没留。墙根上落下一把扇子——狄二爷卖给他的那把。天赐拾起扇儿，心中茫然。月牙太太从后院跑来，厨房并没动，只搬走了两口袋面。天赐不愁，也不生气，低着头在屋中走溜，一点主意与思想都没有。

虎爷回来可楞了："调虎离山计！哪儿有什么老丈母娘呀！你就老老实

实的看着他们抢？"

天赐觉得"调虎离山"用的十分恰当："不老实着怎办呢？肋条上有把刀子！"

虎爷又开始点东西，看看有多少木器；再说，堆房里还有些零七八碎呢。天赐拦住了虎爷："虎爷，歇歇吧，怎知道他们不再回来拉木器呢？"

"敢！再来？人命！"虎爷气得脸都紫了。

"那才合不着。好腻烦，睡会儿去！"天赐上了西屋，床上的被褥已经搬了走，他就那么躺下去。

虎爷虽然不怕出人命，可是也不敢找雷公奶奶们去，她们是牛家的本族，他怎能够管。他只好马上把木器们搓出去，能卖多少钱卖多少，别等他们真再回来。厨房的东西留下一部分，还留下床和两只箱子，其余的全卖。他上街去找旧货贩子，叫虎太太锁上大门，非等他回来不开。

那么些东西只卖了一百五十多块钱，还是三家合股买的，云城好像要穷干了。虎爷准记得那张条案是三十多块买的，可是人家说得好："现在谁要这种老沉货呀？谁花三十多买一张桌子呀？东西是好哇，可是得在手里压着，一辈子未必有个买主。你这是老人家了！"这末一句称赞使虎爷落了泪。老人家了！虎爷狠了心，卖；总比又被人家抢了去强，虽然这比被抢也差不了许多。

有了这点钱，天赐又有主意，他计划着，想象着，比如他和虎爷开个小铺子，或是一同上上海，主意太多了，他也说不上哪个较比的好。这么乱想使他快活；他看着妈妈的箱子与爸的床被人抬走本想要哭。虎爷不撒手钱，并且告诉天赐少瞎扯淡。虎爷有主意，他先去租三间房，然后再讲别的。叫月牙太太把钱票给他缝在小褂的里面，他出去找房。天赐觉到虎爷的能干，好吧，随他办吧；有人办事就好，他自己只会想象。

房租好，虎爷买了两把椅子，因为椅子都被人抢去。桌子就用板子支搭，用不着买。厨房的东西一点不缺，搬过去马上可以做饭。就剩了搬运。天赐的脸白起来，泪在眼中转；这真得离开家了！就剩了那么点点东西！他舍不得那两株海棠，舍不得那个后院——练镖耍刀的宝地！不能白天搬，妈妈活着肯白天搬家而只搬着两只空箱与一些碎煤么？妈妈是可爱的，那些规矩是可爱的，妈若是活着，不会落到这步田地，不会！就是爸活着也不能这么四大皆空。他曾反抗妈，轻看爸；如今，他自己就是这样！他不许虎爷白天搬运，等太阳落了再说，反正东西不多。他不怕别的，还不怕云社的人看见么？

虎爷不听这一套。"你不用管好了，我们俩搬；你看看门横是行了吧？"

天赐独自看守大门，不能再闹玄虚了，这是真事！他恨他自己，什么本事也没有，连点力气都没有，到底是干什么的呢？只会玩，只会花钱，只懂得一点排场，当得了什么呢？他应当受苦，他没的怨。

不大会儿虎爷夫妇已把东西运完，看房的也来到，该走了。天赐不肯迈那个门坎，这一步便把他的过去与将来切开，他知道。十九年的生活舒适饱暖，门坎的外边是另一个世界。他不肯哭，可是泪不由的落下来。他瘫软在那里。虎爷也红了眼圈，一把扯住天赐，连拉连扯的走了出去。他们都不敢回头，门洞中两块石墩有什么样的黑点都清清楚楚的在他们心里。

虎爷租的三间屋是西房，院中大小一共七家儿，孩子有三十来的个。最阔的是邮差，多数是做小买卖的，还有一家拉车的。炉子都在院里，孩子都在院里，院里似乎永没有扫过。三间西屋的进身非常的小，要是摆上张大八仙桌便谁也不用转身。虎爷用木板支了张长案，正合适。进身小，可是顶子高，因为没有顶棚。墙上到处画着臭虫血。天赐住北边那间，虎爷们住南间，当中做厨房。

天赐受不了这个。窗户上的纸满是窟窿，一个窟窿有一只或两只眼看着他，大概院中的孩子们有一半都在这儿参观呢。"扁脑勺儿，""还穿着孝呢，"大家观察着报告着。虎爷已经很累，倒在床上睡了，好像这三间屋子非常可爱似的。天赐也倒在床上，看着屋顶的黑木椽，椽上挂着不少尘穗。他睡不着。想到在云社的人们家里集会，作诗，用小盅吃茶，他要惭愧死。

虎爷醒了，出去买吃食。他们夫妇吃窝窝头，单给天赐买了三个馒头。菜就是炒咸菜。天赐看见单给他买馒头，生了气。"为什么看不起我呢？我能吃粗的！"

"好吧，以后不再给你单买。"

天赐放在口中一块窝窝头："好吃；这不跟十六里铺那饼子是一样的面吗？很可以吃。"

"吃过三天来就不这么说了，"虎爷还把馒头送在天赐的手下。"说，咱们干什么呢？"

"咱们？"天赐又要施展天才。

"别胡扯，说真的！"虎爷迎头下了警告。

"真的？我没主意。"

"咱们这儿还有一百多，做个小买卖怎样？"

"叫我上街去吆喝？"天赐不觉的拿起馒头来。

"我吆喝，你管账，摆个果摊子；我会上市。"

"叫我在街上站着？"

"还能在屋里？"

"我不干！"天赐不能在街上站着卖东西："我会写会作，我去谋事，至少当个书记。"

"哪儿找去？"

天赐不晓得。"要是饿死的话，我是头一个，我看出来了。"

"实话！"虎爷一点也不客气。"你是少爷，少爷就是废物，告诉你吧。"

天赐没法儿反抗，他真是废物。他那个阶级只出小官，小商人，和小废物。他怕虎爷生气，虎爷是惟一的，也是最好的朋友。把虎爷再得罪了，他大概真有饿死的危险。他答应了，做小买卖吧，谁叫他自己没主意呢。既答应了这个，他又会思想了；他就怕没主意，一旦有了主意——不管是谁的——他会细细的琢磨。他会设身处地的推想。自要他走入了一条道，他便落了实；行侠仗义，作诗人，当才子，卖果子，都有趣味。趣味使他忘了排场与身份，这是玩。他想开了：老黑铺子北边就不错，那里短一个果子摊，而且避风；赶上有暴雨，还可以把东西存在老黑那里。想起这个，便想起"蜜蜂"，应该看看她去，她也是老朋友。

吃过了饭，他立在屋门口看着街坊们。他觉得这群人都也有趣，他们将变成他的朋友，他也要做小买卖了。他们都没有规矩，说话声音很高，随便跟孩子瞪眼，可是也很和气，都向他点点头，让他屋里坐，连妇女也这样。他们吃饭就在院里，高声的谈他们自己的事：什么使出张假钱票，什么蒙了个五岁的娃娃，他们都毫不羞愧的，甚至于是得意的，说着。天赐很容易想出来：城里的都是骗子，钱多的大骗，钱少的小骗，钱是一切。只有一个真人好人，据他看，纪老者。

纪老者不骗人。他想起纪妈，她还进城来不呢？虎爷没工夫管邻人们，他忙着筹备一切。天赐插不上手，只会出些似乎有用又似乎没用的计划，他想象着由果摊就能变成个果局子，虎爷做掌柜，他还可以去作诗。他得把摊子整理得顶美观，有西瓜的时候得标上红签，用魏碑的字体写上"进贡蜜瓜"。他得起个字号，"冷香斋"！诗人的果摊！他非常的得意。

正是四月天气，市上没有多少果子。虎爷打了两"炮"樱桃，一些萧梨、香蕉和青杏；配上点花纸的糖、红盒的葡萄干，也倒还像个摊子。天赐主张把青杏摆在小碟子上，盖上菠菜叶。虎爷没那个心肠。虎爷大概的把货物摆上，天赐看不上眼。等虎爷家去吃饭，他把筐上的竹箍扯下来，削成细签。然后重新摆弄果子，摆成塔和各种堆儿，果子不服从命令要滚，便用竹签互相的插上，仿佛做豆细工似的。梨上还插上个红樱桃，颇为美观。虎爷回来差点气疯了："把梨都插烂了，你是怎回事呢？你？"天赐不再管了，偷了点钱，去买了几本小书，坐在摊后，他细心的读念，称呼自己为隐士。他是姜太公，有朝一日必有明君来访，便做宰相。可是赶上他独自看摊子的时候，来了买主，他很会要价，该要一毛的，他要四毛，人们不还价就拉倒，要是还一毛五就多赚着五分。这是他从院中的邻居们学来的，他以为这很对。大家既都是骗子，做小买卖的吃了前顿没有后顿，便更应当骗，骗得合理。爸有好多钱还想再赚，白了胡子还一天到晚计算，何况只摆个果摊呢。高兴的时候，他很会讲话，拿出他说故事的本领，运用着想象，他能把买果子的说得直咽唾沫，非马上吃个梨不可。他的梨治一切的病："老太太，拿上一堆，一堆才十五个，专压咳嗽！看这小梨，颜色是颜色，味道是味道。先尝一个，买不买不要紧。我拉个主顾！地道北山香白梨。"老太太不为自己吃，是给孩子们买。他登时改了口："小孩吃这个顶好了，专消食化水。"老头儿、小伙子、大姑娘，都必吃他的梨；他的梨连猩红热都能治。说着说着，他自己也真信了他的话，他也得吃一个，因为觉得有点头疼。吃完一个果子，顺手打开一盒葡萄干，看着书，随便的捏着吃。赶上他不高兴，什么都是一毛钱一堆，拿吧。遇上老黑的孩子们从这儿过，果子是可以随便拿的。孩子们专会等虎爷不在摊上由这儿过。有时候被虎爷看见，天赐会说："我给他们记着账呢！"

由孩子们的口中，他知道"蜜蜂"已出嫁，两个大男孩已在铺中帮老黑的忙。现在这一群是后起之秀；老黑自己也不准知道自己有多少孩子了。"蜜蜂"出嫁，嫁了个纸铺的伙计。天赐心中有点不得劲，拿了两包糖给孩子们："给蜜蜂送去！"

二十四　狗长犄角

在杂院中，天赐明白了许多事儿。邮差住着北屋，身份最高，不大爱理人，早晚低着头出入，好像心中老盘算门牌的号数。几个做小买卖的是朋友；虎爷既也做买卖，所以他们对他很亲热，彼此交换着知识，也有时候吵起来，吵完便拉倒，谁也不大记着谁。拉车的身份最低，可是谁也不敢惹他，他喝俩钱的酒，随便可以拼命。大家对天赐显着客气，都管他叫"先生"。他越对他们表示好感，他们越客气。他身上有股与他们不同的味儿，仿佛是。妇女们看他在院中便不好意思赤了背。他学着说他们的话，讨论他们的事，用他们的方法做事，用他们的推理断事；他到底是他，他们不承认他是同类。他们的买卖方法不尽诚实，他们得意自己的狡猾，可是他们彼此之间非常的像朋友。为一个小钱的事可以打起来；及至到了真有困难，大家不肯袖手旁观，他们有义气。他们很脏，不安静，常打孩子。天赐看出来，这些只是因为他们没有钱，并不是天生来的脏乱。他们都有力量，有心路，有责任心，他们那么多小孩都是宝贝，虽然常打。他不如他们，没力量，没主意，会乱想。他们懂得的事都是和生活有密切关系的，远一点的事一概不懂。他们是被一种什么势力给捆绑着，没工夫管闲事。手抓来的送到口中去。他可怜他们，同时知道自己的没用。他们管他叫"先生"，是尊敬，还是嘲笑呢？他不能决定。

他想郑重的帮助虎爷，他必须变成他们中的一个。端阳节到了，虎爷红着心做一笔生意，除了果品，还添上粽子，连月牙太太也忙起来，她得管洗米，泡枣，煮叶，和包粽子。买卖确是不错，天赐高兴起来，把书本放下，一天钉在摊子上。他的脸色红起来，吃饭也很香，力量也长了。他觉出自己有了真本事。邻人们都称赞着："先生有点劲头了！"他不爱这个"先生"，而暗喜自己长了力量。节前，东屋老田夫妇打起来，他过去拉劝，为是试试自己的力气；被田家夫妇把他揍在底下；架打完了，他还在地上趴着呢。大家都觉得对不起"先生"，而"先生"也承认了自己是"先生"。

节下的前一天，街上异常的热闹。虎爷在太阳出来以前就由市上回来，挑着樱桃、桑葚、红杏。月牙太太包了半夜的粽子。天赐也早早起来，预备赶节。满街都是买卖的味儿，钱锈与肉味腻腻的塞住了空中。在这个空气里，天赐忘了一切，只顾得做买卖，大家怎么玩，他会跟着起哄的。他头上出着汗，小褂解开钮，手和腕上一市八街的全是黑桑葚的紫汁，鼻子上落着个苍蝇。他是有声有色的做着买卖，收进毛票掖在腰带上，铜子哗啦啦的往簸箩里扔，嘴里嚼着口香蕉。稍微有点空儿，便对着壶嘴灌一气水，手叉在腰间，扯着细嗓："这边都贱哪，黑白桑葚来大樱桃！"他是和对过的摊子打对仗："这边八分，别买那一毛的，嗨！"虎爷是越忙越话少，而且常算错了账："又他妈的多找出二分！"天赐收过来："那没关系，我的伙计，明儿个咱们吃肉！哎，老太太要樱桃，准斤十六两，没错！"正在这么个工夫，他一回头，狄文瑛在摊旁站着呢。她还那么细瘦，眉弯弯的，稳重。她没向他点头，也没笑，就那么看了他一眼，不慌而很快的走开。

天赐木在了那块，忘了他是做买卖，他恨做买卖！一声没出，扣上他三毛钱的草帽，走了。

走了一天，到落太阳才回来。

虎爷恨不能吃了他："你上哪儿啦？！"

他不出声，戴着草帽收拾东西，皱着眉头。

第二天是节下，他告诉虎爷他歇工。

"你歇工？我搂出你的粪来！你怎回事呀？"

"不怎回事，做买卖没我！"

月牙太太怕二人吵起来，"得了，帮帮忙吧，明天再歇工；不卖今天卖几儿个？！瞧我了！"

天赐的心软了："好吧，就帮今个一天！"

"你简直不是玩艺！"虎爷是真着急。

"别说啦，走吧！"虎太太给调解着。

过了十点钟，应节的东西已卖得差不离，天赐想起肉："虎爷，收了吧；下半天有买卖吗？家去吃肉。"

虎爷答应了，他以为天赐是想起往年过节的风光；钱已卖满簸箩，虎爷也会体恤人。

"真想给纪妈送点东西去！"天赐一边收拾，一边念道。

"过了节的。家里的该住两天娘家，你送她去，就手看纪妈。我也歇两天，反正现在也没什么可卖的。节后得添酸梅汤了，是不是？"

正这么一边收摊，一边闲扯，摊前过去个人，高身量，大眼睛，小黑胡子，提着两个点心匣子。他看了天赐一眼，天赐也看了他一眼，觉得面熟。他可是走过去了。走出没有多远，他又回来了，站在摊旁看着虎爷。虎爷以为他是买东西的，拿出收摊子不再伺候的劲儿，不去招呼。

"你是虎爷吧，我的银儿？"高个子说。

"什么？王老师？！"他们一齐的跳起来。"留了胡子？！"

"可不是我！"大眼睛瞪圆了，拉了拉袖子。"哪儿都找到了，找不着你们。福隆没了，别的买卖倒了，房子别人住着，听说老头老太太都过去了。怎么回事儿？怎么回事儿？"

他俩争着要说，谁也不再顾得收拾东西。

"这儿不行，走，吃饭去，我的请；不请你们是个屄！"王老师先起下了誓。

"也得等把东西收起去？"虎爷说。

"也得家去告诉虎太太一声儿去？"天赐说。

"怎么？虎太太？有小老虎没有呢？快收，虎爷你收，天赐你家去言语一声，咱们在外边吃；回来再看虎太太去。"

天赐向来没跑这么快过，摔跟头也不怕，因为不怕也就没摔。到了家，在窗外只说了："王老师请吃饭，"磨头就往回跑。

虎爷已把东西寄放在老黑那里。王老师的点心本是给牛老者买的，也暂放在那里。三人去找饭馆，节下都歇灶，只有家羊肉馆照常营业。

"将就了吧，"王老师领路，"改天再请吃好的。"

王老师一定请他们点菜，怎说也不行，非点不可，他们是真点不上来；王老师喊得和打架一样。他们胡乱的要了俩，王老师又给补上了八个。然后问他喝什么酒。天赐不会喝，虎爷也没多大量。王老师自己要白干，给他们要了点黄酒。"一晃儿十几年，嘿！"王老师看着天赐："在街上不敢认，不敢认！虎爷也改了样，可是还能认得出。我自己也老多了，老多了！"他抹了抹黑胡子。

王宝斋确是老了些，可是还那么精神；脸上胖了些，配上小黑胡子，很像个大掌柜的。他发了财。拿着牛老者的一千块钱，他上了天津，也不短到上海。他什么也干，自要赚钱他就干。他私运东洋货，偶尔也带点烟土，受朋友的托咐也代销赃货。可是他也越来越厚道，对于朋友。拿黑心赚钱，可是用真心交友，到外他是字号人物。他始终没忘了牛老者。要不是那一千块钱，他无论如何也倒不过手来。那一千块钱，加上他自己的运气，他就跳腾起来。这次，他特意来看牛老者。他不能把那点钱汇来，他得亲自送上，牛老者对他有恩。

他问天赐的事。天赐像说故事似的述说了一遍，虎爷随时加上点短而确当的补充材料。王老师一面让他们吃菜，一面给他们想主意："卖果子不像回事呀！"

他以为源成是连根烂了，那俩买卖也无从恢复；那两所房还能弄回来。可是也有困难，既是押出去当然有年限，就是马上有钱赎也不行。再说，赎回来也没用："俩卖果子的住两所大房，不像话！你们可别多心，咱们是老朋友！吃菜！"只有一条好办法，干脆把房子出了手：要是典主愿意再出点钱呢，一刀两断，房子便归了他。他要是不愿意呢，或是找钱太少呢，就另卖。这自然很麻烦，因为契纸没在天赐手里。可是也有办法，王老师有办法；非打官司不可呢，也只好打它一场。王老师去给办，他现在眼皮子很宽，他有人有钱，官司打输了——就打算是输了——也得争这口气。

"一卖，本家又来呢？"虎爷问。

"都把他们锁到衙门去，"王老师的脸已喝红，一劲儿扯袖子："衙门里咱有人，军队里咱有人，好虎爷的话，咱王宝斋为朋友不能含忽了！老山东有个牛劲！"

吃过了饭，王老师的小褂湿得像水洗了的，擦了五把手巾。"你们上哪儿？"他们没地方去。"这么着吧，干你们的去，咱们明天不见后天见。我去看几个朋友。要找我的话，南街南头万来栈。那两匣点心，你们拿家去，我就不到老黑哪里去了。先替我问虎太太好！你们住在哪儿？"

天赐借笔给老师写下住址。老师已是五十多的人，眼已有点花，掏出大水晶墨镜看了看："我说你有聪明，看这笔字，我要不给你找个文墨事儿做，我是个屄！"他开发了饭账，要手给了虎爷十块一张的票子："给虎太太买点什么吃。"

天赐们回了家。吃得过于饱，在道上就发了困；躺在床上，可又睡不着，他想着王老师。起来，得和虎爷谈谈："虎爷，老师真能给找个事吗？"

"哪摸准儿去！"虎爷也困眼朦胧的。"给她，一给十块；没我的事！"虎爷已把十块钱给了月牙太太，他不能扣下她的。

"要是找着事，咱们可就不用做买卖了？"

"八字还没有一撇，先别闹油！"

"咱们先来包小叶喝喝，横是行了吧？"

"那倒行，我也怪渴的，烧羊肉太咸了！"

月牙太太的月牙更斜了，她张罗给买小叶去，她有了十块钱，袋里藏着呢。

"你要是把那十块钱丢了，不把你打成小叶，你踢着我走！放下！"

月牙太太把票子给了天赐，"你给我拿着，我得先做件褂子，看我这件，看！"

"你们是一路货！"虎爷下了总评语。

"我要是做了官，虎太太，"天赐故意的气虎爷，"给你做件纱的！"

喝过了茶，二人全睡了。虎爷鼻子眼上爬着三个苍蝇，他利用打呼的力量把它们吹了走，而后又吸回来。天赐床上的臭虫为是过节，白天就出来了，他会用脊背蹭，把臭虫辗碎。他们睡去，虎太太由天赐的袋中掏出票子来，上了街，去买布——三个人一人一件大褂料，她并不自私。

等了两天，王宝斋没露面。天赐噘不住劲儿了。可又不好意思找老师去。就是去也得买点礼物，这是规矩。跟虎爷商议。虎爷也怕王老师鲇溜了，可是反对送礼。天赐是非带着礼物不去。折衷的办法是把卖剩下的果子挑好的装一筐，二人都同意。到了万来栈，王老师还没走，可是出去了，不一定什么时候回来。天赐稍为放点心。

第五天头上，栈里的伙计找他们，说王先生在五福居等着他们呢。二位都穿上新大褂，连虎爷也不抱怨月牙太太了，新大褂到底是体面。

五福居是云城最出名的饭馆，有几样拿手菜，苍蝇特别的多，老鼠白天就在地上跑。五福居发财都仗着这苍蝇与老鼠，不准打；一打它们，买卖准出毛病。

王老师在间雅座里看苍蝇们彼此对追玩呢。"来了，伙计们？坐，宽了大褂！我说，我已经定了几个菜，你们还要什么。客气是个屁！"王老师的真诚是随时用起誓封起来的。

酒饭吃个不离，王宝斋开始报告："房子还是归了典主，这省点事，虽然伤耗俩钱儿。两所房按现在的市价，值五千五，卖不上六千，云城穷啊！押了三千，总算他妈的会押；现在人家愿再找一千五。一千五就一千五吧，咱们不是等着钱使？这算是停妥了，只等你去画押，天赐。这有了一千五，是不是？吃菜！我呢，欠牛老者一千，他连利钱也没要过，好银儿！一年按一分利算，我就欠着你，天赐，连本带利两千多，是不是？喝一盅！我不多还，也不少，还你二千五，行不行？算在一块儿，这是四千。"王老师喘了口气，把一小碟菜扒拉在嘴里。"这四千，我可不能交给你，你不用瞪眼；吃菜！我想好：给虎爷五百，开个小果局子。"

"哼，先摆着摊子好。"虎爷说的很不响亮，因为嘴里堵着一口菜："买果子的里里外外，我还没全摸着门；拿摊子试手也好。再说呢，一个大摊子并不比小局子的买卖小。"

"不管你怎样吧，反正给你留下五百，对给个铺子，哪时用哪时取。合着咱们还有三千五。天赐你有聪明，我想了，你应当念书去。跟我上北平，到那儿我把你安置好，你上你的学，我去干我的。钱，我给你存在银行里，一年取五百，四年是二千。这二千存活账，那一千五存长期四年，毕了业好手里有俩钱。钱是你的，花多少可得由着我；一年五百足足的够了。是这么着不是？"

天赐的心要跳出来，北平！上学！一年五百！可是"我连中学都没上。"

"那没关系！"王老师瞪着眼："没关系。我虽不懂学校的事儿，可是常来来往往，常有人托我办这路事。北平有卖文凭的地方，买一张中学文凭。前些日子我还替孙营长的少爷买过一张。买了文凭就去报考，自要你交钱，准考得上。咱们熬个资格，你有聪明！做买卖你不行，天生来的文墨气儿，是不是？"

"咱们什么时候走呢？"天赐的心已飞出去。

"过两天，听我的信儿。"

"把虎爷搁在这儿？"天赐舍不得虎爷。

"你带着他干吗？放假的时候不会来看他吗？"

吃过饭，大家又分了手，天赐的鼻子又卷起多高来。虎爷家去整理天赐的铺盖，天赐和他要了几块钱在街上转转，得制办点衣裳。

小摊上有身白布洋服，长短合适，只是肥着些，天赐花了两块钱买下。又买了条东洋领子，一条花蛇皮似的领带，运回家来。叫月牙太太给他浆洗了，他把裤子趁着潮劲放在褥子底下，躺在床上压了半天。一边躺着一边盘算：还得买汗衫、皮带、皮鞋、洋袜……还得要钱。

虎爷又给了他十五块钱。他不赞成这鬼子衣裳，可是天赐就要走了，不能再勒着他。二十年的工夫，看他长大的，虎爷心里很难过，不能还不往外掏钱。

　　制买齐全，天赐上了装。白洋服像莲蓬篓，不抱着腰，而专管和袖子磨擦。领子大着一号，帽子后边空着一指，无风自转。裤腿短点，露着细腿腕，一挺胸就揪上一大块来。皮鞋可是很响，花领带也精神。虎爷说："真够洋味，狗长犄角！"全院的精神也为之一振，"先生"发了洋财，孩子们向他嘀哩嘟噜，作为是说洋话。天赐要笑又不好笑，把手放在裤袋里，心中茫然。

　　虎爷送他们上车，给天赐买了盒避瘟散，怕他晕车。火车一动，他的泪落下来。天赐平地被条大蛇背了走。直到车没了影，虎爷还在那儿立着呢。

　　天赐后来成了名，自会有人给他作传，——不必是一本——述说后来的事。这本传可是个基础的，这是要明白他的一个小钥匙。自生下到二十岁的生活都在这里。我们可还是不晓得他的生身父母是谁；大概他的父，也许他的母，是有点天才的。以上所记的很可以证实这一点。聪明是天生带来的，至于将来他怎样用他的聪明，这里已给了个暗示。这是个小资产阶级的小英雄怎样养成的传记。